dtv

Alfred und Sally sind schon lange verheiratet. Sie haben drei erwachsene Kinder und schleppen einen ganzen Sack vermischter Vergangenheit mit sich herum. Bereits als Kind musste Sally sich fragen: Warum habe ich keinen Vater? Warum lebt meine Mutter in London und ich in Wien? 1977 bekommt sie einen Job am Kulturinstitut in Kairo und bringt von dort auch noch den Ehemann mit: Alfred. Seither geht das Leben seinen Gang, allzu ruhig, wenn man Sally fragt. Doch als in ihrem Vorstadthaus in Wien eingebrochen wird, ist nicht nur die häusliche Ordnung dahin. Sally beginnt ein Verhältnis mit einem Freund von Alfred. Und Alfred, der die Liebe seines Lebens nicht kampflos ziehen lassen will, stellt sich endlich die entscheidende Frage: Was weiß ich von dieser Frau, nach dreißig gemeinsamen Jahren?

Arno Geiger, 1968 in Bregenz geboren, wuchs in Wolfurt/Vorarlberg auf. Er studierte Deutsche Philologie, Alte Geschichte und Vergleichende Literaturwissenschaft in Innsbruck und Wien. 1997 erschien sein erster Roman: ›Kleine Schule des Karussellfahrens‹. Er veröffentlichte weiterhin: ›Irrlichterloh‹ (1999), ›Schöne Freunde‹ (2002), ›Es geht uns gut‹ (2005), ›Anna nicht vergessen‹ (2007), ›Alles über Sally‹ (2010). Für seine Bücher erhielt er den Friedrich-Hölderlin-Förderpreis (2005) und den Friedrich-Hölderlin-Preis (2011), den Johann Peter Hebel-Preis (2008), den Deutschen Buchpreis (2005) und den Literaturpreis der Konrad-Adenauer-Stiftung (2011). 2011 erschien ›Der alte König in seinem Exil‹. Arno Geiger lebt als freier Schriftsteller in Wien.

Arno Geiger

Alles über Sally

Roman

Deutscher Taschenbuch Verlag

Von Arno Geiger
sind im Deutschen Taschenbuch Verlag erschienen:
Im Regen (8230)
Schöne Freunde (13504)
Kleine Schule des Karussellfahrens (13505)
Es geht uns gut (13562)
Irrlichterloh (13697)
Anna nicht vergessen (13785)

FSC www.fsc.org
MIX
Papier aus verantwortungsvollen Quellen
FSC® C019821

2011
Deutscher Taschenbuch Verlag GmbH & Co. KG,
München
Lizenzausgabe mit Genehmigung des Carl Hanser Verlages

Umschlagkonzept: Balk & Brumshagen
Umschlagfoto: Mary Evans Picture Library/Roger Mayne
Satz: Satz für Satz. Barabara Reischmann, Leutkirch
Druck und Bindung: Druckerei C. H. Beck, Nördlingen
Gedruckt auf säurefreiem, chlorfrei gebleichtem Papier
Printed in Germany · ISBN 978-3-423-14018-8

Man macht einen Roman aus der Sünde,
so wie einen Tisch aus Holz.

Julien Green

1

Hinter einem Bitte-nicht-stören-Schild steht Sally am Fenster, Alfred liegt auf dem Bett, er blickt vom Tagebuch auf, in das er seine morgendlichen Notate schreibt. Träge schaut er zum Fernseher, wo die Nachrichten nichts Neues bringen, seit unzähligen Jahren dieselben Ereignisse, mit Variationen nur bei den Zwischennummern – über die wird aber nicht berichtet.

Hart geführter Wahlkampf um die
Präsidentschaft der Vereinigten Staaten.
WANDERURLAUB EINES GEWISSEN ALFRED
UND EINER GEWISSEN SALLY.
BLUTIGE SCHLACHT IN AFGHANISTAN.

Auch die Nachricht, dass mancherorts noch immer gesteinigt wird, ist nichts Neues. Sally dreht sich ebenfalls hin, sie findet es irritierend, wie schlecht das Gerät ist – Bild und Ton, als würde man sich Bilder am Grund eines Eimers mit Dreckwasser ansehen. Die dumpf klingende Stimme des Nachrichtensprechers teilt mit, dass vor allem Frauen betroffen seien, wegen Ehebruchs, was an den meisten Orten der Welt kein Vergehen sei. Ein verwackeltes Video geistert über den Bildschirm. Eine weiß verschleierte Frau, die bis unter die Brust eingegraben ist, wird von Zeugen und Schaulustigen mit Steinen beworfen, eine Stimme sagt, dass die Steine nicht zu groß und nicht zu klein sein dürften, nach den Maßstäben der dortigen Theologie. Sally stellt sich eine staubige Welt vor, und wie das ist, wenn der erste Stein den Kopf trifft, und während das Gehirn noch zittert, gleich der nächste, und die Schmerzen ganz durcheinander, welcher Schmerz wo? Von der Vorstellung wird ihr beinahe schlecht, und dass die Leute auch von hinten werfen, das ist ungeheuerlich, sie kann's beim besten Willen nicht verstehen, ihre Brauen sind ganz finster gerückt vor Zorn.

»Es ist schon unheimlich, was für Spinnweben in manchen Köpfen herumwehen«, sagt sie.

Alfred biegt sich seinem Tagebuch entgegen. Ohne aufzublicken, murmelt er »Aha«, »Ja« und »Uuhh«, ganz in seinem schneckenhaften Element, versunken in die Vermessung seiner kleinen Erfolge und Niederlagen. Manchmal kratzt er sich mit dem hinteren Ende des Tintenrollers an der Schläfe, als versuche er, in der Ereignislosigkeit des Vortages fündig zu werden, dann kritzelt er wieder drauflos, als wäre in den Stift ein Dämon gefahren.

Sally findet es mit einem Mal anstrengend, wie Alfred auf ältliche Weise im Bett sitzt, ein überzeugender Beitrag zur Trostlosigkeit dieses Zimmers, Alfred, in seiner weichen Korpulenz, zwei Kissen im Rücken. Während des Schuljahres wäre Sally froh über die Ruhe, die ihr Alfreds Faulenzen lässt, aber jetzt, in den Ferien, sollte man meinen, ist es selbst für einen Mann in Alfreds Alter eine unnatürliche Sache, so viel herumzuliegen. Sally spürt einen Stich des Alarms, gleichzeitig hat sie Alfred vor Augen, sein träges Gehen, gestern, als er mit Hängeschultern über das Hochmoor stapfte, den kleinen Rucksack nach Schulbubenart auf dem Rücken, im vorwurfsvollen Zwiegespräch mit seinen Schuhen, die längst nicht mehr neu sind, aber offenbar nicht alt genug, um ihm sympathisch zu sein. Als sie am Abend in der Pension die Treppe hochstiegen, knickten ihm die Beine vor Müdigkeit fast ein. Er duschte, fiel aufs Bett, und während er fernsah, aß er mehrere Sandwichs und eine ganze Tafel Schokolade. Anschließend schlief er zehn Stunden, vergaß aber selbst im Tiefschlaf nicht, fordernd und verlangend zu sein. Die halbe Nacht grabschte er nach Sallys Hüften oder ihrem Hintern, die meiste Zeit lag er auf ihr. Sie selber wachte einige Male in Schweiß gebadet auf, so dass sie sich jetzt fragt: Was ist das? Ist es Alfred oder seelische Armut oder eine Krankheit? Sind es die Hormone oder ist es Angst?

Während Sally mit gewölbter Oberlippe Luft ausstößt, streicht sie sich über das morgendlich gealterte Gesicht, dann legt sie die Hand wieder ans Fensterbrett, den Ballen an der Kante, wo der Lack abblättert, die Finger gespreizt. Sie blickt in eine Straße mit Arbeiterwohnhäusern und dahinter auf den bauchigen Kamin einer ehemaligen Baumwollmühle und ein Stück weiter, hinter dem Kamin, auf weitere Kamine, auf der anderen Seite des Flusses und des Kanals. Von dort dringt Straßenmusik zu ihr her. Sie denkt, wenn sie wegen Alfreds Beinen nichts Großes unternehmen können, so doch wenigstens den Spaziergang hinauf nach Heptonstall, wo sie das Grab von Sylvia Plath vor fünfzehn Jahren nicht gefunden haben. Es wäre schade um das schöne Wetter, das draußen verlorengeht. Sally schließt die Augen, ein leichter Schauer überläuft sie, es kommt ihr vor, als werde die Sommerhitze das große Fenster im nächsten Moment eindrücken.

»Was sind das für Blumen auf den Tapeten?« fragt Alfred.

»Hyazinthen«, sagt Sally.

Sogleich kehrt Alfred zu seiner chronischen und chronistischen Tätigkeit zurück, schreibt murmelnd einige Sätze unter dem Datum des aktuellen Tages, er ist bemüht, dem vorangegangenen Tag Zusammenhang und Bedeutung zu geben. Er rekapituliert die Merkwürdigkeiten, denen er in der Eile seines Lebensgeschäfts nicht ausreichend Aufmerksamkeit widmen konnte, er erwähnt, dass Sally mitten im Hochmoor stehen geblieben ist und gesagt hat:

»In den Ferien wird alles ein bisschen weniger real, sogar die Zeit. Sogar mein Mann.«

Alfred kritzelt, setzt ab. Jetzt richtet er den Blick auf Sally, die ihm den Rücken kehrt, ihre Körperhaltung, die Art, wie sie am Fenster steht, mit nichts als einem alten Hemd von ihm, das gefällt ihm. Er findet, sie ist *sehr real*, sehr schön, trotz der drei Kinder, die sie geboren hat, sie besitzt noch immer einen Körper, auf den sie stolz sein kann, der Rücken gerade, ihr Hintern nicht zu groß. Nur ihre Schenkel haben aufgehört, beeindruckend zu sein, die allzu eiligen Schenkel, die einen Schritt voraus sind, zu üppig und allzu strukturiert von Dellen und kleinen Adern. In den seitlichen Hemdschlitzen locken sie dennoch, diese Alfred seit dreißig Jahren vertrauten Flanken, er wäre nicht abgeneigt, jetzt mit seiner Frau zu schlafen, das käme auch seinen Aufzeichnungen zugute, seine Ansicht ist, es wäre absolut zuträglich, wenn darin mehr Sex Erwähnung fände.

Man merkt, wir sind beide über fünfzig, aber Sally eindeutig auf der guten Seite des Jahrzehnts, ich schon eher auf der schlechten.

Nachdem er diesen Satz nochmals gelesen hat, berührt er verstohlen seine Genitalien, lockert sie, da seine Hoden an den Schenkeln im Schweiß liegen. Weil ihm zu heiß ist, strampelt er die Decke von den Beinen. Sally schaut herüber, sie sieht, dass Alfred den Kompressionsstrumpf am rechten Unterschenkel auch in der Nacht getragen hat, er präsentiert ihr diese Nummer kombiniert mit einer weißen Unterhose, die Fußsohlen geradeaus auf Sally gerichtet, rechts der grau verschmutzte, ursprünglich hautfarbene Stoff, links die nackte, verhornte Haut des breiten Kuratorenfußes. Obwohl es immer etwas Anrührendes hat, ein verbundenes Bein zu sehen, dreht sich Sally frontal zu Alfred hin, mit dem Hintern am Fensterbrett, in herausfordernder Körperhaltung, die Arme verschränkt.

»So sieht kein heimlicher Futurist aus«, sagt sie.

Alfreds Miene spannt sich und erschlafft gleich wieder. Auch solche Pfeile von Seiten seiner Frau sind für ihn nichts Neues. Er lächelt gutmütig, in seiner triefäugigen Art, nimmt eine andere Stellung ein, als ob er unbequem sitze, verdreht die Augen und bringt die Beine wieder in die vorherige Position. Er presst die Lippen aufeinander, und während die Bettfedern ein singendes und zuletzt zischelndes Geräusch hören lassen, denkt er, dass es hilfreich wäre, wenn ihm jemand sagen würde, warum die Menschen in seiner Gegenwart so angriffslustig sind.

»Was ist mit mir? Wieso denn?« fragt er.

»Weil du schon wieder den Strumpf trägst, plus Unterhose.«

In einem versonnenen Moment kratzt er sich mit dem Tintenroller in der linken Achselhöhle. Der Ausdruck seines Gesichts zeigt nicht Verdruss, sondern Nachdenklichkeit. Sally kennt diesen Ausdruck, da haben wir ihn, den Stempel des Tiefsinns, die Gedanken wichtig und schwer, und auch der Mann wichtig und schwer, altmodisch und bequem wie die Queen, ständig begleitet von seinen Kammerdienern: Ritus und Wiederholung.

Sie sagt:

»Wenn es stimmt, dass es keine Thrombose war, ist es ein Blödsinn, dass du den Strumpf auch nachts trägst und wenn du die ganze Zeit vor dem Fernseher liegst.«

»Es ist einfach so«, versucht er zu erklären, »dass ich meinen Beinen gestern zu viel zugemutet habe.«

»Du hast den Strumpf vorgestern getragen und vorvorgestern und am Tag davor, und so sieht er auch aus.«

Vielleicht meint sie es nett, denkt er. Gerade eine Lehrerin hat manchmal seltsame Motive, wenn sie kritisiert, besonders eine mit rotblonden Haaren. Erst vor wenigen Tagen hat sie gesagt, der einfache Teil liegt immer hinter dir, der schwierige immer vor dir.

Wieder schaut Alfred auf seine Frau, auf diese früher so ungezügelte, heute ernsthafte Schönheit, er befürchtet, eheliche Berührungen seinerseits würden im Moment nicht erwidert. Seine Hände zittern, es durchläuft ihn, dann kommt ihm wieder sein Bein in den Sinn, sein besonderer Schützling, der Anblick macht ihn so melancholisch, dass er den Kopf schüttelt, als verblüffe der Strumpf auch ihn, diese künstliche, für keine Gänsehaut zu gewinnende Außenseite.

»Der Strumpf ist angenehm«, sagt er kleinlaut. »Außerdem bin ich es leid, die Krampfadern zu sehen.«

»Und ich bin es leid, den Strumpf zu sehen«, gibt Sally zurück. »Er bedeutet alt und krank und irritiert mich. Der Besuch bei Mama hat mir gereicht. Mein Bedarf an körperlichem Verfall ist für den Rest der Ferien gedeckt.«

»Wie du redest!« empört sich Alfred. »Man fühlt sich wie ein Invalide.«

»Ich fühl' mich wie *neben* einem Invaliden«, sagt sie.

»Wäre das ein Problem?«

»Nicht wenn du tatsächlich invalid wärst«, gibt sie zur Antwort.

Alfred philosophiert darüber, dass im Englischen das Wort *»invalid«* auf der einen Seite den Versehrten meint, andererseits *wertlos* bedeutet, *minderwertig*. Da Sally diejenige ist, die Englisch studiert hat, lässt sie ihn reden. Und während Alfred so vor sich hin schwadroniert, versucht sie, alle Erinnerungen an den kürzlichen Besuch in dem Pflegeheim bei London, in dem ihre Mutter untergebracht ist, zu verbannen, das hervorstehende Brustbein, die Medikamentenschachteln, die lähmende Atmosphäre. Eindringlich sagt sie sich, ich bin in den Ferien, ich brauche meine Ferien zur Erholung, ich will Dinge erleben, die mich fürs kommende Schuljahr aufbauen.

Durch das einfache, in sechzehn Segmente unterteilte Fenster dringen Stimmen. Sally ist dankbar für die Ablenkung und schaut hinaus. Auf der Straße kommen drei junge Frauen heran, optisch sind sie auf den ersten Blick verschieden, doch mit demselben Gang und mit demselben trüben Ausdruck in den Gesichtern, wie Mondkälber. Die Frau in der Mitte trägt in reflektierenden Lackfarben den Union Jack auf der Brust. Sally fragt sich, was sie über Engländerinnen weiß, nicht viel, obwohl sie selber zur Hälfte Engländerin ist. Pünktlich sollen sie sein, das bezweifelt sie, und kalt wird ihnen nie, sie stehen auch im Winter in knapper Kleidung und ohne Strumpfhosen vor Tanzlokalen Schlange. Und angeblich weinen auf der Insel die Männer mehr als die Frauen, so gesehen ist an Alfred ein Engländer verlorengegangen, dafür spricht auch seine Neigung, im Zweifelsfall lieber etwas Originelles zu sagen als etwas Kluges.

»Eigentlich korrespondieren meine Krampfadern ganz hübsch mit den Tapetenmotiven«, sagt er.

»Ein wenig überladen«, entgegnet Sally spöttisch. »Du solltest sie dir operieren lassen.«

Alfred gibt keine Antwort, er ist in die Betrachtung der Mysterien versunken, die rechts vom Strumpf verdeckt, am linken Bein jedoch sichtbar sind, wenn auch weniger ausgeprägt. Es ist, als wolle er seinen Varizen sagen: Seht her, was für einen Ärger ihr mir macht! So sinnlos! – Er kratzt sich dort, wo der einschnürende Bund des Strumpfes ansetzt. Mit den Fingerspitzen ertastet er Blutbahnen, die reliefartig aufgeworfen sind, urwüchsige Landschaften, wo ein strenges Kanalwesen zweckmäßiger wäre zum Transport der trägen, trübroten Masse Flüssigkeit.

»Du sollst dich operieren lassen, hörst du!«

»Es sind doch nur Krampf*äderchen*«, gibt er zur Antwort.

Dann zieht er seine zottigen Brauen bedauernd in die Höhe, rums, fließt das Blut, so stellt er es sich vor, von einem Schlagloch ins andere, ein Wunder, dass sein Blut nicht schäumt vor lauter Holterdiepolter.

Um dem Gespräch eine andere Richtung zu geben, sagt er:

»Vor dreihundert Jahren hat man Transfusionen zum Ausgleich zwischen Eheleuten empfohlen, dem melancholischen Mann hat man Blut der lebensfrohen Gattin verabreicht, nur dass die Patienten die Behandlung selten überlebt haben, das erklärt, warum die Prozedur nie recht in Mode gekommen ist. Erst um 1900 hat Landsteiner in Wien die Blutgruppen entdeckt.«

Diese Art von Wissen flößt Alfred Vertrauen ein. Angeregt widmet er sich wieder seinem Tagebuch, um ausschweifend festzuhalten, was er gerade gesagt hat. Er ist von der Sache völlig absorbiert, vergisst nicht, das Kälberblut zu erwähnen, das bei rabiaten Menschen zum Einsatz kam, er teilt seine eigene und Sallys Blutgruppe mit, verweilt bei allerlei Assoziationen und lacht in sich hinein, dass die geräumige Liegestatt quietscht. Für einige Momente ist er glücklich, ganz in seinem Element, mit dem quasselnden Fernseher in der Nähe, wo die nächsten Nachrichten mit der nächsten Steinigung nicht weit sein können, im Einverständnis sogar mit den Tapetenblumen, von denen der menschliche Geist doch eigentlich, wenn man Sally fragt, nur eine begrenzte Dosis ertragen kann. Sally ist jetzt eindeutig verärgert, Alfreds seltsame Mischung aus Ichbezogenheit und Behaglichkeit bringt sie so in Rage, dass sie fast ein bisschen gelb unter den Augen wird. Was soll ich mit so einem Mann anfangen? Mit einem Mann, der das Leben fürchtet und ein lebender Beweis dafür ist, dass allzu viel Museumsluft träge und weltfremd macht.

Um Alfred ein wenig zu reizen, sagt sie, dass er offensichtlich gerne bemitleidet werde und den Strumpf demonstrativ trage, um zu zeigen, wie arm er sei.

»Zumindest willst du dich selber bemitleiden«, fügt sie nach einer Nachdenkpause hinzu. »Ich finde es abstoßend, wie du jetzt ausschaust.«

Mit gleichsam schuldbewusster Verwirrtheit stiert Alfred den Strumpf an, vielleicht hat Sally recht, vielleicht liebt er die Verletzlichkeit, die er empfindet, wenn er den Strumpf trägt, vielleicht braucht er diese sichtbare Versehrtheit, damit er sich selber mag. Dennoch legt er seinen Stift in das Tagebuch, zwängt Zeige- und Mittelfinger in den Bund des Strumpfs und schiebt ihn langsam nach unten. Schon nach den ersten Zentimetern kommen die verdrechselten und verknoteten Ranken zum Vorschein, die mit dem Nachschießen des Blutes ihren teils hellblauen, teils lilafarbenen Glanz entfalten. Er denkt über diese Erscheinungen nach. Er sieht die Blumen auf den Tapeten des Zimmers und auf den Sesselbezügen, ihm ist seltsam zumute, er hat Angst, auch die Tapetenblumen könnten weiter wachsen. Mit einem letzten Ruck zieht er den Strumpf vom Bein und wirft ihn neben das Bett.

»Abstoßend? Mein Gott, wie schroff du bist, Sally!«

Sie zuckt die Achseln.

»Ganz so meine ich es nicht.«

»Dann ist ja gut«, sagt er.

Sie sind lange genug zusammen, dreißig Jahre, und weil diese dreißig Jahre in jedem Satz nachhallen, weiß Alfred, dass er in Sallys Antwort mit etwas gutem Willen eine Entschuldigung erkennen darf. Sie regt sich zu sehr auf, sie ist ein wenig aufbrausend, früher haben es die Kinder zu spüren bekommen. Seine Meinung ist, Sally will einfach zu viel, vielleicht hängt das mit der Art zusammen, wie sie aufgewachsen ist, ohne Vater, bei der Großmutter und bei einem Großvater, der ein bisschen plemplem war.

»Kannst du mich nicht in Ruhe lassen, Sally?« fragt er. »Wenn's unbedingt sein muss, nagel mich ans Kreuz, wenn wir wieder zu Hause sind.«

Sie hat sich schon wieder weggedreht. Verlegen steht sie, verlegen sitzt er, sie schauen hierhin und dorthin, er beobachtet sie, sie lässt sich von der Vormittagssonne anscheinen und vertreibt sich die Zeit, indem sie verdrossen mit den Fingern Linien ins Fenster zeichnet. Doch als die Kennmelodie der Nachrichten ertönt, ruckt sie auf. Sie schlägt nochmals vor, gemeinsam nach Heptonstall zu gehen und das Grab von Sylvia Plath zu suchen. Aber Alfred winkt ab, er wolle sich schonen.

»Dann geh ich halt allein.«

Sie tappt zum Waschbecken, und nachdem sie ihr Aussehen im Spiegel geprüft hat, zieht sie das Hemd über den Kopf und beginnt sich zu schminken, flüchtig, ungenau, von einem Gefühl nervöser Erwartung getrieben, das sie nicht zuordnen kann. Alfred schaut ihr zu, es kommt ihm noch immer wie ein Wunder vor, dass er sie in diesen alltäglichen Momenten nackt sehen darf, ohne ihr Misstrauen zu erregen. Sie steht vor ihm, nur mit einer Unterhose bekleidet, sie macht Anstalten, sich den BH anzuziehen, er bewundert ihre Brüste mit den dichter werdenden Falten in der Grube, das kommt ihm alles so arglos vor, während seine Gedanken nach wie vor die gleichen sind, die er schon als Bub gehabt hat und von denen seine Mutter und der Pfarrer gesagt haben, dass sie schmutzig seien.

Schon gesehene Bilder von Krisenherden und von wichtigem Geschehen auf dem Bildschirm. Sally zieht sich eine Hose an, vertraute Vorgänge, vertraute Bewegungen, vertraute Anblicke. Sally wirft einige Dinge in ihre Umhängetasche, schlüpft in leichte Schuhe, dann geht sie Richtung Tür, Richtung Bett, wo der Strumpf am Boden liegt, eine leere Hülle, leer wie ein Totenkopf, hohl wie ein Knochen ohne Mark. Sally passiert die Stelle zögernd, und weil sie weiß, wie schwer es Alfred fällt, mit ihr in Unfrieden zu sein, tut sie es mit ausgestrecktem Arm, damit er den Streit per Handschlag beenden kann. Zum wievielten Mal in all den Jahren? Alfred klapst ihre Hand ab, gleichzeitig fasst er danach, zieht sie ein wenig zu sich heran und küsst die Innenseite, Sallys salzige Lebenslinie.

»Überall auf der Welt gibt es Leute wie uns«, sagt er seufzend.

»Hoffentlich nicht!« erwidert sie.

Ihre lockigen Haare bewegen sich, als sie lachend den Kopf schüttelt. Sie zieht die Hand zurück, und nachdem sie die aus weißem und schwarzem Plastik gepresste Sonnenbrille auf ihre Nase geschoben hat, geht sie davon, eine Frau, eine sportliche Frau, attraktiv, aber doch verschwommen, diffus zwischen hübsch und eindeutig nicht mehr jung, auf rätselhafte Weise unscharf. Alfred hört ihre

Schritte eine halbe Minute lang im Flur und auf der Treppe und nach einer kurzen Pause draußen auf dem Plattenweg bis zum Gartentor zwischen den Linden. Die Fallklinke des Gartentors klappert mehrmals. Mit einem Ausdruck der Verblüffung bleibt Alfred zurück.

2

Sally ist immer wieder beeindruckt vom Wechsel der *Offen-* und *Geschlossen*-Perioden in ihrem Leben. Es scheint Zeiten zu geben, in denen das Glück keine größere Anstrengung verlangt als das Aufdrücken einer angelehnten Tür, dann wieder geht alles, was sie anfängt, schief, und sie könnte genauso gut Winterschlaf halten, bis das Schicksal jemand anderen gefunden hat, den es zum Narren halten kann. Die zweite Hälfte des vergangenen Schuljahres war eine *Geschlossen*-Periode, überall Wiederholungen und Stagnation. Überraschungen gab es nur, wenn ihr etwas nach den Fersen schnappte. Manchmal hatte sie ihre Schülerinnen und Schüler so satt, dass sie in den Gesichtern nur einfältige oder impertinente Gedanken las. Das Gefühl, sie müsse diese jungen Menschen nicht nur für das lieben, was sie sind, sondern auch für das, was sie im besten Fall sein werden, war manchmal tagelang weg. Sally empfand sich als unzulänglich und bloßgestellt, aus dem Wunsch, es besser machen zu wollen, entstand ein Gefühl von Zwang, und aus dem Gefühl von Zwang entstanden Wut und Erschöpfung. Im April wurde ein Kollege wegen des Vorwurfs, sich an eine Schülerin herangemacht zu haben, suspendiert. Sally musste einen Teil seiner Stunden übernehmen, und von da an bediente sie sich regelmäßig unerlaubter Mittel, um einschlafen zu können. Trotzdem zeigte ihr Energiepegel im Mai keine Reserven mehr an, und erst im Juni gab es wieder Lichtblicke, das war, als die großen Prüfungen losgingen. Während dieser Zeit musste Sally stundenlang Aufsicht halten. Die großen Räume zu durchschreiten, in denen die Prüfungen stattfinden, zwischen den langen Reihen aus Bänken, eine hinter der andern, stellt eine anspruchslose Aufgabe dar, bei der die einzige Verpflichtung darin besteht, zu gewährleisten, dass die Regeln der Prüfungskommission nicht verletzt werden. Wenn Sally sich aus der Langeweile der Situation in ihren Gedankenfundus zurückzog, konnte es passieren, dass ihr Körper über die knarrenden Holzböden des Prüfungssaales schritt, während ihre Vorstellung eine Nilbrücke in Kairo überquerte. In den ersten Jahren ihrer Lehrerkarriere hatte ihr geistiger Abbau gegen Ende des Schuljahres dazu geführt, dass sie während der Aufsichten im Kopf Listen erstellte von weiblichen Nobelpreisträgern, von Redewendungen mit Körperteilen oder von Liebhabern, die schon anfingen, sich in den Nebel der Zeit zurückzuziehen. Was sich in all den Jahren aber nie geändert hat, war, dass die Trockenheit des Moments immer wieder aufgelockert wurde von Händen, die hochgingen zum beinahe sicheren Zeichen, dass frisches Schreibpapier benötigt wird. Dann nahm Sally den Weg durch den Prüfungssaal in Angriff, im Wettbewerb mit einem ähnlich gelangweilten Kollegen oder einer Kollegin, für die eine Papierzulieferung ebenfalls eine willkommene Abwechslung bedeutete angesichts der öden und gestohlenen Zeit. Und manchmal, ohne direkte Verabredung, in einer unausgesprochenen Abmachung, wurde ein regelrechter Wettkampf daraus, unter Aufwendung aller erdenklichen Tricks – wer mit dem Papier schneller zur Stelle ist. Bei Begegnungen in den Bankreihen flüsterten sie einander leise »8 zu 5« oder sonst einen Zwischenstand zu, das alles, um die Langeweile des Moments zu lindern.

In diesem Jahr hatte Sally während der Prüfungsaufsichten ihre Konkurrenten fünf von sieben Mal geschlagen und sich auch dank dieser kleinen Erfolge aufrechten Gangs zu den Ferien hingestöhnt. Nach langen Wochen hatte sie endlich wieder geahnt, was es heißt, im Herzen zu wissen, das Glück ist mit dir.

Ihr erster Gedanke, nachdem der Anruf gekommen war, war deshalb auch, die *Offen*-Periode ist wieder vorbei. Sie dachte: Jetzt landen auch diese Ferien auf dem Friedhof.

»Bei euch ist eingebrochen worden«, sagte Nadja, die Freundin, die sich bereit erklärt hatte, Sallys Schildkröten zu versorgen und die Blumen zu gießen. Nadja überbrachte die Nachricht in ihrer direkten Art, zu der Erik, ihr Mann, nicht fähig gewesen wäre; vermutlich war die Pflicht, anzurufen, deshalb auf sie gefallen.

Und Sally: Als wäre sie mitten in der Bewegung verwandelt worden, eben noch ein Augenblick ohne Bedrückung, das vergangene Schuljahr und Wien und die Familie und Alfred schienen von ihr gewichen, plötzlich fegte ein Windzug heran, von dem sie Gänsehaut bekam.

Verwirrt, auf der Basis der wenigen Details, die Nadja berichtet hatte, beschloss Sally, sofort nach Hause zu fahren. Die Ironie der Ereignisse war, dass Alfred sich zum ersten Mal in fünfzehn Jahren England-Ferien allein von der Szene abgesetzt hatte, er war in der Früh nach Leeds gefahren, um ein Kricket-Match zu besuchen. Obwohl Sally die Nachricht mittags erhalten hatte und für das Kofferpacken nur wenige Minuten brauchte, musste sie am Bahnhof bis halb vier auf Alfreds Rückkehr warten. Es fehlte eine Richtung für die herausdrängende Energie, Sally saß fest, am liebsten wäre sie ohne Alfred abgefahren, nur um der peinigenden Tatenlosigkeit zu entkommen. Alles, was sie tun konnte, war, Nadja anzurufen und zu sagen, dass sie und Alfred die Rückreise schnellstmöglich in Angriff nehmen würden, Nadja solle im Haus bleiben, bis sie zurück seien. Dazu zwanghaft und selbstzerfleischend Fragen nach Dingen, die gestohlen oder kaputt gemacht sein könnten.

»Sind die Fotoalben noch da?«

»Wer soll sich für eure Fotoalben interessieren?«

»Weiß ich, was das für Leute sind, die einbrechen gehen?«

»In diesem Punkt kann ich dich absolut beruhigen.«

Auf gepackten Koffern telefonierte Sally mit den Kindern. Gustav erreichte sie beim ersten Versuch, ihm musste gesagt werden, dass sein Computer und die Computerspiele, die er in den vergangenen Jahren von seinem eigenen Geld gekauft hatte, weg sind, nur der Anfang für ihn, zur Probe, zur Einstimmung. Den Mädchen redete sie aufs Band mit der Bitte um Rückruf, von Alice kein Zeichen, Emma hingegen meldete sich nach wenigen Minuten, manche Dinge ändern sich nie. Als heraus war, dass es nichts Gutes zu berichten gab und das Cello noch da war, aber zerschlagen, brach Emma in Tränen aus. Sally steuerte einige Seufzer und Geräusche der Beruhigung bei, zuletzt sagte sie, das einzige, was zähle, sei die Familie und dass sie wunderbare Kinder seien. Sally meinte es so, wie sie es sagte, solche Zauberformeln beschützen trotzdem nur ungenügend vor den Attacken, die man erleidet, wenn Dinge verlorengehen, die man liebt.

Dann stieg Alfred aus dem Zug. Er sah verträumt aus, mit einem stillen, bubenhaften Gesichtsausdruck, er schaute erst auf, nachdem Sally seinen Namen zum zweiten Mal gerufen hatte.

Er stutzte, zögerte und kam ängstlich heran.

»Bei uns ist eingebrochen worden«, sagte sie.

Das Bubenhafte verstärkte sich im ersten Schreck. Und als sie bereits am Flughafen waren, kam Alfred auf diesen Moment zurück, mit einer Stimme, in der sich Niedergeschlagenheit und Verstörung mischten.

»Ich werde immer wissen, wie es war, als ich dich auf den Koffern sitzen gesehen habe. Ich werde es immer wissen, auch ohne dass ich es mir aufschreibe.«

Sie gingen vom Check-in durch die Passkontrolle und von dort Richtung Sicherheitsschleuse. Alfred hatte im Gesicht den Ausdruck von jemandem, der sich abmüht, die nächsten Minuten zu überstehen. Das harte Neonlicht unterstrich die Fahlheit seiner Haut, seine Haltung war gebeugt, als würde sein Körper vor Ungeduld schmerzen oder sich krümmen unter den Anfällen seiner blühenden Phantasie. Alle Augenblicke schaute er auf die Uhr, Alfredo, der Leider-nein-Futurist, er reckte den Kopf nach vorn, gleichzeitig gab er seinem Handgepäck Fußtritte und folgte so der schrittweisen Bewegung, mit der die Masse der Passagiere gegen die Sicherheitsschleuse vorrückte. Als bei einem Hinweisschild, auf dem das Mitführen von Flüssigkeiten untersagt wurde, das Ende der Schlange erreicht war, hatte Alfred bereits seinen Gürtel ausgezogen und alle metallenen Gegenstände in die Taschen seiner Jacke gestopft. Ein dunkelhäutiger Wachmann wies die Fluggäste entsprechend ihrem Geschlecht verschiedenen Schaltern zu. Sally durchschritt die Schranke, ein Signal ertönte, sie wurde gründlich abgetastet. Trotzdem war sie schneller fertig als Alfred. Er wartete neben dem Förderband, Tasche und Jacke hatte er bereits wieder an sich genommen, aber seine Wanderschuhe mussten noch durchleuchtet werden. Er stand unbeholfen da, Sally sah, dass er den Gummistrumpf wieder trug, den Strumpf, der ihr vor zwei Tagen noch als Sinnbild der Urlaubssabotage erschienen war. Jetzt empfand sie bei seinem Anblick ein leises Gefühl der Zärtlichkeit, dieser nutzlose Schutz für ein Bein auf dem unangenehmen Heimweg.

»Ich hoffe immer noch, dass es nur ein Spuk ist«, sagte Alfred erschöpft. Er nahm die Schuhe vom Förderband, schlüpfte hinein. Er dachte einen Augenblick nach, ehe er hinzufügte:

»Ich bin ernstlich gewarnt.«

Dann trottete er hinter Sally zum Gate. Sie ergatterten zwei freie Plätze, gelochte Schalen, die auf einen Balken aus Stahl geschraubt waren. Neben Alfreds Sitz befand sich eine freie Ablagefläche, auf die er seine Reisetasche stellte. Er legte den Arm um die Tasche und drückte sie, wie um sich zu vergewissern, dass sie noch da war. Von Zeit zu Zeit brummte er mürrische Einsilber.

Nach einer Weile nahm er den Arm von der Tasche wieder weg.

»Wie seltsam, dass ich nur lauter ersetzbare Dinge mit mir herumschleppe«, sagte er.

Die ein wenig als Frage geäußerte Feststellung machte Sally betroffen. Sie dachte an das, was sie beide dargestellt hatten, als sie jung gewesen waren. Sie war Alfred gegenüber so beschützerisch gewesen, und das keineswegs, weil sie von Natur aus beschützerisch war.

»Nimm's dir nicht zu sehr zu Herzen«, sagte sie jetzt.

»Na, nicht?« fragte er.

Seine Züge durchliefen eine Reihe rascher Verwandlungen, von Gereiztheit zu Verdrossenheit zu Qual. Zu viele Dinge, von denen er befürchtete, sie verloren zu haben, drängten sich von den Rändern seiner Ängste ins Zentrum. Er fühlte sich vollkommen einsam, und diese Einsamkeit wurde nicht gelindert, als Sally sagte:

»Jetzt brauche ich einen Kaffee.«

Sie bot Alfred an, ihm ebenfalls einen Becher zu bringen. Oder Wasser? Er wollte weder das eine noch das andere, es störte ihn, dass Sally wegging, und es störte ihn der Grund, weshalb sie wegging. Er fand, sein Leben war nicht harmlos genug für Kaffeetrinken, er fand, wenn jemand das Opfer eines Einbruchs geworden war, hatte er mehr Aufmerksamkeit verdient. Sein Kopf war vollgestopft mit Ängsten und Mutmaßungen. In halbtaubem Zustand kommt das Gehirn auf keine guten Ideen.

»Es gibt immer solche, die picknicken, während anderswo Katastrophen passieren.«

Hat er das laut gesagt? Er spürte, wie ungerecht sein

Vorwurf war, er wusste, das Gesagte gehörte genau in die Kategorie *hochtrabender Äußerungen*, die Sally nicht mochte. Aber es empörte ihn so sehr, dass die Welt imstande war, einem friedlichen Menschen wie ihm mit solcher Härte zuzusetzen, dass er wie benebelt war. Außerdem hatte er im Stillen gehofft, dass sie zusammenrücken würden und Sally ihren Arm um seine Schultern legte. Bislang war nichts dergleichen passiert.

In selbstquälerischer Verwunderung knetete Alfred seine Hände. Sally indes hatte Mühe, ihre Erwiderung in einem normalen Tonfall vorzubringen.

»Ich kann die Reise nicht beschleunigen, indem ich aufhöre zu trinken. Ich muss trinken. Du musst auch trinken. Rück deine Pfundmünzen raus, dann bist du sie los.«

»Jetzt soll ich es auch noch finanzieren«, sagte er mürrisch.

Sally zog mit den Münzen ab, ein verwirrendes Gefühl blieb haften, sie war nicht verärgert, sondern irritiert, solange sie nach etwas suchte, an das Alfreds Vorwurf sie erinnerte. Etwas Ähnliches, eine ähnliche Rechtfertigung wie die, dass sie trinken musste, hatte sie schon einmal vorgebracht. Was war es? Wann? Irgendein Ereignis, das partisanenhaft in ihr hauste und im Unterirdischen sein Unwesen trieb.

Beim Anstehen vor einer Imbissbar kam ihr seit sie weiß nicht wie langer Zeit zum ersten Mal wieder die kurze und enttäuschende Freundschaft zu einem jungen Mann aus der Nachbarschaft in den Sinn. Ihr Großvater in Wien, bei dem sie aufgewachsen war, hatte ihn gehasst. Sally war damals achtzehn, sie wollte duschen, da sagte der Großvater:

»Du bist wohl wieder so geil, dass du dich duschen musst.«

Antwort:

»Ich muss mich einmal wöchentlich waschen, auch ohne jede Geilheit.«

Weil ihr vor Zorn die Tränen in die Augen schossen, sagte der Großvater, was er oft gesagt hatte, als Sally ein Kind gewesen war, sehr oft, aber diesmal mit einem bösen Unterton:

»Das Feuchte ist offenbar dein britisches Erbe.«

Sally gab den Kontakt zu dem jungen Mann auf, sie mochte sich die Bemerkungen über ihr *britisches Erbe* in diesem Zusammenhang nicht anhören. Sie hatte schon genug zu kämpfen, sie hatte sogar mit ihrem Vornamen zu kämpfen, weil ihre Großeltern fanden, ihr Vorname allein beweise die Unreife der nach England ausgewanderten Tochter.

Zwei Jahre später bot sich Sally die Möglichkeit, für einige Monate nach Kairo zu gehen, als Schreibkraft am Kulturinstitut. Sie dachte, großartig, dort komme ich mit der Welt in Berührung.

In Kairo traf sie Alfred. Es ist immer Zufall, wenn zwei sich verlieben, erst recht bei jungen Menschen, die von einer Welle gesellschaftlicher Veränderungen in den Orient gespült werden, ein junger Ethnologe und ein Familienflüchtling. – Für Sally begann damals ein neues Leben. Lange unterdrückte Wünsche gingen jetzt in Erfüllung, Abenteuer, Reisen, Leichtsinn. Die klar linierte Zukunft, die ihr der Großvater vorgezeichnet hatte, war mit einem Schlag vom Tisch, obwohl sich Sally ihre ganze Kindheit hindurch an diesen Entwurf gebunden gefühlt hatte. Strikteste Moralvorstellungen, nur ein einziger Mann im Leben, Treue, kein Wortbruch, keine *Negermusik*, nur klassische, und auch beim Lesen nur die Klassiker in den Ausgaben des Großvaters. Noch immer, wenn Sally in der Auslage eines Antiquars eine dieser Klassikerausgaben sah, bekam sie Zustände und musste rasch weitergehen. Simone de Beauvoir hatte sie nur heimlich gelesen, nachts unter der Bettdecke mit Taschenlampe, wegen der beengten Wohnverhältnisse. Vielleicht war sie deshalb an Klassikern und klassischer Musik bis heute nicht so interessiert wie Alfred, der in seiner Jugend Zugang zu allem hatte, was aktuell war. Ihr Großvater hatte sie ständig kontrolliert und mit seiner Eifersucht verfolgt. Wenn Sally nur mit einem Mitschüler oder Kommilitonen telefoniert hatte, war ihm das widerwärtig gewesen. Das Telefon war auf seinem Schreibtisch gestanden, man kann sich seine zynischen Bemerkungen nicht vorstellen. Sallys Reaktion den Bekannten gegenüber war daher meistens:

»Nein.«

In Kairo war die Zukunft plötzlich unvorhersehbar. Und weil ihr diese Unvorhersehbarkeit das Gefühl vermittelte, die Zukunft werde endlos sein oder wenigstens länger dauern als das zunächst Vorherbestimmte, war Sally glücklich. Ein muffiges Leben als Hausfrau und Mutter unter dem Begriff Zukunft zusammenzufassen, war ihr schon mit vierzehn absurd erschienen. Standen Zukunft und Stagnation nicht in unversöhnlichem Widerspruch? Durfte es nicht etwas Lebendigeres sein? Dank Alfred konnte sie in Kairo bleiben und dort vier Semester studieren. Ihre Sucht, alles zu sehen und kennenzulernen, war so manisch groß, dieser gewaltige Hunger, den sie spätestens seit ihrem zwölften Lebensjahr verspürt hatte, dass keine Gefahr sie abschrecken konnte. Sie kletterte auf die Mykenos-Pyramide, während die vom Ramadan erschöpften Wächter dem Sonnenuntergang entgegenschnarchten. Sie lernte reiten und war nachts in der Wüste unterwegs, wo sie um ein Haar entführt worden wäre. Mit derselben Leichtfertigkeit ging sie schnorcheln und tauchen. Kairo war für sie die Rettung.

Als sie in Ägypten eintraf, war sie zwanzig, zwei Jahre jünger als Emma jetzt und sechs Jahre jünger als Alice. Am Flughafen von Kairo hatte sie ihre blaue Jacke getragen. – Normalerweise kamen ihr solche Dinge nur im Traum oder in den Ferien, aber erst, wenn die Ferien zu einer leeren Fläche geworden waren, auf der alles mögliche erschien. Dinge wurden dann wieder wichtig, die fast ein Jahr lang auf ihre Chance gewartet hatten, still, geduldig, wie jetzt. Sally fühlte sich für einige Momente gut, sie staunte, wie so oft, über das Schöne, das ihr das Leben geschenkt hatte. Wäre der Einbruch nicht gewesen, hätte sie jetzt anfangen können, die Ferien zu genießen.

Bedrückt leerte sie ihren Kaffeebecher, und mit dem Wasser, das sie für Alfred gekauft hatte, ging sie zurück zum Gate.

Am Gate wurden zwei alte Menschen in Rollstühlen abgeholt, damit man sie vor den anderen Passagieren ins Flugzeug bringen konnte. Alfred stand mit dem Gepäck im dichten Pulk von Menschen, die zum Boarding drängten. Keuchend schlürfte er die dicke, körperliche Luft seiner Mitreisenden.

Sally gesellte sich zu ihm, sie stieß ihren Kaffee auf, vom Frühstück war ebenfalls noch etwas dabei, es roch nach Rührei.

»Es wird dunkel sein, wenn wir ankommen«, stellte sie fest. Sie räusperte sich. Und weil zur selben Zeit eine resignierte Frauenstimme bekanntgab, mit welchen Sitzplatznummern das Boarding beginnen konnte, geriet Alfred in Wut.

»Jetzt habe ich nichts verstanden!« schnauzte er. »Du besitzt ein besonderes Talent, immer dann zu reden, wenn eine Durchsage gemacht wird.«

Er ging zum Schalter und erkundigte sich.

»Eins bis sechzehn«, sagte er enttäuscht.

»Zu früh gefreut«, sagte Sally. »Dann können wir uns ja wieder hinsetzen.«

In Ermangelung jedweder Möglichkeit, die Reise zu beschleunigen, räumte Sally eine Zeitung beiseite und plumpste in die freigemachte Schale. Die Schenkel eng übereinandergeschlagen, den Oberkörper über die Beine gebeugt, stierte sie auf ihre Schuhe. Sie fand, dass etwas unglaublich Ermüdendes in Alfreds Hektik lag, der Druck, den seine Ungeduld erzeugte, brachte keinerlei Zeitgewinn, und auch die Beziehungen zwischen den Menschen besserten sich dadurch nicht. Das leere Getriebe zerstreute nicht einmal Sallys bange Gedanken, die sie nicht haben wollte. Überfallartig, wie angespornt von dem unruhigen Treiben, schossen Bilder von zu Hause heran. Sally versuchte sie wegzudrängen, aber sie sprangen wie an elastischen Fäden zurück und brachten neue Bilder mit, wie in einem Kinderspiel, Phantasie weckt Phantasie. Und auch der Versuch, die Ferienstimmung zurückzurufen, die sie beim Kaffeetrinken gehabt hatte, schlug fehl. Ihr fiel wieder ein, dass man in den Ferien erst angekommen ist, wenn man sich der Zeit überlegen fühlt. Die Ferien fingen immer erst an, wenn man wusste, dass man mehr Ausdauer haben würde als der Tag.

»Hoffentlich geraten die Einbrecher beim Aufteilen der Beute in Streit und schlagen sich gegenseitig die Köpfe ein«, sagte Alfred.

Er hatte sich wieder neben Sally gesetzt und beobachtete von hier aus die Abfertigung der Passagiere, die ihm kränkenderweise vorgezogen wurden. Die Welt war unfassbar rücksichtslos. Visionen von beutebeladenen Dieben, die in Leintücher verknotet davontrugen, wozu sie kräftemäßig imstande waren, bedrängten ihn.

Die Flugtickets rasselten durch ein Registriergerät. Vor der großen Glasfront schossen Fahrzeuge vorbei, die keine Nummernschilder trugen. Dann endlich wurde das Boarding auch für die hinteren Reihen freigegeben. Sally hielt Pass und Ticket bereit, schon wieder trat sie zu jemandem hin, der sie mit sachlicher Aufmerksamkeit musterte, ohne dass etwas hängenblieb. Diesmal eine Frau in blauer Uniform mit weißer Bluse. Und Sally, Sally Fink? In lindgrünem Rock über einer schwarzen Hose, schwarzes T-Shirt, eine Frau in mittleren Jahren. Sie war im Zeitalter der Psychologie und Atombombe geboren und hatte von geregelten Familien- und Lebensverhältnissen in ihrer Kindheit nur ärmliche Begriffe vermittelt bekommen – rückblickend war das vielleicht ein Glück, denn so fiel es ihr leichter, die momentane Unordnung zu ertragen. Leichter als ihrem

Mann. Alfred reckte sich unmittelbar vor ihr eine Steifheit aus dem Rücken und ging in den verwaschenen Lieblingshosen, die er nur noch im Urlaub trug, mit je einem großen Halbmond aus Schweiß in den Achseln den Schlauchgang hinunter. Seine Schritte machten doppelt so viel Lärm wie die der anderen Passagiere, so unglücklich war er.

»Willst du keine Zeitung?« fragte Sally, als sie im Flugzeug waren.

»Ich wüsste nicht, was mich interessieren könnte«, sagte er bitter.

»Die Befreiung von Ingrid Betancourt zum Beispiel.«

»Ich pfeif drauf«, gab er zur Antwort. »Um mein Interesse zu gewinnen, hätte man sie noch zwei oder drei Tage behalten müssen.«

Sie nahmen ihre Plätze ein. Die Luft an Bord war trocken und kühl, trotzdem fühlten sich die kunstledernen Sitze, wenn man sie mit der Hand berührte, klebrig an. Sally saß am Fenster, draußen sah sie bunte Tanklastwagen fahren. Ein riesiger Airbus dockte am Nachbargate an und warf im Sonnenlicht seifenschmierig wabernde Abgase aus den Turbinen. Ein Passagier, der weiter vorne im Gang stand, schaltete sein Handy aus. Sally holte ihres aus der Tasche, es war kurz nach halb acht, sie stellte die Uhr eine Stunde vor, es war, als bringe diese Maßnahme den Moment der Heimkehr näher. In drei Stunden würden sie in Wien sein, Umsteigen in Düsseldorf. Sally schickte eine SMS an Nadja: *Ankunft um halb zwölf, wir nehmen ein Taxi.* Dann schaltete sie ihr Telefon aus. Kurz darauf ruckte das Flugzeug an, es setzte rückwärts raus und fuhr rangierend in Richtung Startbahn.

Sally blickte hinaus auf das Gewirr aus gelben Markierungen. Das Flugzeug blieb für einige Augenblicke stehen, dann erbebte es, nahm rasch Fahrt auf, mit einem Geräusch ähnlich dem der Espressomaschine zu Hause. Seltsamer Gedanke. Aber nicht seltsamer als andere Gedanken. Alfreds wundgescheuertes Gehirn erinnerte ihn an eine Tante, die mit ihnen im Elternhaus gewohnt hatte. Wenn Alfred mit dem Moped weggefahren war, hatte sie ihn regelmäßig vom Fenster aus mit Weihwasser besprengt gegen die Unbill der Welt.

Hoffentlich ist die Espressomaschine noch da, dachte Sally.

Als das Vibrieren der Maschine zunahm und man glauben konnte, das Flugzeug befinde sich kurz vor dem Auseinanderfallen, erwies sich die Luft mit einmal als tragfähig für die kleinen Flügel, erstaunlicherweise, und das Flugzeug stieß über einige Puppenhausreihen hinweg zum Himmel empor, in Richtung der tiefstehenden Sonne. Im Abdrehen durchkreuzte es eine Wolkengruppe, schoss wieder ins Licht und setzte dort oben den Weg fort in die Endlichkeit des Tages hinein.

»Ziemliches Pech, was?« sagte Sally.

»Ich habe es immer befürchtet« antwortete Alfred.

»Befürchtet habe ich es auch schon oft«, sagte sie. »Aber das tut vermutlich jeder.«

»Dann frage ich mich, warum wir nicht zu Hause bleiben?« sagte er. »Warum schaffen wir uns all die vielen Dinge an, wenn wir nicht imstande sind, zu Hause zu bleiben?«

»Weil Dinge nicht alles sind«, sagte sie.

»Warum also?« fragte er verzweifelt.

Aber das Gespräch blieb einfach stecken.

Wegen der steigenden Thrombosegefahr in der trockenen Flugzeugluft begann Alfred seine Wadenmuskulatur in Bewegung zu halten. Er wechselte rhythmisch zwischen Anspannen und Lockern, so wie es ihm der Arzt empfohlen hatte, damit das Blut aus den Krampfadern besser abfloss. Sally beobachtete ihn für einige Momente, sie fragte ihn, ob mit ihm alles in Ordnung sei, er bejahte. Also wandte sie sich ab und schaute zum Fenster hinaus.

Unter ihr lag, so weit man sah, die Erde, die sie an den Vortagen durchwandert hatten. Aus einer Höhe von 30000 Fuß war der Anblick fremd, das parzellierte Land, das mit seinen vielen Feldsteinmauern beim Wandern schön gewesen war, glich von hier oben einem räudigen Narrenpelz. Und das Leben darin war unsichtbar wie Flöhe.

Und als sich das Licht schon ein wenig rötete, eine halbe Stunde später, sah Sally zum ersten Mal in ihrem Leben einen Offshore-Park mit Windkraftanlagen. Die Windräder waren in geometrischer Ordnung ins Blau des Meeres gestellt, kleine weiße Kreuze, die im doppelten Dutzend einem Soldatenfriedhof nicht ganz unähnlich waren. Sally vermittelten sie ein Gefühl der Gleichmut. Was kümmerten die Windräder Sallys Verluste.

Seufzend lehnte sie sich zurück. Sie schloss die Augen. Für einige Augenblicke fühlte sie sich geborgen im mahlenden Rumoren der Turbinen. Und auch Alfred schien jetzt ein wenig beruhigt. Er trank die Wasserflasche, die Sally ihm gebracht hatte, zu zwei Dritteln leer, dann offerierte er Sally den Rest.

Es war ein schöner Moment gegenseitigen Kümmerns. Sally spürte, dass die Feindseligkeit, die von der schlechten Nachricht angefacht worden war, jetzt wieder abklang. Ihre Ellbogen berührten einander.

3

Es war das einzige Haus, in dem alle Lichter brannten, eins dieser langweiligen, weiß verputzten Ziegelhäuser mit den Fenstern genau dort, wo ein Kind mit Sinn für Symmetrie seine Rechtecke in eine Zeichnung malen würde. Während der Taxifahrer das Gepäck auslud, blickte Sally die Straße hinunter, die Nacht war sanft mit einer warmen Luftströmung von Ungarn her. Die Nachbarhäuser standen weitgehend finster, nur manche, im Einflussbereich der städtischen Laternen, waren überzogen von einem schwachen Schein. Haus neben Haus, Korpus neben Korpus, lauter solide Gebäude, in denen Menschen glücklich sein konnten. Und die Bewohner schliefen in ihren Betten, müde und unbedeutend, zwischen ihren Besitztümern.

Gegen diesen scheinbaren Frieden protestierte nur das voll beleuchtete Haus mit der Nummer 17. Das hätte etwas Unwirkliches haben können, doch so empfand es Sally nicht. Es bedrückte sie nur das Nebeneinander, das ihr den Zufall als etwas Ungerechtes vor Augen führte. Wie traurig, dass sie stellvertretend für alle Nachbarn, die mithalfen, die Gegend wohlhabend zu machen, die Kröte schlucken mussten. Warum gerade wir? Warum passiert das ausgerechnet uns? Wie ist das möglich?

Alfred folgte Sallys Sehlinie, er schüttelte den Kopf, als sei er imstande, ihre Gedanken zu lesen. Dann rollte er seinen Koffer zum Gartentor.

»Na komm schon«, sagte er. »So etwas hat man lieber hinter sich als vor sich.«

»Lass mich bitte noch einen Moment hier stehen.«

Sie hatten das Haus zu einem guten Zeitpunkt gekauft. Wien lag damals im toten Winkel Europas, und nicht nur Alfred und Sally hatten gedacht, dass der Eiserne Vorhang zur Geographie gehört wie die Pyrenäen und der Ural. Einige Jahre später befand sich Wien plötzlich wieder im Zentrum des Kontinents, und mit dem Leben, das in die Stadt kam, rührte sich auch der Immobilienmarkt. Die Dynamik wurde angeschoben von einem soliden wirtschaftlichen Aufschwung nach dem Beitritt Österreichs zur Europäischen Union und nach deren Osterweiterung. Dazu kam das Geld der russischen Oligarchen, die sich in Wien nach Investitionsmöglichkeiten und Zweitwohnsitzen umsahen. Wenn Alfred und Sally jung wären und ihr Haus heute kaufen müssten, wäre fraglich, ob sie es sich nochmals leisten könnten.

1985 hatten sie es mit einer überschaubaren Situation zu tun gehabt. Sally hatte die Anzeige in der Zeitung so euphorisch eingekreist, dass der Kugelschreiber das Papier aufriss. Das Angebot verhieß genau das Richtige, ein Objekt mit Garten hinter der Vortelinie, nicht zu groß und nicht zu klein und nicht sonderlich teuer. Da Alfred seine Sammlung von Siwa-Fingerringen und die restlichen Sinai-Kleider verkauft hatte, besaßen sie etwas Geld. Sally vereinbarte einen Besichtigungstermin, und gleich beim ersten Betreten strömte das Haus eine insulare Atmosphäre aus, die Sally das Gefühl gab, hier nie wieder auszuziehen. Wie das kam, konnte sie sich nicht erklären, bis heute nicht, denn eigentlich machte das Haus nicht viel her. Als sie noch an der Straße gestanden waren, hatte Sally gesagt, vielleicht würde eine Begrünung helfen, das Erscheinungsbild der Fassade weicher zu machen.

Die Besitzerin erwies sich als freundliche alte Frau, die ganz kindersüchtig war, sie grabschte dauernd in Richtung der damals dreijährigen Alice. Einmal, beim Rundgang durch das Haus, fing die Frau an zu weinen. Sie tat Sally schrecklich leid, Sally dachte, die Frau ziehe bestimmt ins Altersheim.

Als Sally und Alfred wenige Tage später zurückkamen, um den Kauf perfekt zu machen, erfuhren sie, dass die Tochter der Besitzerin in dem Haus gewohnt und sich das Leben genommen hatte. Sally fand das schockierend, aber zu ihrem Erstaunen sagte ausgerechnet Alfred, dass alles Friedliche eine unruhige Vergangenheit besitze; dabei beließen sie es. Tatsächlich schien es, als habe das Haus den Tod nicht akzeptiert, dafür war es nicht alt genug. Und es schien auch, als habe die Tochter der Besitzerin dem Haus nicht wirklich ihren Stempel aufdrücken können. Es fehlte alles, was einen auf den Gedanken hätte bringen können, es würde geistern.

Sie unterschrieben einen provisorischen Kaufvertrag, Alfred blies die Luftmatratzen auf, dann verbrachten sie die erste Nacht im eigenen Haus. Obwohl es Strom gab, zündeten sie Kerzen an. Sie weihten das Haus mit Schampus ein, und zu Alfreds Verwirrung tanzte Sally nackt in dem praktisch leeren Raum, so glücklich war sie. Ihr Bauch wölbte sich bereits wieder.

An den eigentlichen Einzug konnte sich Sally nur mehr

in wenigen Details erinnern, ein sonniger Tag, die Schwangerschaft mit Emma hatte ein Stadium erreicht, in dem Sally nicht mehr schwer tragen durfte. Jakob, Alfreds jüngerer Bruder, brachte die Sachen in einem gelben VW-Bus, in drei oder vier Fuhren. Jakob ging ihnen im Haus zur Hand, das kann aber auch später gewesen sein, im Winter. Woran sich Sally sehr gut erinnerte, war, dass der viele unausgenützte Platz sie zunächst erstaunt und dass das Haus dann jeden Tag kleiner ausgeschaut hatte und auch Jahr für Jahr kleiner zu werden schien. Durch die Ablagerungen der Jahre und des Lebens, das sie zu leben beschlossen hatten, war das Haus allmählich nach innen zugewachsen.

Alfred war ein Mensch, der nichts ohne schlechtes Gewissen wegwarf, Sally ging es ähnlich, und die Kinder hatten es geerbt oder die gleiche Angewohnheit entwickelt in Bezug auf ihre Kleider, Spielsachen, Buttons, Abzeichen, Bleistifte, Magazine, Bücher und sogar *Bilder*. Zu dem Zeitpunkt, als Alfred und Sally in den Urlaub gefahren waren, war das arme, dreckige, kleine Haus ausgebeult gewesen von Dingen, die andere Leute als Plunder einschätzen würden. Vom Keller bis unters Dach hatte es sich in einem Zustand befunden, in dem jeder neue Gegenstand, selbst ein kleines Heftchen, das hinzukam, es nötig gemacht hatte, dass ein anderer Gegenstand bewegt wurde.

Der Einbruch hatte stellenweise Platz geschaffen, aber nach Kubikmetern fiel die Einbuße nicht ins Gewicht. Vor allem hatten die Einbrecher die kompakte und mühsam verwaltete Ordnung umgewälzt, und zwar so gründlich, dass man in dem entstandenen Durcheinander die Menge des Vorhandenen vorgeführt bekam auf eine Art, die alles wie Plunder aussehen ließ. Welche wunderbaren Dinge! Und wie langweilig und hässlich und verzichtbar sie am Fußboden ausschauten! Sally hatte eine Beruhigungstablette genommen, um sich für das Bevorstehende zu wappnen, sie hätte besser zwei geschluckt, so schockiert war sie von der Traurigkeit dieses Ortes, an dem jeder Gegenstand das Echo der Einbrecherstimmen zurückwarf: Behaltet es, es ist nichts wert! Im Wohnzimmer versuchte Sally eine Weile, das trostlose Chaos einzuschätzen, dann sagte sie:

»Sie haben uns offenbar nicht das Haus ausgeräumt, sondern nur die Schränke.«

Alles lag wie Kraut und Rüben, und man konnte nicht glauben, dass Erik und Nadja schon einige Zeit mit dem Aufräumen beschäftigt waren, Nadja, diese schmale, zähe Frau mit ihren langen Armen und ihren präzisen Bewegungen. Sie behauptete, Alfred und Sally würden lediglich eine vom Teufel schon ein bisschen befreite Version des Desasters zu sehen bekommen. Dabei herrschte noch immer ein heilloses Durcheinander, und man konnte sich nicht vorstellen, wie die Zimmer ausgesehen hatten, bevor der unerwünschte Besuch gekommen war. Umgestürzte Möbel, Eier und Eierschalen, die in die Wüstenornamente der Teppiche getreten waren. An den Wänden klebte der Kirschsirup, den Alfred aus dem Burgenland bezog. Die Gläser in der Küche ließen darauf schließen, dass die Einbrecher den Sirup zuerst probiert und erst anschließend beschlossen hatten, möglichst viel Schaden damit anzurichten. Rote Rinnsale flennten in allen Zimmern des unteren Stockwerks über die weißen Wände, nur nicht im Spielzimmer, dort lag die leere Flasche neben Emmas demoliertem Cello.

Alfred hob das Cello hoch, als Musikinstrument war es eindeutig gestorben, allenfalls als Brennholz hatte es noch ein kleines Leben vor sich. Die Rückseite war durchgetreten, vorne fehlte neben dem rechten F-Loch ein faustgroßes Stück, und das Holz klaffte an der Bruchstelle in hellen Zacken. Die noch einigermaßen gespannten Saiten gaben bei der Berührung klägliche Geräusche von sich, wie unendlicher Trostlosigkeit sich entringend.

»Ich denke, da kann man nichts mehr machen«, sagte Nadja.

»Ja, es ist wohl ein für alle Mal kaputt.«

Alfred ließ das Cello wieder zu Boden fallen. Das Geräusch, das dabei entstand, war ein passender Kommentar. Alfred hielt einen Augenblick inne und suchte nach einer Formulierung für das, was er empfand.

»Es kommt einem vor wie ein Blick ins Schlachthaus«, sagte er schließlich. »Wie blutiges Fleisch.«

Der Vergleich traf es ganz gut, fand Sally, ein Zucken der Abscheu lief über ihr Gesicht. Wohin sie blickte, überall die Ergebnisse von gesetzeswidrigen Handlungen, schlimmer noch, von Dummheit und purem Hass auf das Leben.

Alfreds Stimme zitterte, als er fortfuhr.

»Warum jemand so etwas tut, ist mir ein Rätsel. Warum können sie sich nicht damit begnügen, einzubrechen und zu stehlen? Wozu noch diese kleinen Schäbigkeiten?«

Sally legte ihren Arm um seine Schultern, endlich, sie drückte ihn zu sich heran, sie schaute – na, was? – Was soll man sagen? – Nichts? – Sie biss sich auf die Lippen, sie sah, dass Nadja sie beobachtete, still, damit beschäftigt, wahrzunehmen und einzuschätzen.

»Kopf hoch, Dicker«, sagte Sally. »Diese Leute denken nicht so viel, wie wir es gerne hätten. Sie kommen herein, schauen sich um, tun, wonach ihnen ist, und gehen wieder. Es ist ihnen egal, ob wir sensible Gemüter haben oder nicht.«

»Es ist gegen den gesunden Menschenverstand!« empörte sich Alfred. »Es ist – – vernunftwidrig!«

Vernunftwidrig? Als Lehrerin wusste Sally, die größte Gefahr liegt immer in der Gedankenlosigkeit.

»Wenn du sie fragen würdest«, sagte sie, »gäben sie dir womöglich zur Antwort, es sei ohne böse Absicht passiert.«

»Und ich würde ihnen in eindeutiger Absicht den Garaus machen, am besten mit einem Spaten, das spart die Kugel.«

Es entstand eine kurze Stille, während der alle die Köpfe verdrehten oder die Mundwinkel verzogen. Dann sagte Erik:

»In Alfred brodelt gerade die Volksseele.«

Es entstand nochmals eine Pause. Die Luft schien die boshaften Stimmen der Einbrecher auszudünsten, knappe Legenden wie in der Zeitung unter den Bildern.

Wir hatten ein paar Bier getrunken und waren nicht gut drauf.

Nicht gut drauf? Ich schlage vor, ihr kniet nieder und macht den Hals frei.

Das Unbekannte, mit dem das Haus geladen schien,

verunsicherte alle, ganz besonders aber Alfred. Er hatte das Gefühl, es befinde sich etwas in der Nähe und er müsse nur den Kopf drehen, um dunkle Gestalten an sich vorbeihuschen zu sehen. Dieses Gefühl war so stark, dass es ihm Angst machte und er sich Luft verschaffen musste. Ganz plötzlich pfefferte er ein Schimpfwort in eine Zimmerecke, ganz so, als würde sich dort jemand verstecken.

»Das ist doch Wahnsinn hier«, sagte er. »Das ist mehr, als ich verkraften kann.«

Jetzt bemühte sich auch Nadja, ihm gegen seine Schmerzen ein paar Pillen zu drehen, es fiel ihr schwer, etwas Heilsames zu finden, über gutgemeinte Phrasen kam auch sie nicht hinaus. Immerhin: Als sie sich nach einem Lavendelsäckchen bückte und dabei zu Alfred aufsah, so dass sich der Ausschnitt ihrer Bluse ein zusätzliches Stück öffnete, blickte Alfred hin wie ein Halbwüchsiger. Kann sein, Nadja hatte ihm das kleine Geschenk absichtlich gemacht, diese ansonsten mit ihrem Sex so knausrige Frau.

Sie gingen in Alfreds Schreibzimmer. Dort war die Atmosphäre nicht weniger schlimm, ein umgestürzter Tisch und herausgerissene Schubladen. Eine Kohlezeichnung dreier dickbauchiger Pferde hing hilflos an einem einzigen Nagel, Sirupschlieren sorgten auch hier für etwas Farbe, kleine Flecken auch auf dem anderen Bild im Zimmer, Flecken unter vielen Flecken im Leben. Die Regale waren größtenteils leergefegt, aber die kleine, blau glasierte Katze, die Alfred aus Ägypten herausgeschmuggelt hatte, saß zu aller Verwunderung fast unverändert auf ihrem Platz, ein wenig verrutscht, wie ein Kegel, den die Kugel bloß gestreift hat.

Sally drehte die Katze in die gewohnte Blickrichtung zum Schreibtisch, wo sie ihren Herrn bewachte, wenn er dort fast jeden Morgen in sein Tagebuch schrieb.

»Die Katze ist mit Abstand das Wertvollste im Haus«, sagte Sally. »Ich nehme an, die Einbrecher waren verwirrt von dem, was sie in der Truhe gefunden haben.«

Die Truhe, ein massives, normalerweise durch ein Vorhängeschloss gesichertes arabisches Möbelstück, war aufgestemmt und der Inhalt, Alfreds Tagebücher und Schallplatten, lag davor am Boden. Wie nicht anders zu erwarten, bedeuteten diese Dinge niemandem etwas außer ihrem Besitzer, trotzdem hatte Alfred noch im Flugzeug von einem Safe geredet, der den Tagebüchern und Schallplatten besseren Schutz bieten würde.

Alfred kniete am Fußboden nieder und glättete die geknickten Seiten, wo ein Tagebuch unglücklich zu liegen gekommen war. Er klaubte die herausgefallenen Weinetiketten und Kinokarten auf, offenbar hatten die Einbrecher in allen Bänden nach geheimen Kammern oder zwischen den Seiten verstecktem Geld gesucht. Alfred ordnete die Tagebücher zu drei etwa gleich großen, kniehohen Stapeln. Währenddessen berichtete Nadja vom Besuch der Polizei am Nachmittag, sie rollte die Sache von vorne nach hinten auf, Erik trug Details bei, die ihm bemerkenswert erschienen; dass die Gläser, aus denen die Einbrecher getrunken hatten, zu Protokoll genommen, aber nicht in den Rang von Beweismitteln erhoben worden waren. Und so weiter.

Sie setzten den Rundgang fort, von einem Raum zum nächsten. Wie vor dreiundzwanzig Jahren bei der ersten Besichtigung verschafften sie sich einen Überblick. In diesen Räumen hatten Alfred und Sally sich geliebt, hier hatten allerlei kleine Katastrophen stattgefunden, Geburtstagsständchen waren gesungen worden, von tiefen und von hohen Stimmen. Drei Kinder waren ihren Kinderschuhen entwachsen. Die Zimmer waren in Unordnung geraten und wieder aufgeräumt worden, damit neue Unordnung entstehen konnte. Aber diesmal war die Unordnung so umfassend, dass es schien, kein Aufräumen könne je imstande sein, die Verwüstungen wiedergutzumachen.

»Ich bin regelrecht versucht, mich für dieses Drunter und Drüber zu entschuldigen«, sagte Sally.

Am schlimmsten war es gewesen, als Alfred mit den Kindern die Eisenbahnanlage in Spur 0 gebaut hatte, mit entsprechend großem Rollmaterial, überall Drähte, Lötkolben, offene Tiegel, fliegende Funken und Flecken im Teppich. Daran dachte Sally. Die Strecke hatte im Wohnzimmer bei der Terrassentür begonnen, entlang der Längsseite nach Süden geführt und dort das große, dreiflügelige Fenster blockiert, das man nicht mehr öffnen und auch nicht mehr putzen konnte. Dann hatten sich die Schienen in einer eleganten Kurve zur Schmalseite des Zimmers geschwungen, dort zum großen Teil Zugang und Zugriff zum Bücherregal verunmöglicht, ehe am Ende des Bücherregals die Wand zum Esszimmer mittels Tunnel durchbrochen worden war. Hierzu hatte Alfred einen professionellen Maurer zugezogen, der ihn anfangs, begreiflicherweise, für leicht *deppert* gehalten hatte. Aber mit Fortschreiten der Arbeit hatte auch der Maurer Gefallen an dem Auftrag gefunden, bis er am Abend stolz gewesen war auf den ersten Tunneldurchstich seiner beruflichen Karriere. Die

Strecke hatte durch den Tunnel ins Esszimmer geführt, im Esszimmer die Wand und die ganze Fensterfront entlang mit denselben Effekten wie im Wohnzimmer. Alfred und die Kinder hatten einen weiteren Durchstich in die Küche erwogen, der dann im Wandschrank enden und ein perfektes Service per Schiene hätte garantieren sollen. Doch Sally, die lange genug zähneknirschend die tolerante Ehefrau und Mutter gespielt hatte, legte ihr Veto ein mit einem legendären Satz, der alles verhöhnte, was ihr heilig war.

»Die Küche gehört mir!«

Spätestens damals hatte sie begriffen, dass Wohnen etwas Emotionales ist und dass sie mit ihren Gefühlen weit weniger links stand als ideologisch. Von da an hatte sie gewusst, Gefühle sind konservativ, sie verändern nicht die Welt.

Und jetzt sagte sie:

»Ich ärgere mich, dass ich vor dem Urlaub aufgeräumt habe. Es wäre besser gewesen, ich hätte eine tote Katze in eines der Zimmer geworfen.«

Gesagt, ging sie hinaus auf den Flur, der Flur machte seit jeher einen eher trüben Eindruck, weil er zu eng war. Am Treppenabsatz lagen wie schon beim Hereinkommen Kehrblech und Handfeger. Sally stieg darüber hinweg, um ins obere Stockwerk vorzurücken. Von dort strömte ein schwerer Geruch die Treppe herab, bestürzend vertraut, ohne dass Sally ihn einzuordnen vermochte. Der Geruch wurde stärker, je höher Sally stieg. Im Badezimmer fand sie den Ursprung, einen zwanzig Jahre alten Flakon mit Passionsblumenöl, der zerbrochen am Boden lag. Schade drum.

Sally wendete sich Richtung Schlafzimmer. Nadja warnte sie vor, sie habe mit dem Aufräumen in der Küche angefangen, sie habe sich gesagt, dass ihr Geschlecht sie dort am ehesten berechtige, die Schränke zu öffnen, aber Finger weg vom Schlafzimmer!

Tatsächlich war es im Schlafzimmer beinahe unmöglich, einen Schritt zu tun oder einen Überblick zu gewinnen – nicht über den Schaden, sondern über den Horror. Hier befand sich der innerste Bezirk des Schreckens, in diesem tobenden Tumult befiel einen das Bedürfnis, sich an etwas Stabilem festzuhalten. Doch Stabiles schien es nicht mehr zu geben. Auch nichts Intimes mehr.

Sally arbeitete sich durch die Kleiderberge, von Gegenstand zu Gegenstand, dabei verästelte sich das Entsetzen in immer subtilere Empfindungen. Es dauerte bestimmt fünf Minuten, bis sich ihr Puls wieder beruhigt hatte. Und immer, wenn Sally glaubte, sich mit der Katastrophe ein wenig abgefunden zu haben, tauchte etwas Neues auf, groß oder klein, und alle Wunden öffneten sich wieder, alle auf einmal.

Die Ledertasche, die Sally von Alfred vergangene Weihnachten bekommen hatte: aus der Inventarliste gestrichen. Ebenso Alfreds Manschettenknöpfe (von Emma), Sallys Ohrringe (von den Kindern), die Uhr von Alfreds Vater und auch die Uhr, die Sally von ihrer Mutter zur Volljährigkeit bekommen hatte, mühsam erspart von dem wenigen, was Risa in London als Haushälterin verdient hatte. Erstaunlicherweise fehlte auch die einzige Postkarte, die Alfred jemals an Sally geschickt hatte, 1981 aus Argentinien, ein Gegenstand ohne jeden Wert oder von lediglich einigen

Cents. Und umso sinnloser, dass sie weggekommen war, und umso schlimmer der psychische Schaden.

Alfred steckte die Fingerspitzen in die vorderen Hosentaschen, mit hochgezogenen Schultern sagte er:

»Ich glaube, eine Gasexplosion ist besser zu verkraften, vorausgesetzt, man kommt persönlich nicht zu Schaden.«

»Das sehe ich nicht so«, widersprach Sally. Sie machte die Betten frei und schüttelte die Polster aus. »Bei einer Gasexplosion wäre alles weg. Wir kommen mit dem aus, was noch da ist.«

Alfred beharrte darauf.

»Diese blinde und dumme Zerstörungswut macht mich ganz fertig.«

»Was an einer Gasexplosion weniger blind und dumm sein soll, musst du mir noch erklären«, gab Sally zurück.

Ihre Stimme hatte eine Spur von Gereiztheit, sie bedauerte es und ging hinaus auf den Flur, um so dem Ansturm von Hilflosigkeit standzuhalten. Hinter ihr drängte Erik auch Alfred zur Tür.

»Genug gesehen«, sagte er. »Morgen wird alles noch genauso daliegen wie jetzt.«

»Das ist zu befürchten«, knurrte Alfred.

Er ließ einige grobe Wörter im Schlafzimmer zurück. Er schien wieder von Mordlust erfüllt, er sah aus wie ein Besessener auf der Suche nach jemandem, den er niederstechen kann.

Auch bei Sally war die Gesamtwirkung von einer ungewöhnlichen Wucht. Trotz der Widerstandskraft, über die sie verfügte, traten ihr Tränen in die Augen. Von Nadja, die es bemerkte, wurde sie mit rauer Befangenheit umarmt.

Sally war überrascht von der Fürsorglichkeit dieser sonst immer so nüchternen Frau, sie legte ihren Kopf an Nadjas Hals und spürte, dass sich dort eine Sehne bewegte. Einen Augenblick lang stand es Sally frei, ob sie weinen wollte oder nicht. Sie entschied sich dagegen.

Abrupt löste sie sich aus Nadjas Umarmung, zwei Sekunden lang schaute sie zur Decke, damit die Tränen rückwärts fließen konnten. Dann sagte sie:

»Dabei wäre ich wie geschaffen für ein sorgloses Leben.«

»So geht's mir auch«, sagte Erik.

Sally warf rasche Blicke in die Kinderzimmer, anschließend stieg sie zu ihrem Zimmer im Dachboden hoch, über den steil nach oben gewinkelten Treppenstich, der die Einbrecher offenbar so erschöpft hatte, dass anschließend keine Kraft mehr vorhanden gewesen war, um das Verheerungswerk fortzusetzen. Im Abstand von einer halben Stunde seit der Ankunft bekam Sally hier erstmals wieder Boden unter die Füße. Hier hatte sie eine Idee davon, dass die Angst und die Wut, die sie den ganzen Tag über empfunden hatte, vorübergehen würden. Hier war bereits alles wieder friedlich, die Schildkröten hatten sich mit einer ins Aquarium geworfenen Bierdose gut angefreundet, das Männchen lag in der kleinen Höhlung zwischen der Rundung der Dose und dem sandigen Boden. Eine nahe Wasserpflanze schien ihre Fühler nach der Öffnung des neuen Möbelstücks auszustrecken. Die Folgen des Einbruchs waren gut integriert; doch weil sich die Schildkröten an den scharfen Kanten verletzen konnten, hob Sally die Dose heraus.

Zurück im ersten Stock empfing Erik sie mit den Worten, dass es Zeit für ein Gläschen sei. Er stand weiterhin in der Schlafzimmertür, beide Unterarme gegen den Türstock gestemmt. Aus seinen kieselfarbenen Augen sah er zu Sally herüber, mit festem, ungezwungenem Blick. Er stieß sich von der Tür ab, ging zum Treppenabsatz und drehte sich dort um zur Vergewisserung, dass ihm die anderen folgten.

»Mir nach!« sagte er.

Mit einem abgeschlossenen Studium der Chemie war Erik Aulich bei der UNO gelandet. Doch weil ihm sein Fach keine Aussichten geboten hatte, in Entscheidungen eingebunden zu werden, hatte er zusätzlich das studiert, was ihm seine Vorgesetzten vorausgehabt hatten, Rechtswissenschaften. Seither verlor sich seine berufliche Spur auch für Nadja. Sie beteuerte, Erik sei von zuverlässiger Kommunikationsdisziplin, sie wisse nur, dass er für das Innenministerium arbeite, Export-Kontrolle, dafür zuständig, dass Hightech-Hardware nicht in die Hände von bösen Buben gelangt. Die Abteilung habe ganz wenige Posten. Erik unterstehe direkt dem Minister oder einem ähnlichen Kaliber und arbeite weitgehend unabhängig. Deshalb könne er kommen und gehen, wie es ihm gefalle, Touren, Ausflüge, Mittagessen und so weiter.

Offenbar gehörte Erik zu den seltenen Menschen, denen es Vergnügen bereitete, über ihre Arbeit nicht zu reden, trotz der Beteuerung, sich keine andere Tätigkeit zu wünschen. Er war ein gutaussehender Mann, kantige Gesichtszüge, kurzgeschorenes Haar, seine tiefe Stimme passte zum Beständigen, das von ihm ausging, er war geradlinig und einfach. Dieser Tatsache schrieb Sally auch zu, dass sie sich kaum je mit ihm beschäftigte, nachdem er gegangen war. Aber solange er sich in ihrer Nähe befand, genoss sie seine physische Präsenz.

Erik hatte Humor, keiner strengte sich mehr an als er, Sallys Töchter zum Lachen zu bringen. Bei Emma gelang das bald einem, aber Alice war aus anderem Holz geschnitzt. Auch seine eigenen Kinder mochten ihn. Er behauptete, er habe nur deshalb Nachkommen in die Welt gesetzt, weil er Erben für seine Comic-Sammlung brauche.

Über eine anekdotenreiche Familiengeschichte schien Erik nicht zu verfügen oder legte keinen Wert darauf oder hatte alles, was irgendwie erzählenswert war, vergessen oder verdrängt, *Nichts Besonderes*, gab er auf einschlägige Fragen zur Antwort.

Nadja war in diesen Dingen auskunftsfreudiger. In der etwas undurchsichtigen Saga ihres Lebens ging es viel um Religion, Sexualität und Schuldgefühle. Es ließ sich eine ganze Mythologie daraus entwickeln, Großeltern, Eltern, Geschwister, ein bunter Haufen von Exzentrikern, ähnlich wie bei Sally, und zwischendrin sie selber, Nadja, als einziger Mensch und einzige Vernünftige unter diesen außer Rand und Band geratenen Göttern.

Angeblich hatte Nadja ihre Familie schon während der Schulzeit als Bürde empfunden, deren sie sich schnellstmöglich entledigen wollte. Auf dieses Vorhaben hatte sie ihre erhebliche Energie gerichtet, eine spindeldürre Musterschülerin, die *Mein Weg nach oben* verschluckt zu haben schien. Mit neunzehn schaffte sie es nach Wien. Dem ganzen Verein zu Hause habe sie keine Träne nachgeweint. Und als sie aus dem Westbahnhof getreten war, sei es ihr vorgekommen, als höre sie die Straßen und Häuser *singen*. Beruflich mache sie eigentlich nicht anderes, als dieses Singen zu imitieren.

Für ihr Imitieren wurde Nadja gelobt, sie sagte, es wundere sie selber, dass sie damit durchkomme. Die Kritiker beschrieben sie als eigenwillig, präzise und als jemand, der nichts Sentimentales in der Stimme hat. Sie galt als zuverlässige Technikerin und war auch für Schönberg zu haben. Von Schönbergs Musik fühlte sie sich musikalisch gefordert. Klagen kamen allenfalls in Form von Scherzen, man müsse froh sein, dass Schönberg kein HNO-Fachmann gewesen sei, sonst hätte er sich etliche seiner Werke nicht zu schreiben getraut.

Man brauchte ungefähr fünf Sekunden, um zu wissen, dass Nadja keine gewöhnliche Frau war, aber Jahre, um draufzukommen, was dahinter steckte. Sally wurde das Gefühl nicht los, eine Freundin zu haben, die sie kaum kannte. Bei Erik war es ziemlich einfach, ihn einzuordnen, doch die Persönlichkeit seiner Frau stückelte sich nur allmählich und widersprüchlich zusammen.

Eine Theorie, die Sally aufgestellt hatte, war die, dass Nadja eine verkappte Neurotikerin war mit einem ungewöhnlichen Potential an labiler Energie, die erstaunlicherweise für die Vorwärtsbewegung genutzt wurde. Was bei anderen Menschen nicht wusste, wohin es wirken sollte, war bei Nadja in Arbeitskleidung gesteckt und als Hilfskraft an der Gestaltung des Alltags beteiligt. Nadja selber sagte, sie funktioniere als Konstruktion des schieren Willens, sie könne täglich die Wutanfälle zählen, die nicht stattgefunden hätten.

Eine Ahnung von der Energie, die in Nadja steckte, streifte Sally schon beim ersten Zusammentreffen. Doch erst als sie gemeinsam zum Schwimmen gingen, begriff Sally, was Nadja täglich an Überschuss loswerden musste. Nadja sprang ins Wasser und kraulte auf die andere Seite des Entlastungsgerinnes und dann wieder zurück und dann wieder in die andere Richtung. Sally hätte ein Buch lesen wollen, kam aber nicht dazu, weil sie eine knappe Dreiviertelstunde lang fassungslos dieser schmalen Frau zuschaute, die weiter und weiter mit beiden Armen das Wasser aufwühlte, ohne unterzugehen, ja ohne den Eindruck zu erwecken, sich zu verausgaben.

Dass Nadja mit dieser Lebensweise Erfolg hatte, machte sie zu einem interessanten Menschen. Ohne Erfolg wäre sie bestimmt nicht zum Aushalten. Das dachte Sally. Und weil das Gewicht einer solchen Persönlichkeit getragen werden muss und weil Erik es seit zwanzig Jahren fertigbrachte, nicht in die Knie zu gehen, konnte er ebenfalls kein harmloser Mensch sein. Offenbar gelang es ihm, Nadja an den Wurzeln des Lebens zu halten und einen ausreichend stabilisierenden Einfluss auf sie auszuüben, so dass auch sie, die als genialisch Verschriene, auf dem Boden einer Gemeinsamkeit lebte. Neben ihm wirkte sie jung und ausgeglichen und weiblich. Erik war so anders als die *Kasperln*, die gemeinhin mit solchen Frauen zusammen waren, man kam gar nicht auf die Idee, dass er ein Kasperl war, so gelassen, so normal und doch imstande, seinen

Willen mit dem ihren zu koordinieren, ohne nur sinnlos der Nachgebende zu sein.

Trotz dieser nicht ganz einfachen Konstellation gehörten Erik und Nadja zu den wenigen Paaren in Sallys Umfeld, die glaubhaft von sich behaupten konnten, glücklich zu sein.

Die Möglichkeit, sich seinen Partner frei zu wählen, war historisch jung, und es wurde mit großer Unbekümmertheit davon Gebrauch gemacht. Als Sally und Alfred ans Heiraten dachten, befand sich das Experiment in einem Versuchsstadium, in dem sogar ein Gefühl für Dilettantismus noch fehlte. Partnerwahl galt als etwas, das im Geist der Freiheit erfolgen musste, wie Kunst, spontan und impulsiv. Eine sorgfältige Partnerwahl wäre für jeden, der einen Funken Fortschrittsgeist besaß, beschämend gewesen, denn alles Kalkulierte gehörte in die Welt der Spießer und somit in die Welt der Vergangenheit.

Die Aulichs waren einige Jahre jünger als die Finks, 1960 und 1962 geboren. Auf den ersten Blick kein großer Unterschied, doch hier machten sich auch kleine Unterschiede bemerkbar. Im Gegensatz zu Sally und Alfred wählten die Aulichs einander mit Bedacht. Sie sagten, sie seien sich von Anfang an einig gewesen, eine Ehe sei dazu da, dass zwei Menschen einander den Rücken freihalten und sich gegenseitig die Last abnehmen, sich vor anderen rechtfertigen zu müssen für das, was sie sind. Einmal hatte Nadja mit der für sie typischen Trockenheit gesagt:

»Liebe besteht mir zu sehr aus Sitzen und Warten.«

Mit demselben Pragmatismus waren die Aulichs bürgerlich geworden. In ihrer Kindheit hatten sie an der gleichen dörflich-trüben Flasche gesaugt und sich später nur dank ihrer Begabungen von dort abgesetzt. Aus dem Milieu, das sie hinter sich ließen, nahmen sie ein Gespür dafür mit, dass es keine geringe Leistung ist, gewissen Verhaltensnormen zu entsprechen. Bürgerliche Lebenskultur bedeutete für sie ein hart erkämpftes Gut, und auch Konventionen empfanden sie nicht als Behinderung, sondern als Fassade, die Deckung bot für ein autonomes Leben. Erik fand dieses Leben bequem, und Nadja beschützte sich dort nach dem Motto, dass man sich am besten in der Mitte des Gebüschs versteckt. Sally hatte es in ihrer Kindheit nicht anders gemacht.

Was die Aulichs als Aufstieg empfanden, empfanden die Finks als Niedergang. Sally und Alfred waren in der Bürgerlichkeit, in der sie auf die Aulichs getroffen waren, ziemlich widerstrebend gelandet, teilweise ohne direktes Zutun und zunächst ohne spürbaren Gesinnungswandel. Wie zufällig waren sie in eine Abfolge von Ereignissen hineingeraten, die sie nicht aktiv betrieben hatten, angefangen mit der erzwungenen Rückkehr aus Kairo. Dann hatte sich Alice angekündigt, und Alfred hatte die Stelle im Völkerkundlichen Museum akzeptiert. Es folgte der Hauskauf, und spätestens nach der Geburt von Emma begoss die Realität des Familienlebens den alternativen Rausch mit Wasser. In einem mit Windeln vollgehängten Leben, mit einer Erstgeborenen, die immer, wenn die kleine Schwester schlief, hoffnungsvoll fragte, ob das Baby tot sei, verzichtete Sally auf weitere Traumproduktion. Zwischen Kind und Kind brauchte sie keine Utopien, sondern Strukturen, und zwar solche, die hielten. Der romantische Bonus der Jugend verfiel, die kleine Familie gewann rasch an sozialer Eindeutigkeit, wie's so kommt.

Trotzdem erstaunlich, wie entschieden sie jetzt versuchten, die ihnen zugefallene Lebensweise zu verteidigen.

Die Küche war aufgeräumt, die Gläser, aus denen die Einbrecher getrunken hatten, standen kopfüber in der Spülmaschine. Nur der Kirschsirup an den Wänden erweckte ein wenig den Eindruck, hier sei jemand im Blutrausch abgestochen worden; und die Messer hatte man zuvor an den Tischkanten ausprobiert. Auf einer der Sirupschlieren krabbelte eine blauschimmernde Fliege. Alfred, der das Bedürfnis hatte, noch ein wenig zu stehen, ging mit seinem Glas zum Küchenfenster, im Vorbeigehen machte er eine Handbewegung, als wollte er die Fliege verscheuchen, doch bevor sie sich gestört fühlte, ließ Alfred die Hand wieder sinken.

Durch das Küchenfenster waren die Einbrecher ins Haus gelangt. Sie hatten so lange an der Einfassung herumgestemmt, bis sowohl der Rahmen als auch die Scheibe zu Bruch gegangen waren. Nicht gerade das, was man ein sauber ausgeführtes Verbrechen nennt. Ein paar Scherben steckten noch im alten, rissigen Kitt.

Es wäre halb so schlimm, dachte Alfred, wenn die Arbeit *freundlich* ausgeführt worden wäre. Ein guter Einbrecher hätte ein Loch in den Rahmen gebohrt und das Fenster mit einer Drahtschlinge entriegelt. Aber das hier! Das war das Werk von Versagern.

»Danke für die frische Luft«, sagte Alfred bitter. Er lehnte sich hinaus in den Garten. Die Nacht empfing seinen erhitzten Kopf mit wohltuender Kühle.

Hinter ihm am Tisch saßen die Frauen und Erik, zwischen ihnen eine Flasche Schnaps, eine Vase mit Blumen und eine Schale mit Himbeeren, die Erik während des Wartens abgenommen hatte. Die Himbeeren verströmten einen Geruch, den Sally mit dem ferialen Glück früherer Jahre in Verbindung brachte. Es war beruhigend, dass es diese Dinge noch gab.

»Bevor's uns jemand wegtrinkt!« sagte Erik mit trockener Bassstimme.

Alfred hörte die Gläser klirren, er seinerseits wollte das Ereignis nicht auch noch feiern. Erik setzte eins drauf, indem er das Sprichwort vom guten Leben in die Runde warf, das die beste Rache sei. Sagen das die Spanier oder die Chinesen? Vielleicht nicht die Chinesen. Dann gemischte Stimmen, die den unerhörten Vorfall als eher kleine als große Katastrophe einstuften. Kein Grund zur Besorgnis. Diese Einschätzung wurde durch überstandene Exempel aus dem gelebten Leben untermauert. Aber der Trost des Darüberredens kam Alfred in diesem Augenblick äußerst zweifelhaft vor. Ächzend wischte er sich den Schweiß vom rasierten Nacken, er fröstelte in der Zugluft.

Wie aus weiter Ferne hörte er Nadja sagen, sie würde auch gerne einbrechen gehen, aber halt so, dass es niemand merkt. Sie würde nichts kaputtmachen oder stehlen wollen, aber sich gerne umsehen. Eigentlich sei es ganz interessant, wie die Menschen leben, Wohnungen und Häuser könnten einem viel erzählen.

Alfred fühlte sich von Nadja seit jeher beunruhigt. Warum, das wusste er selber nicht genau. Ein bisschen lag es daran, dass ihn ihre offene Art einschüchterte. Er brauchte sie nicht allzu häufig in seiner Nähe, obwohl er am nächsten Tag immer viel aufzuschreiben hatte. Nadja war ergiebig, manchmal sagte sie gewagte Dinge.

War das jetzt ebenfalls ihre Stimme, die sich halblaut hob und senkte?

»Wenn wir einem Einbrecher in diesem Moment zusehen könnten, sähen wir ihn nicht bei einer asozialen Tätigkeit, sondern friedlich neben jemandem schlafen. Oder er würde gerade aufstehen, weil ein Kind, das sich im Schlaf den Kopf an der Wand gestoßen hat, im Nebenzimmer weint.«

Durch eine Wolke halber Betäubung hindurch hörte sich Alfred das Gespräch an, sein großes, finsteres Gesicht war fahl, ein beinahe alter Mann, schockstarr in der Verwirrung, und doch im Bemühen, tief hinten, die Wunde mit dem Verstand zu bandagieren. Du wirst es überleben! – *Werd' ich's überleben?* – Die Schultern verspannt, die Stimmung miserabel, unwirsch, erschöpft, empfand er nicht die geringste Neigung, sich die Einbrecher in ihrem Familienalltag vorzustellen. Man kann's auch übertreiben, fand er. Er gähnte. Gleichzeitig stierte er weiter in die unregelmäßige Dunkelheit hinaus. Er merkte, er war hundemüde, und seine Müdigkeit ließ ihn die Verluste, die er an diesem Tag erlitten hatte, besonders schmerzlich empfinden.

Die Stimmen in seinem Rücken verschwammen, und auch seine Gedanken fransten an den Rändern aus, die Ränder rückten zur Mitte, dann rauschte es leer in seinem Kopf.

Als ein Gegenstand in diese Leere drang, von dem Alfred nicht wusste, ob er gestohlen war oder noch vorhanden, wandte er sich vom Fenster ab und verließ die Küche. Auf halbem Weg hatte er schon wieder vergessen, was er hatte suchen wollen. In seinem Schreibzimmer stellte er Bücher an ihren Platz, um die Welt zumindest auf dem Gebiet des Sichtbaren ein wenig zu verbessern. Wenig später saß er bei den anderen am Küchentisch, ohne sich erinnern zu können, wie er hierhergekommen war. Er trank scharfen Alkohol, zwischendurch schaute er mit der Miene eines Idioten, der seinen Nabel betrachtet, ins Gesicht seiner Frau. Er wunderte sich, dass jemand um diese Tageszeit noch lachen konnte. Husch, ein paar Bilder flatterten über den eingedunkelten Himmel seiner Erinnerung, scheue Vögel.

»Er ist ein sehr lebhafter Schläfer. Das widerspiegelt nicht gerade seine sonstigen Temperamente.«

Wer war das überhaupt? Sympathische Frau. Ach ja, Sally, die Mutter seiner Kinder, ein nach außen gekehrter Aspekt seiner Persönlichkeit, eine verwundbare Stelle, wie alles Schöne in seinem Leben.

»Erstaunlich, dass er das kann«, sagte Nadja. »Die meisten Menschen leiden unter Schlafproblemen. Damit scheint er sich nicht plagen zu müssen.«

Als Alfred die Augen wieder aufmachte, blendete ihn das Deckenlicht. Er versuchte, die Menschen um sich herum zu sondern, es ging aber nicht, bestimmt trennte diese Personen sehr viel, bestimmt hatte jeder seine eigenen Gedanken, und trotzdem war es nicht möglich, sie auseinanderzuhalten. Erst als Alfred eine Hand auf seiner Schulter spürte, klarte sich die Situation ein wenig. Die Hand gehörte Nadja, sie stand neben ihm und hielt ihm ihr wächsernes, von der Müdigkeit aufgequollenes Gesicht wie eine Maske hin. Alfred wusste nicht, was er damit anfangen sollte, er blieb großäugig und stumm.

Nadja sagte, dass sie nach Hause gehe, sie sei müde. Ihre Nasenflügel waren weiß von einem unterdrückten Gähnen. Alfred spürte ihre Wangen an seinen Wangen. Und auch aus Sallys Mund kamen Worte. Zu Alfreds Verwirrung gab Nadja etwas zur Antwort, aus dem er nicht klug wurde, vielleicht hatte er den Anfang verpasst.

»Eine Bach-Kantate heißt *Ich lasse dich nicht.*«

Alfred sah ein sich entfernendes kleines Gesäß in einer knappen Hose.

Jemand sagte:

»Ich bleibe nicht mehr lange.«

Dann war es wieder still, nur der gespenstische Ton der altersschwachen Glühbirne oben in der Lampe und die Birke von draußen.

Alfred trank sein Glas leer, seine Kieferknochen bewegten sich kräftig, ehe er den Mund zu einer bitteren Grimasse verzog. Mit einer Handbewegung bedeutete er, man solle sein Glas nachfüllen; das geschah nur unendlich langsam, kam ihm vor. Ohne weiter daraus zu trinken, legte er beide Hände um das Glas. Seine Augen suchten in den Gesichtern der anderen nach dem Sinn der Worte, die er hörte. Lauter wirres Zeug. Was für ein seltsames, bizarres Schauspiel! Er versank erneut unter die Oberfläche dessen, was um ihn herum geschah.

Erik erzählte von Freunden, bei denen im vorletzten Frühjahr eingebrochen worden war. Das Paar hatte eine Faschingsparty besucht, im Winter, Schnee. Die Frau als

Mann verkleidet, der Mann als Baby, in einem gestreiften Trikotanzug, der seinen dicken Bauch zur Geltung brachte, mit einem großen Schnuller um den Hals und mit Tränenperlen in den äußeren Augenwinkeln. Als das Paar nach Hause kam, herrschten im ganzen Haus Kellertemperaturen, es stellte sich heraus, die Verandatür stand offen. Die Polizei wurde gerufen, die Beamten waren rasch zur Stelle. Der Mann und die Frau steckten noch immer in ihren Faschingskostümen, der Mann mit seinem Schnuller um den Hals und den glitzernden Tränen in den Augenwinkeln. Die Polizisten schauten sich um, der eine Beamte sagte, er habe hinter dem Haus Fußspuren entdeckt von jemandem mit riesigen Füßen, Schuhgröße 48. Das waren die Spuren der Frau im Männerkostüm, sie hatte die Schuhe extra für diesen Abend ausgeliehen. Vor dem Eintreffen der Polizei war sie um das Haus gegangen, um nach dem Rechten zu sehen.

»Trotz aller Härten und Schrecken«, sagte Erik, »muss zuerst noch bewiesen werden, dass das Leben ernst ist.«

»Umso schlimmer, würde Alfred sagen.«

»Und du?« fragte er.

»Ich komme darüber hinweg«, gab Sally zur Antwort. »Ich habe die Hoffnung, dass der Anblick bei Tageslicht nicht mehr ganz so erschütternd sein wird.«

Es ist vorbei, redete sie sich zu. Warum sollte ich mir jetzt noch Sorgen machen? Es ist, als wäre ich beim Zahnarzt gewesen und hätte einen metallischen Geschmack im Mund. Aber der Bohrer ist abgestellt und hängt in der dunklen Praxis in seiner Halterung.

»Ich erinnere mich, als die Kinder klein waren, habe ich

auch nicht gerne in der Nacht aufgeräumt. Ich räume lieber bei Tageslicht auf«, sagte sie.

Sie ließ einen kleinen Seufzer hören. Sie fragte sich, was Erik sah, was er empfand, woran er so angespannt dachte. Sie spürte, dass ihre Haut klebrig war von der Reise. Ihre Bluse war steif vom eingetrockneten Schweiß. Und im Kopf fühlte es sich an, als hätte sie dort Schwielen von der Angst und vom Zorn.

Nach einem kurzen Blick auf Alfred, der die verschränkten Arme auf den Tisch gelegt und den Kopf darauf gebettet hatte, nahm sie einen Anlauf und öffnete den Mund. Aber statt etwas zu sagen, streckte sie nur die Zunge heraus und leckte sich über die Lippen. Dann hing sie weiter ihren Gedanken nach, sehr merkwürdig, ein sehr merkwürdiger Tag. Dieser Tag hatte ihr Leben leichter gemacht und musste gleichzeitig dafür herhalten, dass sie sich fragte, was aus den Utopien geworden war, die sie gehabt hatte, als sie hier eingezogen war.

Ist wirklich sie das gewesen, die junge Frau mit den strahlenden Augen, dem dicken Bauch und dem Kind an der Hand? Und Alfred, der jetzt einen Alptraum hatte und im Traum zu reden anfing: Wie er in der ersten Nacht so stolz über ihr gewesen war und sich beim Sex ein wenig aufgerichtet und zu ihr heruntergeschaut hatte wie Moses auf das Gelobte Land. Im Gesicht hatte er den glimmenden Ausdruck des reinen Glücks gehabt. Ist wirklich er das gewesen?

Und jetzt? Wovon träumte er? Bestimmt nicht vom Glück. Zu gönnen wäre es ihm, er hätte ein bisschen Glück verdient. Viel eher kämpfte er mit Museumsbesuchern, die trotz seiner Rufe, dass Anfassen verboten sei, in den ausgestellten Dingen wühlten und die besten Stücke zu Boden schmissen. Oder er klammerte sich an die gestohlene Postkarte, die sich plötzlich ins Riesenhafte vergrößerte, sich in den Himmel aufschwang und bei nochmaligem Hinsehen nicht die acht kleinen Zeichnungen nordargentinischer Indiotrachten zeigte, sondern Krampfadern, in denen träge Kirschsirup floss.

Sally stand auf, sie beugte sich über Alfred und streichelte seine Wange, um ihn zu wecken.

»Alfred, wenn du hier schläfst, bekommst du einen steifen Hals«, sagte sie sanft.

Er schielte aus schmalen Augenwinkeln zu ihr hin, er brauchte einige Momente, um einigermaßen zu sich zu kommen. Er war zerschlagen, Beine aus Eisen, Rücken aus Holz, Hände aus Steinen, die Augenlider aus Blei. Er lauschte auf etwas, das nicht in der Küche war, und als hätte er aus der Ferne Antwort bekommen, sagte er:

»Ich muss ins Bett.«

»Du hast im Schlaf geredet, Alfred.«

»Ich glaube, ich will das gar nicht wissen.«

Eine traurige Ziellosigkeit breitete sich über sein Gesicht. Als spürte er, dass in seinem Kopf nicht mehr alles mit rechten Dingen zuging, fügte er hinzu:

»Ich bin zu nichts mehr zu gebrauchen.«

Mit der Fahrigkeit des aus dem Schlaf Gerissenen rieb er sich das linke Ohr, es schmerzte, weil es zwischen Arm und Kopf abgeknickt gewesen war. Mit steifen Gliedern stand er auf, der schwere Körper stabilisierte sich nur mit ärgerlicher Unbeholfenheit, Alfred musste sich am Tisch abstützen, damit er nicht hinfiel. Er stolperte durch einen letzten Satz.

»Ich will mich bloß hinlegen und an die Uhr meines Vaters denken.«

Dann ging er zu Sally, berührte mit beiden Händen ihre Brüste und tappte brummend zur Tür hinaus. Sally hörte ihn mit langsamen, schweren Schritten die Treppe hochsteigen, wegen der offenen Küchentür fuhr ein Luftzug durch den Raum, und für einen Moment bewegte sich auch der große halbkugelförmige Lampenschirm über dem Tisch mitsamt dem von ihm geworfenen Lichtkegel. Nachdem Sally die Tür hinter Alfred geschlossen hatte, nahmen Lampe und Lichtkegel wieder ihre vorherigen Positionen ein. Befangen in der plötzlichen Stille, zog Erik die rechte Handfläche über die Tischplatte, es entstand ein quietschender Ton.

In seiner Verlegenheit fragte er:

»Was machen wir jetzt?«

»Ebenfalls ins Bett gehen«, sagte Sally.

Ihr Blick verweilte länger als sonst auf ihm. Sie saßen da, bemüht, die Gedanken des anderen zu lesen oder wenigstens den Gesichtsausdruck zu deuten. Dann, nachdem sie ihn gedeutet hatten, senkten sie die Blicke, damit nicht noch mehr zum Vorschein kam, das nicht zum Vorschein kommen sollte.

Kühle Windstöße drückten sich zwischen den Häusern herum, weiter nichts.

»Und morgen die große Aktion«, sagte Erik.

»Nicht grad das, worauf ich mich freue«, seufzte sie. »Mehr als nur das Putzen eines Puppenhauses, wie Nabokov gesagt hat.«

»Ihr könnt die Gelegenheit nutzen und gleich auch wegwerfen, was ausgedient hat.«

»Besprich das mit Alfred«, sagte Sally. »Komm, es ist Zeit.«

Erik musterte Sally nochmals, bis in seinen Augen ein nachdenkliches Fragen war. Flüchtig verspürten beide den merkwürdigen kleinen Wunsch, den anderen zu küssen. Aber dieser Wunsch erlosch gleich wieder.

»Also dann.«

Der Abschied war eher fliegend als herzlich. Seltsam, dachte Sally, als sie langsam die Tür zuzog. Sie prüfte, ob die Tür auch fest geschlossen war. Dann ging sie die unteren Räume ab, bedrückt vom Gedanken an das, was am nächsten Tag zu tun sein würde. Fenster und Türen waren dicht, aber wegen des Lochs, das in der Küche klaffte, ließ sie die Lichter brennen, die brannten, sie hoffte, dass so auch die verbleibenden Stunden der Dunkelheit in Schach gehalten wurden. Sie kontrollierte ihr Handy. Von ihrer verwöhnten ersten Tochter weiterhin kein Lebenszeichen. Von Emma nochmals eine SMS, Sally antwortete mit einem Herz-Piktogramm, dann ging sie nach oben. Alfred schlief tief und fest, die Nachttischlampe brannte und warf einen schwachen Schein über die Unordnung im Zimmer und über den Schläfer, der sich in Kleidern und Schuhen hingelegt hatte, so wenig fühlte er sich zu Hause. Das Gefühl einer gescheiterten Expedition prägte die Atmosphäre im Zimmer, Alfreds Kopf lag neben dem Kissen, er speichelte auf das Leintuch, sein rechter Arm lag ausgestreckt auf Sallys Seite und griff ins Leere. Leise, damit Alfred nicht aufwachte, trat Sally zu ihm, sie löste die Schnürbänder und zog ihm die Schuhe von den Füßen, Socke und Gummistrumpf waren an den Risten feucht, wenigstens von der Socke befreite sie ihn. Alfred schlief unverändert mit hörbaren Atemzügen.

Weil Sally spürte, wie ausgelaugt und benebelt sie war, verzichtete sie darauf, sich zu waschen. Sie war seit über zwanzig Stunden auf den Beinen und hielt sich nur mehr mühsam aufrecht. Ächzend kletterte sie in ihr Zimmer unter dem Dach. Dort stand an der hinteren Wand ein schmales Feldbett. Sally zog sich aus, legte sich hin und löschte das Licht. Im grünen Schimmer der Nachtbeleuchtung wühlte das Schildkrötenweibchen mit den Hinterbeinen im groben Sand des Aquariums. Das Klacken und Rasseln der gegen das Glas gewirbelten Körnchen hatte etwas Beruhigendes. Ansonsten war weit und breit nichts Einfaches in Sicht.

4

Es war der fünfte in einer Reihe von absolut schönen, blauen und heißen Tagen. Nachdem in der Nacht die vorhergesagten Gewitter erneut ausgeblieben waren, wartete Sally nun schon am Vormittag darauf, so schwül sirrte draußen der Sommer. Doch angeblich sollte das Wetter für zwei Tage halten, bis von Westen eine Kaltfront mit einem Temperatursturz eintraf. Für die verbleibenden Schönwettertage hatte sich Sally vorgenommen, die Zimmer der Mädchen frisch auszumalen. Die Maler, die dem unteren Stockwerk wieder zu Ansehen verholfen hatten, waren so freundlich gewesen, einen Kübel mit weißer Farbe dazulassen.

Die Kinder sagten, sie fänden es gut, wenn das Haus ein wenig aufgemöbelt würde, doch große Hilfe leisteten sie nicht. Die Aussicht auf einen Tag in alten Kleidern und mit Farbspritzern im Gesicht langweilte sie, also beriefen sie sich darauf, dass Ferien waren. In der Früh scheuchte Sally Emma aus dem Bett. Mit dem Druckmuster des Lakens im Gesicht schaute sie ihre Mutter verständnislos an, dann tappte sie in ihrem rotgepunkteten Nachthemd, das ihr am Busen klebte, über den Gang und legte sich zu Alfred, um dort weiterzuschlafen. In der Familie war sie diejenige mit dem am schwächsten ausgeprägten Sinn für räumliche Integrität, schon als Neugeborenes hatte sie die Wärme anderer Körper erspürt und sich auf rätselhafte Weise zu ihnen hinbewegt.

Auch Gustav ließ sich wenig später blicken, auf dem Weg zum Klo. Am Rückweg fasste er kurz mit an und half, Emmas Bett in die Mitte des Raums zu rücken. Dann war auch er in seinem abgedunkelten Zimmer wieder verschwunden.

Sally schaffte das Bettzeug aus dem Weg, sie klebte die heiklen Stellen mit einem breiten Malerband ab, schließlich legte sie alte Zeitungen aus, deren Geruch mit dem Geruch der Farbe und dem speziellen Schuhschachtelaroma konkurrierte, das sich in Emmas Zimmer behauptete, seit Emma es bezogen hatte. Sally erinnerte sich, dass das Zimmer beim Einzug hellblau gestrichen gewesen war, es soll das Meditationszimmer der Vorbesitzerin gewesen sein. Sally steckte ihr Haar in einem Knoten auf dem Kopf zusammen, damit es nicht störte, dann tauchte sie den neuen Plüschroller in den Farbeimer und ging die Arbeit mit stillschweigendem Eifer an, in einem Ausbruch der gleichen trotzigen Energie, mit der sie seit gut einer Woche die Wiederherstellung der sogenannten Ordnung betrieb. Mehr als das, was sie leistete, konnte man beim besten Willen nicht in die Tage stopfen.

Obwohl an die Stelle von Chaos allmählich wieder ein Gefühl für Ordnung trat, war an eine freie Zeiteinteilung noch immer nicht zu denken, der Hausstand wurde nach wie vor von einer Realität bedrängt, die mit Ferialstimmung unmöglich in Einklang zu bringen war. Sally bewegte sich in einem engen Tunnel aus Telefonaten, behördlichen Prozeduren, Schadensbegutachtungen, Vertretergesprächen, Prospekten, Sicherheitsstufen, Kostenvoranschlägen, Rechnungen und Zahlen, überall Zahlen. Sally kannte nur wenige Dinge, die einem so sehr das Gefühl von harter Wirklichkeit vermittelten wie die Grundrechnungsarten. Ihr Gehirn war wie ausgebeult davon. Ausgerechnet in den Ferien war sie nicht nur knapp mit der Zeit, sondern auch knapp mit Inspiration. Im Schlagschatten des Einbruchs ließ das Leben nur stumpfsinnige Strategien zu, die Tagesarbeit war eintönig, niederdrückend und ermüdend. Vor allem die Vertreter zogen Sally den letzten Nerv. Sie war fassungslos angesichts der endlosen Lügen, mit denen diese Menschen ihr Brot verdienen mussten, sie fragte sich, wie sie es fertigbrachten, trotzdem ruhig und freundlich zu bleiben. Jedes Gespräch, das zu führen war, bescherte Sally eine Portion Stöhnen und Verdruss, so viele Lügen, sie selber könnte das nicht.

Am schlimmsten war das ständige Warten auf irgendwelche Leute, die nicht kamen oder angesoffen waren. Und dann die sich wieder und wieder verzögernde Lieferung des neuen Fensterrahmens für die Küche. Dieser Engpass trug am heftigsten dazu bei, dass Sally und Alfred die scheußliche Erfahrung nicht hinter sich lassen konnten. Vor allem Alfred tat sich unglaublich schwer. Er ging nur unter paranoiden Vorsichtsmaßnahmen ins Bett, und sein Schlaf war die Fortsetzung des Kampfes mit anderen Mitteln.

Die Diebe hatten viel Ersetzbares und manches Unersetzbare gestohlen, vor allem aber Alfreds Seelenfrieden. Solange das Küchenfenster nicht repariert war, fand er keinen ruhigen Moment. Seit Tagen wagte er sich nicht aus seinem kleinen Revier hinaus, nur das eine Mal, als er in die Shopping City Nord gefahren war und eine *Puffen* besorgt hatte, eine Glock 17, und für Emma einen Bikini und für Gustav einen Punchingball. Obwohl Sally während Alfreds Abwesenheit in ihrem Zimmer ausgemistet hatte, hatte ihm der kleine Ausflug, bis er zurück war und seinen Besitz unangetastet fand, Stunden der Beklemmung beschert. Wenn Sally darüber nachdachte, wie das gehen sollte, wenn er am Montag wieder zur Arbeit musste, wurde sie ganz mutlos. Nach der Rückkehr aus der Shopping City hatte Alfred mehrfach den Begriff »psychische Quetschung« verwendet. Er sei überzeugt, seine Psyche sei von dem »Besuch« schwer »gequetscht«, es werde Tage brauchen, bis sich die volle Wucht der Verletzung zeige, und noch viel länger, bis die Symptome anfangen würden wieder abzuklingen.

Selbst die Anwesenheit der Kinder hatte wenig dazu beigetragen, das Gefühl der Bedrohtheit bei Alfred zu lindern. Die üblichen Verheißungen des Heimkommens waren auch für die Kinder entfallen, aber seit sie begriffen hatten, dass ihnen die Versicherung das Verlorene zum Neuwert ersetzte, flaute ihre Gereiztheit ab, und selbst das alltägliche Streiten klang wieder unbekümmerter. Dabei waren die Kinder hier mehr zu Hause als Alfred und Sally, die das Haus *gekauft* hatten. Die Kinder waren hier *aufgewachsen*. Sie kannten nur dieses Haus als Ort der Geborgenheit, und trotzdem steckten sie die Härten des Einbruchs ziemlich gut weg. Besser als Alfred. Bei ihm konnte man zusehen, wie Wut und Hilflosigkeit am Lebensfaden nagten. Gedanken über den Einbruch bestimmten sein Verhalten Tag und Nacht. Aufgedunsen von einem unverstandenen Unglück, irrte er durchs Haus mit der Frage, warum so etwas ausgerechnet ihm passierte. Warum ausgerechnet mir? Mir? Mir? Es war überhaupt keine Haltung mehr da.

Weil im Fernsehen Tennis übertragen wurde, brachte Sally das Gespräch auf Arthur Ashe, den früheren Wimbledon-Sieger. Sie erinnerte sich, dass er seine Aidserkrankung mit den Worten kommentiert hatte, er habe sich, mit dem hochgestemmten Pokal in Händen, auch nicht gefragt, warum geschehe das ihm. Sally versuchte, Alfred mit solchen Argumenten aus seinem Selbstmitleid herauszureißen. Aber er hob nur die Schultern, starrte sinnlos auf einen nichtssagenden Punkt und murmelte:

»Ich begreife es nicht.«

»Die Aufgabenstellung besteht nicht darin, es zu begreifen, sondern darin, einzusehen, dass diese Dinge passieren. So etwas gibt's. Damit fertig zu werden wird von erwachsenen Menschen erwartet.«

Aber egal, was Sally vorbrachte, es war sinnlos. Nichts konnte etwas an Alfreds Unglück ändern. Oder präziser: Nichts konnte Alfred ändern. Die Symptomatik seines Verhaltens war Sally genaugenommen vertraut, sie kannte ihren Mann, den Mann und die Mechanismen dahinter, sie kannte ihn wie ein Uhrmacher sein liebstes Stück. So dumm, zu glauben, dass sie ihn noch umkrempeln konnte, war sie nicht, die Flitterwochen lagen schon einige Jahre zurück.

Auch an diesem Morgen fand Alfred bald nach dem Aufstehen zu seinem alles beherrschenden Thema. Mit hängenden Hosenträgern stellte er sich in den Türrahmen und schaute Sally eine Weile dabei zu, wie sie mit der Stehleiter zwischen den Beinen den schmatzenden Farbroller oberhalb des Fensterrahmens über die Wand führte. Sie machte rasch Geländegewinne, in großen Schwüngen verteilte sie die Farbe, bis das schmatzende Geräusch leiser und schließlich vom Rasseln der Rolle übertönt wurde. Sally spürte Alfreds Blick im Rücken. Als sie die Rolle wieder in den Eimer tauchte und sich dabei Alfred zuwandte, fragte er, wie es ihr gehe. Sie sagte, sie sei müde, worauf er meinte, das sei er auch. Tolle Unterhaltung. Nach einem Zögern ging er kurz weg, er drehte eine Runde im Haus. Sally hörte in der Küche die Kühlschranktür, wenig später das Rascheln der Zeitung, in der sich Alfred über den Zustand der Welt informierte, ob es ihr schon besser ging. Unverändert schlecht. Also kam er mit verdrossener Miene zurück und setzte Sally in unverlangter Ausführlichkeit auseinander, was ihn grad beschäftigte.

Ob es sich bei dem Einbruch um eine bloße Manifestation der Wahrscheinlichkeitsgesetze handelte, weil das Haus *an der Reihe* war. Ob sie vielleicht Feinde hatten oder ob es jemanden gab, der alle Bewegungen verfolgte und über den Rhythmus der Familienaktivitäten Bescheid wusste und somit über den besten Moment, um zuzuschlagen. Ob jemand ins Haus gekommen war, den sie kannten, Freunde von Gustav zum Beispiel, die wussten, dass alle Familienmitglieder in den Ferien waren und dass Gustav teure Elektrogeräte und Computerspiele besaß, aus denen leicht Geld zu machen war. Oder: Ob sie in einem bedeutsameren und komplexeren Universum lebten, in dem der Hang zum Materialismus die Bewohner des Hauses bis hierher geführt und bestraft hatte.

Weil ein Teil von ihr sich bereits nicht mehr mit diesen Dingen befassen wollte, hatte Sally Alfred nicht unterbrochen, um keine zusätzlichen Details zu provozieren. Schließlich konnte sie es sich aber nicht verkneifen zu sagen:

»Zumindest gibt es etwas Höheres als Hausrat.«

Und wie als neuerlicher Beweis für die umständliche und irrationale Art, in der sein Geist arbeitete, antwortete Alfred:

»Deshalb geht's mir auch so mies.«

»Also musst du deine eigene Rechnung aufmachen«, sagte Sally. »Ich bin gesund und intelligent und ich habe drei wunderbare Kinder. Ist das so schwer?«

»Ja.« Seufzen, kleine Verzögerung. »Weil, so gesund bin ich auch wieder nicht. Und was die Kinder betrifft ...« Neuerliches Seufzen, kleine Verzögerung. »Aber gut, damit wirst du schon recht haben.«

»Und eine Frau, die alles in Ordnung bringt«, fügte Sally herausfordernd hinzu.

»Oberflächlich, Sally, oberflächlich«, kommentierte er traurig.

»Es ist wirklich ein Elend mit dir«, sagte Sally.

Mit noch immer hängenden Hosenträgern stand Alfred hilflos da. Sally fragte sich, wofür er die Hosenträger überhaupt brauchte, wenn die Hosen auch ohne sie hielten. Sie hatte sowieso den Verdacht, dass Alfreds Kleidung, seit er Gewicht zugelegt hatte, zu eng war und ihm auf den Bauch drückte und dass er auch deshalb ständig schlechte Laune hatte. Aber davon wollte er natürlich nichts wissen. Sally senkte ihren Blick zu Alfreds Füßen, rechts der Gummistrumpf, grau, wie schon an den Vortagen. Die Invalidität wurde weiter zelebriert. Der linke Fuß spreizte nackt seine fünf gelben Zehen.

»Wenn du mir hilfst, ich könnte einen Handlanger brauchen«, sagte sie. »Die Arbeit würde dich vor Schlimmerem bewahren, während sie mich nur von Besserem abhält.«

»Wovon?« fragte Alfred ängstlich.

»Vom Nichtstun. Von den Ferien, die ich dringend nötig hätte.«

Er brummte zögernd, hob den Arm, kratzte sich am Kopf, steckte die Nase unter die rechte Achsel und schnupperte.

»Gib dir einen Ruck, Alfred«, sagte sie. »Na komm schon, damit du nicht so viel an deinen Ärger denkst.«

»Ich muss mich duschen«, sagte er. Und ohne ein weiteres Wort verzog er sich ins Bad. Sally hörte die Tür einschnappen, wenig später konnte sie das Passionsblumenöl wahrnehmen. Obwohl sie die feste, kleistrige Substanz weggeputzt hatte, breitete sich der Geruch weiterhin aus, kaum merklich und doch zählebig und dabei seltsam in seiner emotionalen Wirkung. Der Geruch zog durch das Haus wie ein offenes Nervengeflecht.

Erstaunlicherweise litt Alfred neben der Einbuße an Sicherheitsempfinden vor allem unter dem Verlust von Kleinigkeiten, zum Beispiel der Postkarte aus Buenos Aires. Diese weltlichen Dinge schienen wertvoll und wesentlich für seine Identität gewesen zu sein, als hätte ihre besondere Qualität in der Lebenszeit bestanden, die in ihnen gesteckt und die sich jetzt verflüchtigt hatte. So lastete die Schwere all dessen, was nicht mehr an seinem Platz war, doppelt auf Alfreds Schultern. Sally brachte es einerseits mit dem Zustand der Ehe in Zusammenhang, andererseits mit Alfreds Beruf. Ihre Meinung war, dass Museen einen ganz lebensfalschen Dunst erweckten, im Museum hatte sich Alfred angewöhnt, eine Sache für den Inhalt zu nehmen. Außerdem vertrat er im Museum eine Mentalität des Bewahrens, und diese Mentalität setzte sich im Privaten fort. Alfred hatte eine besondere Freude an Kontinuitäten, er mochte es, wenn Dinge eine bestimmte Bedeutung hatten, er fand es verlockend, wenn ihm etwas vertraut war oder zur Gewohnheit wurde; und natürlich kroch das ins Liebesleben. Für das Unerwartete war er überhaupt nicht mehr gerüstet. Sally hingegen jammerte, wenn alles vorhersehbar war und sich Veränderungen Wochen und Monate im Voraus ankündigen mussten, um willkommen zu sein. Diese Art Leben versetzte sie in Panik, jedenfalls von Zeit zu Zeit. Vielleicht hatte sie deshalb im Moment Alfred gegenüber wenig Geduld. Manchmal war sie drauf und dran, ihn zu hassen, aber mit Sicherheit verachtete sie ihn dafür, dass er nicht dynamischer war. Lieber hätte sie nicht auf diese Weise empfunden, aber es gelang ihr nicht, ihren Widerwillen einzudämmen. Sie dachte: Hoffentlich sagt das nicht mehr über mich aus als über ihn.

Wenn man Sally fragte, saß nicht nur Alfred hinterm Ofen, sondern auch seine Gefühle, auch seine Gefühle waren Stubenhocker. Diese Tatsache mit ihren eigenen Bedürfnissen in Einklang zu bringen war für Sally eine schwer lösbare Aufgabe. In Wahrheit brauchte sie zu diesem Mann Distanz. Er hatte sich in den vergangenen Jahren viel zu sehr an sie gehängt, zu seinem eigenen Nachteil. Da schadete es nicht, wenn er die Schulter seiner Frau für einige Zeit losließ. Statt sich auf eigene Beine zu stellen, war er immer auf der Suche nach Brustfütterung. Nahm er es überhaupt wahr, dass er meistens allein vor dem Fernseher saß und seine varikösen Beine hochlagerte? Machte es ihm etwas aus? Und warum akzeptierte er die dumme und unproduktive Routine, die sie hatten, als etwas Normales oder gar Besonderes? Das wollte ihr nicht in den Kopf. Schon öfter hatte er zu verstehen gegeben, die Beziehung zwischen ihm und Sally sei seiner Meinung nach etwas ziemlich Herausragendes. – Wie konnten Ansichten zur selben Sache so unterschiedlich sein? Sie selber beurteilte ihre Ehe weitaus kritischer, speziell im Moment sah sie meistens nur die Mängel. Und vor allem: Sie peilte ein neues Leben an, während Alfred am alten hing.

Sein Aufenthalt im Bad dauerte eine halbe Stunde. Als er fertig war, wuchs das frische Weiß in Emmas Zimmer seiner Vollständigkeit entgegen, so dass Sally auf Alfreds Hilfe verzichten konnte. Sie entließ ihn nach unten zu seinem Tagebuch.

Mit einem Pinsel malte sie die schwer zugänglichen Stellen aus, Emma schaute ihr einige Momente dabei zu, sie stand im Türrahmen, wie aus dem Boden gewachsen, und erschreckte ihre Mutter mit einem unmotivierten Kichern. Emma schnüffelte herum, ob nichts vergessen worden war, dann tappte sie Richtung Bad, offenbar hatte sie erlauscht, dass es frei geworden war. Sally mochte dieses große und friedliche Mädchen, seine Weichheit und

Anhänglichkeit. Natürlich mochte sie vor allem, dass mit Emma leicht auszukommen war.

»Vergiss nicht, dass das warme Wasser für alle reichen muss«, rief sie Emma hinterher.

Dann machte Sally am Fußboden klar Schiff, putzte gleich auch die Fenster, um sich zu beweisen, dass sie jemand war, der den Unterschied kannte zwischen sauber und dreckig; diese idiotische Phrase ihrer Großmutter und ihrer Mutter verfolgte sie schon ein Leben lang.

Draußen war es weiterhin strahlend, in den sauberen Scheiben rückte der Himmel näher heran, es war, als wäre auch die äußere Haut dünner geworden. Einige Nachbarhäuser langweilten sich in der Vormittagsleere. Kurz wurde eine Veranda aufgeschreckt, ein kleiner Schluckauf, als die Tür zwei Kinder ausspuckte. Ansonsten alles ruhig, die Ruhe verlässlich wie das Abonnement der Zeitung, alles pünktlich, im vorgeschriebenen Takt, die Sonne, die Jahreszeiten, die Geburtstage, sogar die Busse, die das Viertel alle zehn Minuten mit der U-Bahn verbanden.

Auf dem Rasen trat Alfred ins Blickfeld. An die zwischen zwei Bäumen gespannte Wäscheleine hängte er ein Blatt Papier, es bewegte sich in einem Lufthauch. Nachdem sich Sally mit dem Ärmel den Schweiß ausgewischt hatte, der ihr in die Augenwinkel gelaufen war, erkannte sie, dass es die Kohlezeichnung mit den Pferden war, die Alfred zum Trocknen aufgehängt hatte. Vermutlich war er mit einem feuchten Schwamm gegen die Sirupflecken vorgegangen. Doch statt das Blatt zwischen Geschirrtüchern und Bildbänden trockenzupressen, setzte er es den Sonnenstrahlen aus. Das ohnehin stark vergilbte Papier hob sich traurig vom grünen Rasen ab.

Alfreds Leistungen im praktischen Leben waren nicht berühmt. Was soll's. Sally sagte sich, bevor ich mich schon wieder einmische, nehme ich lieber Kurs auf das, was als nächstes ansteht: das Zimmer von Alice.

Von Alice war während zweier Wochen nur ein einziges karges Lebenszeichen nach Hause gedrungen, deshalb hatten alle schon gedacht, sie sei verlorengegangen. Vor zwei Tagen war sie aus Brüssel eingetroffen, wo sie seit Anfang des Jahres ein Praktikum absolvierte, allzu viele Erklärungen, warum sie tagelang nicht erreichbar gewesen war, gab sie nicht ab, technische Probleme. An diesem Morgen war sie die einzige, die sich noch nicht aus ihrem Zimmer herausgerührt hatte.

Sally holte den Staubsauger und polterte damit herum. Sichtbare Wirkung zeigte sich aber nur in Gestalt von Gustav, der seine horizontale Lebensweise damit begründete, dass er am Vorabend zu viel Gummibärli getrunken habe, das sei ihm erst im Bett aufgefallen, da habe es ihn ordentlich gedreht. Sally fand es immerhin gut, dass er es offen zugab und kein Geheimnis daraus machte. Er kündigte an, den Restalkohol am Punchingball abzuarbeiten.

»Weiß jemand, was mit Alice los ist?« fragte sie.

»Emma weiß es.«

»Wenn du weißt, dass Emma es weiß, wirst auch du es wissen.«

»Es geht mich nichts an, Mama«, sagte er liebenswürdig und wich geschickt einer allzu lästigen Kommandierung aus. Er hatte in letzter Zeit große Schritte nach vorn gemacht, mit dem Nachteil für Sally, dass sie ihn nicht mehr so leicht um den Finger wickeln konnte. Und dass er von Zeit zu Zeit ein bisschen zu sehr war wie sie selber, fand sie ein wenig fad.

»Na, dann troll dich, du Vagabund.«

Er blickte auf, atmete, lächelte. Er hatte wenig Farbe wegen seiner Computerleidenschaft, aber seine aufsprießende Männlichkeit war attraktiv und erfrischend. Er erschien Sally sehr apollinisch, fein und schön. Emma war mehr irden, voll, dick und weich. Sie brauchte momentan viel Platz und Aufmerksamkeit und fühlte sich von Alice seit deren Eintreffen an den Rand gedrängt. Gustav fuhr sich durch sein zu langes Haar, ein Schatz voll Leichtigkeit und ohne Beschwernis. Nachdem er festgestellt hatte, dass Emma das Bad blockierte, verschwand er nach unten, von wo Sekunden später Fernsehgeräusche hörbar wurden. Da alle seine Computerspiele gestohlen waren, langweilte er sich zu Hause.

Im Bad trocknete sich Emma gerade die Füße ab, sie bückte sich so tief, dass ihre Brüste die Oberschenkel berührten. Sie richtete sich wieder auf und sah Sally überrascht an, vielleicht ein wenig misstrauisch. Nach kurzem Zögern lächelte sie mit feuchten Lippen und fuhr mit dem Abtrocknen fort, die Oberschenkel, die molligen Mädchenhüften, Hinterbacken, die gesträubten Schamhaare, die wie bei ihrer Mutter rötlich waren. Und weiter, über den normalerweise bleichen Körper, die helle Haut, ein britisches Erbe aus zweiter Hand, jetzt gerötet. Emma errötete leicht.

»Was ist mit Alice los?« fragte Sally.

Emmas unschlüssiges Dastehen oder geduldiges Warten – wer sollte das entscheiden, wusste sie es selber? – wurde gestört von einem befriedigten Lächeln, das ihr über das Gesicht huschte. Um das Lächeln zu verbergen, wischte sie sich schnell über die Nase, ehe sie in eine ausrangierte Unterhose von Sally schlüpfte. Emma war nicht sonderlich anspruchsvoll. In der weißen Unterhose stand sie für einen weiteren Moment einfach still da, die wirren kraus wachsenden Haare über dem blassen, ungeschminkten Gesicht leuchteten in einem Sonnenkeil, sie war ruhig wie ein am Feld stehendes Tier, sehr hübsch mit ihrem jetzt absolut stillen Gesicht, dem es für Augenblicke gelang, nichts zu verraten – bis ein Lachen aus ihr herausplatzte, ein ziemlich verdächtiges Lachen, in dem ganz hinten die Unsicherheit stotterte.

Sie sagte:

»Sie hat heimlich meine Nachtcreme verwendet und ein rotes Gesicht bekommen.«

Worauf wieder das helle, von Unsicherheit und Verlegenheit kontaminierte Lachen folgte.

»Ich wüsste nicht, was es da zu lachen gibt.«

»Weil sie immer alles nimmt, ohne zu fragen«, sagte Emma. »Sie tut, als gehörte die Welt ihr.«

»Jetzt übertreib nicht.«

»Sie hat meine Zahnbürste abgebrochen.«

»Halt dich bitte an die Tatsachen«, forderte Sally. »So leicht bricht niemand eine Zahnbürste ab.«

»Alice schon.«

Sally konnte das Fink-Blut in Emmas Adern rauschen hören, ein ganz bestimmtes, ein bisschen irrsinniges Rauschen, das Emma von ihrem Vater hatte und mit dem sich Sally jetzt nicht auseinandersetzen wollte. Emma hatte schon als Kind viel und ohne Not gelogen, meistens kleine Fiktionen, die ihr Wesen Tag für Tag als Nahrung brauchte, um normal funktionieren zu können, das war halt ihre Art.

Ohne Emma weiter Beachtung zu schenken, ging Sally in Alices Zimmer. Dort herrschte strenge Verdunkelung. Sally ließ die Tür zum Flur einen Spaltbreit offen, damit der Streifen hereinfallenden Lichts den unterweltlichen Dämmer aufhellte.

Wie nicht anders zu erwarten bei dieser Hitze und angesichts des freizügigen Familienmilieus lag Alice nackt über das Bett gebreitet, am Bauch, die bloßen Fußsohlen waren zur Decke gerichtet. Den einen Ohrhörer ihres Abspielgeräts nahm Alice gnädig heraus. Sally sagte, sie könne ruhig auch den zweiten Stöpsel herausnehmen. Alice gehorchte. Dann schaute sie ihre Mutter aus harten Augen an, ohne ein Wort, keine große Überraschung, Sally war es gewohnt.

»Na, Genossin?«

»Sag nicht Genossin zu mir«, gab Alice zurück. »Du weißt, dass ich es nicht mag.«

Durch die Schnurlöcher der Jalousie fielen kleine Lichtpunkte auf Alices glatten, schimmernden, fast nicht gekörnten Rücken. Die Linie der Lichtpunkte passte sich dem geschwungenen Körper an und erfuhr eine leichte Krümmung. Die Schönheit eines Menschen, den man selber geboren hat, womit soll man diese Schönheit vergleichen? Sie gehört zu den wenigen Dingen, die sich nicht dafür eignen, mit etwas verglichen zu werden.

Sally überkam ein mütterliches Gefühl, sie setzte sich an den Rand des Bettes und sagte, sie habe sich schon Sorgen gemacht wegen der exorbitanten Schlafleistungen im Haus. Von Emma habe sie die Sache mit der Gesichtscreme erfahren. Dieses Experiment sei offenbar danebengegangen.

»Ich werde es kein zweites Mal versuchen«, sagte Alice.

»Geht es schon besser?«

»Ich hatte Angst, ich bekomme einen allergischen Schock.«

»Weil du zu viel *Emergency Room* schaust«, sagte Sally. »Andere wissen gar nicht, was ein allergischer Schock ist und machen sich deshalb keine Sorgen.«

Auf ihrem Matratzenfloß lag Alice dünn ausgestreckt über dem weißen Leintuch, den Kopf auf den rechten Arm gebettet im zerknitterten Kissen, die linke Hand unterm Bauch. Das stark konturierte Gesicht und die beharrlich blickenden Augen hatten etwas Anziehendes. Schluckbewegungen in der Kehle.

»So etwas hatte ich noch nie.«

»Man kann eben nicht nur Läuse, sondern auch Flöhe bekommen.«

Um sich Alice näher anzusehen, stellte Sally die Lamellen der Jalousie waagrecht, die Lichtgeschwader, die jetzt hereindrangen, erhellten Alices Gesicht. Es war von großflächigen Erythemen gezeichnet, die Augen waren ein wenig angeschwollen, vor allem die Unterlider. Alice behauptete, Emmas Creme sei mit Sicherheit verdorben, das wäre ihrer Meinung nach nicht verwunderlich. Sally bezweifelte diese Theorie, viel eher reagierte Alice auf einen Duftstoff oder ein Konservierungsmittel, irgend so etwas.

»Du wirst sehen, das vergeht so schnell, wie es gekommen ist«, sagte Sally. »Du bist ein großes Mädchen, das hältst du aus.«

Unvermittelt heulte Alice los, sie krümmte sich und schnaufte und brachte japsend hervor, es ginge ihr so schlecht, sie habe Depressionen. Die Verabredung am Abend könne sie sich an den Hut stecken.

»Huh-huh-huh«, sagte Sally und legte ihre Hand auf Alices zuckenden Rücken. »Huh-huh, du hast keine Depressionen, man nennt das Verstimmung.«

»Es ist doch nicht nur das Gesicht!« rief Alice. Sie wälzte sich mit Wucht herum und präsentierte sich jetzt auf dem Rücken.

»Ist das nicht schrecklich!?«

Im Bereich ihrer Scham hatte sie von der Rasur zwei Dutzend Entzündungen, vor dem Nachwachsen der kleinen Haarschafte waren Bakterien eingedrungen, von der Reizung oder vom Eiter waren die Haarfollikel aufgeworfen, der Schweiß, den Alice nicht nur jahreszeitlich, sondern auch altersbedingt absonderte, als unbewusstes Signal an die Welt, dass sie jung und gebärfähig war, fachte die Entzündungen zusätzlich an. Sie kratzte sich.

»Nicht kratzen!« rief Sally.

»Es juckt wie die Hölle!«

»Kratzen macht es nur schlimmer. Du musst beim nächsten Mal Enthaarungscreme verwenden.«

»Vertrage ich auch nicht.«

»Dann lass halt in Gottes Namen wachsen, was wachsen will.«

Die Augäpfel von Alice drehten sich der Mutter zu, sie blickte fassungslos, verächtlich durch ihre Tränenfenster, als wohnte sie gerade der Verkündigung einer mittelalterlichen Irrlehre bei. Sie schüttelte weinend den Kopf.

»Den Männern, denen du gefällst, wird es hoffentlich zumutbar sein, dass sie ein Schamhaar zu sehen bekommen«, mutmaßte Sally.

»Mama, das ist völlig ausgeschlossen, die bekämen einen Herzinfarkt!«

»Bitte, was?« fragte Sally, sie war mit den sexuellen Vorlieben junger Männer nicht ausreichend vertraut und fand es schockierend, dass eine intelligente, mit Zugang zu Bildung versehene junge Frau im einundzwanzigsten Jahrhundert auf derlei Empfindlichkeiten Rücksicht nahm.

»Du hast schon richtig gehört«, sagte Alice.

»Diese Bürschlein sind hoffentlich nicht aus Klorollen, dass sie von so etwas auseinanderfallen.«

»Es kommt nicht in Frage, Mama«, bekräftigte Alice, und ihr Gesicht war von diesem Gedanken so fiebrig übergossen, dass die Rötungen jetzt regelrecht leuchteten. Was für ein Unglückswurm.

Auf ihre Art war Alice ein einsamer Mensch, einsamer als Emma, von der niemand wusste, ob sie auf dieser Welt Verbündete hatte außer ihren Eltern und der einen Freundin, die Emma seit ihrem fünften Lebensjahr kannte und die sich grad verlobt hatte, so dass sich Emma – im besten Fall – an einen Platz in der zweiten Reihe gewöhnen musste. Alice wurde zwar ständig von zahllosen Satelliten umkreist, aber die meisten blieben namenlos. Bekam einer doch einen Namen und man sprach den Namen nach einigen Wochen aus, war Alice erstaunt, als habe sie bereits vergessen, dass es diesen Mann gegeben hat. Einer war kurz nach dem Kennenlernen bei einem Raftingunfall ums Leben gekommen, von ihm behauptete sie, er sei die Liebe ihres Lebens gewesen. Sally nahm es als Beweis dafür, dass die Fähigkeit zum Selbstbetrug den Menschen aufrecht hält. Alices Lügen waren andere Lügen als Emmas Lügen. Emma redete Unsinn, Alice betrog sich selbst. Alice war die wahre Naive in der Familie, denn im Gegensatz zu Emma war Alice nicht frei und schien trotzdem zu meinen, es zu sein. Diese Schlampigkeit des Denkens rührte daher, dass sie eitel war, sie lebte von Bewunderung und konnte ohne Bewunderung nicht existieren, andere Erfolgserlebnisse hatte sie selten vorzuweisen, das machte sie empfänglich für Lebensentwürfe der kurzfristigen Art. Sie identifizierte sich weder mit dem, was war, noch mit dem, was zu werden schien, gleichzeitig hatte sie keine sonderliche Vorstellung davon, was ihrer Meinung nach werden sollte. Zwar besaß sie die Hoffnung auf ein schönes Leben, aber das hatte mehr mit Gleichgültigkeit gegenüber der Zukunft zu tun als mit einem Glauben daran. Für Alice war die Zukunft nicht schwarz wie in Sallys Jugend, sondern klein und eng. Das erklärte, warum sie sich trotz ihres Gripses lieber treiben ließ.

Nach einem kurzen traurigen Frösteln drehte sich Alice zurück auf den Bauch, sie wischte ihre Tränen ins Kissen, sie hatte sich ein wenig beruhigt, und der helle Oberflächenglanz verbarg wieder ziemlich gut die darunter tobenden Dämonen.

»Ich gehe frühstücken. Kommst du auch?« fragte Sally versöhnlich. »Anschließend male ich dein Zimmer aus. Wenn frische Farbe an den Wänden ist, du wirst sehen, dann ist die Welt gleich ein bisschen lichter.«

Alice presste die Lippen aufeinander, im rechten Mundwinkel machte sich nochmals das Zucken eines Muskels bemerkbar.

»Meinetwegen«, sagte sie mit einem Stöhnen und krabbelte aus ihren epidermal bedingten Elendstiefen heraus.

Am Nachmittag war auch das Zimmer von Alice so gut wie fertig. Sally legte sich ins Zeug, um die Arbeit so schnell wie möglich hinter sich zu bringen. Die Kinder erzeugten keine weiteren Tumulte, diese amüsante Bande. Gustav war bei einem Freund, Emma machte einen IQ-Test an Sallys altem Computer. Der Test riet ihr, sie solle mit ihrem Sprachtalent und mit ihren intuitiven Fähigkeiten etwas anfangen – sie erzählte es jedem aus purem Überschwang. Alice spottete ein bisschen, war aber schon wieder besser drauf als am Vormittag. Die Mädchen ordneten ihre Reviere, Emma ging zurück an den Computer, Alice schlug ihr Krankenlager unter dem Kirschbaum auf. Wenige Meter daneben beschäftigte sich Alfred mit dem Traufenpflaster. Er verlegte neue Platten, weil der Frost der vergangenen Jahre die alten zerbrochen hatte.

Nach einiger Zeit umgarnte ihn Alice, Papa, wäre es möglich, plinkerplinker, dass du mich in die Stadt fährst? Alfred lehnte ab. Er fragte, warum sie nicht öffentlich fahre, offenbar ging es über seinen väterlichen Horizont, dass für Alice Flecken im Gesicht schlimmer waren als zwei gebrochene Beine. Ohne Antwort zu geben, blieb sie unter ihrem Baum liegen, durch das offene Fenster drang für längere Zeit nur mehr Alfreds Stimme herauf. Sally hörte undeutlich, wie Alfred mit sich redete, mit sich und mit dem Werkzeug, das er wechselweise ermahnte und lobte für die Kooperation in seiner Hand. Je länger er sich mühte, desto öfter mischten sich Ächzlaute und Flüche unter seine Kommentare. Sally wusste, am Abend würde er steif und wund sein und Küsse brauchen für seine ebenfalls wunden Lippen, auf die er sich bei körperlicher Arbeit immer biss. Sally hatte ein Zittern in den Armen, und das Kreuz zwickte sie schon ziemlich stark. Sie hatte ihren Töchtern bereits mitgeteilt, dass das Wiedereinräumen der Zimmer die Zimmerbewohner selbst besorgen müssten, Säcke für ausgemusterte Kleidung lagen bereit.

Zwischen Emma und Alice gab es weiterhin Misstöne, leise sirrte es in der Luft wie von einem Glühdraht kurz vor dem Durchbrennen. Nachdem Emma einen zweiten IQ-Test gemacht hatte, geisterte sie als kicherndes Fliegengesumm durchs Haus, auf Sally machte sie den Eindruck, als finde sie es weiterhin unendlich komisch, dass ihre Schwester mit der Hautcreme *eingefahren* war. Den Garten mied sie. Sich durchzuringen, Sally zu helfen, lag ebenfalls nicht drin. Aber sie kam regelmäßig vorbei, um zu sehen, ob die Sache voranging. Wenn sie vergaß, dass jemand in der Nähe war, gab sie harmlose Schimpfwörter von sich oder murmelte halblaut Sätze wie: »Geschieht ihr ganz recht.« – Als Sally sie daran erinnerte, dass sich der Mensch durch mehr auszeichne, als nur durch die Fähigkeit zu fluchen und zu lügen, kam Emma ganz aus dem Konzept, sie trollte sich verdutzt, fast ein wenig verschüchtert: verschüchtert von sich selbst. Was in ihrem Denken passierte, was irgendwelche elektrischen Ströme dort auskochten, die einzige Zuschauerin bekam nicht viel davon mit. Emma war gut darin, sich Gedanken zu machen, ohne es zu merken, sie war wie ein erschöpfter Soldat, der schlafend marschiert. Tatsächlich behauptete sie, dass sie in langweiligen Vorlesungen einschlafe und die Mitschrift schlafend fortsetze. Stimmte das oder war es Erfindung? – Sally tendierte dazu, es zu glauben.

Mit der Innenseite ihrer Handgelenke wischte sich Sally die Schweißperlen von Stirn und Nacken, und obwohl sie gern eine Pause eingelegt hätte, fuhr sie in ihrer Beschäftigung fort, damit ihr die Farbe nicht zu dick wurde. In stillem Eifer kämpfte sie sich auf die Zielgerade, dabei dachte sie an einen Schulaufsatz, der ihr vor einigen Jahren in Emmas Deutschheft untergekommen war. Titel: *Wenn ich einen Tag lang ein Mann wäre, was würde ich tun?* Emma hatte den Aufsatz mit dem Hinweis begonnen, dass sie gar nicht tauschen wolle, sie sei froh, eine Frau zu sein. Aber wenn sie einen Tag lang ein Mann wäre, könnte sie einen Tag lang Frauen beobachten, beziehungsweise, sie würde gerne sich selber beobachten, einen Tag lang sich selber sehen, wie Männer sie sehen, sie glaube, das wäre gut für ihre Selbsterkenntnis. Alle ihre Freunde (welche Freunde?) hätten gesagt, sie sei nicht gut zu verstehen, nach Aussage ihrer Freunde (völlig schleierhaft) benähme sie sich nicht wie eine typische Frau. Deshalb, wenn sie für einen Tag ein Mann sein müsste, würde sie versuchen, zu begreifen, was »typisch Frau« sei, um sich selber besser einschätzen zu können, das würde bestimmt manches erklären.

Unter der Dusche erinnerte sich Sally, dass sie als Mädchen lieber ein Bub gewesen wäre. Ihre Töchter wären erstaunt, wenn sie davon hören würden, egal, es war so, das vergisst Sally nicht so schnell. Buben durften alles und mussten nicht brav sein. Den Mädchen wurde zwar vorgegaukelt, sie dürften ebenfalls alles, aber wenn es darauf ankam, hieß es, nein, das geht nicht, auf keinen Fall. Wenn Sally erwiderte, der Soundso macht es auch, wurde argumentiert, er sei ein Bub, das gelte nur für ihn. So kompliziert war das damals. Außerdem mussten Buben nicht so blöde Röcke tragen, und später durften sie bei den Mädchen anrufen, aber als Mädchen durfte man denen nicht hinterherlaufen. Wer wollte sich da auskennen, außer vielleicht die Buben? Für die Buben war das Leben einfacher, sie mussten viel weniger denken, sie durften ohnehin fast alles.

Im wohligen Schoß des warmen Dampfs seifte sich Sally ein, schnaubend rieb sie sich das Gesicht ab, es lösten sich kleine Hautschuppen, wie Glimmer glitten sie mit dem Wasser hinab und strudelten in den Abfluss, Nahrung für die Krebse. Und jetzt die Achselhöhlen, sommerlich kahl, Sallys flache Hände rieben über ihren Körper, über die Seiten, über die Sektionarbe, die dunkle Bucht des Nabels und über die Arme. An den Oberarmen saß die Haut schon lose, aber darunter glitten sichtbare Muskeln. Sally betrieb Sport, sie ging laufen, es war ein langsamer Stellungskrieg gegen die Schwerkraft der Verhältnisse, eine zähe Schlacht, bei der nichts gewonnen, aber viel verteidigt wurde: Sie wollte langsamer verlieren als andere. Sally war weiterhin schlank und kräftig, aber klar, trotz einiger Echos ihrer früheren Schönheit war es nicht mehr ganz so zwingend, dass man diesen Körper gesehen haben musste. Sally war eindeutig nicht mehr jung, an diesem Julitag, mit diesem Julikörper, Hälfte des Lebens. Sie atmete den Geruch des Wassers ein, den Geruch von französischer Seife, der Schaum strudelte über dem Abfluss. Sally war mit dem Duschen so gut wie fertig, als Emma zum Türspalt hereinrief, Pomossel bringe Futter für die Schildkröten.

»Sag ihm, er soll warten, ich komme gleich«, rief Sally zurück.

Sie spülte die Wanne aus. Ihre Haut kribbelte nach dem Abtrocknen. Sie schlüpfte in frische Kleider, dann rieb sie ihre Füße an den Stellen des Fliesenbodens, wo das Passionsblumenöl weiterhin seinen Geruch ausatmete.

Pomossel hieß mit Vornamen Maxim, ein jüngerer Kollege, von dem Sally die Schildkröten bekommen hatte, er versorgte die Tiere regelmäßig mit Lebendfutter: Mückenlarven, Wasserflöhe und Ameisenpuppen. Früher hatte die Zustellung im Konferenzzimmer stattgefunden, nur in den Ferien hatte es einen Service frei Haus gegeben. Aber seit Pomossel vom Unterricht suspendiert war, sah ihn Sally nur noch privat, diesen zugeknöpften Kauz, der seit seiner Scheidung Freundschaften gewissenhaft mied und dem man trotzdem nicht zutrauen wollte, dass er eine Siebzehnjährige in ein leeres Klassenzimmer drängte. Bei ihm fragte man sich ernsthaft: Warum? Warum sollte er das tun? Aber gut, das waren vielleicht nicht die richtigen Fragen. Und vermutlich ging es auch nicht darum, dass man ihn für klüger hielt. Denn klug war er, kein Zweifel, und als Mensch interessant. Er besaß eine trockene, humorvolle Seite, die dadurch verstärkt wurde, dass er aussah wie Stan Laurel, nur größer. Das Gehirn typisiert jeden Menschen entsprechend bestimmten Assoziationen, deshalb tat man sich schwer, jemanden, der Stan Laurel so schlagend ähnlich sah, für einen Finsterling zu halten. Das ging nicht nur Sally so. Auch die Schülerinnen und Schüler hatten Pomossel bis zu seiner Suspendierung gemocht. Er hatte einen sehr aufrechten, steifen Gang. Wenn er über den Schulhof gekommen war, hatten sie gegrinst und einander zugeflüstert: Dort schreitet der Mikado.

Vom Einbruch wusste Pomossel, weil Sally ihn am darauffolgenden Tag angerufen hatte wegen der Bierdose im Aquarium. Jetzt fragte er, wie es stehe. Sally gab bereitwillig Auskunft, sie sagte, langsam rücke alles wieder an seinen Platz, aber die Laufereien und das Drumherum reichten, einen zum Trinker werden zu lassen. Ihr Schreibtisch sei zugeschneit von Formularen und Rechnungen. Sie sei erst ein einziges Mal zum Schwimmen gekommen, sie benötige dieselben Durchhalteparolen wie zu Schulschluss, sie hoffe, dass sie diesen Stress bald wieder loswerde.

Ob sie jetzt aufrüsten würden, wollte Pomossel wissen.

Eigentlich bräuchten sie kein Haus der Widerstandsklasse 1A mit Alarmanlage und fünffachen Sicherheitsschlössern, das stehe in keinem Verhältnis zum Verlust, den sie erlitten hätten, oder zu dem, was noch gestohlen werden könnte. Aber es sei ein Versuch, das Trauma zu bewältigen und sich vor einer Wiederholung des Traumas zu schützen. Sie selber habe gewisse Sicherheitsvorkehrungen *im Kopf*, und obwohl sie schon als Kind gut darin gewesen sei, sich zwischen Unsicherheiten zu bewegen, habe sie in dieser Hinsicht noch zulegen können. Alfred hingegen gehe diese Fähigkeit vollständig ab, deshalb seien die Ausgaben, schätze sie mal, gerechtfertigt. Bedauerlicherweise komme in dieser Situation ihre natürliche Anlage zum Faulsein zu kurz. Es sei arg, sie werde regelrecht nostalgisch für die profane Welt von: *Frau Professor Fink, er hat meiner Mutter einen sehr, sehr schlechten Namen gegeben! – Stimmt nicht, er hat angefangen, er hat meine Mutter zuerst beleidigt!* So ärgerlich diese Dinge im Unterricht seien, so sympathisch wirkten sie im Kontrast zu dem, was Sally im Moment gerade über sich ergehen lassen müsse.

Pomossel dachte einige Augenblicke nach. Sally hatte oft das Gefühl, er befinde sich in Reichweite von etwas Wichtigem und könne es ihr sagen und sage dann aus Versehen etwas Harmloses. Wie auch jetzt, in seinem gelassen verbindlichen Ton.

»Vielleicht müsst ihr euch der Betteln-Sie-beim-Nachbarn-Praxis anschließen. Mir ist aufgefallen, eine große Zahl von Leuten hat diese Schilder. Bei denen, die darauf verzichten, ist die Wahrscheinlichkeit, dass sie unwillkommenen Besuch erhalten, natürlich höher.«

»Wir geben Schritt für Schritt nach«, sagte Sally auflachend. »Aber so spießig sind wir noch nicht. Vielleicht in zwei oder drei Jahren.«

Nach einem kurzen Zögern entschloss sich Pomossel, ebenfalls zu lachen, er lachte ganz tief in der Kehle, dann hörte er wieder auf. Er erkundigte sich nach Sallys Wünschen für die Stundenplangestaltung. Sie sagte, wie gehabt, Mittwoch oder Donnerstag frei. Bei ihm? Der Gerichtstermin sei erst im Oktober, er hoffe trotzdem, dass es auch für ihn einen Stundenplan geben werde. Hauptsache, so wenig Fensterstunden wie möglich.

Das war's dann. Fanni, die neunjährige Tochter der Aulichs, kam mit ihrem Köfferchen in den Garten gerannt. Pomossel verabschiedete sich umständlich, indem er sich gleichzeitig das Hemd in die Hose stopfte, er sagte, er müsse zu seiner nächsten Würmer-Kundschaft.

Mit einem blicklosen Hallo! strebte Fanni ins Haus, wo sie nach Emma schrie. Nadja und Erik beabsichtigten, das Wochenende in der Südsteiermark zu verbringen, es war ausgemacht, dass Fanni während dieser Zeit Ferien bei Emma machte.

Auch Erik bog um die Ecke. Als Sally ihn sah, wurde ihr Herz fast hörbar. Sie wechselte einen Blick mit ihm, vergeblich bemühte sie sich um einen gelassenen Gesichtsausdruck. Barfuss ging sie über den weichen, leicht abfallenden Rasen. Die Haare, die sie herumwarf, waren noch nass. Und als sie sich ihres Schlenderns bewusst wurde und der Tatsache, dass sie glücklich war, begriff sie, dass sich ein Wandel vollzogen hatte. Es fühlte sich an, als hätte sie in diesem Moment eine innere Grenze überschritten, hinüber ins Reich der ungenutzten Möglichkeiten.

Erik griff ihr bei der Begrüßung an den Hintern, ganz flüchtig. Ihre Hand in seinem Rücken wanderte höher als nötig, zog sich jedoch schnell wieder zurück – eine dieser schülerhaften Annäherungen, die es seit Jahren gelegentlich gegeben hatte und die immer unter Flirten abgetan werden konnten, ganz ohne etwas dahinter. Diesmal war es anders. Diesmal klafften die Gesten zwischen vorher und nachher wie eine Zäsur.

Sally ordnete ihre Gesichtszüge, im Übergang entstand eine Grimasse, als hätte gerade jemand etwas Peinliches gesagt.

Der Garten war still, die Luft hatte schon etwas Abendliches. Auf den Dächern der Nachbarhäuser flimmerte das Licht, eine Amsel kam auf den Rasen. Ein bisschen blieb die Zeit stehen, weil sich ein Raum aufgetan hatte, für einige Sekunden, nur für Sally und Erik. Sally stand mittendrin, als Emma herausstürmte, Fanni in ihrem Gefolge, Fanni hatte eine große Chrysantheme im Haar, die ihr Emma hineingetan hatte. Sally wollte in dem Raum bleiben, musste aber wieder hinaus, hin und her, raus und rein. Schön war es trotzdem, ein auf schlichte Art kostbarer Moment.

Die Wassermelone knackte, als Emma sie mit einem langen Messer am Terrassentisch auseinanderschnitt, ein paar Krähen kreisten hoch oben im unversehrten Blau über dem Kongressbad, das bald Feierabend machen würde. Aus der Nachbarschaft führte der Wind einen brenzligen, von Grillfett durchsetzten Geruch heran.

Fanni ging zu ihrem Vater, Erik musste sich zu ihr hinunterbeugen für das, was sie ihm sagen wollte. Sie flüsterte ihm ins Ohr und drückte ihm gleichzeitig ihre Geldbörse in die Hand.

Für alle vernehmlich sagte Erik, er lege die Geldbörse zu Hause in Fannis Schreibtisch, dort sei sie vor Diebstahl sicher. Er zwinkerte in die Runde. Dann sagte er, man solle seinen Besuch nur als kurzen Abstecher deuten, er sei schon wieder weg. In diesem Moment kam auch Alfred aus dem Haus, Alfred aus Schenkenfelden, wie Sally ihn nannte, wenn sie schlecht auf ihn zu sprechen war. Ein Tropfen Wasser hing ihm am Kinn, weil er sich das Gesicht gewaschen hatte.

Emma verteilte Melonenschnitze, alle griffen zu, nur Erik nicht. Sein Körper wirkte hager im Vergleich zu Alfreds, kleiner bei etwa gleicher Größe, jungenhafter und unberechenbarer. Etwas Abgründiges war an ihm, als würde sein schmaler Körper durch engere Löcher schlüpfen können und deshalb für Heimlichkeiten besser geeignet sein.

Alfred sagte zu Erik:

»Was am besten gedeiht bei Hitze, sind Phantasie, Aggression, Unvernunft, Faulheit und Lust. Soll ich dir unter diesem Aspekt einen Überblick über unsere Familie geben?«

Für einen Augenblick war es still, gleich darauf hörte man Emma in einen Melonenschnitz beißen. Über den Rand des roten Fruchtfleisches hinweg leuchtete die Neugier aus ihren grünen Augen. Fanni spuckte einige Kerne in den Rasen. Sally beobachtete Erik, er schaute entsetzt auf seine Tochter, ohne sie zu meinen. Fanni war ganz versunken in ihre kleine Aufgabe, das Fleisch der Melone systematisch abzunagen.

Hatte Alfred einen sechsten Sinn? Huhhh, das wäre ganz etwas Neues und käme ungelegen.

»Ich hoffe sehr, es ist bei allen die Faulheit«, sagte Erik. Er zog die Brauen hoch. »Bei Fanni Unhöflichkeit. Vermutlich spuckt sie ihre Kerne deshalb so laut in der Gegend herum, weil sie erreichen will, dass ich das Feld räume. Als Vater störe ich das Bild.«

Sein Schatten zitterte auf dem Rasen. Erik tat so, als hätte er den Faden verloren, und nach einigen Allerweltsbemerkungen ging er zurück zum Wagen. Im Umwenden winkte er der Gruppe zu, ein sehnsüchtiges Strecken von Sallys Nervenenden bewirkte, dass sich der Flaum auf ihren Unterarmen bewegte.

Als Alice eine Stunde später zwei Säcke mit ausgemusterter Kleidung hinter die Haustür stellte und sagte, jemand solle die Säcke bei nächster Gelegenheit in eine Sammelbox werfen, ließ Sally es ihr durchgehen. Zum Abendessen forderte Alice einen Rindfleischsalat, Sally willigte ein und stellte bereit, was nötig war. Da bemängelte Alice, dass Sally Mayonnaise aus dem Glas nehmen wollte, anstatt selber eine zu machen. Total daneben. Jetzt ließ Sally sie nicht mehr so einfach davonkommen, Herumlungern und Maulen und sich für alles andere zu gut halten, das versetzte sie in Wut. Ein Wort gab das andere, am Ende bekam Alice von Sally Mangel an sozialem Empfinden vorgeworfen, aber das sei ja nicht überraschend bei jemandem, dessen kulturelles Bewusstsein sich auf Dinge wie selbstgemachte Mayonnaise und das Sammeln von Hotelseifen beschränke.

Alice schluckte schwer. Im Einstecken war sie, wenn sie mit Sally stritt, ganz gut, das musste man ihr lassen. Aber die diesmalige Dosis war offenbar auch für sie zu hoch. Innerlich kochend sagte sie, Sally solle nicht die Heilige spielen mit der Hand von Erik Aulich am Arsch.

Der Hieb saß. Sallys Herz klopfte, und mit ungewöhnlicher Schnelligkeit wirbelten überfallsartige Halbgedanken durch ihren Kopf – – Alice muss es vom Fenster aus, herunterspielen oder leugnen –

»Sag, spinnst du? Was redest du da?!« sagte Sally erschrocken.

»Wofür hat man Augen im Kopf?« erwiderte Alice.

»Bestimmt nicht dafür. Dir piepst's wohl!«

»Ich seh doch keine Gespenster, Mama.«

»Scheinbar doch. Was soll ich auf so einen Blödsinn sagen?«

»Ich habe es ganz deutlich gesehen. Habt ihr was miteinander?«

»Alice, du träumst.«

»Du lügst.«

»Ich lüge nicht. Spinnst du? Wie redest du mit deiner Mutter?«

»Und wie du lügst!« sagte Alice.

»Überhaupt nicht«, beteuerte Sally.

»Und wie du lügst.«

»Alice, untersteh dich!«

»Im Grunde ist es mir egal, was heißt, im Grunde, überhaupt.«

Die beiden gingen jäh auseinander. Sally starrte auf das Glas mit der Mayonnaise, das matte Gelb und das zaghafte

Rot der Eiertomaten gleich daneben gaben dem Moment etwas Biederes. Dann trat Sally mit dem Fuß gegen eine offene Küchenlade, dass es nur so knallte.

So, das habe ich wieder nötig gehabt.

5

Die Idee des Bewusstseins quälte Sally, seit ihr dessen Existenz in der Kindheit gedämmert war. In Menschenmengen, auf die sie in der Schule oder auf der Straße traf, war es ihr regelmäßig passiert, dass ein Staunen über die eigene Person sie befiel, so viele Menschen und dazwischen ich. Ich, das war etwas Spezielles, das nicht in mysteriösem Einklang mit der Welt stand, sondern von der Menge gesondert war, etwas, das eine ganz bestimmte Affinität mit einer ganz bestimmten physischen Erscheinung hatte, dem Körper, der den Namen Sally Kottek trug. Sally war oft verdutzt angesichts der Tatsache, dass andere über dieses merkwürdige Phänomen nicht ebenso reden wollten wie sie oder zumindest darauf hinwiesen. Wie seltsam! Denn Teil dieses Körpers war ein unsichtbares Bewusstsein, das als erwiesen gelten durfte, das man fühlen konnte, das Sally mit einem gewissen Besitzerstolz erfüllte und dessen Besitz sie gierig formulierte, auch hinsichtlich aller Bestandteile, die sonst noch dazugehörten: MEINE Arme, MEINE Augen, MEIN Mund, MEINE Füße – und dieser ebenfalls dazugehörende Teil, bei dem die Erwachsenen die Brauen hochzogen oder sich unbehaglich fühlten, wenn Sally ihn erwähnte oder ein bisschen daran herumspielte: MEIN Geschlecht. Das natürlich nicht Geschlecht hieß, sondern keinen Namen hatte. Auch das war ICH oder es war NEIN, entsprechend den subtilen Gesetzen, dass das formbare menschliche Kind klug sein und schnell lernen muss, ob es wünscht, sich einzufügen oder hervorzutreten als eine bestimmte Person mit einem bestimmten Besitz, über den nur es allein verfügen darf und niemand sonst.

Vielleicht plagt alle Kinder dieses Rätsel der Identität, wie flüchtig auch immer. Sally wusste es nicht. Vielleicht war nur sie schon im Vorschulalter eine Mikro-Mystikerin gewesen, reif für die Bernhards und Houellebecqs dieser Welt, um sich eintragen zu lassen in deren Zuhörerschaft. Vielleicht wirkte bei ihr die größere Verunsicherung als bei anderen Kindern, weil sie unehelich geboren und in einem abnormalen Haushalt aufgewachsen war vor über vierzig Jahren. Vielleicht hätten diese Umstände jedes Kind dazu gebracht, sich selbst zu befragen: Wer bin ich? Warum habe ich keinen Vater? Ist meine Mutter wirklich nicht ganz richtig im Kopf? Warum lebt sie in London und ich in Wien? Und was gibt es an meinem Vornamen auszusetzen? Wie muss ich diesem Namen Rechnung tragen? Welche Spuren hinterlässt er? Und die äußere Erscheinung? Was sagt sie aus? Die blasse Haut? Die rotblonden Haare? Das ausländische *Outfit*?

Aus London kamen Sendungen mit abgelegter Kleidung von den Kindern der Leute, denen Sallys Mutter den Haushalt führte. Dadurch war Sally ihren Schulfreundinnen modisch oft Jahre voraus, ohne sich dessen bewusst zu sein, sie begriff lediglich ihre Andersartigkeit. Sie hatte ein Gefühl der Fremdheit angesichts ihrer Individualität. Dieses Gefühl ging nie verloren. Zwar akzeptierte sie irgendwann die besondere Einheit, die der Zufall der menschlichen Biologie und ihrer Geburt ihr gegeben hatte. Aber das bedeutete nicht, dass sie aufgehört hatte, darüber nachzudenken und genau zu prüfen: Wer bin ich – letztlich?

In ihrer Kindheit dachte sie, dass sie es nicht wisse und deshalb hartnäckig nach einer Antwort suchen werde, bis sie es eines Tages herausgefunden hätte. In ihrer Jugend glaubte sie, die Antwort zu wissen. Doch dann eröffneten sich ihr neue Einsichten, und die Antwort darauf, wer Sally Kottek ist, bedurfte einer Neuinterpretation. Mit vierundzwanzig, als Sally über das Selbstvertrauen eines akademischen Grades und über eine beachtliche sexuelle Reputation verfügte, dachte sie, dass sie einen komplett geformten Körper und eine komplett geformte Persönlichkeit besitze und jetzt einen definitiven Begriff davon habe, wer sie sei. Aber die unerwarteten Herausforderungen der Zeit und des Lebens – Scheitern, Enttäuschungen, glückliche Umstände – führten zwangsläufig dazu, dass sie die Antwort alle paar Jahre revidieren oder wenigstens abändern musste.

Mittlerweile glaubte sie, dass das Problem der Antwort bereits in der Frage steckte. Das Konzept eines Ichs war so flüchtig und schwer fassbar wie Phlogiston, der alchimistische Feuerstoff. Was Sally gewesen sein mochte, als sie im Alter von vier Jahren die nicht zu beantwortende Frage erstmals zu enträtseln versucht hatte, oder mit elf oder vierundzwanzig oder fünfunddreißig, war so aussagekräftig wie ein einzelnes Bild in einem anderthalbstündigen Film. Sally wandelte sich ständig, es geschah unter dem Eindruck von Erfahrungen, Orten, Lebenseinschnitten und Menschen, die ihr nahe kamen. Sie veränderte sich unter dem Eindruck des Einbruchs und unter dem Zauberstab der Verliebtheit. Nicht, dass ein Ereignis sie komplett umkrempelte, davon war keine Rede. Aber ohne Wirkung blieben diese Dinge nicht. Mary McCarthy hatte ganz richtig gesagt, es würde nichts bringen, sich zu verlieben, wenn man unberührt so bliebe, wie man war.

Ein Modegeschäft hatte seinen Konkurs annonciert mit Beginn des Ausverkaufs am Freitag, das lieferte Sally den nötigen Vorwand, dass sie am Vormittag in die Stadt wollte. In Wahrheit hatte sie ihre Einkäufe schon am Vortag erledigt und in einem Schließfach abgelegt. Das waren die Kleinigkeiten, auf die es ankam, sie kannte die gefährlichen Stellen bei ihren amourösen Aktivitäten, wie sie in ihrem Zimmer den vorstehenden Balken über dem Bett kannte, an dem sie sich in der ersten Zeit zwei- oder dreimal den Kopf angeschlagen hatte.

Schon mit dem Aufstehen war sie nervös, sie schminkte sich mit zittrigen Fingern. Alice war wieder in Brüssel, Emma bei ihrer frisch verlobten Freundin, Gustav und Alfred waren zu Hause. Alfred sagte kurz entschlossen, er wolle sie begleiten. Sally erschrak, und statt sich zu freuen und Alfred darin zu bestärken, dass er langsam wieder zu neuem Leben erwachte, erinnerte sie ihn daran, dass er a) einkaufen hasse, b) Gustav helfen wollte, die Sprenkelanlage zu reparieren, und dass sie c) direkt vom Einkaufen zum Schwimmen gehen werde. Der enorme Aufwand an menschlicher Kraft und Phantasie, der für den Sex betrieben wird, ist immer wieder erstaunlich. Am Ende fügte sich Alfred in Sallys Argumente, er sah ein, dass es klüger war, wenn er zu Hause blieb. Er wusste sogar wieder, wie man lächelt. Es war ein Aufblitzen seiner alten Fröhlichkeit, das genügte, dass Sally ihm nicht nur pro forma einen Kuss auf den Mund gab. Anschließend machte sie, dass sie wegkam, bevor Alfred seine Meinung wieder änderte.

Als sie aus der U-Bahn-Station ins Freie trat, war Erik schon da. Im weichen Glitzern von Glas, Stahl, Fassadenfarbe und viel Gestein saß er in einem blauen Anzug auf den Mauerresten der Ludwigskapelle und las Zeitung. Es kam Sally vor, als wäre sie nie zuvor so froh gewesen, jemanden zu sehen. Schon bei einem kurzen Treffen Anfang der Woche war es ihr im Moment der ersten Berührung gewesen, als haste etwas von ihr weg, was in ihrem Leben nichts verloren hatte.

Erik faltete die Zeitung. Die Begrüßung erfolgte ohne Kuss, denn sie befanden sich unmittelbar unter den Fenstern des Ministeriums. Sie entfernten sich Seite an Seite über den gepflasterten Platz, Erik rechts, Sally links, zwischendurch geschah es, dass ihre Schultern einander berührten. Erik hatte die Hände in den Hosentaschen, damit er nicht aus Versehen seinen Arm um Sallys Taille legte, er stellte Fragen, er lächelte zu ihr herüber, Sallys genitales Gehirn reagierte sofort, sie musste sich einige Meter weit zwingen, Ruhe zu bewahren. Gleichzeitig war sie erstaunt, wie kurz manchmal die Zeiteinheiten ausfallen, die von besonderer Bedeutung sind. Gemeinsam mit Erik gab es immer wieder diese Momente wie in reinster, leichter Luft.

»Ja, ich will«, sagte sie mit einem ironischen Unterton. Gerade hörte man wieder einen hupenden Autokorso.

Es war elf an einem eigentlich hundsgewöhnlichen Freitag, der sich kraft einer Datumssymmetrie abwechselnder Nullen und Achten zu einem inoffiziellen roten Kalendertag hochgestemmt hatte. Die Innere Stadt, der 1. Bezirk, war immer gefährdet, sich als Gegend zu präsentieren, die leicht irrsinnig ihre Schatten im Kreis schleppt. Doch an diesem Vormittag liefen die Straßen zusätzlich zu den Touristenmassen von feierlich gekleideten Menschen über, die mit ihren vor Freude geschwollenen Gesichtern die Mischung aus Zuckerbäckeratmosphäre und Seelenkloake unterstrichen. In allen Kirchen und auf allen Standesämtern standen die Brautpaare Schlange. An Heiratswilligen schien es nicht zu fehlen, nur an Phantasie. Die Brautpaare glichen einander, passend zum einfallslosen Datum. Unbekümmert ließen sie sich vor dem Dom fotografieren, dessen Fassade nicht nur mit Allegorien der Tugend geschmückt war.

»Zum Glück sind wir schon verheiratet«, sagte Sally lachend.

Erik erwiderte das Lachen ein wenig säuerlich, aber seine Unbeschwertheit gewann rasch wieder die Oberhand. Im Weitergehen war er beschwingt wie sie. Leichten und schnellen Schritts entfernten sie sich, zwei Menschen, die glücklich waren und trotzdem gerne schon woanders sein wollten.

Weil es im 1. Bezirk wegen der Hochzeiten zu viele Menschen gab, die sie kennen konnten, gingen sie zum Schwedenplatz und über die Taborstraße zum Karmelitermarkt. Dort setzten sie sich in die hinterste Ecke eines Lokals, von wo man durch das Fenster ein Stück des Platzes überblicken konnte.

»Hier kann man atmen«, sagte Erik.

Ihre Gesichter legten ein paar Schichten ab. Sätze purzelten ineinander, als sie die ganze Wirtschaft über Jahre hinweg besprachen. Offenbar hatte es bei Erik schon vor längerer Zeit gefunkt, er konnte sich an alles erinnern, was Sally jemals getan oder gesagt oder getragen hatte. Er hatte sie in Hochform und in miserablem Zustand erlebt, mehr als einmal war er sehr früh zu ihnen ins Haus gekommen, um Alfred für einen Ausflug abzuholen. Und weil Alfred es nie schaffte, zum verabredeten Zeitpunkt fertig zu sein, tranken Erik und Sally in der Küche Kaffee. Sally in einem kürbisgrünen Morgenmantel aus Flanell, ohne Make-up, schreckliche Haare, noch im Halbschlaf, in Schlapfen, unter dem Morgenmantel in Shorts. Nicht grad die Verfassung, in der sie sich normalerweise präsentierte. Erik schien nie Notiz davon zu nehmen oder sich drum zu kümmern, er flirtete entspannt, und sie fühlte sich in seiner unaufdringlichen Gesellschaft wohl. Aber jetzt erinnerte er sich sogar an die Farbe der Schlapfen.

Er zog ein Geschenk aus seiner Anzugjacke, einmal habe Sally erwähnt, sie möge Eau de Cologne, das weder er noch Alfred verwendeten. Er gab ihr eines, *Grey Flannel*, als kleine Reminiszenz an den alten ausgefransten Morgenmantel. Sally roch daran, absolut wunderbares Zeug.

Es erregte sie sehr, an den Morgenmantel zu denken. Sie hätte Erik gerne umarmt, stattdessen lachte sie. Manchmal ist auch ein Lachen ein erotischer Vorschuss.

»Ich freue mich«, sagte sie.

»Es hat keinen Sinn, auf dem Geld zu hocken, wenn man etwas Gescheites damit anfangen kann«, sagte er. »In Lebensfreude umsetzen ist gescheit.«

Auf der Suche nach Gemeinsamkeiten entdeckten sie, dass sie dieselben Lieblingsspeisen hatten und dass sie vor vielen Jahren dieselben Theaterstücke gesehen hatten. Sie versuchten, ihre Lebenswege nachträglich zu synchronisieren, sie schufen Berührungen auch dort, wo sie einander noch gar nicht gekannt hatten. Ihre Schulzeiten berührten einander. Ihre Zeit an der Universität und ihre Ehen berührten einander. Ähnlicher Jahrgang, ähnliche Musik, ähnliche Bücher. Sie sprangen zwischen den Jahren und stellten nachträglich Nähe her, es war, als bauten sie möglichst viele Brücken, die sie in ihrem Verlangen nacheinander benutzen konnten.

Die Lieblingsspeisen schlangen sie hinunter, um keine Zeit zu verlieren, auch das Schlingen im Dienst der gemeinsamen Sache: verwandte Seelen! Als sie wieder auf der Straße standen, war es Viertel nach eins, ein klarer heller Glockenton wurde vom Kirchturm über den wässrigen Teil Wiens getragen. Sie stiegen in ein Taxi, nannten den Namen des Hotels, zu dem sie gebracht werden wollten. Und endlich, in der mobilen Abgeschiedenheit des Wagens, küssten sie einander. Erik hatte eine glatte Zunge, Sally fand, das passte zu ihm.

Das Taxi fuhr sie zum Vienna Danube, das Zimmer lag im siebten Stock und hatte Blick auf den Fluss. Sally war begeistert. Minutenlang stand sie am Fenster, der Fluss floss geräuschlos hinter der Scheibe und sah auch geräuschlos aus. Sally fragte sich, was man sehen würde, wenn man ihre Beziehung zu Erik von oben betrachten könnte. Bestimmt nichts so Geradliniges wie den regulierten Fluss im Bereich der Stadt. Mehr etwas Verschlungenes und Biegsames. Das dachte sie. Und sie hätte den Gedanken gerne weitergedacht, aber Erik, in ihrem Rücken, redete auf sie ein, ziemlich romantisches Zeug, wenn auch nicht gänzlich unpassend für die Situation. Unter anderem sagte er, es gebe eine Reporterin bei CNN, der sie ähnlich sehe. Offenbar sollte das ein Kompliment sein.

Später saßen sie am Sofa. Erik berichtete, dass er seit Jahren daran denke, mit Sally zu schlafen, wo, wie, wie oft. Sie tröstete ihn, sie habe sich mit ähnlichen Gedanken herumgeschlagen, aber gut, das tat sie bei jedem Mann, den sie mochte, das behielt sie besser für sich. Sie sagte, sie hätten genauso gut schon vor zwei Jahren damit anfangen können. Erik widersprach, das glaube er nicht, er sehe, sie sei auch jetzt noch nicht so weit, sie fuchtle nur mit dem roten Tuch vor dem Stier herum. – Sally lachte verdutzt. Erik verwechselte offenbar ein paar Dinge und projizierte sein eigenes Zögern auf sie. Vermutlich machte sie ihn nervös. Gründe dafür gab es genug. Erik wurde rot vor Aufregung, er brachte das Gespräch zurück auf die Anfänge. Sally konnte ihm nur mehr teilweise folgen, zu sehr hatte die amouröse Beschleunigung sie schon erfasst, sie befand sich seit einer Weile in diesem ein wenig demütigenden Zustand, in dem Sex plötzlich als das einzig Wahre in der Welt erscheint und sonst nichts.

Ungeduldig starrte sie auf Erik, ihr kam vor, es stecke eine Kraft in ihm, die ihre Möglichkeiten im Moment nur andeutete, das reizte sie. Das Gefühl: Gleich wirst du staunen. Ein großer Kopf mit Spielräumen für ein hochentwickeltes Gehirn, eine kräftige Kinnlade, in der auch die Weisheitszähne Platz fanden. Sein Adamsapfel hob und senkte sich. Er saß auf dem Sofa mit den Füßen oben, seine Strümpfe neben ihrem rechten Oberschenkel, sie selber bereits in einem Zustand nur mehr halber Bekleidung, ziemlich zerzaust. Fordernd fuhr sie mit der Hand über seinen rechten Fuß, sie umfasste seinen Knöchel. Doch statt darauf einzugehen, analysierte er weiterhin die seines Erachtens von Anfang an aufgeladene Kleeblatt-Situation zwischen den beiden Paaren.

Jetzt konnte es Sally nicht mehr erwarten, oder es reichte ihr ganz einfach.

»Du, Erik«, unterbrach sie ihn, »ich begehe meine Dummheiten nicht deshalb, weil ich dumm bin. Also lass uns bitte aufhören zu reden. Ich weiß, dass es kompliziert ist. Ich kann mich in komplizierten Dingen zurechtfinden, andernfalls wär ich vielleicht keusch. Jetzt sollten wir einfach ficken.«

Er erschrak ein wenig und sagte:

»Spontan bist du wirklich, alle Achtung, auf deine Art.«

Was ist schon dabei, dachte Sally. Sie verwendete gerne deutliche Ausdrücke, sie war der Meinung, die Vorgänge bekamen dadurch Fülle und Dichte und konnten sich dann behaupten in der Welt als etwas Stabiles und Unangefochtenes. Vielleicht sogar als etwas Schönes. Die eher weichen Umschreibungen, die ebenfalls zur Wahl standen und die auch Sally in jüngeren Jahren verwendet hatte, deuteten ihres Erachtens auf Unsicherheit und Berührungsängste und verklärten die Vorgänge mehr, als sie treffend zu bezeichnen. Das mochte eine Ansicht unter vielen sein, andere Menschen denken andere Dinge. Sally jedenfalls tat ihr Möglichstes, den irreführenden und laxen Impressionismus der weichen Ausdrücke zu vermeiden.

Sie stand auf, und da es keiner weiteren Überredungskünste zu bedürfen schien, führte sie Erik hinüber zum Bett. Von dem Gespräch fühlte sie sich wie wundgerieben, mehr Gefallen fand sie an dem, was Erik jetzt zu ihr sagte, das verbale Dreigestirn. Schon seit dem Moment im Garten hatte er nicht aufgehört, ihr zu versichern, dass er sie anbete. Die entscheidende semantische Kluft übersprang er aber erst in diesem Moment. – Und Sally war glücklich. Sie hatte schon öfter die Beobachtung gemacht, dass immer wenn ein neuer Mann ihr seine Liebe gestand, sie in seine Worte die Nachricht hineininterpretierte: Bis jetzt hast du alles richtig gemacht!

Sally gab die Erklärung nicht zurück, weil es ihr einfältig vorgekommen wäre. Erik war enttäuscht, seltsam, wie sehr man auch in der Liebe auf Konventionen und Krücken angewiesen ist.

»Interessante Zeiten, die uns bevorstehen«, verkündete sie, während sie sich ganz auszog. Der Geruch der frischen Laken kroch in sie hinein und ließ den leisen Verdruss, den sie auf der Couch empfunden hatte, wieder in den Hintergrund treten. Die Polster fühlten sich glatt und sauber an, es roch kein bisschen nach Sünde und Schwefel. Hauptsache, sie war glücklich, das enthob sie der Verpflichtung, ein schlechtes Gewissen zu haben. Nur wenn sie über einige derbe Freuden nicht hinauskam, ohne glücklich zu sein, war sie schuldig.

Sally beugte sich über Erik und fuhr ihm mit drei Fingern in den Mund, er berührte ihre länglichen Brüste, die Brüste zogen sich ein wenig zusammen und bekamen Grübchen. Abwechselnd war Sally oben, dann er, und wieder andersherum, sie erkundeten einander mit der Ungeniertheit und hemmungslosen Neugier von Menschen, die diese Dinge nicht zum ersten Mal taten. Und plötzlich wurde Sally gefickt, wie verblüffend! Es gefiel ihr besser, als sie es sich vorgestellt hatte. Erik war geduldig, abwartend und im richtigen Moment hart, mit guten Sensoren in den Händen, Qualitäten, die Sally im Bett schätzte und die nicht zuverlässig sichtbar waren, wenn man jemanden nur aus dem normalen Umgang kannte. Außerdem hatte sie seit bestimmt zehn Jahren mit keinem Mann mehr geschlafen, an dessen Beckenknochen sie sich reiben konnte. Das gefiel ihr, das war richtig geil. Auch dass Erik am Ende sehr laut wurde, gefiel ihr. Richtig geil. Eindeutig gehobene Kategorie.

Als sie mit klopfenden Herzen nebeneinander lagen, mit seinem linken Arm unter ihrem Nacken, sagte Sally:

»Ich denke, das war jetzt unvermeidlich.«

In ihrem Ton lag etwas Gleichgültiges, aber auch etwas Friedliches und Entspanntes.

Erik blinzelte nachdenklich.

»Das war es vermutlich«, sagte er erschöpft. Seiner Stimme war anzuhören, dass er auf dem Rücken lag. »Ich bin froh, dass es so gekommen ist.«

»Ich auch«, sagte sie. »Ich möchte es um keinen Preis anders haben.«

Eine Weile schwiegen sie. Jeder für sich. Sally drängte sich fester an ihn. Da fragte er:

»Dann hast du auch von Anfang an mit mir schlafen wollen?«

»Hhm«, gab sie leise zurück.

»Gib's zu«, sagte er.

»Ja, stimmt«, sagte sie grübelnd. »Aber es ist nichts so Besonderes, weißt du, wenn ich mit einem Mann, der mir gefällt, ins Bett will. Etwas Besonderes ist es nur, wenn ich's mache.«

»Denkst du bei vielen Männern, dass du mit ihnen ins Bett willst?«

Sie hob den Kopf und schaute unwillig zu ihm hin. Das Thema langweilte sie ein wenig.

»Man stellt sich so viele Dinge vor, wie könnte man es verhindern? Am besten, du suchst dir selber aus, was dir lieber ist: dass Männer sehr verschieden sind oder dass im Grunde einer wie der andere ist. Ein bisschen von beidem. Fass es also bitte nicht böse auf.«

»Ich fasse es nicht böse auf.«

»Dann ist es gut.«

»Und warum ich?«

»Gehört es sich, diese Frage in einem solchen Moment zu stellen?« fragte sie erstaunt.

»Hhm, weiß nicht, es interessiert mich«, sagte er.

»Es gibt immer so viele Vorgeschichten. Wo soll ich anfangen?«

»Fang irgendwo an.«

»Einerseits wollte ich es, andererseits weil ich dir vertraue, und dann, weil ich jetzt, nachdem wir es getan haben, nicht länger in der Angst leben muss, dass es passieren könnte. Sind diese Motive ehrenwert genug?«

Es gab eine seltsam aufgeladene Nachdenkpause, bis Erik zu einem Entschluss kam und sich wieder über Sally schob. Sie tat einen langen und genussvollen Atemzug der Erleichterung, dann pulste erneut dieser leichte, beschwingte Wahnsinn durch ihren Körper, und gemeinsam vögelten sie ein weiteres Stück dieses Nachmittags weg, sorglos, glückselig. Erik, als er zum Orgasmus kam, brach in regelrechten Jubel aus, alle Achtung, auch die zweite Runde war so ein Sonnenfleck, in dem sich zwei Menschen selbst genügen, in dem auch die Augenblicke sich selbst genügen. Vorbei.

Es war halb fünf, als sie sich aufrappelten. Sally war gut ausgestattet erschienen in der Hoffnung, einen ganzen Drogeriemarkt zu brauchen, um sich hinterher wieder instand zu setzen. Sie ging mit ihrer Tasche ins Bad und verspürte einen Anflug von Zufriedenheit, weil sie das ganze Arsenal benötigte. Als sie zurück ins Zimmer trat, trug Erik seinen Anzug. Nach vollbrachter Tat sah der Anzug wie eine Tarnung aus. Am Fenster stehend, band er sich die Krawatte, er schaute hinunter auf die Donau, sie lag weiterhin träge in ihrer Rinne, wirkte jetzt aber biegsamer und formbarer als vor drei Stunden, sehr sinnlich, wie etwas, das man in die Hand nehmen und über dem Kopf schwingen kann. Sally war ebenfalls zum Fenster getreten. Ein Motorboot fuhr flussaufwärts. Das Leben, das friedlich stagniert hatte, während sie im Bett gewesen waren, kam wieder in Bewegung. Sally schaute dem Boot hinterher. Das aufgeworfene Wasser glitzerte. Der Gedanke, jetzt schwimmen zu gehen, war verlockend.

»Heute ist das Leben besser als sein Ruf«, sagte Erik.

Sie hörte, wie sich seine Atmung veränderte, als sei dies der glücklichste Moment bisher. Und um ihm noch einige

Sekunden zu lassen, in denen er in die Landschaft hinausschauen konnte, prüfte Sally, ob die Knopfleiste an ihrem Kleid richtig saß.

»Ich habe meinen Bikini dabei«, sagte sie. »Komm, lass uns zur Alten Donau fahren, dort können wir weiterreden. Deine schwarze Unterhose geht als Badehose durch.«

Die Alte Donau ist ein totes, nur bedingt schiffbares Gewässer in der Form eines Bumerangs, nach der Regulierung des Flusses in einem Altarm der Donau entstanden und jetzt ein Naherholungsgebiet im Norden der Stadt. Im sicheren Gefühl um das Wiener Kastenwesen ließen sich Sally und Erik in einem frei zugänglichen und grasbewachsenen Uferbereich vis-à-vis des Gänsehäufel nieder. Hier spiegelte sich der blaue Himmel in den Sonnenbrillen alleinerziehender Mütter, auf den Bäuchen biertrinkender Proletarier und auf den kahlen Köpfen und Badehauben der Mindestpensionisten. Ein junger Mann, der seine Ankündigungen in einer südslawischen Sprache machte, nahm Anlauf. Unter den gierigen Blicken seiner Kinder, die bereits im Wasser waren, rannte er über die Planken eines betonierten Uferplateaus, schloss, als er bereits in der Luft war, die Augen, zog die Knie vor die Brust und schlug unter dem Juchzen der kleinen Zappler im Wasser auf. Für eine Sekunde war die Luft erfüllt von buntem Glitzern.

Der junge Mann beeilte sich, wieder an Land zu kommen, um den Vorgang zu wiederholen.

Den Bikini hatte Sally im Hotel untergezogen. Während sie aus dem Kleid schlüpfte, lehnte Erik am Geländer über dem Abgang, wo der triefende Wasserspringer heraufstapfte. Von dort sah man links in die Krümmung des Gewässers hinein bis zur mächtigen Brücke der Wagramer Straße und auf der anderen Seite den Rechtsschwung des ehemaligen Flusslaufs hinauf bis zum dünnen Strich des Kaisermühlendamms und der Donaustadtbrücke. Dahinter ragten zwei Schornsteine hoch. Das Sonnenlicht wogte prickelnd in Sallys Gesicht. Sie betrachtete Erik, er lehnte es ab, ebenfalls ins Wasser zu gehen, er begründete es damit, dass er Angst habe, die Unterhose würde nicht schnell genug trocknen. Es war ausgemacht, dass er Nadja um halb acht bei Bekannten abholte, er fand, ein nasser Hintern wäre nicht grad das richtige.

»Ich schau dir zu«, sagte er.

Eine dicke Frau tappte grätschbeinig über die rutschfest mit Teppich beschlagenen Stufen zum Wasser. Als sie bis zu den Oberschenkeln drin war, sah sie sich nach allen Seiten um, dann ließ sie sich fallen. In diesem Moment streifte sie ihr Alter, ihre Pfunde und ihre Krankheiten ab, sie schien jetzt jünger und schöner und Teil der Landschaft. Sally folgte der Frau. Nach dem dreitägigen Wetterumschwung Anfang der Woche war das Wasser nicht übermäßig warm. Sie sprang hinein, ihr Intimbereich musste den ersten Schreck wegstecken, dann war es herrlich. Ihre Bewegungen enthielten noch Reste vom nachmittäglichen Sex, aber es waren die klaren und einfachen Bestandteile. Ihr Körper fühlte sich leicht und geordnet an. Er schwebte fast gewichtslos in der dunkelgrün leuchtenden Flüssigkeit.

Mit kräftigen Bewegungen schwamm Sally hinaus, sie schnaubte Gischt vor sich her, ließ kleine Kräuselwellen hinter sich zurück, tauchte plötzlich unter, wuschelte sich unter Wasser die Haare, ehe sie wieder nach oben stieß und den Kopf in den Himmel hielt. Sie strich sich das Haar mit beiden Händen nach hinten, dann legte sie sich auf den Rücken. Sie hörte das Plätschern ihres Beinschlags. Der Himmel über ihr sah unwirklich aus, als wäre er voller winziger Risse und Unebenheiten. Mit tief versonnener Miene starrte Sally hinauf, dann auf alles, was in ihr Blickfeld kam, wenn sie ihren Kopf zur Seite neigte. Das Glück, das sie empfand, wirkte wie eine Vergrößerungslinse. Dick und voll standen die Linden und Pappeln vor den flachen Holzbaracken der Ruder- und Segelvereine, in der dichten Masse des Wassers schwammen die Kinder und Entlein viel größer als sonst. Auch die Gebäude der UNO-City und die Hochhäuser der Donaustadt auf der anderen Seite waren eigentümlich mächtig hingestellt, und unmittelbar hinter diesen Häusern sah Sally die Spitze des Donauturms, silbern blitzend wie eine Injektionsnadel, gegen den schon abendlichen Himmel gerichtet. Vielleicht impfte sich die Stadt mit dieser Nadel gegen alles Böse in der Welt oder verschaffte sich schöne Halluzinationen, damit sie vergessen konnte, dass sie in jüngeren Jahren eine Weltmetropole des Geistes gewesen war.

Wenn Sally den Kopf weit in den Nacken legte und durch die halb zugekniffenen Augen spähte, schaute die Welt geheimnisvoll und großartig aus. Aus dieser Perspektive sah sie Erik mit über dem Wasser hängenden Beinen, er saß am Rand des Badestegs und machte den Eindruck, als wären seine Augen Sally gefolgt, sein dunkler Anzug wirkte fremd in dieser Umgebung.

Während Sally sich auf dem Rücken treiben ließ, leuchtete mit ungewöhnlicher Intensität ein Schwall klaren Bewusstseins durch ihr Gehirn. Wie angetrieben vom Rhythmus der leichten Beinbewegungen, dachte sie in kurzer Zeit an sehr viele Dinge, an all die Liebesgeschichten, aus denen sie herausgewachsen war, an all die vielen Männer, die am Ufer gesessen und ihr beim Schwimmen zugesehen hatten. Sally empfand es mit einem Mal als befremdend, im Wasser zu sein, während ein Mann aus der Entfernung zusah. Einerseits fühlte sie sich frei, aber auch abgesondert und einsam. Und die Männer waren ebenfalls für sich, sie saßen im Gras oder auf Steinen oder auf einer Mauer oder sie lagen und schliefen oder lasen ein Buch oder lehnten rauchend an ihrem Moped. Und Sally fühlte eine traurige Leere, weil sie auf sich alleine gestellt war und nichts von dem wusste, was die Männer am Ufer dachten, ob sie sich mit freundlichen oder bösen Absichten trugen.

Vom Wasser aus war Sallys Blick auf Männer weniger vorbelastet von Ängsten und Sehnsüchten. Vom Wasser aus sah sie Männer weniger sentimental, und sie liefen Gefahr, ein wenig inferior zu wirken. Das lag bestimmt auch daran, dass Sally in ihrer Kindheit Männer fast ausschließlich als inferior erfahren hatte. Ihren Vater hatte sie nie kennengelernt, selbst über den nächstbesten Verkäufer im Supermarkt wusste sie mehr, das war besonders mies. Ihr Großvater war ein unmöglicher Mensch gewesen, der seine Gefühle nicht unter Kontrolle gehabt hatte, er hatte zu Spontaneinkäufen geneigt, und wenn er nett sein wollte, war er kitschig. Dann hatte es noch einen Onkel gegeben, einen Marktfahrer, der getrunken hatte, und einen Lehrer, der sehr nett gewesen war, aber ständig mit dem Finger in seinem Hintern gebohrt und anschließend daran gerochen hatte. Zusammengenommen ergaben sie ein eher unrühmliches Sortiment, von dem Sallys Männerbild geprägt war. Bedauerlicherweise gruppierten sich auch die Männer, die sie frei hatte wählen können, zu einer ziemlich törichten Auswahl.

Als junges Mädchen war Sally fast täglich mit ihrer Jungfräulichkeit beschäftigt gewesen, diese Beschäftigung hatte sie als störend und unergiebig empfunden. Nach Abschluss der Schule beschloss sie, diesen lästigen und ständig bedrohten Zustand in etwas Stabileres überzuführen, zu diesem Zweck suchte sie sich auf der Uni im ersten Proseminar einen Kommilitonen, dessen Auftreten sie vermuten ließ, dass er ein Draufgänger war. Sie besuchte ihn zu Hause, seine Mutter hatte ein Milchgeschäft im 5. Gemeindebezirk, und er erwies sich als das, was Sally erwartet hatte. Er kam ohne Umschweife zur Sache und rechtfertigte sich damit, dass es in Paris so üblich sei. Das waren gute Argumente, denn *Paris* befriedigte Sallys Wunsch nach Freiheit, und *üblich* befriedigte ihren Konservativismus der Unerfahrenen. Zwei Wörter, die wie eine Kapelle der Zeitgenossenschaft über ihre Entjungferung gestülpt waren, eine Vorstellung von schwarzen Rollkragenpullovern und neuentstehenden Traditionen, während sie splitternackt auf einer Matratze lag und einen schwitzenden jungen Mann die Arbeit verrichten ließ.

Zwei Jahre später war ihr Sexualleben bereits zu pornographischer Blüte gelangt. Allein während ihres ersten Kairo-Aufenthalts gab es einen Tschechen, der am Nil ein Hausboot besaß, einen Koch des Mövenpick-Hotels, einen deutschen Botschaftsangehörigen, einen einheimischen Tiefbauingenieur und Alfred. Jemanden vergessen? Kann schon sein. Erst Jahre später ging Sally auf, dass sie damals in einer Phantasieblase gelebt hatte – bei jeder noch so großen Dummheit hatte sie sich von der Überzeugung leiten lassen, eine mit allen Vollmachten und Sonderbefugnissen versehene Abgesandte der Zukunft zu sein.

Aber was veranlasste sie wirklich, mit all diesen Männern Sex zu haben? Von Labilität war bei ihr nie die Rede, außer einer gewissen Labilität des Bettes. Sie las Henry Miller, seine Bücher halfen ihr, in die Verschlungenheiten ihres Seins hineinzuleuchten. Das war es aber nicht, was sie anstiftete, Flirten zu ihrem Spezialgebiet zu machen. Viel eher verspürte sie einen großen Nachholbedarf. Und dann die Leere, die entstanden war, weil sie ihren Vater nie kennengelernt hatte, diese Leere musste irgendwie gefüllt werden. Außerdem stemmte sie sich gegen die strikten Ansichten ihres Großvaters, der nicht ungern die Wörter *deutsch* und *sauber* in einem Satz verwendete. Je länger der Gedanke, ein *schlechtes Mädchen* zu sein, in Sally nachklang, desto heftiger versuchte sie, diesen Gedanken zu vertreiben, indem sie sich wie ein *schlechtes Mädchen* benahm.

Auch Sallys Großvater gehörte zu den Männern, die ihr beim Schwimmen zugesehen hatten – dort ist der Augenblick, das allererste Mal, der Anfang von Himmel und Erde, von Wasser und Luft, von Schönheit und Zorn.

Sally sah einen älteren Mann und ein kleines Mädchen an einem klaren Sonntagnachmittag; atmosphärisch hatte sie den Eindruck, dass es einer dieser normalen Sonntagnachmittage in ihrer Kindheit war, schön, warm, grün mit einem weißen, leicht grauen Himmel. Es fühlte sich so an, als hätte es viele solcher Tage gegeben, aber sie wusste, das stimmte nicht, diese Tage waren selten.

»Traust du dich?« fragte der ältere Mann herausfordernd.

»Ja«, sagte sie mit ihrer dünnen Kinderstimme, »ich trau mich.«

»Bist du sicher, dass du dich traust?«

»Ja, ich trau mich«, sagte sie entschlossen.

Sally in ihrer kleinen gelben Badehose, neu und ordentlich, die Badehose saß fest in der Mitte eines schmalen, braungebrannten Körpers, leicht vorstehender Nabel, praller Brustkorb, glatte, glänzende Haut, leuchtend grüngraue Augen, pausbäckig, stupsnasig, mit einem Wusch gelockter rotblonder Haare, die dort, wo sie einzeln in die Sonne ragten, als blonder Strahlenkranz leuchteten. Sally wollte sich ein bisschen Schneid anschaffen, legte sich auf den Rücken und reichte dem Großvater ihre Hände und Füße. Der Großvater stand am Ende des Stegs mit dem Rücken zum Wasser, er fasste seine fünf- oder sechsjährige Enkelin an den Knöcheln ihrer Extremitäten, schaukelte das Kind als kompaktes Bündel zwischen seinen gespreizten Beinen, krummrückig pendelte das Kind über den Planken, dann holte der Großvater Schwung, und noch während Sally »Bitte nicht!« rief, katapultierte der Großvater sie mit Wucht nach vorn und in hohem Bogen über seinen Kopf nach hinten, wo er das Kind losließ. Sally quiekte, sie sauste durch die Luft, sie wusste nicht, wo oben und wo unten war, platsch, war sie drin. Und gleich nochmal, sie impfte sich mit Mut, es war ein erster Schritt, Resistenzen auszubilden.

»Willst du nochmal?«

»Ja, ich will nochmal«, sagte sie.

Kopfüber, mal mit den Beinen, mal mit dem Hintern voraus, dann wie eine Kröte auf den Bauch. Sie beklagte sich nicht, wenn sie flach auf den Rücken klatschte, was nicht hieß, dass ihr der Schmerz egal war. Doch auch das Wegstecken des Schmerzes war etwas, was Linderung verschaffte. Sally weinte nur in Ausnahmefällen, meist hielt sie es zurück, damit sie dem Vorwurf entging, das sei ihr feuchtes britisches Erbe.

Damals hatte sie Mut besessen, sie glaubte mit einigem Recht, dass sie heute nicht mehr so mutig war. Irgendwann war der Mut verbraucht. Siehe Alfred. Sie selber hatte vielleicht noch die Hälfte von früher. In Sachen Offenheit und Neugier sah es mit den Reserven ein wenig besser aus, zum Glück.

Im Alter von zwanzig war sie schwierig, aufmüpfig, egoistisch, ungeduldig und sinnlich gewesen, dabei schnell, wendig und unberechenbar; wie ein Schwarm Vögel. Um *Erfahrungen* zu sammeln, hatte sie sich ständig in Situationen begeben, denen sie nicht gewachsen war, sie hatte keine Verletzung gescheut, ständig war sie am Rand mehrerer Beziehungen herumgeschlichen, immer irgendwo in gestohlenen Momenten, inmitten wilden Vorwärtsstürmens. Wenn auf der Straße ein Mensch totgefahren worden war, war sie stehengeblieben, um es sich anzusehen. Und wenn sich ihr die Möglichkeit geboten hatte, dabeizusein, wenn ein Schwein abgestochen wurde, hatte sie sich den Anblick nicht entgehen lassen, und beim nächsten Mal gleich wieder, selbst wenn beim ersten Mal Schlafstörungen dabei herausgekommen waren.

Einmal war sie für ein Studentenmagazin nackt Modell gestanden, für den Frieden in der Welt. Alfred versteckte noch irgendwo ein Heft, ihr eigenes hatte Sally in einem Zorn, an dessen Grund sie sich nicht erinnern konnte, weggeworfen. Aber bestimmt gab es auch in der Nationalbibliothek ein Exemplar. Sie hatte Erik davon erzählt, er hatte angekündigt, den betreffenden Jahrgang aus dem Magazin holen zu lassen, Jahrgang 1980.

Mittlerweile war Sally zweiundfünfzig, sie lag in der Alten Donau auf dem Rücken, nahm den Fischen unter sich die Sonne und horchte, wie das Wasser tönte und wie die Hitze summte. Immer wieder schloss sie die Augen, alles war schwankend, sie dachte, sie könnte seekrank werden vom bloßen hier Liegen. Ähnlich fühlte sich ihr Denken an. Es war, als würde sie weiterhin gevögelt, aber nicht von Erik (was dachte er die ganze Zeit? hatte er erreicht, worum es ihm ging?), sondern in einem höheren oder wenigstens allgemeinen Sinn von den Elementen und ihrer Liebe zu den Elementen und zum Leben. Sie fühlte sich als Teil eines großen und gleichmäßigen Schwingens, Schwankens und Kreisens, eines Schwingens, Schwankens und Kreisens der Landschaft, während am Ufer die Männer warteten, alle, die wichtigen und unwichtigen, der mit dem Cowboyhut und der mit dem Turban, der in der Uniform und der mit den abgesägten Hosen, der mit dem Bubenkörper und der mit dem Bart und der, bei dem sie sich hinterher gefragt hatte, ob das wirklich hatte sein müssen, und manchmal zwei gleichzeitig, von denen nur der eine Bescheid wusste, Alfred sehr oft, Erik zum ersten Mal. Er rief ihr zu, dass es Zeit zum Aufbruch sei.

Die Sonne begann trüb zu werden. Aufgrund der sich ablösenden Schichten klaren Lichts war das Wasser noch dunkler geworden, auf den Badestegen und Liegewiesen war es schon still. Sally kam aus dem Wasser, ihre Bewegungen hatten etwas Weiches und Nachgiebiges, eine angenehme Unruhe vibrierte unter ihrer Haut. Auf der obersten Stufe des Abgangs blieb sie stehen, sie neigte den Kopf zur Seite und wrang Wasser aus ihren Haaren. Jetzt fröstelte sie ein wenig. Nach dem Abtrocknen schlüpfte sie in ihr Kleid, eine Libelle blieb auf Armeslänge vor ihr stehen und schaute mit großen Augen dabei zu, wie Sally unter dem Kleid das Oberteil des Bikinis gegen den BH wechselte. Keine zehn Meter daneben zog sich eine junge Frau ganz offen um, ohne Provokation, mit einem so deutlichen Akzent von entspannter Gedankenlosigkeit, dass Sally betroffen war und sich seltsam angesprochen fühlte. Darin hatte die jüngere Generation Sally überholt, die jüngere Generation hatte auch die Scham überwunden. Bei der jungen Frau wirkte der Vorgang unbekümmert und hatte etwas Helles und Klares, so alltäglich wie Wassertrinken, so normal wie beiderseits gewollter Sex zwischen zwei erwachsenen Menschen.

Für Eriks Augen machte Sally eine Kopfbewegung, sie lenkte seine Aufmerksamkeit auf die junge Frau, die sich gerade mit nacktem Busen über ihre Badetasche beugte.

»Heute ist es sehr interessant, eine junge Frau zu sein«, sagte sie mit einem neidischen Unterton.

»Nur für eine junge Frau? Ist es für dich nicht interessant?« fragte Erik, dabei wölbte er nachdenklich eine Augenbraue.

»Anders«, sagte sie und warf den Kopf mit dem feuchten Haar nach hinten, für einen Augenblick öffneten sich die Falten am Hals und die weiße Haut darin blitzte auf. »Ich kann nicht mithalten, weil ich mich immer noch insgeheim dafür rechtfertige, dass ich eine Frau bin. Das ist leider so, wenn man sich als Kind diese Krankheit zugezogen hat, die ist nicht so leicht zu kurieren, ich meine das leise Bedauern, nicht als Mann geboren worden zu sein.«

»Nie darüber hinweggekommen?« fragte er.

»Darüber hinweggekommen natürlich«, antwortete sie. »Aber ich erinnere mich daran, dass ich's mir gewünscht hätte. Deshalb gehöre ich zu den Frauen, die sich unterm Kleid umziehen. Das Anstandsgefühl würde es nicht zwingend verlangen. Es könnte mir genauso gut egal sein.«

Für einen Augenblick waren Eriks Augen größer, grauer, neugierig. Sally konnte sehen, wie sich der Abend in seinen Blick stahl. Erik machte eine abrupte Bewegung mit dem ganzen Körper, es war nicht ganz klar, ob daraus Bedauern oder verhaltene Ungeduld sprach.

»Wir müssen gehen«, sagte er.

»Ja, schade, der Tag ist schon vorbei.«

Alfred erwartete sie bestimmt schon, es war nicht nur Erik, der die Zeitfäden, die ihn mit zu Hause verbanden, an sich rucken spürte. Rasch tauschte sie mit Erik einen Zungenkuss. Er erinnerte an die Ereignisse des Nachmittags, auch Sally hatte sie noch nicht vergessen. Sie sah aufmerksam in sein Gesicht, wo die Gedanken einen Niederschlag fanden. Doch worin genau diese Gedanken bestanden, ließ sich nicht sagen.

»Du schmeckst gut«, sagte sie.

»Und ich finde, es ist schön, dich anzugreifen.«

Er gab ihrem Hintern einen Klaps, sie spürte das sanfte Vibrieren ihres Fleisches, als hätte man einen Kiesel ins Wasser geworfen. In diesem Moment schob sich eine Wolke vor die tiefstehende Sonne, und Sally stellten sich die Härchen an den Armen auf. Sie rülpste leise und schüttelte sich. Keine zehn Sekunden später bog ein gewaltiger Rasenmäher auf die Liegewiese hinter ihnen, gesteuert von einem Mann in neongelber Jacke mit Reflektorstreifen, mit blauem Hörschutz und einer zornig blinkenden Signalleuchte hinter sich am Heck. Die Maschine polterte jaulend über den Rasen. Der Geruch des frisch geschnittenen Grases wurde herangetragen, ziemlich muffig, weil auch die braunen Klumpen des letzten Mähens aufgewirbelt wurden, untermischt mit einigen zerfetzten Nacktschnecken.

Sally zog eine Grimasse. Sie schob ihre Sonnenbrille zurecht, und zwischen anderen heimwärtsstrebenden Menschen ging sie neben Erik in der immer geiziger werdenden Beleuchtung hinunter zur Wagramer Straße. Als sie dort ankamen, wo sie ankommen mussten, bei einem Taxistand im tiefen Schatten von Bäumen, sagte Erik:

»Was uns trennt, ist nur, dass wir nicht den gleichen Heimweg haben.«

»Es ist nett formuliert, danke vielmals«, sagte sie.

Die Hochhäuser der UNO-City hatten ihren Glanz verloren, nochmals ein Kuss, bevor der Taxifahrer ungeduldig wurde. Letzte Berührungen unter dem sich weißlich färbenden Himmel, im leise hörbaren, alles überdauernden, trübsinnigen Orgeln der Frösche. Dann verschwand Erik so plötzlich, dass Sally sich richtiggehend bestohlen fühlte, wieder einmal war alles sehr seltsam.

Es gibt keine Einigkeit in der Frage, wozu man lebt und was gut ist. Man kann die Dinge so oder anders sehen, sogar Sally hat zwei Meinungen zu dem, was sie tut, eine idealistische und eine realistische. Zuerst die idealistische: Sie ist überzeugt, dass man im Leben nicht nur EINEN Menschen lieben kann. Die Liebe zu mehreren Menschen erscheint ihr als etwas völlig Normales. Den Gedanken, nur immer einen Menschen zu lieben, mit ihm für ewig zusammenzuleben, sowohl emotional als auch sexuell an ein bestimmtes Gegenüber gebunden zu sein, hält sie für unrealistisch und für eine Erfindung von alten Männern. Es gibt so viele alte Männer, die Angst um ihre Macht haben, man kann nicht aufmerksam genug sein für die Fäden, mit denen sie die Welt überziehen. Menschen, die eine totale Bindung für sich akzeptieren, nehmen den Druck dieses Altmännergarns auf, manchmal hat es bestimmt auch praktische Gründe, dass Menschen mit diesem »Ich muss, ich muss« leben. Aber sie leben unter einem Zwang, der nicht von innen kommt, sondern von außen, das ist Sallys Meinung, das war schon ihre Meinung, als sie eine junge Frau war. Wie gesagt, es ist die idealistische Version. Die realistische sieht so aus: Wenn sie ihren Mann nicht ausschließlich liebt und ihm untreu ist, verletzt sie ihn, und wenn sie gleich mehrere Männer liebt, kann sie es keinem recht machen. Und auch ein Mann, der mehrere Frauen liebt, unter ihnen Sally, kann es keiner recht machen. Sally ist nicht weniger gierig als andere und drängt sich ebenso gerne vor. – Aber eigentlich ist das die oberflächlichere Meinung, denn der Wunsch, es recht gemacht zu bekommen, ist ein wenig verdächtig, man müsste sich von diesem Wunsch befreien, zumindest so weit, dass man sich weniger verletzt fühlt, wenn man zwischendurch gezwungen ist, in der zweiten Reihe zu stehen. Schließlich läuft auch die Unterdrückung des Wunsches nach Spontaneität und Glück auf eine Verletzung hinaus, halt auf Selbstverletzung.

Der Umweg zum Schließfach am Karlsplatz, wo sie am Vortag die Einkäufe deponiert hatte, bewirkte, dass Sally erst nach Hause kam, als es schon fast dunkel war. Ihr Magen bewegte sich ein wenig vor Erregung, als sie vor der Haustür stand. Sie verharrte einige Momente in vagen Gedanken, ehe sie den Schlüssel in das neue Schloss schob. Aus dem Wohnzimmer hörte sie eine sonore Fernsehstimme, Sallys dorthin gerufenes »Hallihallo!« erwiderte Gustav. Er lag wie ein nichtsnutziger König in seinem Thronsessel und schaute Nachrichten.

Sally platzierte die Einkäufe gut sichtbar mitten auf dem Küchentisch, dann drehte sie den tropfenden Wasserhahn über der Spüle zu. Ein kurzes Jaulen hallte durch die Rohre. Anschließend kehrte sie ins Wohnzimmer zurück, um zu schauen, in welcher Gestalt die Pranke des Jahrhunderts diesmal über den Bildschirm fuhr: Klimawandel, Fanatismus, Inflation, Unlust der Menschen an der existierenden Welt.

Es gab einerseits Olympische Spiele, andererseits ein heftiges Gepolter zwischen Georgien und Russland. Sally hatte den Eindruck, die Frischvermählten dieses Tages bekamen zusätzlich zur Schnapszahl des Datums einen Krieg als Erinnerungshilfe für ihren Hochzeitstag geliefert. Gustav war betroffen. Er sagte, ihm täten die Usbeken leid. Oder waren es Osseten?

In Alfreds riesigem Sessel sah Gustav unglaublich jung aus, fast noch ein Bub, nicht so komplex und subversiv wie seine Schwestern und sein Vater. Wenn man Sally fragte, besaß Alfred eine ganze Menge weiblicher Energie.

»Wie kommt es«, fragte sie, »dass ein Krieg ausbricht und dein Vater sitzt nicht hier?«

Gustav brauchte etwas Zeit, um auf die Frage zu reagieren. Bevor er antwortete, veränderte er seine Lage im Sessel.

»Der hat heute einen schlechten Tag erwischt«, antwortete er. »Zuerst haben wir den Kopf der Sprenkelanlage endgültig ruiniert, dann hat er entdeckt, dass die Einbrecher in seine Tagebücher hineingeschmiert haben.«

Die Nachricht verursachte bei Sally ein kurzes inneres Klirren. Das Behagen des Glücks, das sie nach Hause gebracht hatte, verschwand, wie von diesem Klirren aufgescheucht. Gleichzeitig spürte Sally ein Gewicht, das auf ihren Schultern abgeladen wurde. Mit Bestürzung und einem Gefühl unerklärlicher Trauer nahm sie es als etwas Unbequemes und Lästiges wahr, als etwas, das ihre Empfindungen störte. Am liebsten hätte sie kehrtgemacht, zur Haustür raus und über alle Berge.

»Hineingeschmiert?« fragte sie. »Was hineingeschmiert?«

»Das sagt er mir nicht. Halt hineineingeschmiert. Kommentare, Schwänze, keine Ahnung. Er ist schon seit Stunden aus seinem Zimmer nicht mehr rausgekommen. Bis eben hat er seine am schlimmsten zerkratzten Platten gehört.«

»Wie ist dein Eindruck?«

»Es nimmt ihn ziemlich mit. Ich würde sagen, es hat ihn umgehauen.«

»Das ist hart, mein Gott.«

Sallys Herz pochte, zum einen aus Mitleid, zum andern aus Scham, in ihrer schuldbewussten Verwirrtheit war ihr, als hätte sie gerade einen Fehler gemacht. Sie ging hinüber zu Alfreds Zimmer, sie klopfte und schob die angelehnte Tür trotz einer ausbleibenden Antwort auf, wissend, wie sehr sich Alfred nach ihrer Gegenwart sehnte. Er saß zurückgesunken am Schreibtisch, sein Gesicht sah verändert aus, nicht nur wegen der grauen Farbe, es war der ganze Ausdruck, aus dem etwas Vertrautes verschwunden war. Die struppigen Brauen berührten einander, und die dazwischenstehenden Falten schienen von der Linie des harten Mundes auf geheimnisvolle Weise zusammengehalten, wie festgenagelt.

»Du hast wirklich ein Pech«, sagte sie.

Er nahm eines der Tagebücher, die vor ihm lagen, eines der älteren, schon sehr abgegriffen, ließ den Daumen der Rechten über das vergilbte Papier laufen, es raschelte kurz, dann warf er das Buch leicht angewidert zurück auf den Tisch. Er war so erbittert über dieses weitere Unglück, dass er schlecht zielte und um ein Haar den Becher mit den Stiften umwarf, der Becher wackelte bedrohlich.

»Mir geht's furchtbar«, sagte er. »Ich war doch auch so schon unglücklich genug.«

Seine Worte sanken wie Steine in Sally hinein. Angesichts der skandinavisch anmutenden Schwermut, zu der Alfred seit dem Besuch im Juli neigte, wusste sie, dass sie wörtlich nehmen durfte, was er sagte. Und obwohl sie noch zu aufgewühlt war, um einen klaren Kopf zu haben, wusste sie auch, dass er jetzt ihren Beistand brauchte, sie ihn aber allein lassen musste, viel mehr allein, als sie ihn in ungezählten Nächten allein gelassen hatte. Gib alle schwarze Trübsal mir, ich esse sie auf wie der Riese bei Morgenstern. Das hätte sie sagen sollen, sagte es aber nicht. Es war keineswegs so, dass ihr der Gedanke nicht wenigstens kam. In Verbindung mit einer Umarmung hätte es eine brauchbare Reaktion abgegeben, eine Art Idealfall. Aber Idealfälle gibt's leider auf dieser Welt nicht sehr oft.

Stattdessen sagte sie:

»Es ist unfassbar, was für Niederträchtigkeiten die Menschen begehen.«

Sie legte ihre Hand auf Alfreds linke Schulter, sie musste sich nicht extra bewusst machen, dass auch diese Geste unzulänglich war. Doch mehr ließ dieser Tag nicht zu. Sally hatte den anderen Mann vor Augen, sie empfand es als schmerzhaft, jetzt an ihn zu denken. Aber es war unmöglich, das Bild wegzudrängen. Auch das Bild von Erik besaß triftige Anwesenheitsrechte, so ungeschickt ist das Leben.

»Was haben sie hineingeschrieben?« fragte sie.

Er zuckte mit den Schultern.

»Willst du es mir zeigen?«

Er schüttelte finster den Kopf. Schluckbewegung.

»Ist es schlimm?«

Verächtliches Schnauben durch Nase und Mund.

»Sie haben ganz schön gewütet«, sagte er schließlich.

Sally hörte in seiner Stimme den Respekt des Geschlagenen. Sie konnte sich lebhaft vorstellen, was er mit *Wüten* meinte.

»Armer, armer Alfred.«

»Ich hätte etwas Besseres verdient.«

»Bestimmt.«

Aber wenn sie ehrlich war, wusste sie nicht so recht, was er eigentlich wollte und was er glaubte, verdient zu haben. Gleichzeitig geliebt und in Ruhe gelassen werden? War es das?

»Es wird schon wieder werden, Dicker«, versuchte sie ihn zu trösten. »Dir fehlt im Moment nur der Wille, daran zu glauben.«

»Es fällt in der Tat ein bisschen schwer, da hast du recht. Es kommt mir vor, als wäre mir jemand mit dreckigen Fingern in den Mund gefahren, jemand mit Spulwürmern unter den Nägeln und mit ansteckenden Schwären am ganzen Körper. Es fühlt sich wie eine Krankheit an, die zu etwas Chronischem führt.«

Sally seufzte.

»Über kurz oder lang, du wirst sehen«, sagte sie.

Sie versuchte, ihm durch leichte Berührungen Vertrauen einzuflößen, ihn an die berechtigte Hoffnung zu erinnern, dass er bald wieder obenauf sein werde, dass sie ihn bald wieder lieben werde, so wie sie ihn am Anfang geliebt hatte und später auch immer wieder, nur jetzt nicht, da konnte sie ihm nichts vormachen. Aber sie erinnerte sich, wie sehr sie ihn geliebt hatte, und sie sah in dem großen geschlagenen Museumskurator noch immer den rotzaufziehenden Buben, der im Sägemehl der väterlichen Möbeltischlerei gespielt hatte. Und sie sah in ihm noch immer den jungen Mann, der in Kairo mit seiner Zuneigung zu ihr so hartnäckig gewesen war wie sonst keiner, sie erinnerte sich, sie sah es, nur jetzt, bitte, Alfred, musst du es alleine schaffen, das ist kein sehr netter Gedanke, ich weiß, im Moment kann ich dir keine große Hilfe sein, es ist grausam schwierig, aber was auch immer ich sagen würde, es wären Sätze aus der Welt der Glücklichen, solche Sätze willst du nicht hören.

Sie musterte ihn, diesen großen trauernden Mann in seinem kleinen traurigen Haus. Dabei versuchte sie abzuschätzen, wie es in diesem Moment um seine Empfänglichkeit für Ratschläge stand. Sie trat zu der Obstkiste, in der die Tagebücher vorübergehend lagerten, bis Ersatz für die zertrümmerte Truhe gefunden war. In diesen fünfzig oder sechzig vollgekrakelten Bänden hatte Alfreds Häuslichkeit bis vor wenigen Stunden einen sicheren Platz besessen. Es war wie bei den Wespen, die aus grauem Papier ihre Nester bauen. Manchmal zog Sally Alfred auf, indem sie sagte, er male wieder seine Muster in den Sand. In Wahrheit jedoch beneidete sie ihn um seine Ausdauer, und es gefiel ihr, dass er in doppelter Hinsicht in seiner Biographie hauste: als jemand, der in einem bestimmten Leben herangewachsen war, und als Besitzer dieses langwierigen und langsamen Selbstporträts.

»Ich an deiner Stelle würde die betroffenen Seiten heraustrennen, sie abschreiben und die Abschriften einkleben«, riet sie. »Hauptsache, alles ist von deiner Hand.«

Sally konnte die Rädchen in seinem Kopf sich drehen sehen. Sie fühlte einen leichten Schwindel, als sie ihn die Brauen hochziehen und nicken sah. Und im selben Augenblick glaubte sie zu wissen, dass er keinen Verdacht hegte, sie könnte ihm gerade untreu sein.

»Wegzaubern kann ich es nicht. Es wird wohl das Beste sein, es so zu machen, wie du sagst«, murmelte er.

Sally fragte sich, ob ihm klar war, dass er laut geredet hatte. Er blickte auf und nickte ihr in die Augen. Ihr Gesicht war jetzt schöner als zuvor, weil sich ihre Befangenheit ein wenig gelöst hatte. Ruhig kam sie nochmals zu ihm her und berührte ihn mit der Hand im Nacken, ein leichtes, besänftigendes Tätscheln, ehe sie ihm wieder den Rücken zukehrte und hinausging. Alfred schaute auf die geschlossene Tür, und ohne es präzise in Worte kleiden zu müssen, wusste er, dass die Ehe mit Sally das einzige war, was noch die Fähigkeit besaß, seine Neugier in dieser Welt zu wecken.

Eigentlich war er viel zu müde und abgekämpft für eine Arbeit, die seine ganze Aufmerksamkeit erforderte. Deshalb stand er vom Schreibtisch auf und ging zum Fenster, wo er für eine Weile verharrte, reglos wie die Pfarrerstochter in einem englischen Roman. Mit einem leeren, trostlosen Blick starrte er in die Dunkelheit hinaus, es war, als schaute er über eine weite Fläche mit nichts als Zerstörung. Das Haus war in Ruhe getaucht. Gustav hatte vom Fernseher abgelassen und sich wie seine Mutter nach oben verzogen. Aber Alfreds vielarmige Sinne registrierten die geringsten Kleinigkeiten im Haus, das Knarren der Dielen unter Sallys Schritten zum Bad, ein Geräusch an der Tür, wo jemand einen Zettel der Pfarrgemeinde brachte oder was auch immer. Ein Auto hielt. Warum fuhr das Auto nicht weiter? Eine Polizeisirene ertönte. Hoffentlich versteckte sich der Gauner, der davonlief, nicht ausgerechnet hier im Garten. Für einige Augenblicke schlich wieder die Angst um Alfreds Beine. Es war wie im Traum, wie schon den ganzen Tag, wie im Märchen, wenn der Wanderer damit rechnen muss, dass seine geheimsten Ängste hinter dem nächsten Baum hervorkommen. Was zum Teufel ist nur mit mir los? fragte sich Alfred. Ich glaube, ich bin vom Irrsinn nicht mehr weit entfernt, ja, wahrhaftig, ich bin vom Irrsinn nicht mehr weit entfernt. Er seufzte schwer, schob die Schulterblätter so weit nach hinten, dass es mehrmals knackte, Hand in Hand damit war zu sehen, dass er alle Kraft zusammennahm und einen Entschluss fasste. Es kostete ihn ziemliche Anstrengung, wieder zum Schreibtisch zu gehen, aber er tat es und setzte sich hin. Nachdem er sich an der rechten Wade gekratzt hatte, nahm er mit der Miene eines Menschen, der eine wichtige Sache zu erledigen hat, Papier aus einer Lade und aus einer anderen eine Schere und ein Teppichmesser. Versehen mit diesen Hilfsmitteln bog er sich den am Tisch liegenden Tagebüchern entgegen.

Schweiß lief über Alfreds Stirn. Er nahm für das Format der erforderten Tagebuchseiten Maß, schnitt das Papier zurecht. Im tiefen Gefühl des erlittenen Unrechts überflog er seine in ehemals jugendlichem Schwung hingeworfenen Zeilen, die wie aus dem Lateinischen übersetzt klangen und deren Tinte schon so alt und ausgedorrt war, dass grüngelbe Reflexe darauf schimmerten. Trotz der breiten Textmarkerspuren, die das kranke Hirn eines der Einbrecher dokumentierten, konnte Alfred alles entziffern. Er lächelte grimmig, verzog das Gesicht zu einer rachedurstigen Fratze. Dann endlich begann er die Abschreibarbeit und bedeckte das erste Blatt unter Murmeln mit Zeilen seiner während der Jahrzehnte enger gewordenen Schrift.

Ich habe heute Nacht von Nilpferden geträumt, dann bin ich aufgewacht, weil Sally mir die Nase zugehalten hat.

6

»Ich habe heute Nacht von Nilpferden geträumt.«

Alfred war aufgewacht, weil Sally ihm die Nase zugehalten hatte. Sie saß neben ihm auf den Fersen und schaute neugierig auf ihn herab aus ihrem offenen, sympathischen Gesicht.

»Ich mag deine Haut«, sagte sie fröhlich. »Sie ist so zart und doch fühlt man die Spannung.«

Den Morgenruf des Muezzins hatte Alfred glücklich verschlafen, jetzt schien die Sonne direkt aufs Bett, der blecherne Wecker auf der alten Munitionskiste zeigte auf Viertel nach sieben. Die Fliegen, die nachts ruhig an den Wänden geblieben waren, kamen auf ihn herunter und umschwirrten ihn. Er versuchte sie mit der Hand zu verscheuchen, eine setzte sich auf Sallys Oberschenkel.

»Du bist so weich«, sagte sie.

»Mir kommt es wie ein Wunder vor, dass eine Frau schon in der Früh gute Laune hat«, brummte Alfred erleichtert. »Alle Frauen, mit denen ich bisher zusammen war, mussten zuerst unter die Dusche.«

»Ich muss ebenfalls unter die Dusche«, sagte sie.

»Aber nicht, um mich zu mögen, sondern nur damit du nicht stinkst.«

Er seufzte behaglich und schmiegte sich mit leisen Kehllauten zurück in die Kissen, er war müde wegen der Probleme, die ihm seine Gallenblase machte, zu viel Kaffee, zu viele Zigaretten, zu viele Süßigkeiten. Jetzt fiel ihm ein, dass dies der Tag war, an dem das Röntgen gemacht werden sollte. Die nächtlichen Vorbereitungen hatte er erfolgreich überstanden, am Abend um zwanzig Uhr ein leichtes Essen, um vierundzwanzig Uhr diverse Pillen, jetzt musste er lediglich noch bis zum Mittag durchhalten und nüchtern bleiben. Sein durch Arbeit und Sex geprägter Lebenswandel hatte den ersten Röntgentermin vor einer Woche vermasselt, er war schon um zehn eingeschlafen und erst um vier wieder aufgewacht, zu spät für die Medikamente. Diesmal hatte er sich mit der Reinschrift des Amulettkästchen-Artikels für Stuttgart wach gehalten. Sally längst im Bett, er in der Küche am heftigen Tippen, das Farbband gab nicht mehr viel her, Klingeln der Randglocke. Später war ihm das Einschlafen schwergefallen, die mantelknopfgroßen Pillen hätte er beinahe nicht hinuntergebracht, dazu die Grübelei wegen seiner finanziellen Situation, er sackte immer weiter ab. Ehe die Museen in Wien und Berlin ihre Außenstände beglichen, war er längst gepfändet. Im Halbschlaf hatten ihn Zahlen geritten, er hatte imaginäre Briefe an seine Tanten und seine Großmutter verfasst, in denen er ihnen in die Geldbörsen schielte. Unglücklicherweise bezweifelten die dörflichen Damen die Ehrbarkeit seiner Kairoer Arbeit und glaubten, er bringe sein Geld mit Drogen durch. Wie es aussah, war er gezwungen, Sally zu bitten, ihm aus der Klemme zu helfen, seines Wissens war sie ebenfalls blank.

»Kommst du?« fragte sie. Sie küsste ihn auf den Nacken, ihre Brüste streiften über seinen Rücken. Dann ging sie zum Fenster und öffnete es, um die vom Schlaf verbrauchte Luft zu erneuern. Vom Delta kamen frische Fuhren mit einer leichten Brise heran, der intime Hauch des Nahen Ostens strich über Sallys Gesicht. Und der Verkehr schrie: Ich auch! Ich auch! Das Jaulen, Röhren und Kreischen sprang sie an, und mit den Geräuschen frische Gerüche von Brot, Dung, Holzfeuern und aromatisierten Wasserpfeifen.

Einen Moment lang blieb Sally im offenen Fenster stehen, sie spürte die erste Sonnenwärme und kriegte Lust, vor Glück zu schreien. Es war nicht schwer, sich in dieser Stadt wohl zu fühlen. In Wien liebte Sally ihre Freunde und noch anderthalb Menschen. Hier liebte sie das Leben.

Es war Anfang 1977, Sally befand sich in ihrem einundzwanzigsten, Alfred in seinem sechsundzwanzigsten Lebensjahr. Er wohnte im Stadtteil Aguza in einer wenig befahrenen Seitengasse der Sharia al-Nil, wo vom Balkon aus zur linken Seite ein Stück des Nils schimmerte und dem Hausbesitzer mit wechselnden Flussfarben erhöhte Mietgewinne sicherte. Die Wohnung war schön gelegen, für hiesige Verhältnisse nicht übertrieben laut, mit nur der üblichen Menge an ägyptischem Staub und ziemlich vielen Fliegen. Aus einem Lüftungsgitter unterhalb des Balkons dampfte schon am Morgen die Abluft einer Restaurantküche und verbreitete Essensgeruch. Das zog die Fliegen an. Leider war das nicht das größte Problem in der Wohnung. Als sehr viel lästiger als die Fliegen erwies sich der undichte Abfluss der Dusche. Unter dem Bad lag das Zimmer des Hausmeisters, das Wasser ging durch die Decke und tropfte genau auf sein Bett.

Das ging seit Wochen so. Alfred hatte große Mühe gehabt, einen Installateur aufzutreiben, ewiges Warten, Nachhaken, Vertröstungen, dann, eines schönen Tages, war der Mann unangekündigt abends um halb neun gekommen, hatte einige Fliesen eingeschlagen, ein Rohr ausgetauscht, alles schmutzig gemacht und gesagt, der Schaden sei behoben.

Am nächsten Morgen läutete es an der Tür, es war der Hausmeister, der sagte, das Wasser tropfe weiterhin auf sein Bett. Von da an läutete es jeden Morgen pünktlich um halb acht für immer dieselbe schlechte Nachricht. Plötzlich stoppte das Durchsickern des Wassers von selbst, aber nur für zwei Tage, dann ging es wieder von vorne los. Jedes Mal, wenn Alfred die Türglocke hörte, wurde er von Panik ergriffen, es könnte Am Abdon sein, so hieß der Hausmeister.

Dass eine dermaßen kleine und dumme Sache Alfred so durcheinanderbrachte, war erstaunlich.

Alfred versuchte, den Hausmeister mit seinen eigenen Waffen zu schlagen und klopfte bereits um fünf vor halb acht bei ihm an, um sich nach dem Stand der Dinge zu erkundigen. Diese Strategie erwies sich als wirkungsvoll, denn so signalisierte Alfred, dass er Am Abdon nicht vergessen hatte.

Es kam ein anderer Installateur, zerschlug erneut ein paar Fliesen, bohrte ein Loch durch die Decke auf der Suche nach dem Leck, und von da an gab es eine Art Funkverbindung zwischen dem Zimmer des Hausmeisters und Alfreds Bad. Wenn Sally oder Alfred das Bad benutzten, konnten sie hören, was im Hausmeisterzimmer vor sich ging. Das Radio, die Bemühungen Am Abdons, wenn er über seiner Frau war, die Gespräche mit seinen religiösen Freunden. Das war seltsam und verrückt, weil es klang, als tönten die Stimmen aus der Unterwelt der Geister herauf. Der Hausmeister und seine Freunde redeten über das gerechte Wirken Gottes, über die Kriegslust des kapitalistischen Diebsgesindels und darüber, dass Ägypten die einzige zivilisierte Gemeinschaft der Erde sei.

»Ich dachte, das ist Österreich«, flüsterte Alfred spöttisch.

Wenn Sally etwas nicht verstand, weil sie im Arabischen nicht ausreichend zu Hause war, fungierte Alfred als Übersetzer. Bei besonders frommen Standpunkten schüttelte sich Sally entsetzt mit ihrem gesteigerten Realitätsbewusstsein des neuen und aufgeklärten Menschen. Ihr fehlte ein wenig der Respekt vor Menschen, die an Märchen glaubten. Aber am unangenehmsten war, wenn im Zimmer des Hausmeisters die schlechte Arbeit des Installateurs diskutiert wurde. Dann fielen Schimpfwörter, die nicht sehr nobel waren. Und obwohl sie gegen den Installateur gerichtet waren, fühlten sich Alfred und Sally angesprochen.

Sally fragte sich, was umgekehrt der Hausmeister aus Alfreds Badezimmer hörte. Sie dachte, es ist egal, solange er nichts sehen kann. Trotzdem fühlte sie sich beobachtet und mochte es, wenn Alfred sie zum Duschen begleitete. Alfred kam diesem Wunsch gerne nach. Sallys Nacktheit war für ihn immer noch neu, wie alles, was mit ihr zu tun hatte. Am liebsten wäre er ständig im Kreis um sie herumgegangen wie ein Schneider, denn eine so schöne und interessante Frau hatte er bisher nicht gekannt, und wenn, dann war sie in Begleitung gewesen, nicht nackt bei ihm.

Er selber verwendete im Badezimmer immer öfter Ohrenstöpsel. Nach mehr als zwei Wochen hatte er es satt, die frommen Sprüche zu hören, die der Hausmeister und seine Freunde wechselten. Für Alfred klangen sie doppelt herausfordernd, weil er als Kind religiös gewesen war, mit Gott als absoluter Sinngebung seines Lebens.

Im Moment stagnierte die Badezimmer-Saga. Die undichte Stelle schien auf mysteriöse Weise gestopft, aber ganz sicher war sich niemand, denn auch der zweite Installateur hatte nichts anderes getan, als Fliesen zu zerschlagen und den Fußboden aufzustemmen. Die Sache blieb rätselhaft. Deshalb wollten Sally und Alfred nichts überstürzen und lieber zuwarten, bis der Installateur zurückgekommen war und das Loch im Fußboden wieder geschlossen hatte. Solange das nicht geschehen war, stellten sie sich während des Duschens in eine gelbe Waschbütte aus Plastik, mit nur leicht aufgedrehtem Wasser, und die Bütte trugen sie in die Küche, wo sie das Wasser in die Abwasch schütteten. Dadurch herrschte vorläufig Friede zwischen oben und unten. Die Decke trocknete in der Winterluft, jetzt löste sich allerdings der Verputz und fiel auf Am Abdon, während er schlief. Angeklingelt hatte er deswegen noch nicht, er teilte es regelmäßig mit, wenn er Alfred oder Sally auf der Treppe traf. Sie bewegten sich im Haus wie Verbrecher, schlüpften möglichst ungesehen raus und rein, damit Am Abdon sie nicht einfangen und sich bei ihnen beklagen konnte.

Als Sally einem englischen Studienkollegen von ihrem Ärger erzählte, sagte er, das sei nichts gegen ihn, er müsse jedes Mal, wenn er die Toilette spülen wolle, auf eine Leiter klettern, mit der Hand in den Wasserkasten greifen und eine Stange bewegen, um das Abrinnen des Wassers zu stoppen. Und wenn er sich bei seiner Vermieterin darüber beschwere und sie darum bitte, die Spülung flicken zu lassen, sage sie:

»Was erwarten Sie bei dem Preis, den Sie für die Wohnung bezahlen?«

Wie viel das sei, fragte Sally. Dreihundert ägyptische Pfund, sagte der Engländer – nicht zu fassen. Alfred zahlte achtzig, Sally fünfundvierzig für ein Zimmer in Bulaq in einer Wohngemeinschaft mit einem libanesischen Flüchtlingspaar. Sally ging dort so gut wie nicht mehr hin, weil sie beim Mieten vergessen hatte, auf dem Bett Probe zu liegen. Die Schranktür, die sie schon öfter abgeschraubt und unter die Matratze gelegt hatte, war beim Nachhausekommen immer wieder an ihren Platz montiert.

Alfred brachte die Waschbütte zurück, schon ziemlich geübt im Tragen und Ausleeren. Mittlerweile hatte Sally ihren Unterleib eingeseift, sie stieg in die Bütte und drehte den Wasserhahn wieder auf. Rittlings auf dem Stuhl, den rechten Ellbogen auf die Lehne gestützt, Kinn in der Hand, schaute Alfred ihr beim Abspülen zu. Sein Gesicht schien zu glühen vor Freude und Verwunderung über das, was er sah. Er besaß eine unstillbare Neugier auf alles, was Sally tat und dachte. Er schaute ihren jungen Körper auf Vorrat an, er wollte dieses Mädchen unbedingt heiraten, er wollte sie ganz für sich, für immer, nahm aber nicht an, dass sie damit einverstanden war.

Wenn er fragte, ob Sally bei ihm bleiben werde, gab sie ihm ausweichende Antworten.

»Woher soll ich das wissen?« sagte sie dann. »Am Anfang kann man doch noch gar nichts sagen, man geht irgendwie ins Ungewisse.«

»Hast du ein gutes Gefühl?« fragte er.

»Jedenfalls glaube ich nicht, dass es den Wert unserer Liebe im Nachhinein schmälern würde, wenn sie irgendwann wieder aufhört.«

Von unten vernahm Alfred das Radio des Hausmeisters, es stieß plärrend Nachrichten aus. Die Fieberkurve der nahöstlichen Konflikte stieg schon wieder an. Propaganda aus Ägypten mischte sich mit Propaganda aus Syrien, das Ganze garniert mit Krach aus dem Libanon, Stunk aus dem Irak und als Draufgabe unbrauchbare Vorschläge aus Saudi-Arabien und Provokationen aus dem Westen. Jetzt sprang auch das gefährlichste Wort aus der Unterwelt herauf, Israel! Israel! Israel! Und der Ton des Sprechers wurde männlich, noch viel männlicher als vorher, die Stimme drehte sich in heroische Erregung hinein, das war die täglich gleichbleibende Stimmverwandlung inmitten ansonsten wilder und völlig undurchsichtiger Emotionskomplexe in all den Wirren der arabischen Welt.

Alfred erhob sich ein wenig.

»Wenn die Berichte nicht lügen, kommt eine nächtliche Ausgangssperre. Auf der Sharia al-Giza sind in der vergangenen Nacht die letzten Nachtclubs ausgebrannt.«

Kurz darauf stand er auf und erinnerte Sally an das Bett von Am Abdon. Das sonnengewärmte Wasser aus dem Tank am Dach rann über Sallys von Speckröllchen weich gewellte Hüften die Beine hinab und endete als Spülwasser in der Bütte, die schon wieder nahe am Überlaufen war.

In der Küche rüttelte der Dampf am Deckel des Topfes, und während der Tee zog, saß Sally nur mit einem Handtuch bekleidet am Tisch und klopfte mit dem Messergriff heftig gegen den Brotlaib, aus dem Ameisen purzelten; während der Nacht hatten sie Straßen in den Laib gegraben, das war vorbildlicher ägyptischer Ingenieurgeist. Sally fegte die Ameisen mit der Handkante vom Tisch, der Tisch war schrecklich klebrig, sie dachte, ich sollte ihn wieder einmal abwischen, vielleicht übermorgen, da habe ich frei.

»Psst!« sagte Alfred. Seit Sally sich ein Handtuch umgebunden hatte, war er wieder zugänglich für Alltagsdinge. Er lauschte auf seinen Transistor, der jetzt ebenfalls lief. Das Gerät war auf BBC eingestellt, dort verkündete eine Frauenstimme die europäischen Wetterdaten. Wien wie üblich keine Erwähnung, dafür Budapest. Kein großer Unterschied: Minusgrade. Das war der tägliche Triumph.

»Wien ist ein Grab«, sagte Sally.

»Wenigstens haben gestern die Franzosen gezahlt«, stellte Alfred fest. »Ich freue mich, dass ich mich nicht getäuscht habe. Es zeigt auch wieder, wo die miesen Typen zu Hause sind.«

Alfred goss Tee in die Tassen. Vor ihm auf dem Tisch stand eine Schüssel mit Wasser, ein silbernes Kinderpfeifchen weichte darin ein. Alfred hatte es am Vortag am Bazar gekauft, es war voller Dreck, eine klebrige, braune Masse, aber interessant, da es auf erstaunliche Weise englischen Bootsmannspfeifen glich.

»Ich hoffe, ich bekomme morgen meine Museumsbewilligung«, sagte er.

»Das glaube ich nicht«, gab Sally zur Antwort.

»So kindisch werden sie nicht sein, dass sie mir die Bewilligung nur aus Spaß an der Freude auf ewig verweigern.«

»Denkst du«, sagte sie. »Die können noch viel kindischer sein, und sind es auch.«

Das moderne Ägypten war in vielen Aspekten ein weißer Fleck auf den ethnographischen Landkarten, Alfred versuchte, diese Flecken zu kartographieren. Für die Dokumentation seiner Erkenntnisse benötigte er Vergleichsmaterial, doch obwohl er hier seit zwei Jahren sein Unwesen trieb und die völkerkundlichen Museen in Wien und Berlin als Einkäufer belieferte, verweigerten ihm die Verantwortlichen am Österreichischen Kulturinstitut die Unterstützung, die er brauchte, um Zugang zu den Depots der Kairoer Museen zu erhalten. Offiziell galt Alfred als Tourist. Dabei veröffentlichte er beinahe monatlich einen Artikel, und seine Wohnung war Durchgangslager und Stapelplatz für Erwerbungen von *musealem Rang*. Selbst in der Küche herrschte eine kunstlose Unordnung. Neben kupfernen Kochtöpfen und Pfannen und mehreren Kerzen, die in Flaschenhälsen auf den nächsten Stromausfall warteten, hingen bestickte Sinai-Kleider und paillettenverzierte Burkas, eine Kiste mit ägyptischen Kinderspielsachen stand in einer Ecke, und neben Kartons mit Kaffeemühlen, Rauchfässern und Amulettkästchen lagerten etliche aus Zucker gegossene Figuren, die nur am Mawlid an-Nabi, dem Tag der Heiligen, verkauft wurden. Alfred hatte die Zuckerfiguren in den alten Stadtteilen Kairos zusammengekauft; hoffentlich brachte er sie heil nach Wien.

»Wenn die Lemuren vom Kulturinstitut erfahren, dass du bei mir eingezogen bist, gönnen sie mir gar nichts mehr«, sagte er. »Lass dich bloß nicht aushorchen.«

»Ich verplappere mich schon nicht«, beruhigte sie ihn.

Tatsächlich wusste niemand, wie Sallys Angelegenheiten mit Alfred standen. Zwar gingen Gerüchte um, aber sie waren schwach belegt, und Sally tat alles, den bösen Zungen keine Nahrung zu liefern. Sie wusste nicht, was genau sie von Alfred wollte, entsprechend heftig dementierte sie mit Piepvögeln, lasst mich mit eurem Scheiß in Ruhe. Der durch die Büros schleichende Verdacht war trotzdem nicht ganz zu zerstreuen, er verdichtete sich immer wieder und pflanzte sich fort. In diesem Fall stimmte, was ihr Großvater immer gesagt hatte, dass nicht einmal die Artillerie in der Lage sei, das Geschwätz aufzuhalten. Offenbar hatte er in seinem Leben nicht nur Unsinn geredet.

Auch die Direktorin des Kulturinstituts hatte ein Sprichwort auf Lager. Wenn zutreffe, was gemunkelt werde, sei Sally das Paradies, in dem Schweine weiden. Ägyptisch.

Holla, dachte Sally, meinen Freund suche ich mir immer noch selber aus. Sie lächelte geheimnisvoll, sie sagte, die Leute würden alles mögliche erfinden, um sich interessant zu machen. Sie log von Herzen, Falschheit und Heimlichtuerei fielen ihr speziell im Umfeld des Kulturinstituts wunderbar leicht. Hauptsache, Alfred bekam seine Museumsbewilligung. Und so störte es Sally auch weniger, dass sie gleichzeitig im Verdacht stand, ein Verhältnis mit dem Botschaftssekretär der Bundesrepublik Deutschland zu unterhalten.

Diese Verbindung wäre weniger übel vermerkt worden, bestand aber schon seit Wochen nicht mehr, genauer gesagt, seit der Schwanz des Botschaftssekretärs einen recht unverblümten Geschmack abgegeben hatte. Seither wollte Sally nichts mehr von ihm wissen. Offenbar wusch er sich nicht zwischen zwei Frauen und hatte seltsame Vorlieben, die dem klassischen Altertum näher standen, als mit norddeutschem Protestantismus vereinbar. Sally brauchte nicht die niedrigsten organischen Absonderungen einer unbekannten Frau im Mund, es ekelte sie, wenn sie nur daran dachte.

Anschließend hatte sie sich enger an Alfred angeschlossen. Seine Lebensart war weniger verfeinert, er bewunderte sich nicht andauernd selbst und hielt sich nicht für einen der letzten drei Idealisten auf Erden. Die meisten Männer in Kairo, ob Ausländer oder Einheimische, konnten nicht genug von sich selber kriegen, es herrschte eine infantile Männlichkeitssucht nicht zuletzt auch unter denen, die demonstrativ Turnschuhe trugen. Das ging Sally schrecklich auf die Nerven. Alfred war im Vergleich dazu schüchtern und unsicher, er wurde leicht rot. Um seine Qualitäten zu sehen, musste man ein zweites Mal hinschauen, zum Beispiel konnte er ganz kurz zwischen zwei Worten lachen, man merkte es kaum, anfangs hatte Sally es immer übersehen. In seiner Gegenwart verspürte sie eine gewisse Entspanntheit, die sie bei anderen Männern nicht verspürte, sie wurde ruhiger und sicherer, obwohl weiterhin Wellen von Egoismus und Unberechenbarkeit durch sie hindurchgingen. Besonders anziehend war, dass die armen Bewohner der umliegenden Straßen Alfred mochten, die Hausmädchen und kleinen Handwerker, die von den gegenüberliegenden Straßenseiten herüberriefen und sich nach seiner Gallenblase erkundigten. Alfred blieb stehen und unterhielt sich mit ihnen, wie geht's?, und zehn Sekunden später lachten alle, dafür zollte sie ihm Anerkennung. Alles in allem gehörte Alfred nicht zu dem Schlag Liebhaber, den sie bisher gehabt hatte, eher das Gegenteil, sie konnte es sich nicht recht erklären. Aber gut, wenn man in der Liebe Enttäuschungen erlebt, ist die nachfolgende Reaktion ein Versuch, weiteren Enttäuschungen zu entgehen.

Sally hatte ihr Frühstück beendet, sie ging ins Schlafzimmer und holte sich saubere Unterwäsche. Während sie sich anzog, erörterte Alfred seine Vorstellung von einer gesicherten Zukunft, die Museumsbewilligung fungierte dabei als Dreh- und Angelpunkt. Er sagte, sowie er die Bewilligung in der Tasche habe, könne Sally ihr Zimmer in Bulaq kündigen und offiziell bei ihm einziehen, das spare Wege und Geld. Er selber sei dann nicht mehr auf die Gnade der Kulturzwerge angewiesen. Intrigieren, denunzieren, komplottieren und Bananenschalen auslegen sei alles, was sie am Kulturinstitut aus dem Effeff beherrschten. Mit der Museumsbewilligung in der Hand könne er in direkten Kontakt mit den ägyptischen Behörden treten und die Möglichkeit offizieller Sammlungsexporte sondieren, das würde auch die Zollsachen und vieles andere erleichtern. Bestimmt kamen zu Wien und Berlin weitere Auftraggeber hinzu, eine Arbeitsbewilligung sei dann nur noch die logische Konsequenz, seine Aktivitäten überstiegen jetzt schon bei weitem den Rahmen dessen, was als Touristentätigkeit durchgehen konnte.

»Ich muss los«, unterbrach ihn Sally. »Versprich mir, dass du bis zum Mittag nüchtern bleibst. Und rauch die Zigaretten nicht bis zum Filter, lass einfach eine längere Kippe, ich habe gelesen, dass die letzten drei Züge die gefährlichsten sind.«

Alfred nickte. Sally merkte, dass ihm noch etwas auf der Seele lag.

»Was ist mit dir?« fragte sie.

Jetzt rückte er heraus damit, dass er Geld brauchte, für das Röntgen und für die bei Gindi zurückgelegten Kleider, Munition, um seine Stellung zu behaupten, die Guthaben in Wien und Berlin, eine Frage der Zahlungsfähigkeit, im Grunde ohne Risiko, die Geschäfte an sich seien wasserdicht.

»Nur die Geldflüsse fließen nicht, was?«

»Allein der Arzt knöpft mir fünfzehn Pfund ab«, sagte er zähneknirschend.

Sally brachte mit einigen Handgriffen das Schlafzimmer in Ordnung. Sie schaute vom Balkon hinunter auf die Straße, ob dort der Hausmeister umging, sie nahm nichts Verdächtiges wahr. Eine kleine weiße Wolke schwebte über dem Nil, über dem warmen fremdländischen Morgen. Wie großartig ist diese Stadt! So unermesslich! Aber auf eine Art unermesslich, dass man sich gern darin verliert.

Zurück in der Diele kramte sie in ihrer Umhängetasche. Sie drückte Alfred eine Handvoll Scheine in die Hand, es sah nach mehr aus, als es war, das im Umlauf befindliche Geld war in erbärmlichem Zustand, nichts als Klebestreifen und Verknitterungen. Sally musterte Alfred, sie wusste, dass es ihm unangenehm war, Geld von ihr zu nehmen. Sie wusste aus eigener Erfahrung, dass es viel Kraft kostete, kein Geld zu besitzen. Sie wusste, dass Alfred ihr das Geld, so schnell er konnte, zurückgeben würde. Und sie wusste, dass er dachte: Mit dir gemeinsam würde ich es schaffen. Sein Gesicht war ganz ablesbar, er versteckte seine Gemütsregungen nicht. Sally fühlte sich sehr geliebt. Doch darauf einzugehen vermochte sie nicht, so feige vor Gefühlen.

»Mach dir nichts draus«, sagte sie. »Besser eine leere Geldbörse als ein leerer Kopf.«

Im Badezimmer warf Sally einen raschen Blick in den Spiegel. Aus der Unterwelt der Geister loderte arabische Musik herauf. Die Musik erlosch wieder, als Sally die Tür hinter sich schloss.

»Hoffen wir auf bessere Zeiten.«

»Inshallah.«

Na, dann los! Sally schnappte sich den Schmutzbeutel, der hinter der Tür stand. Der Boden des Lifts war schon altersschwach, so dass sie Angst hatte, er könnte durchbrechen. Sie nahm lieber die Treppe. Die Treppe glich den Treppen, die Sally aus ihrer Kindheit kannte, Londoner Stiegen, die ihr von den wenigen Besuchen bei ihrer Mutter in Erinnerung waren, im Sutton Estate in Chelsea und in der North End Road in Fulham. In diesem Kairoer Mietshaus hatten die Treppen ähnliche Eigenschaften, versteckt, dunkel, abgeschieden und trotzdem häufig frequentiert, abgetretene Stufen, die man besser nur an den Seiten benutzte, damit man nicht abrutschte und sich ein Bein brach. Alles war alt und irgendwie vergessen, kleine, winzige Räume an beiden Enden, muffig, verborgen, wie geheime Verstecke.

Aus einem dieser Winkel schien Am Abdon zu treten, als Sally das untere Ende der Treppe erreicht hatte. Sie erschrak ein wenig. Er überging ihr Zusammenzucken und nahm ihr, ohne zu fragen, den Schmutzbeutel ab, weil er wusste, dass sie lieber selbst zur Mülltonne gegangen wäre. Sally ließ sich nicht gerne bedienen. Für solches Hühnergetue fehlte Am Abdon jedes Verständnis. In seinen Augen war Sally eine schwache Person, die nicht einmal wusste, wo ihr Platz war, daraus machte er keinen großen Hehl.

Sallys Kollegen an der Botschaft, die aus Diplomatenfamilien stammten, hatten solche Probleme nicht. Ihr Umgang mit Dienstboten war auf entspannte Weise zweckmäßig, ohne Unklarheiten, sie waren im Glauben erzogen worden, dass die Welt nur für sie da sei, und diese Ordnung stellten sie nicht in Frage. Sally hingegen hatte ständig Ärger mit Dienstboten, weil die Dienstboten nicht wussten, woran sie bei ihr waren. Befand sich Sally in der Nähe, lehnten sich die Hausmädchen und Botenjungen plötzlich gegen ihr Schicksal auf.

»Sie machen die Leute unglücklich«, hatte ein Vorgesetzter Sally ermahnt. »Es reicht, dass wir uns mit der Idee der Gleichheit herumschlagen. Aber verschonen Sie die armen Ägypter, die brauchen ihren Schlaf.«

Was für dürftige Begriffe! Das Wunder kann nur die Wirklichkeit der Gesellschaft sein, nicht der Einzelfall. Drum besser unzufrieden und schlaflos, als unwissend und glücklich. Das dachte sie.

Sonderlich gut kam sie mit dieser Einstellung aber nirgends an. Nicht nur der Hausmeister behandelte sie mit leisem Spott, es war, als spürten alle, dass Sallys Hang, sich mit den unteren Schichten zu solidarisieren, nicht nur ideologische Gründe hatte, sondern auch ihrer Herkunft geschuldet war, als uneheliche Tochter einer Dienstmagd.

Kurz dachte Sally an ihre Mutter. Wie meistens tat sie es mit schlechtem Gewissen, denn sie schaute auf Risa herab wie Am Abdon auf sie. Am ärgerlichsten war, dass Risa gegen sich selber redete. So unverständlich es war, es gab in Sallys Mutter konservative Strömungen und eine gefühlsmäßige Bindung an Werte, vor denen sie Ende der vierziger Jahre Reißaus genommen hatte. Zum Zeitpunkt ihrer Auswanderung war Risa in einem ähnlichen Alter gewesen wie Sally jetzt, dreiundzwanzig. Damals, 1948, hatten den Engländern billige Arbeitskräfte gefehlt, deshalb hatten sie in österreichischen Zeitungen inseriert und jungen Frauen Aufenthaltsgenehmigungen angeboten, wenn sie sich verpflichteten, mindestens vier Jahre in Haushaltsberufen zu bleiben. Risa war eine von Tausenden, die nach diesem Köder geschnappt hatten und hochgezogen worden waren in eine finstere Welt. Aber immerhin hatte sie den Versuch gemacht, eine Lebensmöglichkeit außerhalb des Wertesystems zu finden, an dem sie im Haus ihres Vaters beinahe erstickt wäre. Sallys Schwung und Ansporn, ein eigenes Leben zu führen, war stark von der Biographie ihrer Mutter inspiriert.

Jetzt jedoch, fünfzig geworden, sagte Risa Dinge wie:

»Wenn Männer kochen wollten, wären sie die besseren Köche als Frauen.«

Auf Sallys empörte Frage, warum sie einen solchen Unsinn verzapfe und sich selber und damit alle anderen Frauen herabsetze, gab Risa die Antwort:

»Weil es stimmt.«

Das war hart. Sally fiel es schwer, solche Aussagen beiseite zu schieben, sie ärgerte sich schrecklich über diesen gemeinen Verrat. Trotzdem nahm sie sich vor, ihrer Mutter in den nächsten Tagen wieder einmal zu schreiben. Bei dieser Gelegenheit konnte sie auch mitteilen, dass sie eine neue Adresse hatte. Komisch, sich vorzustellen, offiziell bei Alfred einzuziehen.

Komisch? Bei diesem Gedanken wäre Sally gerne noch ein wenig geblieben. Warum komisch? Aber Am Abdon, den Müllbeutel in der Hand, hatte sie bereits in ein Gespräch verwickelt. Ausnahmsweise thematisierte er nicht den undichten Abfluss, sondern den Zustand von Sallys Schuhen.

»Was machen Sie eigentlich mit Ihren Schuhen?« fragte er naiv. »Sind sie durchgetanzt?«

So wenig wie das verdrechselte Klassenbewusstsein von Sally vermochte Am Abdon nachzuvollziehen, warum Menschen, die Geld besaßen, weiter als hundert Meter zu Fuß gingen. Einem Botschaftsangehörigen war die ägyptische Verlobte davongelaufen, nachdem er von einem Wanderurlaub erzählt hatte. Die Frau hatte daraus den Schluss gezogen, dass er geizig war.

»Normale Abnutzung«, sagte Sally kleinlaut.

»Normal ist das nicht«, erwiderte Am Abdon streng. Er zupfte an seinem hennagefärbten Bart. »Ich kenne viele Frauen, deshalb weiß ich, wie Frauenschuhe altern: von innen.«

»Na, wenn das so ist«, sagte Sally kokett, »fahre ich heute mit dem Taxi.«

Sie hatte ohnehin nichts anderes vorgehabt.

Am Abdon sagte zufrieden:

»Da sieht man den guten Einfluss Ägyptens auf die Menschen.«

Sally wusste nicht, ob er sie auf den Arm nehmen wollte. Während sie darüber nachdachte, beobachtete sie ihr Gegenüber aufmerksam. Schließlich erwiderte sie freundlich:

»Ich selber altere nur außen.«

Der Hausmeister lachte schallend, dabei schraubte sich sein Hals ruckartig aus der weißen Galabija heraus und senkte sich wieder hinein. Kaum zu glauben, dass die körperlose Zunge, vor der Sally nachts Angst hatte, wenn sie ins Bad ging, diesem Mann gehörte.

Am Abdon trat vor das Haus, er rief ein Kind zu sich und befahl ihm, es solle um ein Taxi laufen. Schon wieder eine dieser Dienstleistungen, die Sally nicht mochte. Sie drückte Am Abdon drei Piaster in die Hand für den Buben, der zur Sharia al-Nil gelaufen war. Dann saß sie im Fond des Taxis auf dem Weg nach Garden City, wo das Österreichische Kulturinstitut seine Residenz hatte. Sie dachte daran, dass sie im Herbst noch mit dem Fahrrad gefahren war, von Bulaq aus, sie hatte sich ein schlichtes Fahrrad gekauft, weil sie nicht länger auf die ständig überfüllten Busse angewiesen sein wollte.

Bitterwenig war dabei herausgekommen. Keine Woche hatte sie durchgehalten. An anderen Orten lauern andere Realitäten. Autofahrer hatten sie beschimpft und bedroht, Sally war geschnitten und abgedrängt worden, lauter solche Mätzchen. Nicht nur einmal hatte sie sich auf einen der Gehsteige retten müssen, offenbar schlug ein am Sattel rutschender Frauenhintern allem ins Gesicht, was von Männlichkeitswahn und Bigotterie angefault war. In den Augen der rückständigen Kräfte fuhr Sally mit ihrem Fahrrad auf das offene Höllentor zu, und dieselben rückständigen Kräfte waren gerne bereit, ihr zu helfen, den Weg dorthin abzukürzen.

Am Anfang empfand Sally die Aggressionen, die sie weckte, wie einen Ruf zu den Waffen. Sie sagte sich, euch werd ich's zeigen, so leicht schüchtert mich keiner ein! Schaut her, ich bin das Mädchen aus der Zukunft, die Sonne des neuen Lebens, ich bin die leibhaftige Propaganda für eine Lebensart, die ihr nicht aufhalten könnt! Passt auf, bald machen sich Gleichheit und Liebe auch auf euren Straßen breit!

Doch insgeheim stand sie Todesängste aus, und eines Morgens, nachdem eine brennende Zigarette aus einem offenen Wagenfenster geflogen war und sich in ihrem Haar verfangen hatte, warf sie das Fahrrad in einem Zornanfall hin und ließ es liegen, als Sinnbild gewisser Hürden im revolutionären Prozess, als Beleg dafür, dass das Verändern der Welt bedenklich schwierig ist.

Nachdem auch Alfred sich gewaschen hatte, kehrte er in die Küche zurück. Er holte sein Tagebuch hervor, das gut verwahrt in einer Kiste lag, im Besenschrank zuunterst. Voller Stolz auf sein Leben mit Sally setzte er sich an den Platz, an dem Sally gefrühstückt hatte, die Zeit reichte zwar nur für einige mit Bleistift hingeworfene Halbsätze, aber am Abend würde er sich an diesen Sätzen orientieren können. Nach wenigen Minuten legte er das Tagebuch zurück in die Kiste, zur Tarnung warf er einen Putzlumpen darüber. Anschließend stopfte er zwei halbfertige Artikel in seine Aktentasche, damit er beim Herumsitzen vor der Amtsstube etwas hatte, mit dem er sich beschäftigen konnte. Seine Fahrerlaubnis musste verlängert werden, sie lief Ende der Woche ab. Im sicheren Gefühl für die ägyptische Bürokratie hatte er den ganzen Vormittag reserviert, er fand, das war genau das richtige, wenn einem der Magen knurrte.

Mit der Tasche unter dem Arm ging er hinüber ins Nachbarhaus. Auf Vermittlung Am Abdons besaß er dort seit Anfang des Jahres einen Unterstand für sein Auto, der Hausmeister hatte sich für das täglich eingestaubte Auto vor dem Eingang geschämt und für Abhilfe gesorgt. Selbst Alfred, der normalerweise nicht pingelig war, hatte bei Botschaftsbesuchen immer außer Sichtweite geparkt, man kann sich vorstellen, in was für einem Zustand sich das Auto befunden hatte. Jetzt, da es immer gewaschen war, fuhr es sich wesentlich angenehmer. Hergeschaut, hier kommt Alfred! Das war ihm zehn Pfund im Monat wert. Sein Wagen wurde in der Garage auch nicht gerückt und herumgeschoben, das hatte Alfred zur Bedingung gemacht. Und durch die günstige Lage neben einem Pfeiler konnte der Zephyr beim Herumschieben der anderen Autos auch nicht beschädigt werden. Die Zeit in Kairo war für das zehn Jahre alte Vehikel so oder so kein Kuraufenthalt.

Unter den Zurufen von Mustafa, der die Garage betrieb, rangierte Alfred den Zephyr aus der Ecke. Als der Wagen im Freien war, durften die herumstehenden Kinder auf den Hupring drücken, sie lachten sich halbtot, so toll fanden sie das. Leider machten sie mit ihren Nasen die sauberen Scheiben gleich wieder dreckig. Als die verchromte Verzahnung der Wagenschnauze in die Straße lugte, kam die Hupe nochmals zum Einsatz, damit die Kinder zur Seite sprangen. Dann schoss der Wagen in den Irrwitz des Kairoer Verkehrs hinein.

Um mithalten zu können, musste Alfred sich den hiesigen Gepflogenheiten ein wenig anpassen, allerdings immer mit dem Vorsatz, nachzugeben, wenn es eng zu werden drohte. Die verrückten Ideen, die Haschischräusche und die Dummheiten der Verkehrsgegner mussten berücksichtigt werden. Erst vor wenigen Wochen war auf der Wüstenstraße außerhalb der Stadt Gottfried von Cramm tödlich verunglückt, das tat ein übriges, dass Alfred nicht fuhr wie ein Henker. Neuerdings schnallte er sich sogar an. Heute sterben, dachte er, das wäre fatal. Ich bin so gut wie bankrott, gesundheitlich ein Wrack, trotzdem scheint Sally auf mich zu stehen.

Die Sharia al-Nil führte nilaufwärts zur Brücke des 6. Oktober, an deren Ende bog Alfred rechts auf die Corniche, dann flussaufwärts bis auf die Höhe der Qasr al-Nil Brücke, wo am Tahrir Platz das Zentrale Verwaltungsgebäude lag, die Muhamma'a. Alfred parkte in einer Seitengasse unter einer zehn Meter hohen Reklametafel mit dem Abbild von Präsident Sadat. Das letzte Stück ging er zu Fuß. Je näher er dem grau aufragenden, stalinistisch anmutenden Gebäude kam, desto heftiger meldete sich seine Gallenblase. Ägyptens Ämter waren für ihn nicht frei von unerfreulichen Assoziationen. Auch ohne Ausnahmezustand herrschte dort immer eine gewisse Nervosität.

Gleich hinter dem Eingang geriet Alfred in eine Kontrolle. Es war eng, die Luft würgend, es ging überhaupt nichts vorwärts. Ein dicker Beamter, den man in einen Glaskäfig gezwängt hatte, schaute sich von jedem, der kam, die Papiere an. Alfred dachte, der Beamte muss Analphabet sein, so selten entsprang dem Durcheinander aus Köpfen jemand, der die Stelle passieren durfte. Alfred brauchte eine halbe Stunde, um zu dem Käfig vorzudringen. Dann blätterte der Beamte jede Seite des Passes um und konnte den Stempel der letzten Einreise nicht finden. Alfred hatte einen Zettel an die betreffende Stelle gelegt; aber der Zettel war dem Beamten sofort herausgefallen. So gingen allein für den Pass drei oder vier Minuten drauf. Am Ende machte der Beamte mit einem Kugelschreiber sowohl unter den Einreisestempel als auch auf das Formular mit dem Ansuchen ein Zeichen, ehe er Alfred durchwinkte. Drei Schritte weiter sah sich Alfred dem nächsten Beamten gegenüber, man hatte ihn strategisch klug gleich hinter dem Käfig platziert, um sicherzustellen, dass kein Besucher ohne das mysteriöse Zeichen auf seinen Papieren durch die Barriere trat. Der Beamte brauchte erneut eine Ewigkeit, bis er das Zeichen gefunden hatte. Nach dieser Hürde kam Alfred zu einer Beamtin, die den Besuchern den Weg zu weisen hatte. Sie strahlte Alfred an und stieß einige englische Wörter aus, die völlig unverständlich waren. Als Alfred auf Arabisch antwortete, konnte sie es nicht fassen, er musste alle Details seiner Familiengeschichte aufrollen, weil sie nicht glauben konnte, dass jemand, der aussah wie er, fließend Arabisch sprach. Sie dichtete ihm nie besessene Tugenden an und pries seine Vorfahren, von denen er selber nichts wusste, schließlich versicherte sie ihm, dass die Herzen ihrer Brüder und Schwestern öde und unnütz wie versiegte Brunnen sein würden, wenn er Kairo je wieder verließ.

Alfred versprach zu bleiben, solange man ihm das Bleiben ermöglichte, necharak said, dein Tag sei glücklich. Entsprechend der Wegbeschreibung ging er zum gesuchten Büro, das er ziemlich abgekämpft erreichte. Es lag hinter einem Stiegenaufgang an einem schmalen Flur, der auf eine Kantine zulief.

Vis-à-vis der Tür setzte sich Alfred auf eine Bank. Mit der verschüchterten Neugier, die Amtsgebäude erregen, sah er sich ein Weilchen um. In diesem abgelegenen Winkel war die Halle auch mitten am Tag recht düster, die Wände kahl, überall zerbrochene Pfeifen, abblätternde Farbe und zerfetzte Akten. Alfred war trotzdem der einzige, der diesen Anblick mit Verdrossenheit zur Kenntnis nahm. Für seine Nachbarn, die neben ihm saßen, stellte das Warten eine gesellschaftliche Gelegenheit dar, sie schlossen Freundschaften und erzählten einander ihre Lebensgeschichten. Nur am unteren Ende der Sitzbank war es ruhig, dort nähte eine junge Frau mit leuchtend schwarzem Haar Knöpfe an ein Hemd.

Einige Augenblicke lang sah Alfred ins Leere. Kaum dass er Platz genommen hatte, war ihm schon langweilig. Zum Durcharbeiten des Isis-Artikels konnte er sich nicht aufraffen, dafür fühlte er sich zu schwach. Versonnen riss er einen Holzsplitter von der Bank und kratzte sich damit das Schwarze unter den Nägeln heraus. Er war bestimmt nicht der erste, der auf diese Idee gekommen war, von der

Bank fehlte ein Drittel der Substanz. Um ein Haar hätte sich Alfred die Hände auch waschen können, ohne aufstehen zu müssen. Sein Banknachbar bemerkte gerade noch rechtzeitig, dass ein Mann im Stockwerk über ihnen sich anschickte, seine Wasserflasche über Alfreds Kopf zu entleeren, so achtlos gegenüber allem und jedem außer sich selbst. Da hockte Alfred also grüblerisch an diesem Ort, der sehr nach Charles Dickens aussah. Im Bauch spürte er nichts als Magensäure, und seine Eingeweide rührten sich.

Wie viele Steine ich wohl schon verloren habe? Ob sich das am Röntgenbild zeigen wird? Die Rowachol-Kur scheint recht wirksam zu sein, ich muss nur aufpassen, dass ich keinen Diätfehler mache, der mich zurückwirft. Wenn die Steine weiterhin brav abgehen, könnte ich um eine Operation herumkommen. Sich hier in Ägypten aufschneiden zu lassen dürfte nicht sehr ratsam sein, die Ärzte erwecken den Eindruck, als hätten sie weniger Interesse an Medizin als ich. Sie geben einem falsche Medikamente, Hauptsache irgendwas, dann fordern sie einen auf, wieder stark wie ein Pferd zu werden, immerhin, das ägyptische Krankenhauspersonal dürfte weltweit führend sein in der Kunst der Motivation. Vielleicht sollte ich mich gerade deshalb hier operieren lassen, die angenehme, menschliche Art hat etwas für sich, das wiegt die fachlichen und hygienischen Nachteile auf. Und überhaupt, ich brauche keine Operation, die mich umbringt, das erledigen die Diät, der Ärger mit dem Lemurenverein und die Finanznot. Bitter ist, dass auch von Papa kein Geld mehr kommt, ein trauriger Windstoß, der ihn da getroffen hat, es gibt Dinge, von denen man sich nie ganz erholt, selbst wenn man wieder zum Alltag zurückkehrt, bestimmt gehört das Ende der Tischlerei in diese Kategorie. Und dass er jetzt angeblich zu trinken anfängt, man kann es verstehen, wo doch die Tanten ihren teuren Haushalt nicht einmal reduzieren müssen, obwohl sie für die Misere verantwortlich sind. Sie haben immer nur Geld aus dem Betrieb genommen, und jetzt, wo nichts mehr zu holen ist, stellen sie sich dumm. Tante Melitta hält sich weiter ihre Spiritistin, ziemliche Schweinerei, angeblich wurde die Beschaffung einer Schreibmaschine zugesagt, auf der sich Verstorbene verständlich machen können; also Onkel Hans. Eine neue Schreibmaschine könnte ich ebenfalls gebrauchen, meine schlägt mit jedem »o« ein Loch ins Papier, mit zwei neuen Farbbändern wäre mir allerdings auch geholfen, das käme billiger. Im Moment muss ich die Durchschläge verschicken, die sind wenigstens lesbar. Für die Spiritisten-Maschine werden ständig Anzahlungen gemacht, immer namhaftere Beträge, aber der Apparat trifft nicht ein, weil erst die Erprobung in den USA abgeschlossen werden muss. Angeblich hat Tante Melitta den Mann der Spiritistin als Papas Geschäftsführer einsetzen wollen, weil sie Papa für unfähig hält. Ich selber bin ebenfalls unten durch, weil mit Ägypten nur Opiumpfeifen und Bauchtänzerinnen in Verbindung gebracht werden. Ich sollte trotzdem versuchen, nochmals einen Zuschuss aus ihr herauszumelken. Berlin hat sich immerhin verbal gerührt, angeblich ist deren bisheriger Einkäufer wegen eines Zollvergehens im Jemen hopsgegangen, ein weiterer Auftrag über fünftausend Mark ist erteilt. Wenn sie nachbestellen, ist das der beste Beweis, dass ich den richtigen Riecher habe. Vielleicht kann ich Tante Melitta mit dieser Nachricht ködern, ich muss ja nicht erwähnen, dass der erste Auftrag noch nicht bezahlt ist. Ich würde mindestens zwanzigtausend Schilling brauchen, der Wechselkurs ist im Moment phantastisch, für tausend Schilling bekomme ich knapp über vierzig ägyptische Pfund statt bisher achtunddreißig, das ist eine spürbare Entlastung. Morgen nach dem Besuch am Kulturinstitut werde ich zu Mensdorf fahren, inshallah gibt er mir etwas, ihm muss klar sein, dass jetzt Dinge auf dem Markt sind, die in einigen Monaten völlig verschwunden sind. Mit dem Geld könnte ich die Sinai-Kleidersammlung und die Burka-Sammlung fortsetzen, bevor der Markt austrocknet. Im Kenooz-Shop werden schlecht zusammengebastelte Kleider schon um fünfzig Pfund verkauft, Muhammed erzählt, die UNO-Soldaten auf dem Sinai würden die Preise verderben, eine Beduinenfrau habe ihm berichtet, dass ein UNO-Soldat, dessen Frau das Kleid gleich vor den Beduinen probiert habe, hundert Pfund hingeblättert habe, angeblich als Kostüm für den Fasching. Es müssen jetzt größere Mengen gehamstert werden, die drei Kleider bei Gindi, ohne finanzielle Deckung, sind gerechtfertigt, es wird sich alles finden, im Moment heißt es nur, schneller sein als die andern, denn solche Möglichkeiten kommen nicht wieder. Man darf das niemandem sagen, auch nicht dem besten Freund, es spricht sich alles herum, und die Lemuren sind einem alles neidig. Bis in zwei oder drei Jahren wird sich der Preis für ein gutes altes Sinai-Kleid vervielfacht haben. Ich selber besitze von den handgestickten, die zu relativen Spottpreisen zu haben waren, zwanzig, allesamt traumhaft schön mit dem nötigen Zubehör, Gesichtsschleier, Kopftücher. In einigen Jahren werden solche Prachtexemplare nicht mehr zu finden sein oder ein Vermögen kosten. Die Reserven sind geringer, als die Händler glauben, der Ausverkauf des Sinai läuft auf Hochtouren, der Anteil der älteren Frauen in der Bevölkerung mit Beduinentradition ist begrenzt. Im Moment kommen pro Monat hundert Kleider auf den Markt, drei Viertel davon in so schlechtem Zustand, dass sie zerschnitten oder gestückelt werden müssen, da lässt sich leicht absehen, dass die gegenwärtige Schwemme in Bälde versiegen wird. Wenn es so weit ist, steigen die Preise für Prachtstücke wie die, die ich besitze, kräftig an. Beispiel Truhen: früher zwischen zwanzig und vierzig Pfund, heute praktisch verschwunden. Ein schönes altes Stück wie das, das ich Sally zu Weihnachten geschenkt habe, ist nicht mehr unter zweihundertfünfzig zu bekommen. Bei den Sinai-Kleidern steht dieselbe Entwicklung bevor, und wenn es so weit ist, sind meine Anlaufschwierigkeiten vergessen, dann ergibt sich von selbst der nötige wirtschaftliche Grundstock, und ran an die Fleischtöpfe Ägyptens. Gleichzeitig bringt mich das Artikelschreiben akademisch voran, ich muss mich nur heil durch diese Phase winden, mit Sally, gemeinsam mit Sally, wenn sie das Vertrauen nicht verliert, gemeinsam mit ihr habe ich nichts zu befürchten. Leider sieht auch sie die Misere mit wachsender Besorgnis, mag sie auch noch so oft behaupten, von zu Hause gegen solche Dinge abgebrüht zu sein.

Das Taxi befand sich in den brodelnden Straßen, der Wagen eilte und sauste, und wo Eilen und Sausen nicht möglich war, hupte der Fahrer. Zwischendurch drehte er sich um und forderte Sally zum Heiraten auf, sie solle fünf Töchter bekommen, die genauso aussehen wie sie. Das Kompliment war eigentlich ganz nett, Sally ging trotzdem nicht darauf ein, sie verspürte keinerlei Neigung, den möglichen Vater zu diskutieren, ob auch ein Taxifahrer in Frage kam. Die Straßenbahnen ratterten in den ausgefahrenen Schienen, verbeulte Touristenbusse verstopften die Kreuzungen, Ampelfarben wurden nach eigenem Gutdünken ausgedeutet, dann ging es weiter. Das Taxi näherte sich dem Gezira-Klub, daran vorbei, kurz darauf bog es auf die Brücke des 6. Oktober, auf der sich am Abend die Liebespaare trafen und wo für einige Piaster Jasmingirlanden verkauft wurden als Symbol für Fruchtbarkeit oder Glück oder was auch immer. Sehr betörend. Wenn Sally dem Fluss Beachtung geschenkt hätte, hätte sie flussaufwärts vor der Qasr al-Nil Brücke zwei Daus mit ihren hohen spitzgekrümmten Segeln gesehen. Stattdessen hockte sie versunken im Fond und sah ganz andere Dinge: ein kleines Zimmer im Souterrain eines Hauses in der Christchurch Street, eine metallene Wanne mit einem Kind darin, eine Mutter, die einen Schwamm über dem Kopf des Kindes ausdrückte. Dann dasselbe Mädchen, das sich am Mantel der Mutter festhielt, ja, Brücken gab es immer, und was überbrückt wurde, war beträchtlich, atemberaubend und so lang wie der Nil.

Ist wirklich Sally das gewesen, die zu Ostern allein nach London flog? Im Kensington Park fand ein Kinderfest statt, beim Tretrollerrennen wurde sie zweite, weil sie bei einem Zwischenstopp, Einschlagen eines Nagels, wertvolle Zeit verlor. Kann das Sally gewesen sein? Ein kleines Mädchen in einem kurzen blauen Mantel, der Landessprache nicht mächtig, sehr flink und mutig, aber ungeduldig und daher schlecht in der Kunst des Nägeleinschlagens. Erst acht Jahre alt, Moment, erst sieben, nicht größer als ein Meter fünfundzwanzig.

Und wenn es wirklich so war, dann litt sie darunter, dass sie trotz ihrer ersten Schulerfolge den englischen Nagel nicht auf Anhieb getroffen und anschließend verbogen hatte. Oder lag es daran, dass sie die Durchsage, die zur Siegerehrung rief, nicht verstanden hatte? Sally war mit ihrem Luftballon befasst, an dessen Schnur eine Namenskarte hing, von Kinderhand eine Wiener Adresse darauf, leichter Regen befeuchtete die ungelenke Schrift. Kann sein, es herrschte Niederdruck, auf alle Fälle enthielt der Luftballon zu wenig oder schlechtes Gas. Als Sally ihre Faust öffnete, blieb der Luftballon einen Moment lang stehen, als wolle er Sally anschauen, dann sank er langsam zu Boden, das war enttäuschend. In diesem Moment kam Risa angerannt, Sally war schon zweimal ausgerufen worden, weil man ihr für ihren zweiten Platz beim Tretrollerrennen etwas umhängen wollte. Sally sagte, die Karte sei zu schwer, der Luftballon fliege nicht. Also riss sie die Karte von der Schnur.

»Nein!« schrie Risa.

Sally ließ den Luftballon los, siebenjährig, pragmatisch, pragmatischer als ihre Mutter. Risa sah den Fall – emotional.

»Sally, du Dummchen, jetzt bist du aus dem Rennen.«

Und der Luftballon flog, flog über Sallys Kopf hinweg, über den Kopf ihrer Mutter hinweg, über London hinweg, über ihre Kindheit hinweg, er stieg, stieg hoch, an den anderen vorbei, grün, rot, blau, gelb, in den Himmel, im Nieselregen, stieg und steigt bis auf den heutigen Tag, während die andern Luftballons längst gelandet sind. Himmel und Erde, Schwere und Leichte, Wasser und Luft, der erste Moment, der erste Ort. – Sally hatte mit plötzlicher Klarheit gedacht: Es bin nicht ich, die dumm ist, ich hätte sowieso nicht gewinnen können.

Und jetzt, beim Bezahlen des Taxifahrers, dachte sie: Ich sollte Mama allen Ernstes wieder einmal schreiben.

Das Kulturinstitut befand sich im ersten Stock eines Wohnhauses, in einer wohlhabenden Gegend, Haus samt Inhalt und Belegschaft ziemlich imperial, und wenn man Sally fragte: Genug Verrückte, um ein ganzes Irrenhaus zu füllen.

Hier arbeitete einer gegen den andern, das galt auch für das Sigmund Freud-Dinner, für das Sally an diesem Vormittag die letzten Vorbereitungen zu treffen hatte. In unmittelbarer Nachbarschaft, im Nil Hilton, tagte ein Internationaler Kongress für Psychiatrie, aufgrund vorhandener Gelder, die ausgegeben werden wollten, hatte die Direktorin eine kulinarische Hommage an den Vater der Psychoanalyse aufs Programm gesetzt, *Von Aal bis Zigarre*.

Der Kulturattaché und der Kanzler hatten versucht, die Veranstaltung zu verhindern. Aus Wut, dass sie damit gescheitert waren, hatte der Attaché für diesen Vormittag eine Einführung in die maria-theresianische Kanzleiordnung angekündigt. Er behauptete, Frau Direktor und ihre Sekretärinnen besäßen nicht den leisesten Schimmer, wie ein Aktenlauf zu laufen habe.

Bis es so weit war, erstellte Sally die Sitzordnung, sie

ging recht willkürlich vor, da ihr die Hälfte der geladenen Gäste nicht bekannt war. Anschließend schrieb sie die Tischkarten, zuletzt machte sie eine Aufstellung der Kosten, die bisher angefallen waren. Sie fragte den für das Finanzielle zuständigen Kanzler, ob er Einwände habe.

Der Kanzler war studierter Romanist, konnte also überhaupt nicht rechnen, und hatte zehn Jahre beim Militär gedient, deshalb redete er sehr laut.

»Wofür schon wieder ein Verlängerungskabel?« schrie er. »Ich kann doch nicht alle fünf Minuten ein Verlängerungskabel verbuchen! Alles was recht ist! Was denkt Wien, wenn unsere Buchhaltung durchgesehen wird?!« Und so weiter, und so weiter. Schimpfend zog er sich zurück.

Als der Attaché zu seinem großen Auftritt in den Salon rief, war die Direktorin schon geflohen, sie hatte sich vom Fahrer zu den Norwegern bringen lassen, konkreter Anlass: fraglich. Immerhin kam auch der Kanzler wieder aus seiner Finanzstube heraus, er erhoffte sich Munition gegen die Direktorin.

Sally und Klara, die zweite Sekretärin, lieferten das Gewünschte. Sie bekannten einmütig, ziemlich ratlos zu sein. Sie hatten beide im September des Vorjahres hier angefangen, zu diesem Zeitpunkt war die eine Vorgängerin schon weg, weil zusammengebrochen, die Chefin noch im Urlaub, die andere Vorgängerin zwar da, aber ohne die geringste Lust, jemanden einzuschulen. Der Kanzler war mit seiner Scheidung beschäftigt gewesen und die Stelle des Attachés noch gar nicht geschaffen. Unter diesen Voraussetzungen hatten sich Sally und Klara die Funktionsweise des

Amtes erarbeitet – sie führten es nach eigenem Gutdünken und nach der goldenen Amtsregel: Was nicht unbedingt sein muss, bleibt liegen. Ganz wohl war ihnen dabei nicht, das Unwesen, das sie trieben, war von der ständigen Angst begleitet, dass sie irgendwann aufflogen und mit Schimpf und Schande davongejagt wurden. Kurzum, sie waren heillos überfordert.

Klara, eine gelernte Kindergärtnerin, fragte den Attaché, was, bitteschön, mit einem Einlaufstück zu geschehen habe, bei dem nicht klar sei, wo es protokolliert werden müsse. Sie dürfe der Direktorin die Akten ja nur protokolliert vorlegen.

Damit war die Chefin ans Messer geliefert. Denn ihre Anweisungen folgten keinem Ordnungssinn, sondern reiner Bequemlichkeit. Normalerweise hätte die Direktorin die Einlaufstücke unprotokolliert bekommen und dann bestimmen müssen, was damit zu geschehen habe.

Attaché und Kanzler wechselten verschwörerische Blicke. Der Attaché sagte:

»Ganz klar, was für eine Empfehlung wir machen werden.«

Dabei lachte er höhnisch.

Um Gottes willen, dachte Sally, die Direktorin ist erledigt, und wir mit ihr! Also sagte sie zum Attaché:

»Ich bin durchaus an der Kanzleiordnung interessiert. Bitte erklären Sie mir alles, und wenn möglich mit geschichtlichem Hintergrund.«

»Sie werden sich wundern«, sagte der Attaché. »Die maria-theresianische Kanzleiordnung entspricht dem gesunden Menschenverstand. Wenn überall auf der Welt die maria-theresianische Kanzleiordnung zur Anwendung käme, gäbe es kein Chaos mehr. Ein Einlaufstück kommt auf den Tisch des Amtsleiters oder von dessen Stellvertreter, der schreibt drauf, was damit zu machen ist, dann wird es dementsprechend protokolliert und dem Bearbeiter weitergeleitet. Im Normalfall benutzt man für die Protokollierung einen Referatsbogen. Wenn alle sich daran halten, kennen sich alle aus. Das ist der maria-theresianische Aktenlauf. Also trotteleinfach.«

»Sehr interessant«, sagte Sally. Sie machte sich eifrig Notizen. Sie konnte dem Attaché ansehen, dass er nicht wusste, ob ihr Interesse ehrlich war oder ob sie ihn foppen wollte; er hatte sich ein bisschen in sie verguckt.

Es klingelte an der Tür. Ein Botenjunge mit einem Paket wurde eingelassen, es war die versprochene Freud-Büste aus dem Besitz eines Kairoer Psychiaters. Auf die Büste hatten alle schon dringend gewartet.

Der Kanzler rief:

»Haha, ein Einlaufstück!«

Daraufhin Sally:

»Herr Kanzler, das ist eine Büste von Sigmund Freud!«

Der Attaché:

»Die hat bestimmt einen Zettel um den Hals, also ist es ein Einlaufstück. Sie können die Büste sogar protokollieren. Und jetzt muss ich weg, ich bin schon ziemlich spät dran.«

Man sah, dass der Attaché zufrieden war. Klara machte ein schüchternes Gesicht. Sally ebenfalls, aber in einer Schüchternheit, der man anmerkte, dass etwas dagegen aufbegehrte.

»War das die ganze Einführung?« fragte sie enttäuscht.

»Mehr gibt's nicht«, sagte der Attaché. Ihm fehlte die Motivation, weil die Direktorin sich abgesetzt hatte. »Wenn sich Gott bei der Einrichtung der Welt an die maria-theresianische Kanzleiordnung gehalten hätte, wären wir heute besser dran.«

Er machte sich auf den Weg zum Essen im Gezira-Klub, nirgendwo besser in ganz Kairo, der Kanzler schloss sich an zwecks vertraulicher Gespräche, komische Typen. Sally und Klara blieben zerknirscht zurück, sie dachten, jetzt bekommt die Direktorin bestimmt gesagt, ihre Sekretärinnen hätten sich über die mangelnde Organisation im Imperium beklagt. Das war gefährlich. Sally kannte sich aus mit den Gemütsverfassungen ihrer Chefin. Wenn diese Frau wütend wurde, machte sie einem mehr Unannehmlichkeiten, als eine durchschnittliche Phantasie sich ausmalen kann.

»Vor allem wären wir besser dran, wenn hier schon am Vormittag Alkohol ausgeschenkt würde«, sagte Klara.

Sally pustete heftig Luft aus, sie rutschte auf dem Hintern bis ganz an die vordere Stuhlkante und faltete erschöpft die Hände über ihrem Bauch. Die Zustände am Kulturinstitut waren eine ständige Belastung, hier wurde sie täglich dran erinnert, dass sie immer alles alleine durchstehen musste. Nur Alfred bildete eine Ausnahme. Wenn er in den vergangenen Wochen nicht gewesen wäre und sie zum Lachen gebracht hätte, hätte sie den Krempel längst hingeschmissen, Schluss, aus, wer bin ich, dass ich mir das bieten lasse?! Für diesen Schritt sprach praktisch alles, bis auf eines: dass sie Geld verdienen musste, wenn sie hier studieren und Sprachen lernen wollte.

Die Universität von Kairo war bestimmt nicht schlechter als die in Wien. Am Nachmittag las ein Gastdozent aus Oxford, Ende März kam eine Professorin aus Berkeley. Oxford und Berkeley? Das konnte sich Sally nicht leisten. Kairo hingegen schon. Diese Stadt beflügelte ihre Entwicklung, hier machte sie mit erstaunlicher Schnelligkeit Boden gut. Lediglich in den Verhältnissen an der rotweißroten Gesandtschaft fand die träge, stickige Atmosphäre ihrer Heimatstadt ein fernes Echo. Das dachte sie. Und sie sagte sich, ich darf es nur nicht zu nahe an mich heranlassen, es ist eine Stelle zum Geldverdienen, mehr nicht, vier Stunden am Vormittag, das muss auszuhalten sein. Und sie schaute auf die Uhr, die Uhr tickte, halb zwölf vorbei, gleich hatte sie es überstanden. Gleich hatte Alfred seinen Röntgentermin. Ich hoffe, es kommt ihm nicht wieder etwas dazwischen. Ich hoffe, er muss nicht operiert werden. Alfred, dieser Dummkopf! Er hatte mehr Aufmerksamkeit für Sally als für sich und mehr Aufmerksamkeit für Sally als Sally für sich. Sie musste zugeben, insgeheim imponierte ihr das.

Versonnen ging sie zurück an ihren Schreibtisch. Dort nahm sie einen Referatsbogen aus dem Regal und protokollierte die eingelaufene Sigmund-Freud-Büste. Anschließend führte sie ein Telefonat mit dem Sekretär des ägyptischen Verbandes für Psychiatrie. Dann war der Vormittag vorbei.

Die Sache mit der Fahrerlaubnis, die ihm ziemlich im Magen gelegen war, konnte Alfred gut hinter sich bringen, letztlich wurde er rasch abgefertigt von einer aktenwurmigen Schönheit mit einem Kopf voll krausem Haar und dunklen, mit schwarzer Schminke umrandeten Augen. Unter zwei gekreuzten Fahnen saß sie an einem großen Schreibtisch, ließ sich Alfreds Papiere und seinen Antrag reichen, dann wurde alles durchgesehen auf der Suche nach dem mysteriösen Zeichen des Beamten am Eingang.

»Where is the mark? The passport is not marked!«

Ein junger Mann kam aus dem Nebenzimmer, bot sich an, bei der Fahndung nach dem Zeichen behilflich zu sein. Nach einer Weile hoben sich seine Augenbrauen im Triumph, er hatte den Übeltäter ausgemacht. An diesem Punkt war Alfred der Erlösung bereits so nahe, dass er weniger verärgert als amüsiert war über das sinnlose Prozedere. Er schwor sich, nie wieder ohne diverse Lesezeichen für den Pass auf ein ägyptisches Amt zu gehen.

Die Beamtin erklärte mit Kantenschlägen ihrer Hand, wie es um die Rechtslage stehe. Alfred legte Quittungen über offiziell gewechseltes Geld vor zum Beweis seiner Residenz. Die Beamtin hielt ihre Füllfeder prüfend gegen das Fenster, verzierte in großzügigen Sprüngen das untere Drittel des Antragsformulars und betrachtete das Werk anschließend kritisch. Zu Alfreds Erstaunen spuckte sie plötzlich gekonnt auf das Stempelkissen, hieb den Stempel drauf und gleich rüber auf den Antrag, wo sich ein vor Blässe praktisch leerer Ring neben der Unterschrift abhob. Schweigend reichte die Beamtin den genehmigten Antrag und den Pass über den Tisch, somit war Alfred für ein halbes Jahr entlassen. Höchste Zeit für den Röntgentermin! – Er kam gerade noch rechtzeitig für zwei Aufnahmen seiner mit Steinen gefüllten Gallenblase, es hieß, er solle in einer Woche wiederkommen, wenn die Bilder entwickelt seien.

Da er vor Hunger fast umkam, fuhr er ins Mena House. Auf dem Weg dorthin sah er die zerstörten und ausgebrannten Nachtklubs auf der Sharia al-Giza, er dachte, sollte das nächtliche Ausgehverbot kommen, weiß man wenigstens, dass alle Füchse zu Hause sind. Er beugte sich wie zum Inhalieren über seinen Teller und schlürfte die Suppe mit bleichem und gespanntem Gesicht, ohne Aufmerksamkeit für seine Umgebung, nur für den Löffel, von dessen Seiten kleine dünne Nudeln hingen, die manchmal zurück in den Teller plumpsten. Nach einem zweiten Teller, den er sich gemeinsam mit weiteren flachen, ein wenig nach Rauch und Asche schmeckenden Brotfladen in den Rachen geschaufelt hatte, fand er, jetzt genug Diät gehalten zu haben, und so beendete er die Mahlzeit mit einer kleinen Tasse erdöldickem Mokka.

Vorwärts! Jallah! Er fühlte sich gestärkt und steuerte den Bazar an. Bei Wassaf fand er frisch eingetroffene Sudan-Ware, darunter zwei Traumstücke, die er vorläufig in seiner eigenen Sammlung halten wollte. Dann zu Gindi, der sich zehnmal nach Alfreds Gesundheit erkundigte, bevor er ihm ein rotes Glasherz-Amulett schenkte und versicherte, die zurückgelegten Kleider seien gut verwahrt. Der Nubier mit der flachen Nase und dem hohen Steg wollte für ein ähnliches Herz-Amulett ein Pfund und für eine Reihe von Siwa-Ringen fünfundzwanzig Piaster pro Gramm, das war neu. Alfred sagte, der Preis sei in Ordnung, aber er besitze bereits vergleichbare Stücke, er dachte, diejenigen, die mir das Geschäft verderben, sollen ruhig den teuren Preis bezahlen, vielleicht überlegen sie es sich dann, Siwa-Ringe zu kaufen. Wenn nicht, steigt der Wert meiner Sammlung. Einzelne fehlende Objekte kann ich in Zukunft auch teuer erstehen, so leicht holt mich auf diesem Gebiet niemand mehr ein, jedenfalls nicht, wer später begonnen hat.

Je mehr er darüber nachdachte, desto größer wurde seine Wut über diese erbärmlichen Nachahmer. Noch vor einem Jahr hatten sie seine Tätigkeit verspottet. Und jetzt wollten sie selber damit groß werden – und am Ende gelang es ihnen sogar, weil Alfred seine Ergebnisse nur in kleinen Artikeln veröffentlichen konnte, während andere, weil sie die besseren Beziehungen hatten, die grundlegenden Werke verfassten. Wenn es ihm nicht gelang, international (nicht lachen!) anerkannt zu werden, stand zu befürchten, dass seine Beziehungen nicht ausreichten, um der Mafia die Stirn zu bieten.

Als er zu Hause eintraf, brannte die Straßenbeleuchtung. Er öffnete die Wohnungstür, man konnte sehen, wie sehr sich Sally freute. Im Gasofen brutzelte ein Huhn, es hatte schon eine dunkle Kruste, deshalb breitete Alfred seine Ausbeute nicht auf dem Tisch aus wie sonst, sondern auf dem Fensterbrett. Es waren nur kleine Dinge, wenn auch in ihrer Art teils einmalig. Zum Silberschmuck aus dem Sudan und dem Glasherz-Amulett von Gindi waren zwei Zopfanhänger und ein löwengestaltiges Opiumgewicht hinzugekommen.

Alfred wusch sich am Küchenwaschbecken Hände und Gesicht, dann ließ er sich erschöpft auf seinen Stuhl fallen, seine Hände spürten, dass die Tischfläche frisch abgewischt war. Die Fliegen suchten jetzt andere Oberflächen für ihre gierigen Rüssel. Vielleicht bekamen die Leimruten wieder eine Chance.

»Danke fürs Tischabwischen«, sagte er.

Sally strahlte ihn an. Obwohl sie vom Kochen Schweiß auf der Stirn hatte, sah sie jünger aus als je etwas auf der Welt. Sie holte frische Küchenkräuter vom Balkon. Als sie zurückkam, fragte sie:

»Wie war dein Tag?«

»Und deiner?«

»Es ging so.«

»Bei mir auch.«

»Bil hana«, sagte sie.

»Bil hana.«

Sie aßen das ganze Huhn, es war ein kleines Huhn. Dazu tranken sie ein Glas österreichischen Weißwein, den Sally bei einer Veranstaltung des Kulturinstituts abgestaubt hatte, der Wein machte sie beide gesprächig. Und weil sie zuletzt über die Vorlesung des Dozenten aus Oxford geredet hatten, *D. H. Lawrence and Fine Art*, zitierte Alfred, als er sich mit dem dreckigen Geschirr durch die schmale Gasse zwischen Tisch und Tür zwängte, einen Satz von Lawrence, den er einmal in der Zeitung gelesen hatte:

»Pornographie ist der Versuch, den Sex zu beleidigen.«

Er legte das Geschirr in die Abwasch, griff nach dem Spülmittel. Sally blieb am Tisch sitzen, sie lächelte, ohne etwas zu sagen. Später schaute sie Alfred beim Abtrocknen zu, sie merkte, seine Gedanken waren nicht bei der Sache, sie wusste, dass er sie anziehend fand, sie wusste, da war niemand wichtiger als sie. Und ihr Bewusstsein sagte ihr, dass es nett war, geliebt zu werden ohne Wenn und Aber.

Als Alfred mit dem Abwasch fertig war, schluckte er ein Rowachol. Anschließend hob er die Schreibmaschine vom Fußboden hoch und komponierte mehrere Briefe. Sally hörte derweil Radio, den Sender France Musique. Als Alfred beim Tagebuchschreiben heftig zu gähnen anfing, fragte Sally, ob er mitgehe auf eine Zigarette. Sie stellten sich auf den Balkon, wo die Teerpappe am Boden noch warm war. Das Viertel glitzerte in der Dunkelheit. Richtung Nil sah man in der Luft die Schemen der Fledermäuse zucken. Noch immer rollte der Verkehr.

»Was wir haben, ist wirklich schwer in Ordnung«, sagte Alfred.

»Bis jetzt hat es mir viel gegeben«, antwortete Sally.

»Ich glaube, es ist nur der Anfang«, sagte er. »Vielleicht kratzen wir erst an der Oberfläche.«

»Wer weiß, kann sein.«

Sally rauchte genüsslich. Sie dachte: Ob das, was ich mit Alfred habe, sich zu etwas Dauerhaftem entwickelt, wird die Zukunft zeigen. Bis jetzt hat's mir tatsächlich viel gegeben. Ich fühle mich lebendig, ich meine, nicht nur lebendig sein, ich fühle mich auch so. Bestimmt ist nicht alles grandios, aber stimulierend, sehr aufregend.

»Ich bin gespannt, was noch wird«, sagte sie aufrichtig, mit einer gewissen Nachlässigkeit. Sie gab ihre Gefühle nie ganz unbefangen preis, es blieb ein Beigeschmack des Verbotenen.

»Ich jedenfalls – – – ich kann nicht mehr zurück. Ich will nicht mehr zurück«, sagte Alfred.

Es war Schlafenszeit, sie lagen nebeneinander. Alfred spielte mit Sallys Haar, sie erzählte, dass die Locken in ihrer

Kindheit wie ein Barometer gewesen seien, die Art der Kräuselung habe Rückschlüsse auf die Luftfeuchtigkeit zugelassen. Ihr Großvater, der alte Depp, habe die Locken begutachtet und daraus das Wetter vorhergesagt. Zur Auswahl seien gestanden: Sturm, Vielregen, Regen-oder-Wind, Veränderlich, Schönwetter, Beständigschön und Sehrtrocken. Alfred dachte: Beständigschön. An einem Regentag. Sally erwähnte die strikten Moralvorstellungen zu Hause und dass zwischen Gehorchen und Geliebtwerden ein untrennbarer Zusammenhang bestanden habe. Sie habe sich nach jedem Zeichen von Freiheit gestreckt. Alfred hörte zu, er konnte seinen Darm rumoren hören, durch die Doppelfenster drangen die Geräusche der Stadt. Sally sagte, in ihrer Kindheit sei ihr alles so schäbig vorgekommen, hart und rau und dunkel, das Schulegehen im Dunkeln, das Milchholen im Dunkeln, mein Gott, war das lausig dort. Alfred befühlte ihren Bauch, der viel stiller war als seiner, er hielt die Luft an, er sagte sich, das alles muss ich mir merken, ein wenig höher, die Erhebungen, tiefer, das Raue, das musst du dir merken, weiter unten, die leicht geschwollenen, faltigen, halboffenen Lippen. An einem Regentag. Und sag ihr, wie Liebesgedichte bei den Reitervölkern beginnen, bei den Wüstenvölkern: *An einem Regentag*. Und sag ihr: Deine Haare sind beständigschön, Vielregen, Sturm, dein Körper, Fuß, Knie, Schenkel, Vielregen, Sturm. Und immer sag ihr, beständigschön, und dass du, sag ihr, dass du, Knie und Schenkel, sag ihr, dass du sie liebst, sag ihr, dass du ihr ein Kind machst an einem Regentag.

Er war ganz still, Sally war ganz still, Alfred spürte sein Herz, es ging wie verrückt, selbst die Sharia al-Nil war still, und horch, wenn du dich anstrengst, kannst du Am Abdon schnarchen hören. Hörst du es?

»Jetzt hör ich's auch«, flüsterte Sally.

In der Früh war Alfred mit dem Duschen an der Reihe, Sally musste die Plastikbütte in die Küche tragen. Alfred schrie unter der Dusche:

»Oh! Ah! Was für ein Fest!«

Sein Gesichtsausdruck war gelöst und selbstsicher, mit von Glück erhellten Augen, wie immer, wenn sie miteinander geschlafen hatten. Wirkt Wunder! Sally schaute ihm beim Rasieren zu und föhnte ihm die Haare. Beim Frühstück hörten sie wie jeden Morgen BBC World, in Budapest weiterhin Minusgrade, Tendenz fallend.

»Wien ist ein Grab.«

Schon im Bad hatten sie aus Am Abdons Radio vernommen, dass die Entscheidung über eine nächtliche Ausgangssperre vertagt worden war. Sally brachte die Rede auf das Freud-Dinner, das jetzt gesichert war. Alfred zuckte die Achseln, ihn ärgerte, dass er durch das Dinner um einen Abend mit Sally gebracht wurde, er war nicht eingeladen. Sally versuchte ihn zu trösten, indem sie ihm den Milchbart von der Oberlippe küsste, aber er setzte sein Brummen fort.

Nachdem Sally gegangen war, räumte Alfred in der Küche auf. Er säuberte das Kinderpfeifchen, dann schrieb er weitere Briefe, die er auf das Kulturinstitut tragen und dort aufgeben wollte. Er ließ sich für alles die nötige Zeit. Seine Eingeweide plagten ihn ein wenig, ihm kam vor, ein weiterer Gallenstein machte Anstalten, bald abzugehen. An die Schmerzen hatte er sich fast schon gewöhnt, er steckte trotzdem Tabletten ein, bevor er die Wohnung verließ.

Am Abdon wischte im Eingangsflur mit viel Seife und Wasser den Boden. Das flinke Schlappen seiner Pantoffeln und das Klatschen des herumgeworfenen Lumpens war schon auf der Treppe zu hören gewesen. Alfred erkundigte sich, ob die Ausgangsperre noch kommen werde.

»Warum sollte sie, Bey Fink?« antwortete Am Abdon. »Jeder weiß doch, dass die Ägypter das am leichtesten regierbare Volk auf Erden sind. Man kann mit ihnen machen, was man will.«

»Es stimmt, sie sind friedlich«, bestätigte Alfred. »Im Gegensatz zu den zivilisierten Libanesen bringen sie sich nicht gegenseitig um.«

Alfred öffnete das Brieffach und fand zu seiner Überraschung, wo üblicherweise nur Staub und eventuelle Reste von Mahlzeiten lagen, einen Brief, den er öffnete und überflog. Seine Großmutter teilte ihm mit, dass sie zwei Teppiche an Nachbarn verkauft habe, das Geld sei überwiesen. Alhamdulillah! Der Rest des Briefes widmete sich Kriminalität und Teuerung.

»Kriminalität und Teuerung«, sagte er zu Am Abdon. »Es ist überall dasselbe.«

»Zumindest manches«, gab Am Abdon stirnrunzelnd zurück.

Der Zephyr glänzte frisch gewaschen. Alfred startete den Motor, dabei rechnete er sich aus, dass mit dem Geld für die Teppiche die zurückgelegten Kleider bei Gindi ausgelöst werden konnten, und mit dem Rest hielt er zwei Wochen durch. Pfeifend rangierte er den Wagen auf die Straße.

Die Sonne war aus Butter, die Luft erzitterte von Hupen, Fehlzündungen und Motoren ohne Schalldämpfer. Alfred lenkte den Wagen durch das tausendjährige Mosaik der Stadt, warme Luftwirbel, die sich zwischen den geöffneten Fenstern bildeten, warfen auf der Rückbank einen Entwurf des Isis-Artikels umher. Die Bedeutung der Farbe Rot im Isis-Kult. Isis zeigt sich ohne Schleier, doch der Mensch, er hat den Star.

Am Kulturinstitut holte Alfred zunächst die Post ab. Da war er mal wieder, wenig überraschend, da er jeden Donnerstag kam. Er gab eine Handvoll Briefe auf, Bettelbriefe, doch auch zwei fertige Artikel für Zeitschriften in Stuttgart und Amsterdam, der eine nach seiner Einschätzung ein Knüller. Und jetzt die eingelangten Sendungen, na, wer sagt's! eine lange erwartete Geldanweisung aus Wien, außerdem ein Auftrag aus Zürich, wo eine Ausstellung *Geheimnisvoller Orient* geplant war. Dort durften Burkas nicht fehlen. Von diesen Neuigkeiten gestärkt, beschloss Alfred, sich nicht länger für dumm verkaufen zu lassen. Vielleicht erlebte er einen Glückstag und die Ehre der Museumsbewilligung wurde ihm zuteil.

Sallys Platz war leer, die zweite Sekretärin, bei der Alfred besondere Verachtung genoss, ließ ihn vor ihrem Schreibtisch stehen, sie reagierte auch nicht auf sein Hüsteln. Falls sie ihn schon bemerkt hatte, gab sie es nicht zu erkennen. Eine etwas scharf formulierte Frage, ob es ihr etwas ausmache, wenn er Platz nehme, führte zu einer Entschuldigung. Das war's aber auch. Sie setzte ihr Telefonat unbeirrt fort.

Nach einer Weile änderte der Ventilator sein Geräusch,

weil die Eingangstür aufgegangen war. Die Sekretärin sagte, sie müsse Schluss machen, und legte auf. Zwei Sekunden später rauschte die Direktorin herein. Um ein Haar wäre sie an Alfred vorbeigerannt. Nach einem genuschelten Gruß drehte sie sich doch noch um.

»Wir haben letzthin viel von Ihnen gesprochen«, sagte sie.

Auf Alfreds zweifellos dummfragendes Nicken berichtete sie, dass sie den Direktor des Tonbandarchivs der Akademie zu Besuch gehabt habe. Er halte viel vom wissenschaftlichen Wert von Alfreds Arbeiten, und auch im Völkerkundlichen Museum in Wien gebe es jemanden, der voll des Lobes für ihn sei. Alfred habe gewichtige Fürsprecher.

»Leider nur in Wien«, sagte Alfred.

»Seien Sie nicht ungerecht«, erwiderte die Direktorin in gespielter Empörung. »Ich interessiere mich sehr für Ihre Arbeit.«

Alfred war so überrascht von diesem Umschwung, dass er eine unkluge Antwort gab.

»Es gibt nicht viele, die meine Arbeit richtig einschätzen.«

Die Direktorin, eine noch junge, allzu braungebrannte und blauäugige Blondine, fischte unter dem Mäntelchen einer humanistischen Tätigkeit selber im Trüben mit ihrer Sammeltätigkeit. Sie musterte Alfred kühl, das Gesicht in Lächelbereitschaft, das Lächeln wurde ausgefolgt. Sie kam näher heran und fragte mit der Beharrlichkeit eines orientalischen Händlers, worum es sich bei Alfreds momentanen Arbeitsgebieten *eigentlich* handle. In verschiedenen

Variationen ließ Alfred sie mit immer der gleichen unbrauchbaren Auskunft auflaufen:

»Die bäuerliche Kultur.«

Die Direktorin schien vor Neugier und Ärger zu platzen. Sie fragte, ob er noch Silberschmuck behandle, was Alfred energisch verneinte. Daraufhin trollte sie sich wortlos. Alfred hatte es nicht einmal geschafft, die Museumsbewilligung zu erwähnen. Er war außerstande zu begreifen, warum man so schroff mit ihm umging. Wann immer für Teheran oder Istanbul ein Stipendium ausgeschrieben war, machten ihn die Kairoer darauf aufmerksam. Wär das nichts für Sie, Herr Doktor Fink? Wie wär's mit Teheran? Istanbul? Bagdad? – Soll doch der Teufel, der Teufel, der Teufel. Jedem anständigen Menschen schwindelte hier der Kopf.

Mit einem Gesichtsausdruck, der Alfred an das gleichgültige Interesse eines Marabus erinnerte, beobachtete die Sekretärin, was Alfred weiter zu tun gedachte. Als er fragte, ob der Attaché zu sprechen sei, verneinte sie, er werde aber bestimmt bald kommen. Dann steckte sie ihre dünkelhafte Nase in eine Handtasche aus klirrenden Goldschuppen, holte Zigarette und Feuerzeug heraus und verließ den Raum.

Nach Alfreds Meinung war der Attaché der oberste Spitzbube am Institut. Eitel, kleinmütig und gierig, verkörperte er am perfektesten die phantasielose Art eines verkorksten Diplomaten, der trotz aller Trottelei klug genug ist, etwaigen Landsleuten, auf die er im Ausland trifft, Prügel in den Weg zu werfen.

In einem makellosen Anzug von hellbeigem Leinen mit scharfgebügelten Hosen kam er herein. Sein großer runder Kopf war vom Tennisspielen rot, er sagte, Alfred habe

Glück, ihn anzutreffen, er schaue nur kurz herein, weil er etwas vergessen habe, er sei gerade sehr beschäftigt.

Mit geziemender Höflichkeit erkundigte sich Alfred nach seiner Museumsbewilligung. Dem Attaché sprang die Stirn in Falten, er mutmaßte, ihm seien keine Fortschritte bekannt. Er bat Alfred in sein Zimmer, dort schaute er betrübt auf einige Papiere am Tisch, als hätten sie mit Alfreds Ansuchen zu tun. Dort lagen aber nur Prospekte von Badeorten am Roten Meer und Restaurantrechnungen, für die noch kein Platz bei den Spesen gefunden war.

»Im Moment geht nichts vorwärts«, sagte der Attaché und beobachtete Alfreds Reaktion.

Der Attaché wusste nicht, was er mit diesem burkashökernden Hypochonder anfangen sollte, er war sich nicht einmal sicher, ob Alfreds vernachlässigtes Erscheinungsbild ideologische Spinnerei oder Charakterschwäche zum Ausdruck brachte. Für beides hatte der Attaché nichts übrig, gleichzeitig wollte er nicht das eine für das andere nehmen. Er betrachtete Alfred bitter und dachte: Schade, dass Charakterschwäche nicht mehr auf Anhieb festzustellen ist, ein weiterer Verlust, der aufs Konto dieser Phantasten geht, die aus weltanschaulichen Gründen vergammeln. Der Attaché verzog missmutig den Mund, die Gegenwart und ihre Tendenzen waren ihm nicht geheuer, plötzlich kochte Groll in ihm hoch, weil er Angst hatte, dass seine Ansichten von einer Jugend überrollt wurden, die Freiheit mit schlechtem Geschmack verwechselte.

»Sie müssen sich gedulden«, schob er hinterher. »Ich habe Ihnen schon gesagt, dass in diesem Land von heute auf morgen nichts weitergeht, nur der Kalender.«

Unter seiner Höflichkeit schwang Gereiztheit mit.

Da Alfred nur trübe dreinblickte, ohne sich abwimmeln zu lassen, glaubte der Attaché, sich rechtfertigen zu müssen. Er erklärte die Amtswege zwischen Kulturinstitut und der ägyptischen Museumsverwaltung und endete mit der Behauptung, dass die Ansprechpartner vor Ort nicht kooperieren würden.

»Es ist also nichts zu machen?« fragte Alfred.

Der Attaché machte ein bedauerndes Gesicht.

»Sie müssen den guten Willen für die Tat nehmen.«

Alfred schüttelte langsam den Kopf, als sei er kurz davor zu resignieren, dann ging er zum Angriff über.

Auf seine Frage, wie der zuständige Beamte in der Altertümerverwaltung heiße, wusste der Attaché keine Antwort. Er stotterte, da gebe es mindestens zehn, lauter Nichten und Neffen von irgendwem. Alfred kündigte an, er werde der Behörde einen Besuch abstatten, gleich am Montag, und sich persönlich nach der Position erkundigen, die man zu seinem Ansuchen einnehme. Der Attaché winkte ab und versprach, selbst anzurufen; das war der nächste Bosheitsakt.

Jetzt folgte das, was Sally Alfred geraten hatte, er zog ein zweites schriftliches Ansuchen heraus und sagte, der Attaché müsse verstehen, er, Alfred, habe dem Wiener Museum gegenüber Verpflichtungen, er könne die Sache nicht einfach einschlafen lassen. Wenn die Bewilligung nicht zu erwirken sei, brauche er etwas Aktenkundiges, mit dem er Wien gegenüber den Nachweis führen könne, dass alles versucht worden sei. Vielleicht werde dann von Wien aus interveniert.

Diese Drohung machte den Attaché so wütend, dass er, obwohl gerade die Direktorin eingetreten war, behauptete, er habe nicht gewusst, dass Alfred im Auftrag des Museums für Völkerkunde forsche, er habe gemeint, mit *Museum*, für das Alfred arbeite, sei das Ägyptische gemeint.

»Welches Ägyptische?« fragte Alfred naiv.

Der Attaché knirschte mit den Zähnen. Alfred übersah geflissentlich, dass der niedere Gesandte kein Feuerzeug greifbar hatte, um seine jetzt dringend benötigte Zigarette anzuzünden. Der Attaché musste tief in seiner Schublade graben, bis er eins gefunden hatte. Nach dem ersten Lungenzug versprach er, den genauen Verlauf des Aktes zu verfolgen und sich zu melden.

»Ich werde darauf zurückkommen«, versprach Alfred.

Die Unmöglichkeit des Betragens ihres Stellvertreters war auch der Direktorin aufgefallen. Sie lächelte sanft, weil sie ein weiteres Beweismittel für die Unfähigkeit dieses ihr lästigen Kollegen gesammelt hatte. Mit einem Gesichtsausdruck, der sagen wollte, jetzt müssen die Vernünftigen zusammenhalten, wandte sie sich an Alfred.

»Herr Doktor Fink, Sie wissen, wer den Nil befährt, muss Segel haben, die aus Geduld gewebt sind. Kommen Sie am Abend zu unserem Freud-Dinner. Ich werde Klara anweisen, Sie auf die Gästeliste zu setzen.«

»Meine Diät verbietet es mir, mehr als Wasser zu trinken«, sagte Alfred abwehrend.

»Sie sind auch als Wassertrinker willkommen«, sagte die Direktorin. »Unter den wilden Tieren das wildeste ist der Mensch, der Wasser trinkt.«

Mit diesen Worten trollte sie sich. Der Pegel von Alfreds

Paranoia stieg sofort an. Er fragte sich: Ist das ein Trick? Was wollen die von mir? Mich aushorchen? Das wird ihnen nicht gelingen!

Der Attaché indes, froh, das Thema wechseln zu können, verkündete:

»Als Hauptspeise gibt es Fledermaus. Die hängen hier nachts büschelweise in den Palmen, man muss sie nur einsammeln.«

»Wie rührt mich das!« sagte Alfred und ging. Vor lauter Heuchelei konnte er nicht mehr atmen, es schüttelte ihn regelrecht.

Am Nachmittag ging Alfred ein Gallenstein ab, er fuhr nach Hause, nahm nochmals eine Schmerztablette und legte sich hin. Zwischendurch kochte er sich eine Buchstabensuppe aus der von zu Hause mitgebrachten Reserve und schlief dann weiter. Als er wieder aufstand, hatten die Schmerzen nachgelassen. Der Himmel draußen war klar, die Luft sehr lau. Also setzte er sich zum Arbeiten auf den Balkon und tippte auf seiner Schreibmaschine Nachträge für Materialien III. Als Sally kam, um sich für den Abend etwas anderes anzuziehen, blätterte er gerade in einem Katalog über jemenitische Burkas. Er sagte, er habe schon mindestens fünfzehnmal hinunter auf die Straße geschaut, ob sie endlich käme.

Alfred berichtete vom Geldsegen und von seinem Besuch bei den Lemuren. Sally aß den Rest der Buchstabensuppe. Die Behauptung des Attachés, er habe nicht gewusst, dass Alfred für das MfVk arbeite, fand sie empörend. Sie lobte Alfred, dass er sich zu keiner Unbedachtheit habe hinreißen lassen. Er solle seinen Weg stur weiterverfolgen, dann halte ihn nichts auf, rein fachlich:

»Alfred, rein fachlich hast du niemanden zu fürchten. Solche Leute wie der Attaché, die in ihrer Verschanzung gegen alles Neue versuchen, junge Menschen zu entmutigen, giften sich kaputt, wenn du trotz aller bösen Prognosen vorwärts kommst.«

Alfred war baff über so viel Schützenhilfe. Mit plötzlicher Heftigkeit verspürte er die sichere Gewissheit, dass das einzige Gefühl, das ihn in seinem Leben nicht mehr verlassen würde, seine Zuneigung zu Sally war, ganz gleich, was passierte. Die ausfransenden Ränder ihres Wesens verunsicherten ihn, sie konnte, wenn sie wollte, etwas recht Unberechenbares haben. Doch was bei anderen Frauen anstrengend war, empfand er bei ihr als Bereicherung. Sally hatte etwas von einer Glücksbringerin. Manchmal, wenn sie ihn umarmte, fühlte er sich völlig beschützt. Mit ihr konnte ihm nichts passieren.

Das Geflatter und Gekreische im letzten Tageslicht, wenn die Vögel zu ihren Schlafstätten eilten, war verklungen. In einem dunstigen Rot plumpste die Sonne hinter die Türme der Altstadt, dort war die Wüste. Die herunterrauschende Dämmerung und die Rufe der Muezzins gaben den Geheimnissen der Menschenleben für wenige Minuten ein wenig Zauber, dann war es dunkel. Die Stimmen, die aus offenen Fenstern schallten, klangen jetzt nicht mehr wie Sprechgesang, sondern hart, aggressiv oder nah am Jammern. Für Alfred hatte Kairo bei Nacht etwas von der Wirkung des Sphinx, den der Volksmund *Abu hol* nennt, Vater des Schreckens.

f der Saray al-Gezira gab es freie Parkplätze. Für das l-Dinner war ein Restaurantschiff gemietet worden, es ankerte an der Nilpromenade beim Andalusischen Garten. In dieser Gegend war die Beleuchtung so dürftig und matt, dass Alfred an Kriegszeiten denken musste. Er kniff die Augen zusammen und betrachtete das träge Dahinziehen des so ruhigen Stromes, das Wasser Richtung Qasr al-Nil Brücke glitzerte von den Lichterketten, mit denen die Brücke behängt war.

Um wie viel lieber, als sich mit Leuten zu Tode zu langweilen, die ihn nicht mochten und auf die er nicht neugierig war, wäre Alfred mit Sally zwischen den Palmen gesessen und hätte Zukunftspläne geschmiedet. Er dachte: Was will die Direktorin von mir? Die Beziehungen normalisieren? Das kann ich mir schwer vorstellen. Aber gut, was soll's, nur Mut, armer Freund! Wenn es zu spät ist, wirst auch du in deiner Schlichtheit begreifen, wozu das Arrangement gedient hat.

Er trat über den Steg, Puls erhöht, man konnte sein Unbehagen an den eckigen Bewegungen erkennen. Heiße Luft und Gelächter wallten ihm aus dem brechend vollen Saal entgegen. Die Stimmung an Bord schlug bereits Wogen, der Wein von den Hängen des Donautals tat seine Wirkung, dazu kam die Belustigung über die an den Haaren herbeigezogenen Erklärungen, was die gereichten Speisen mit Sigmund Freud zu tun hatten. Zwei Gänge waren bereits abserviert: Aalcreme und Steinpilzconsommé. Wer zugehört hatte, war unterrichtet, dass der Vater der Psychoanalyse als Student die Hoden und Spermien des männlichen Aals hätte finden sollen und dass er in späteren Jahren hin und wieder zum Pilzesammeln gegangen war.

Sally führte Alfred zu seinem Platz. Seine blaue Anzugjacke war schmal geschnitten und warf Falten in den etwas fülligen Hüften. Graue Hochwasserhosen sorgten dafür, dass auch die Socken nicht zu kurz kamen.

»Trink keinen Alkohol«, flüsterte Sally.

»Wollen mich die Lemuren abfüllen?« fragte er bang lächelnd.

»Wegen deiner Galle, Alfred!«

Er fühlte sich linkisch neben Sally, die er nicht berühren durfte, und schon im Voraus befangen, weil ihm der höhere gesellschaftliche Schliff für solche Anlässe abging. Notabene, in dem oberösterreichischen Dorf seiner Kindheit hatte er das Rüstzeug für das Table-d'hôte-Essen nicht mitbekommen, er war ein Mühlviertler Bauer, wie seine Mutter es ausdrückte, erheblich avanciert in der Kunst des Reindlauskratzens.

Reihum grüßend setzte er sich. Gerade wurde eine der Zwischennummern gegeben. Der Ablauf der Veranstaltung sah vor, dass zwischen den Gängen jeweils in einer anderen Sprache ein kurzer Text von Freud vorgetragen wurde. Im Sprachenbabel Kairo war praktisch alles zu bekommen, die Internationalität hatte zweifellos ihr Gutes. Ein Franzose, der aussah wie ein Auftragsmörder, stand am Mikrofon und rezitierte aus einem abgegriffenen Taschenbuch. Die Lautsprecher waren so weit aufgedreht, dass die Gäste reden konnten, ohne aufzufallen. Von dieser Möglichkeit wurde reichlich Gebrauch gemacht, umso mehr Beifall erhielt der Vortragende, als er geendet hatte.

Jetzt wurde das Hauptgericht aufgetragen. Großgewachsene Suffragis, deren Haar ölig geglättet war, schlängelten sich mit Tellern zwischen den Tischen durch. Es war die Fledermaus, jener vom Beckenknochen umschlossene Strang des Rindes, der, in Scheiben geschnitten, eine Faserstruktur besitzt, die in ihren Umrissen einer Fledermaus ähnelt. Die alpenländisch dekolletierte Direktorin analysierte Freuds zwanghaften Rindfleischkonsum, dann musste die Operette von Johann Strauß herhalten mit der unsterblichen Nummer *Glücklich ist, wer vergisst.* Freud habe nicht nur entdeckt, dass das Unterbewusste als Herr im Haus den Menschen ein Leben lang regiere, sondern auch, dass froh sein könne, wer's ein Leben lang nicht merke. Die Gäste wanden sich vor Vergnügen.

Alfred drehte sich seinem linken Nachbarn zu, den er vom Sehen kannte.

»Als ich einmal ein Abklatschbild als Fledermaus interpretiert habe, hat die Psychologin gesagt, ich würde meinen Vater hassen. Dabei stimmt das überhaupt nicht.«

Der Nebenmann zog die rechte Braue hoch, sie machte einen Katzenbuckel, die linke Braue blieb unbewegt. Er fragte, ob Alfred in letzter Zeit im Bazar etwas gefunden habe. Alfred verneinte, teils zu Recht, weil die Höhepunkte immer rarer wurden. Darauf lachte der Kerl und sagte kindisch, dass er alles gekauft und auch Leila und Wissa-Wassef geplündert habe.

Diese Behauptung vermehrte Alfreds Unbehagen. Ich wusste es! Warum bin ich nicht zu Hause geblieben, ich Idiot, jetzt muss ich mich provozieren lassen! Das dachte er. Und obwohl ihm das Herz bis zum Hals hinauf schlug und es ihm kalt über den Rücken lief, fühlte er sich mit gleichgültiger Miene nicken. Keine Überraschung zeigen, ganz natürlich! Er machte zur weiteren Überbrückung eine unbestimmte Gebärde. Anschließend klimperte er mit den Eiswürfeln in seinem Wasserglas. Der Kerl neben ihm war offenbar von wenig empfehlenswerter Gesinnung.

An seinem Tisch war Alfred nach kurzer Zeit mit allen bekannt. Zwei sympathisch wirkende niederländische Psychiater auf Kongressreise waren die einzigen, die nicht der deutschsprachigen Kolonie angehörten. Alle anderen lebten zeitweilig oder ständig am Nil, um hier westliche Kultur in Form weicher Inhalte zu verkaufen im Tausch gegen harte Kulturschätze. Einige dieser Nahostprofis fuhren sich mit der Zunge die Schneidezähne entlang, sooft ihr Blick auf Alfred fiel; so kam es ihm vor. Erfreulich war, dass Professor Berg und Gattin ihm schräg gegenüber saßen. Neben Sally waren die Bergs Alfreds einziger Österreich-Kontakt, bei dem er nicht ständig auf der Hut sein musste. Selbst mit den Deutschen kam er besser aus. Erstens waren sie ihm fremder, und zweitens fehlte ihnen diese typische, von vielen als Charme bezeichnete Mischung aus Bosheit, Dummheit, Fröhlichkeit und Pseudomanieren. Hier in Kairo hatte Alfred aufgrund der gebotenen Vergleichsmöglichkeiten rasch begriffen, dass die von Karl Kraus, Qualtinger und ähnlichen Kommentatoren stammenden Charakterisierungen nicht auf Gehässigkeit beruhten, sondern auf tiefer Menschenkenntnis.

Mit dem Ehepaar Berg unterhielt er sich während Hauptgang und Dessert. Ein palästinensischer Arzt las

Freud auf Arabisch, nicht einen Augenblick lang hörte ihm irgendjemand zu. Besser, in die Gespräche der anderen hineinhorchen, dachte Alfred, man weiß nie! Leider beanspruchten ihn die Bergs fast ununterbrochen, aber sie redeten ohne Feintuerei, freundlich und entspannt. Sie fragten, ob sich Alfred mit einem Stipendium in der Stadt aufhalte. Nein, antwortete Alfred ruhig, ohne Zorn, er verdiene sich seinen Unterhalt als korrespondierender Mitarbeiter mehrerer Museen. Und dass er nur zweitklassige Ware weitergab, weil die Museen blöd genug waren, sich damit zufriedenzugeben, verschwieg er natürlich. Lediglich eine kleine Andeutung rutschte ihm heraus – dass seine eigene Sammlung ganz ansehnlich zu werden versprach, entzückend wie Sissy, Teil I.

»Kennen Sie El-Sayed?« fragte Professor Berg.

»Den Sammler?« fragte Alfred.

»Letztens war ich bei ihm zu Besuch, er hat mir voller Stolz seine Ernennung zum Mitglied einer obskuren jugoslawischen Ethnographenvereinigung vorgezeigt, sein Antwortschreiben hat er mir ebenfalls vorgelegt. Er betont darin, seine Sammlung sei eine der größten der Welt. Ich weiß wirklich nicht, wie ein so kluger und vernünftiger Mann wie El-Sayed einen solchen Unsinn schreiben kann. Vermutlich sind allein zehn österreichische Privatsammlungen größer als seine und zehn Schweizer Sammlungen größer als jede österreichische. Die Einheimischen hier haben wirklich keinen bleichen Schimmer, was sie haben und was wir haben.«

»Da ist was dran«, sagte Alfred banal.

»Sie sollten das MfVk fragen, ob man dem Mann nicht

eine ähnliche Ehre aus Österreich zuteil werden lassen kann. Vielleicht lässt sich das einrichten.«

»Nichts ist unmöglich«, erwiderte Alfred.

Man ließ die Gläser klirren. Wie schon oft schielte Alfred zu Sally. Sie drückte sich gerade zwischen den Tischen durch auf dem Weg zur Direktorin. Es wunderte ihn, wie selten sie an diesem Abend Blickkontakt hatten. Jetzt huschte sie schon wieder in die Küche, um sich zu vergewissern, dass die Köche und Suffragis auf Zack waren. Alfred erzitterte buchstäblich bei dem Gedanken, hinter ihr herzugehen und sie in den Umkleideraum des Personals zu drücken. Auf die gleiche Idee kam der deutsche Botschaftssekretär, nur mit dem Unterschied, dass er sich umgehend auf den Weg machte, munter drauflos. Seine Annäherungsversuche waren Alfreds Blicken durch eine auf und zu pendelnde Schwingtür und einen rechten Winkel entzogen.

Sallys Überraschung hielt sich in Grenzen, geringschätzig schob sie die Hände des Botschaftssekretärs beiseite.

»Lass mich in Ruhe«, sagte sie genervt.

»Bist du aus Holz?« fragte er.

»Na, eben nicht«, sagte Sally und holte ein kaltes Lächeln hervor.

Der Botschaftssekretär ließ ein paar Komplimente vom Stapel, ihr Hintern wäre umwerfend, halt diese Masche, sie sei so unfassbar hübsch. Sally hörte es sich an, ließ sich ein wenig abknutschen. Ja? Seufzer, uch, der Mensch ist ein Wesen von schwacher Intelligenz, das von seinen Trieben beherrscht wird. Schwer zu reparieren.

»Nein. Bitte. Nicht.«

»Oder vielleicht doch?«

Seufzer. Sally fand den Gedanken eigentlich ganz nett, dass man bei zweien bleiben könnte, aber so war die Welt halt nicht.

»Lass deine Handgreiflichkeiten, sag ich.«

»Ich würde gern sehen, was du da drunter an hast.«

»He! Finger weg!« fauchte sie. »Dass du ein großes Ekel bist, weiß ich, das brauchst du mir nicht mehr zu beweisen.«

»Ich will es wiedergutmachen.«

»Das Wiedergutmachen überlass mir. Ich schäme mich auch für dich.«

»Das würdest du für mich tun?« fragte er und bewegte sich wieder auf sie zu.

In dem Moment kam der Attaché herein, er taxierte das Dargebotene mit einem feinsinnigen Zucken der Nasenlöcher, dann kommentierte er es mit den Worten:

»So – – so.« Und seine Stimme senkte sich.

»Sind Sie gekommen, um uns solche Weisheiten aufzutischen?« schnauzte der Botschaftssekretär.

Der Attaché stieß spöttisch Luft aus.

»Es bahnt sich etwas an«, sagte er zu Sally. »Die Chefin kocht vor Wut.« Er ließ ein heftiges Gelächter los, das nach Schwefel und Ziegenfuß roch.

Gott, bin ich blöd, ich hätte mich krankmelden sollen! dachte Sally. Sie ging zurück in den Saal, so kam sie wenigstens von den beiden Idioten weg.

Am Podium stand die letzte Lesung bevor. Dieser Programmpunkt gehörte einem männlichen Paar aus Lissabon, das vorne neben der Bühne den Auftritt erwartete. Die beiden waren als Mädchen verkleidet, trugen dirndlartige

Schürzenkleider und blonde Zopfperücken, und ihre Münder waren knallrot geschminkt. Schon vor einigen Tagen hatten sie die Direktorin gefragt, ob sie ihren Text gemeinsam vortragen dürften. Die Direktorin hatte es ihnen strikt untersagt. Jetzt gingen sie zu zweit ans Mikrofon, singend und tänzelnd trugen sie ihren Text vor, und wenn schon, den Gästen fiel nichts auf, es passte perfekt zum Abend, es verstand eh keiner was.

Die Direktorin jedoch, die aufgrund ihrer Persönlichkeitsstruktur nicht dulden konnte, dass man sich ihrem Willen widersetzte und damit ihre Macht schmälerte, rief erzürnt:

»Das ist unerhört!«

Stöckelklappernd lief sie zur Bühne, so schnell, als ob sie zum Tanzen wollte und dabei gern riskierte, dass ihre Brüste aus dem Kleid sprangen. Sie platzte in das freudianische Singspiel hinein und nahm dem kleineren der gedirndelten Portugiesen das Mikrofon weg, die Zopfperücke rutschte dem Mann vom Kopf, die rotspiegelnde Schädelhaut sprang hervor, dunkel umkränzt.

Die Direktorin rief entschlossen:

»Fort mit euch! Saboteure!« – Ganz nach dem Motto, dass Ärger zu verdrängen nur zu Komplexen führen kann, weshalb es äußerst wichtig ist, sich schnell abzureagieren. Sie holte mit dem Mikrofon aus. Man sah die Portugiesen schon mit ausgestreckten Beinen auf der Bühne liegen. Doch die beiden sprangen behände zur Seite, verneigten sich großschnauzig grimassierend und stürzten zu ihrem Tisch. Die Direktorin rannte hinterher, um ihnen zu sagen, dass sie Arschlöcher seien und verschwinden sollten mit ihrem ganzen Pack. Sie deutete mit dem Kopf zur Tür und zur großen, aufnahmebereiten Nacht.

»Ja, ihr seid Arschlöcher!« betonte der Ehemann der Direktorin, der hinzugeeilt war.

Daraufhin standen die Portugiesen mit der ganzen Tischgesellschaft auf und verließen das Schiff. Zufälligerweise war auch die Chefetage des Französischen Kulturinstituts und der bundesdeutsche Botschafter dabei, speziell Letzterer ließ sich nicht zweimal bitten, trotz oder wegen seiner Kenntnisse der nachbarschaftlichen Kinderstube. Seinen Sekretär nahm er ins Schlepptau – der würde Sally nicht abgehen. Jetzt war der Tisch verwaist. Für einige Augenblicke wurde es recht still im Saal. Sally kam es vor, als schätze die Direktorin den Eindruck ab, den sie hinterlassen hatte. Sie durfte zufrieden sein. Die verkrampften Kieferknochen lockerten sich, hinweg mit der Unmutsfalte auf der Stirn, fort mit euch, ihr dummen Sorgen, die Welt lohnt den Kummer nicht! Sanft lächelnd ging sie zur Bühne, ganz damenhaft, sie kündigte das Après-Souper an.

»Dobostorte und Zigarren.«

Der Dobostorte komme in Freuds Traumdeutung eine besondere Rolle zu. Welche Rolle? Hatte die Direktorin vergessen, und ihre Notizen waren ihr in der Aufregung abhandengekommen. Sally schaltete nicht schnell genug, das Manuskript lag am Tisch. Nochmals nahm die Stille im Saal zu, es war, als müsse der Traum von der Dobostorte erst zu Ende geträumt oder wenigstens gedeutet werden, ehe er gänzlich zerstieben durfte. Der Abend hatte jetzt einen fiebrigen Glanz und eine erhöhte Stimmigkeit, als hätte die Direktorin dem Wiener Quacksalber zu Ehren die Portugiesen, Franzosen und Deutschen über Bord geworfen, eine frische Leimrute für das Unterbewusste der Gäste, das bot reichlich Analysestoff.

»Irgendetwas muss ihr in die Krone gefahren sein«, sagte Alfreds Tischnachbar.

»Sieht ganz so aus«, gab Alfred gleichgültig zurück, ohne den Halunken anzusehen. Er äugte angestrengt in den Saal.

Sally kam von der Seite und verteilte Zigarren an die Honoratioren der vorderen Tische. Ägyptische Ware. Ein älterer Mann umarmte im Sitzen Sallys Oberschenkel, wer wird denn gleich. Rasch suchte sie Alfreds Blick. Aber Alfred vergaß ganz, eifersüchtig zu sein, weil zur gleichen Zeit die Direktorin erklärte, meine Damen und Herren, dass Freud gesagt habe, auch in Träumen sei eine Zigarre manchmal nur eine Zigarre.

»Und im Leben sowieso. Leider«, fügte sie hinzu.

Das war zweideutig, sehr zweideutig. Die Direktorin blies sich kurz auf. Darf ich das sagen? Wie wurscht mir das ist, soufflierte die Herrlichkeit des Abends.

»Aufgrund eines Gaumenkrebses hat Freud am Ende seines Lebens so stark aus dem Mund gestunken, dass sogar seine Hunde ihn gemieden haben.«

Befangenes Gelächter. Sally hoffte, der Abend war bald vorbei, das nahm und nahm kein Ende. Frau Professor Berg starrte auf das Tischtuch und summte »Oh!«. Alfred rieb sich feixend die Wange, als habe er gerade vom Dorfpfarrer eine Ohrfeige erhalten. »Ah!« Dann steckte er sich kopfschüttelnd eine Zigarette an, eine zerknitterte *Cleopatra*. Das war ja ein Ding!

Kurz darauf schaltete ein Alleinunterhalter seinen Heurigenverstärker ein. Der Mann stammte aus Pöchlarn an der Donau, arbeitete im Hauptberuf als Fremdenführer bei den Großen Pyramiden, und seine Aufgabe war es, den Abend mit Wienerliedern abzurunden. Die ersten Akkorde erklangen. Die anwesenden Österreicher sangen stehend mit, unter ihnen der Attaché, der Kanzler, der Botschafter, das Ehepaar Berg und Alfred. Hoch die Becher! Sehr fidel. Sally sah es von einer Ecke neben der Garderobe aus. Der Anblick fühlte sich an wie eine Halluzination, so erschöpft war sie schon.

Es wird a Wein sein, und mir wern nimmer sein. Drum gniass ma's Lebm, so langs uns gfreit. S wird schöne Maderln gebm, und mir wern nimma lebm. Drum greif ma zua, grad is no Zeit …

Als die Gesellschaft sich schon aufgelöst hatte und die Abrechnung erledigt war, fragten Sally und Klara, ob sie am nächsten Tag später anfangen dürften. Die Antwort der Chefin kam sehr freundlich, wenngleich mit einer Artikulation, die bereits ein wenig teigig war.

»Ihr müsst schon pünktlich im Amt sein, ihr zwei Nichtsnutze. Aber ich komme später, ich bin nämlich die Direktorin.«

Das war der Schlusssatz des Freud-Dinners.

Sally ging zu Alfred. Er saß allein an seinem Tisch und schlief mit dem Kopf auf den ausgebreiteten Armen. Sally fand, Menschen, die an einem Tisch vom Schlaf übermannt werden, sind ein trauriger Anblick. Sie weckte Alfred, egal, soll's doch sehen, wer will. Er stand auf mit apathischer Fügsamkeit, sie legte ihren Arm um seine Hüfte, und wankend verließen sie das Schiff, die Gesichter gezeichnet von Mühe, Trug und Liebe. Vor ihnen brannten die trüben Lichter der Uferpromenade in Rot und Gelb. Dahinter waberte die rauchige Düsternis der Stadt in der weichen und warmen Nacht. Die Luft war lau vom Schlaf einiger Millionen Menschen, vieler Tausender Hunde, Esel und einiger Nilpferde und von den Abertausenden auskühlenden Autos. Mit schmerzenden Beinen gingen Sally und Alfred die beleuchtete Treppe hoch zur Promenade. Jetzt knirschte unter ihren Sohlen der ewige Wüstensand. Sally spürte Alfreds Hand in den Bund ihres Rockes fahren, und plötzlich machte es ihr nichts mehr aus, die eigene Hand aufs Herz zu legen und zu sagen:

»Du, ich bleibe.«

7

An Maria Himmelfahrt hauchte einen plötzlich ein kaltes Gefühl an, eine frostige, feuchte Brise, und ein unangenehmes Rauschen wurde hörbar, von dem der antike Seefahrer gedacht hätte, jetzt kommt der Rand der Welt. Maria Himmelfahrt war die Wendemarke, dort ging der Sommer zur Neige, und das Tempo der verstreichenden Tage nahm rasch zu. Bis zum Schulanfang fehlten nur noch zwei Wochen. Hilfe! rief Sally. Was ist mit meinen Ferien? In all den Jahren hatte ich keine so anstrengenden Ferien! So weit weg vom Ideal! Jetzt muss ich endlich die Schulsachen vom vergangenen Schuljahr ordnen. Und den Schreibtisch aufräumen und und und.

Unter den Kolleginnen und Kollegen kannte Sally niemanden, der sich auf das Ende der Ferien freute, das war ein Indikator für die Qualität des Berufs. In anderen Berufsgruppen hieß es nach dem Urlaub zuweilen: Ich freu' mich wieder auf die Arbeit. Von Lehrern hörte man das nie. Die Aussicht, dass einen die Kinder wieder vom ersten Tag an mit den leuchtenden Augen von Hunden anschauten, denen man einen dicken Knochen hingeworfen hat, war äußerst realistisch, das machte das Ende der Ferien ziemlich bange.

Arbeitsmäßig war die erste Schulwoche nicht allzu schlimm, doch der Körper musste sich auf den anderen Rhythmus und die vielen Bakterien einstellen, die er schon wieder vergessen hatte. Und auch die Psyche hatte Mühe, sich an die neuen Belastungen zu gewöhnen. Wie jedes Jahr wurde Sally in der ersten Woche von einer großen inneren Unruhe befallen, die grundlegenden Sinn- und Existenzfragen kamen zu Schulanfang immer geballt, das war nichts Neues. Die viele Zeit, die mir gestohlen wird! Warum muss ich mich dauernd mit anderen Menschen beschäftigen? Warum tue ich mir das an?

Tatsächlich verlangte der Schulanfang eine Beschleunigung von null auf hundert in kürzester Zeit, körperlich, psychisch, die ganze Person war betroffen. An den ersten Schultagen ging Sally durch die ihr zugewiesenen Klassen, alle Schülerinnen und Schüler sollten zu Wort kommen, zu allen sollte eine Verbindung hergestellt werden, das war bei denen, die Sally aus früheren Jahren kannte, nicht allzu schwer. Die neuen Gesichter jedoch verlangten die volle Aufmerksamkeit. Innerhalb kürzester Zeit musste Sally mit siebzig jungen Menschen ins Gespräch kommen, von denen sie am letzten Ferientag noch nichts gewusst hatte. Wer waren diese Menschen? Woher kamen sie? Rätsel über Rätsel. Aber nach anderthalb Wochen konnte sie über jedes dieser Kinder Geschichten erzählen, das zeigte, wie viel sie in kürzester Zeit aufnahm. Nicht einmal die beste Freundin wollte sie in dieser Phase treffen, so ausgelaugt war sie. Und erst nach zwei oder drei Wochen wich das Ausgelaugtsein einer Erschöpfung, die sich nicht nur mit Schlaf, sondern auch mit Genuss bekämpfen ließ. Das Sinnliche war von den Anstrengungen des Tages dann nicht mehr ganz so stark betroffen.

Jetzt ging Sally wieder mehr weg, und weil Alfred lieber

das Haus hütete, als sie zu begleiten, machte sie sich allein auf den Weg, ging natürlich nicht allein, sondern mit Erik. Nach zwei Monaten Affäre konnte sie sich zuverlässig auf Lügen stützen, die einen stabilen Platz in Alfreds Alltag ergattert hatten. Im Unterschied zu Gefühlen spielten sich Lügen rasch ein.

Und auch Sallys Tränensäcke wurden wieder kleiner.

Den Schulkindern sah man ebenfalls an, dass ihnen die Umstellung vom Sommer auf den Herbst zu schaffen machte, sie gähnten viel und waren verträumt. Anfang der zweiten Schulwoche hatte Sally während der Unterrichtszeit auf der Treppe einen elfjährigen Buben gesehen, der offenbar losgeschickt worden war, um einen Besen zu holen. Der Bub stieg sehr langsam die Stiegen hinauf und schwang den Besen vor und zurück, tief in Gedanken, als befinde er sich auf einer Wanderung durch den Wienerwald. Der Anblick des Buben hatte Sally berührt, sie hatte gedacht: Ja, den Kindern geht es nicht besser als mir. Und obwohl die hinter ihr liegenden Ferien völlig untauglich gewesen waren als Schockabsorber nach dem ganzen Stress des vorigen Schuljahres, freute sich Sally auf Weihnachten als Kompensation für die noch bevorstehende Reihe an kräftezehrenden, von Schufterei geprägten Unterrichtstagen. Der Blick in die Zukunft kam ihr zwischendurch entmutigend vor, Tage und Tage, einer hinter dem andern, endlos wie die Kavallerie in den Westernfilmen, die Alfred so gern mochte.

Alfred aus Schenkenfelden! Ja. Wenn Sally von der Schule nach Hause kam, hatte sie seine unterstützungsbedürftige Gegenwart unter der Nase. Statt Ruhe, die sie eigentlich brauchte, bekam sie einen Mann, den sie nicht liebte und der ihr Dinge aufdrängte, die sie nicht interessierten. Er hörte auch nicht auf zu reden, wenn sie ihn darum bat, er fand, dass er ein Anrecht darauf hatte, seine Frau in alles einzuweihen, was ihm an Paranoia durch den Kopf ging. Am liebsten hätte Sally ihm gesagt, er solle an seinem Gesudere ersticken, sie bekomme Beklemmungszustände beim Zuhören, aber das brachte sie nicht fertig.

»Warum redest du mich so voll?« fragte sie stattdessen.

Und er sagte:

»Weil du mich nicht liebst.«

»Bitte, lass die Kirche im Dorf!«

»Du betrachtest mich als lästigen Mitbewohner«, sagte er betrübt, »für den du mal mehr oder weniger Geduld aufbringst.«

Wenn sie ehrlich war, erkannte Alfred die Lage richtig. Ihr Verliebtsein hatte seltsame Auswirkungen, manchmal machte es sie Alfred gegenüber aggressiv, weil er ihr im Weg stand, dann wieder liebensfähig und leutselig, weil sie glücklich nach Hause kam und mit Dankbarkeit feststellen durfte, wie bereitwillig er sich betrügen ließ. Ob sich Alfreds Ahnungslosigkeit auf sein Versagen gründete, Sallys Tücken zu durchschauen, oder auf die unauslotbare Fähigkeit, sich selber hinters Licht zu führen und gewisse Dinge nicht zu merken, obwohl sie leicht zu merken wären, machte ebenfalls keinen Unterschied. Beides legte sie ihm wahlweise zum Guten oder Schlechten aus, je nach Gemütsverfassung.

Unterm Strich brüllte sie zu Hause weniger herum als zu anderen Zeiten, dafür umso heftiger, wenn man sie am falschen Fuß erwischte. Kamen mehrere Dinge zusammen, Ärger in der Schule, die Unzufriedenheit, weil sie Erik nicht sehen konnte, und Alfreds schreckliche Verfassung, wenn er am Küchentisch Löcher in die Luft starrte, fiel es ihr zunehmend schwer, ihren Zorn zu unterdrücken. Sie hatte auch immer weniger Angst vor einer Konfrontation. Sie lockte Alfred in Streitgespräche, in gewisser Weise waren das inszenierte Gespräche mit geschliffenen Sätzen, die Sally vorbereitet hatte, um sich zu beweisen, dass Alfred es nicht besser verdient hatte. Einige harte Auseinandersetzungen lagen bereits hinter ihnen. Sally hatte sogar versuchsweise das Wort Scheidung ausgesprochen, um zu prüfen, wie es sich anhörte. Manchmal sah sie in Alfred nur mehr einen müden, kleinkarierten Spießer, der nichts erleben wollte, über die Qualen des Erlebens Tagebuch führte und vor dem Schlafengehen seine Angstüberschüsse zur Ader ließ, indem er unters Bett schaute. Selbstverständlich hoffte er, unter dem Bett nichts Erwähnenswertes zu finden.

Sally glaubte, nie wieder etwas Liebenswertes an Alfred entdecken zu können. Das Grundproblem bestand darin, dass er seit dem Besuch im Juli zu einer Marionette seiner Ängste geworden war und gleichzeitig als *typisch Mann* herumlief, während er in ihr nur *Schema F* sah, F wie Frau. Er brauchte von ihr ständig Brustfütterung oder ging ihr um den Hintern oder suchte in ihr ein verdammtes Kindermädchen für alles. Er konnte sich nicht alleine die Tür aufmachen. Sally ließ ihn auflaufen, sie stellte sich auf den Standpunkt, dass sein Verhalten ihres ausreichend rechtfertigte. Wenn möglich zog sie sich nach dem Heimkommen rasch zurück und überließ Alfred sich selbst. Sie versorgte die Schildkröten, telefonierte mit Erik oder stieg in die Badewanne, wo sie den Kopf an den hinteren Wannenrand legte und an Seehunde dachte, die sich in der Sonne wärmen. Ihr Körper entspannte sich im Wasser. Und manchmal gelang es ihr sogar, eine halbe Stunde Schlaf zu erwischen. Der Schlaf machte sie wieder ansprechbar für andere Menschen im Haus.

Der Geruch des verschütteten Passionsblumenöls war verflogen, wie von einer Brise davongetragen. Sally schlüpfte in ihren neuen Bademantel und kam herunter, wo sie in der Küche auf Alfred traf. Er hatte hier geduldig auf sie gewartet. Er schaute auf, sichtlich gefiel ihm Sally, aber er nicht ihr, er war ein netter Kerl, doch nett war zu wenig.

Als er sich nach dem Geschirrtuch streckte, um sich die Hände abzutrocknen, sah Sally, dass er den Thrombosestrumpf trug. Er mochte sich noch so bemühen, den Strumpf zu verbergen, Sally wusste täglich Bescheid.

Sie zeigte mit dem Finger darauf, Alfred blieb kurz die Luft weg. Er sagte fast stotternd, der Fuß sei jetzt wieder so geschwollen. Er sah bekümmert drein. Sally fiel auf, dass seine Nase immer größer wurde, die Frisur war genaugenommen grauslich. Und einen schönen Mund hatte er auch nicht, die Züge wurden immer weicher, es sah teigig und unwirklich aus. Kann sein, er hatte schon immer so ausgesehen, und Sally hatte ihn nur mit anderen Augen betrachtet. Alfred wirkte entsetzlich alt, während sie selber sich in ihrer Verliebtheit fühlte, als hätte sie alle Wunden und Narben abgestreift.

Sie redeten miteinander. Sie waren sich einig, dass die Beziehung seit mindestens fünf Jahren sukzessive schlecht geworden war, über den Auslöser konnten sie nur rätseln. Alfred sagte, so oder so, der Karren sei verfahren, sie müssten unbedingt schauen, dass sie wieder zueinander fänden. Er habe keine Lebensfreude mehr, er habe Angst, Sally gegenüber etwas falsch zu machen.

»Ja?« fragte sie. »Oder sind das Ausreden?«

Sie machte ihrem Frust Luft, indem sie unverblümt sagte, was sie dachte, keine Action, ein eintöniges Sexualleben, stattdessen Thrombosestrumpf und Stubenhockerei. Es gebe genug andere, die sie weiterhin attraktiv fänden, und von ihm kein Wort, keine Spontaneität.

»Das stinkt mich an«, sagte sie.

Sie sei hart geworden, gab Alfred zurück, er habe Angst vor Spontaneität.

»Aha?« – Ob es nicht vielleicht an seiner Einstellung liege. Er wolle nichts mehr erleben, sammle seine Pensionszeiten und warte ab, bis alles schmerzlos vorüber sei. Sie wisse nicht, was er noch vom Rest seines Leben erwarte, er habe keine Meinung mehr zu dem, was in der Welt passiere, sie erkenne bei ihm keine Neugier mehr für Dinge, die außerhalb seines eigenen Trübsinns angesiedelt seien, Neugier für andere Menschen, andere Frauen, er solle sich eine Freundin suchen, ihr wäre es recht, wenn es ihm helfe, aus seinem Stimmungstief herauszufinden.

Es ging dann um Seitensprünge und Alfreds zutiefst verstockte Haltung. Er beteuerte, er verließe sofort das Haus, wenn es bei ihm eine andere Frau gäbe. Sally erklärte ihm, wie sinnlos eine solche Einstellung sei. Daraufhin fragte er, ob sie auf etwas vorbauen wolle. Sie verneinte. Er hakte nach, er glaube, sie habe etwas zu verbergen. Sie erwiderte, sie hätten alle etwas zu verbergen, er seinen Strumpf, sie ihre kleinen Geheimnisse. Schon ihre Großmutter habe gesagt, Sally, du bist ein Kind mit einem glücklichen Geheimnis. Und apropos, sie wechselte das Thema, sie fand, es war jetzt naheliegend, über das zu reden, was ihr ständig im Kopf herumging. Es war ein Thema, das sie auch mit Alfred gerne teilte: Erik.

Sally mochte verrückt nach Erik sein oder einfach nur verrückt, aber nicht verrückt genug, um zu übersehen, dass Erik Schwächen hatte. Sie wusste wie jeder, außer vielleicht Nadja, welche Schwächen das waren. Doch da Sally nicht mit ihm zusammenlebte, hatte sie sich nicht damit herumzuschlagen. Sie brachte das Gespräch darauf, wie verschwenderisch er war und zur selben Zeit, laut Alfred, knauserig oder billig in anderen Dingen, wenn sie ihre Männerausflüge machten. Billigkeit war eine Seite, die Sally an Erik nie aufgefallen war. Da warf der Topf dem Kessel vor, er sei schwarz. Sie redeten über die vielen Geschenke, die Erik Nadja machte, und Sally fragte, ob es aus schlechtem Gewissen geschehe, zum Beispiel wegen einer anderen Frau. Alfred sagte ganz entschieden:

»Nein!«

Dieses Nein wollte Sally nicht gelten lassen, das löste einen lebhaften Wortwechsel aus, der zusammengefasst Folgendes ergab:

Alfred legte seine Hand dafür ins Feuer, dass Erik das Musterbeispiel eines treuen Ehemanns war, während Nadja sich auf ihren Lorbeeren in Sachen Ehebruch nicht ausruhen würde, bis sie auf dem Sterbebett lag. Sally, die es verstand, inmitten des feinen Lügengeflechts, in das sie Alfred einhüllte, an einzelnen Wahrheitskernen festzuhalten, bestand darauf, Alfred lasse sich bluffen, sie vermute das genaue Gegenteil. Erik sei weniger harmlos, als er vorgebe, stille Wasser und so weiter. Alfred empörte sich, nicht Erik! Sally lachte im Stillen, wusste aber trotzdem nicht, was hinter der Geschenkemacherei steckte. Vielleicht dachte Erik, er habe die Rolle des guten Ehemanns zu spielen, und die Geschenke waren Teil davon. Das mochte alles auf die Anfänge der Beziehung zurückgehen, Sally hatte keine Ahnung. Hier stieß sie auf Dinge, von denen Erik nicht redete und nach denen sie sich nicht zu fragen traute. Was Nadja betraf, war Erik ein vollendeter Gentleman, er sagte kein Wort gegen sie und ließ gelegentlich Komplimente fallen, von denen Sally wünschte, sie könnte sie ihm zurück in die Kehle stopfen. Sie wusste, dass es auch bei den Aulichs Probleme gab, am Anfang hatte Nadja das eine oder andere erzählt, später schien es, als würde sie Sally nicht mehr vertrauen, denn seit zwei oder drei Jahren flossen die Informationen spärlich. Erik und Nadja nahmen die Verantwortung füreinander jedenfalls ernst, das musste man ihnen lassen, Sally hatte es zu respektieren. Bei Erik vermutete sie darüber hinaus, dass ihn Schuldgefühle plagten, deutlich mehr als sie, bei ihr waren es null, überraschenderweise. Und nicht genug, dass sie ohne schlechtes Gewissen mit einem Freund ihres Mannes schlief, sie fand es auch okay, dass sie versuchte, ihren Mann dafür einzuspannen, dass er ausspionierte, wie es um die Ehe ihres Liebhabers stand. Andere wurden schon für weniger aufgehängt.

»Frag ihn doch einfach, warum er Nadja so viele Geschenke macht«, sagte sie. »Vielleicht ist die Ehe besonders gut oder geht gerade den Bach runter, mich würde es interessieren.«

»Ich werde ihn fragen«, sagte Alfred entschlossen.

Ich sollte alles bisher Geschehene aufschreiben, ein Exposé daraus machen und es an Random House schicken, dachte Sally. *Der große europäische Roman.* Und das Ganze so geschrieben, als Idylle des bürgerlichen Beziehungswahnsinns, dass dem Buch weder eine Handvoll Druckfehler noch eine miserable Ausstattung, noch alberne Reklame und aberwitzige Kritiken etwas anhaben können, ja, genau. Unter dem Pseudonym Marie-Therese Kotany würde es sich gut verkaufen, oder besser, um auch auf den englischsprachigen Märkten bestehen zu können, Hester Prynne, wie wär's damit, beeindruckend, ja.

Zur Beruhigung ihrer Nerven ging Sally ans offene Küchenfenster, das die Einbrecher als schwächsten Punkt des Hauses ausgemacht hatten. Der Rahmen und die Scheibe waren neu, aber der Ausblick bot das gewohnte Bild. Nur die Blätter der Bäume waren in den vergangenen Tagen fleckig geworden. Der sanfte Geruch von frisch geschnittenem Gras und mit Trinkwasser benetzter Erde erfüllte die Luft. Ein Weberknecht kletterte auf das steinerne Fensterbrett, er wartete still auf die Rückkehr des Sommers.

Auch Alfred kam heran. Er küsste Sally auf den Nacken – besser als auf den Mund. Das dachte sie. Unhöflich? Was soll's, sie fühlte sich dazu berechtigt. Alfred spürte, dass Sally nicht recht anwesend war. Sie schien ihm sehr fern. Er brummte gequält, äußerte aber nichts Verständliches. Stattdessen küsste er ein zweites Mal ihren Nacken, dort, wo die Halskette lag.

Einige Tage nachdem Erik ihr die Kette zum Geschenk gemacht hatte, hatte Sally eine alte Freundin getroffen, und am Abend war sie mit der Kette um den Hals nach Hause gekommen. Alfred hatte sie nie kommentiert, obwohl Sally sie seither ohne Unterbrechung trug.

Nach dem neuen Parfum hatte er sich immerhin erkundigt, ohne Wertung. Sie hatte ihm bestätigt, dass er richtig liege, ja, der Duft ist neu. Aber den Namen des Produkts hatte sie verschwiegen.

»Wenn ich dir heute nochmals einen Heiratsantrag machen würde?« fragte er jetzt.

»Würde ich ihn ablehnen«, sagte sie herausfordernd.

»Und die Kinder?« fragte er enttäuscht.

»Würden nicht geboren werden, weil ich heute ja schon zweiundfünfzig bin.«

»Dann bin ich froh, dass ich dich schon früher geheiratet habe.«

»Ich bin mir sicher, dass es so ist«, sagte sie.

»Ach, Sally!«

»Was denn?« fragte sie. Und nach einer Pause fügte sie hinzu: »Die Kinder sind jedenfalls das Beste, was dabei herausgekommen ist.«

»Ich platze vor Stolz, wenn ich an sie denke«, sagte er.

Diese Aussage erschreckte Sally. Sie drehte sich um und schaute Alfred forschend an unter Berücksichtigung der Nachkommenschaft, die sie mit ihm in die Welt gesetzt hatte. Alfreds Hoden erschauerten in einer schönen Koinzidenz. Er drückte das zuckende linke Auge zu und glättete das Lid mit dem Daumen der Rechten, dann schüttelte er sich nervös. Sally sah den Glanz des Schweißes auf seiner Stirn, tiefe Runzeln, ein massiger, übergewichtiger Mann mit Sorgen, ja, gut, sie hatte ebenfalls Sorgen. Die beiden standen stumm da, in einem jener Augenblicke, in denen zwei Menschen eine Bilanz ihres beiderseitigen Verhältnisses ziehen, jeder aus seinem Blickwinkel, sie dachten darüber nach, was ihnen das gemeinsame Leben gebracht hatte und noch bringen sollte. Alfreds Herz schlug schneller beim Blick in die Vergangenheit und füllte sich mit Furcht vor dem Unbekannten, wenn er in die Zukunft schaute. Sally indes fragte sich, was wäre, wenn Alfred plötzlich stürbe. Nicht dass sie ihm den Tod wünschte, einfach nur: Was wäre wenn. Wie würde es sich anfühlen? Wäre es eine Befreiung oder eine Belastung? Oder Trauer, weil sie Alfred geliebt, am Ende aber keinen Platz mehr dafür gelassen hatte?

Dieser Gedanke verursachte ein plötzliches Gefühl der Zärtlichkeit. Sally dachte mit Schaudern an die letzte Möglichkeit. Sie sagte sich, Alfred ist doch eigentlich ein herzensguter Kerl, ich sollte meine Zeit für Besseres verwenden als dafür, dass ich darüber spekuliere, welche Gefühle ich haben werde, wenn etwas eintritt, das nach aller Wahrscheinlichkeit so rasch nicht eintreten wird. Ich sollte besser versuchen, mich als erwachsene Person in Erwachsenenmanier meinen Erwachsenenproblemen zu stellen.

Sally machte sich ans Kochen. Das Gefühl der Zärtlichkeit hatte sich wieder verflüchtigt, so unerwartet, wie es gekommen war. Es hatte nur drei Minuten gedauert oder nicht einmal, kurzlebig wie eine Kaktusblüte, wie ein Augenblick der Klarheit im Gehirn eines Wahnsinnigen.

Ihre Stimmung besserte sich ein wenig, als Emma nach Hause kam. Doch zu Sallys Enttäuschung ließ sich Emma nicht aushorchen, ob sie gerade einen Freund hatte und wilde sexuelle Erfahrungen machte. Statt vertrauensvoll Auskunft zu geben, verbreitete Emma blauen Dunst, es stünden drei Verehrer zur Auswahl, Details über dieses Triumvirat konnte ihre Gedankenwerkstatt auf die Schnelle aber nicht fabrizieren, deshalb blieb das Gespräch gleich wieder stecken. Und die schlauen Tipps, mit denen Sally gerne versucht hätte, ihre Tochter in eine realistischere Welt zu bugsieren, stießen auch auf wenig Neugier. Dabei hätte sich Sally im Augenblick gerade für besonders kompetent gehalten. Ich weiß mehr über diese Dinge als jedes Buch, in Büchern steht meistens das Falsche.

Entsprechend der hohen Meinung, die sie gerade von sich hatte, beendete Sally das Thema:

»Dann stolpere halt weiter ahnungslos herum.«

Beim Abendessen wurden fast nur Allgemeinplätze berührt. Es gab profanes Palaver über eine Einladung zu Alfreds Patentante nach Schenkenfelden, Cholesterinspiegel, Emmas neues Handy und die bevorstehende Nationalratswahl. Sally achtete darauf, nichts Persönliches zu berühren, nur ihre Blase auf der linken Fußsohle sprach sie an, Alfred meinte, an dieser Stelle müsse sie vorsichtig sein. Schwer zu sagen, was genau er damit meinte, Sally fragte nicht nach.

Dass der Haussegen schief hing, bemerkte Emma trotzdem. Plötzlich sprach sie es an in der für sie typischen, naiven und gleichzeitig frevlerischen Art. Sally musste lachen, halb über die Art, wie es kam, halb über die friedliche Zähigkeit von Emma, dem Familientier. Es war so viel Nettes an diesem Mädchen, Sally konnte ihr nicht böse sein.

Was unterdessen Alfred dachte, blieb unklar, er stellte sich tot, bis Emma ihm mit der Hand über den Kopf fuhr und einen längeren Blick von ihm erhielt, gutmütig, in Emmas kulleräugige Anhänglichkeit hinein. Sollte Geduld signalisieren, nahm Sally an, auch diese Phase stehen wir durch. Wenn man Sally fragte, sah es ganz so aus, als herrschte zwischen Vater und Tochter ein geheimes Einverständnis. Emma tätschelte aufmunternd Alfreds Kopf, dann entfernte sie sich vom Tisch. Für zehn Minuten zog sie murmelnd ihre Kreise im Parterre, ehe sie ihr neues Cello schulterte und zu einer Orchesterprobe ging. Auch Gustav tauchte während dieser Zeit auf. Er führte fünf Minuten Schmäh, schlang die Reste des Essens hinunter und trank zu Sallys Befremden Bier aus der Flasche. Zwischendurch verkündete er lapidar, dass er zum Fußballschauen ins Wirtshaus gehen werde.

»Haben wir keinen Fernseher zu Hause?« fragte Alfred. Er versuchte, Gustav zum Daheimbleiben zu bewegen. Als Hauptargument führte er an, dass Gustav in seinem letzten Schuljahr aus der Kurve fliegen werde, wenn er so weitermache. Aber in Wahrheit störte Alfred nur, dass er sich das Match ebenfalls anschauen wollte und dass er wenig Freude an dem Gedanken hatte, es alleine tun zu müssen.

Weil er das Manöver seines Vaters ebenso durchschaute wie Sally, zögerte Gustav. Unschlüssig zog er den Ärmel unter der Nase durch, er, dessen Verstand noch wuchs. In zwei Monaten wurde er achtzehn. Sally sah Bilder vor ihrem inneren Auge, Gustav, als er elf war, er sah noch so jung aus, ein kleiner Bub, vor allem neben den selbstbewussten, strahlenden Mädchen. Und trotzdem cool wie nur möglich, schon damals. Es schien lange her zu sein, obwohl es kaum sieben Jahre waren, im Sommer, als sie die Aulichs kennengelernt hatten. Und Gustavs Geburtstag vor achtzehn Jahren, ein wunderschöner, sonniger Tag. Sally rief in London an, Risa kam an den Apparat, so gegen elf Uhr am Vormittag. Sally berichtete die Neuigkeit, das war ein großer Moment. Später erzählte Risa, dass sie in ihrer kleinen Küche vor Glück getanzt habe. Bis heute war Sally erleichtert, dass die Geburt der Kinder immer mit Freude begrüßt worden war.

»Eine halbe Stunde nach dem Schlusspfiff bist du zu Hause«, sagte sie mit einem drohenden Unterton. »Na los, schwirr ab!«

Gustav grinste, fasste Sally mit beiden Armen unter dem Hintern und hob sie für einige Sekunden hoch. Sie lachte glücklich, ein wenig verlegen. Auf die Schultern ihres Sohnes gestützt, wendete sie sich an Alfred.

»Die zweite Halbzeit schaue ich mir ebenfalls an.«

Sie dachte, das ist immer noch besser als ein Film mit Bettszenen.

Die Aussicht auf einen Fernsehabend mit Sally stellte Alfred zufrieden. Er streckte dem Bildschirm die Pantoffeln entgegen, seinem lautstarken Fluchen war zu entnehmen, dass ihn das Match nicht langweilte. Er rief Dinge wie »Das ist schlimmer als ein Polizistenmord!« und verwendete Schimpfwörter und Ausdrücke körperlichen Gebrechens, die – fand zumindest Sally – im Moment eher auf ihn selber zutrafen als auf den Schiedsrichter. Aber gut, Sally wollte nicht ausgerechnet aus dem Mann Kleinholz machen, mit dem sie seit drei Jahrzehnten zusammenlebte, zumindest die Schimpfwörter ließ sie dem Schiedsrichter. All ihr Zorn war wieder verflogen.

Bevor sie nach oben ging, sah sie, dass Alfred Pfefferminztee trank und sich ein paarmal ans Bein und an sein Skrotum griff, das durchfurchte, vom Leben gezeichnete Gesicht blieb auf die Füße gerichtet, jeder hat seine Schwachstellen.

Die Schildkröten bekamen frisches Wasser, sie schwammen und strampelten und berührten mit ihren stumpfen, verhornten Nasen das Glas des Aquariums. Sally hielt ihr Gesicht vor das grünschimmernde Geviert, die vielen blitzenden Reflexe wirkten auf sie klar, selbstverständlich und gar nicht künstlich. Bei jedem Eintreten in ihr Zimmer fühlte sie sich vom Aquarium und seinen Bewohnern besänftigt, und obwohl sie wusste, dass es nur ein geklebter Apparat aus dem Geschäft war mit Wasser und einer Lampe darin und zwei kleinen dummen Tieren, die sie von einem Kollegen geschenkt bekommen hatte, der angeblich Schülerinnen begrabschte, haftete dieser kleinen Welt etwas Magisches an, etwas, das mehr Anteil an dem hatte, was man Schöpfung nennt, als alles andere in Sallys Besitz.

Auf dem schmalen Bett liegend, schickte sie eine SMS an Erik. Dann taxierte sie den Stapel neben dem Bett, der aus dreizehn Büchern bestand, die sie gerade *las*. Jedes stand in Verbindung mit einer bestimmten Stimmung, manche biographischen Inhalts, andere Literatur, andere

Politik, andere Kulturgeschichte, aber lauter Bücher, die sie gerne von einem Buchdeckel zum anderen durchgelesen hätte. Sally konnte sie reihen von 284 Seiten, die sie in einer Biographie über Marlen Haushofer bewältigt hatte, bis hinunter zu nur vier Seiten in Colin Wilsons angeblich exzellentem *A Criminal History of Mankind*. Sie hatte in letzter Zeit keine große Geduld mit Büchern und neigte dazu, hindurchzusehen. An diesem Abend? War vielleicht Almudena Grandes (24 Seiten) oder Samuel Beckett (140 Seiten) der richtige Wasserkühler für ihr Gehirn. *Murphy:*

Er konnte nicht beides zugleich haben, nicht einmal die Illusion davon.

Während der zweiten Halbzeit fand sie es irritierend, dass Alfred nicht wie sonst in seiner Ecke saß, sondern sich strategisch geschickt in die Mitte der Couch gesetzt hatte, so dass Sally dauernd Angst haben musste, er würde ihre Hand nehmen; was er schließlich tat. Er steuerte schon den ganzen Abend darauf zu, er war besonders nett und hatte seine Hände an ihr bei jeder sich bietenden Gelegenheit. Sie empfand seine Annäherungsversuche als verstörend und so – so – durchsichtig. Nur um etwas Erleichterung zu bekommen! Nicht sehr subtil. Und trotzdem spürte sie gegen Ende des Spiels, dass auch sie nicht abgeneigt war, sie ließ es sich durch den Kopf gehen, es kostete sie wenig Mühe, die Argumente so umzuorganisieren, dass sie schließlich zu dem passten, was Sally gerade wünschte und was sie noch vor zwei Stunden weit von sich gewiesen hätte. Auch ziemlich – durchsichtig. Alfred schaute sie in seiner triefäugigen, mondtrüben Art an, er sagte »So« in einem seiner traurigen Versuche, ein Gespräch anzufangen, wenn Sally nicht gesprächig war. Und schon wieder kam die Hand, Sally schob sie beiseite.

»Lass mich die Niederlage ansehen«, sagte sie. »Ich verspreche dir, dass ich nachher mit dir schlafe.«

Das Match ging verloren, zumindest aus Sicht der österreichischen Mannschaft. Alfred schien es diesmal nicht zu bekümmern, er sprach von Realitäten, denen man ins Auge blicken müsse. Ausgerechnet! Sally haute sich ab. Sowie Gustav nach Hause gekommen war, ging sie mit Alfred nach oben. Alfred zog sich aus, auch den Strumpf streifte er ab. Eine Weile stand er unschlüssig vor dem Bett, Sally, die sich ebenfalls auszog, betrachtete sein schief hängendes Geschlecht, das eigentlich ganz hübsch war, weil es auch in schlaffem Zustand ausschaute, als gehörte es einem Mann und nicht einem Kind. Sie krochen unter die frisch gewechselte Bettwäsche. Erfüllt von einer animalischen Zielstrebigkeit, schmiegte sich Sally an Alfreds Brust und stieß dabei tiefe, gurrende Kehllaute aus, die Alfred mitteilen sollten, dass er jetzt der einzig Auserwählte (oder Greifbare) war, mit dem sie Sex haben würde.

Und siehe da: Es war guter Sex. Sally war aufgeheizt von ihrer Affäre, körperlich bestätigt und selbstbewusst, gut drauf, mit einer Phantasie, die wie gemästet war von nackten Männern. Sicher nicht die schlechteste Ausgangssituation für eine eheliche Nummer, der Thrill, sehr geil, sie genoss es, sie schämte sich ein wenig, wie sehr sie es genoss.

Obwohl: Obwohl Alfred auch diesmal wieder – – wie sollte sie es ausdrücken – er war niemals grob oder auch nur unsensibel, aber doch – nicht sehr geschickt und auch nicht sonderlich – involviert – jedenfalls was Sally betraf. – Die gleiche Routine wie immer – seinerseits. – Und er besaß eine ungeschickte Art, sich zu bewegen – sein Rhythmus war für sie – zu schnell, sie bevorzugte es – langsamer, intensiver und gleichzeitig – – härter. – Hhm. – In gewisser Weise – hätte sie – gern gehabt, dass Alfred noch mehr Masse besaß – dass er mehr – Haare besaß, er hatte eine so weiche Haut, und er machte so – gequälte Gesichter – wie in Agonie. Was für ein Kampf! – Er war so entschlossen, zu seinem Ende zu kommen – und sie musste es ihm lassen – nachdem sie selber es schon gehabt hatte – wie so oft. – Und anschließend war er erschöpft und müde – richtig müde – ja, er wurde älter. – – Und sie glaubte wirklich, er hatte mehr Freude am Gedanken, mit ihr Sex zu haben – als am Sex selber – er quälte sich so sehr – richtig großartig war es meistens nicht – sie erkundeten das Terrain nur – oberflächlich. – Sally musste sich immer wieder die Tatsache vergegenwärtigen – dass sein Körper sie nicht wirklich anzog. – Sie hatte Sex mit ihm, wenn sie das Bedürfnis danach verspürte – wenn sie ihn wollte. – Und sie hatte Vertrauen zu ihm und war auf ihn – eingespielt – das macht es sicher, verfügbar, ohne schlechtes Gewissen und – okay – das Richtige für zu Hause – eine sichere Option – und vermutlich mehr, als die meisten hatten – in dieser Phase des Lebens – gar nicht so schlecht. – – Gleichzeitig war sie hungrig nach etwas – anderem – – nach diesem Phantasiezeug, das sie mit Erik zu verwirklichen versuchte. – Mit jemandem, den sie nicht wirklich brauchte – der umgekehrt auch sie nicht brauchte – der nicht von ihr abhing – der sie mochte für das, was sie war – und der sie – attraktiv genug fand, um mit ihr häufig zu – ficken. – – Was sie brauchte, war ein starker, selbstbewusster, erfahrener Liebhaber – nicht zimperlich – wie Alfred. – Sie wollte ein offenes, freies Gespräch – über alles, was passierte – oder möglich war. Alfred und Erik zuckten beide zurück – bellende Hunde und so weiter. – Jemanden nur für Sex und für Gespräche über Sex – das wär's. – Nur das, was einen verbindet – auf der Grundlage von – körperlicher Anziehung, Respekt – und Vertrauen. – – Sie würde es mögen, mit einem Mann zusammen zu sein, den sie richtig attraktiv fand – ein Zwischending aus Alfred und Erik – bei dem sie imstande wäre, jeden Teil des Körpers – zu lecken – den Schwanz zu küssen, die Füße zu küssen, nicht abgestoßen zu sein – vom Geruch, der Beschaffenheit – der Form. – Sie wollte dann wirklich sehen – lauter Phantasiezeug, natürlich, sie wusste es, lauter Phantasiezeug – wie dieser Mann richtig – geschafft wurde von dem, was sie mit ihm machte – und dass er es lautstark zu verstehen gab – wie Erik. – Alfred war immer so – still – so verschüchtert, wenn er seine Vorstellung gab. – Seine Zärtlichkeit und seine Konzentration – eigentlich, wenn man es nüchtern betrachtete – waren lächerlich. – – Wie auch die Art, mit der er, kaum auf die Seite gerollt, unter dem Kopfkissen seinen Pyjama hervorzog. – Ruhe wohl, dachte Sally. Irgendwann im Laufe der Nacht.

Sallys Traum:

Er hatte damit zu tun, dass die Straße, in der sie wohnten, neu gepflastert wurde, nachdem sie zerbombt worden war, und dass Alfred daneben stand und sich die Nase putzte. Später war es, als hätte Sally noch einen Buben bekommen, einen dunkelhaarigen Säugling mit Lehm auf den Lippen. Sie gab ihm die Brust.

Alfreds Traum:

Eine Horde Sioux stürmte unter Geheul vom Wilhelminenberg herunter, sie hatten es auf Alfred abgesehen und wollten ihm eine Glatze scheren und ihm die Glatze mit Butter einschmieren. Alfred lief sehr schnell und kam nur mit Mühe davon.

»Ich habe von Indianern geträumt«, sagte er.

»Hhm.«

Sie hatten geschlafen, jetzt waren sie wieder wach, schlafen, aufwachen, ausrecken, strecken, schütteln, barfuß Richtung Bad, gähnen, das Gesicht gezeichnet von den Gespenstern der Unvernunft. Im Bad der Geruch von Alfreds Rasierwasser, und unter die Dusche, Wasserorgien, um munter zu werden, das Reiben der Fingerknöchel in den Augenwinkeln, ahhh. Draußen noch dunkel, was für eine Zumutung. Aber die Tränensäcke sind nochmals deutlich weniger als gestern. Dann durch das stille Haus. Alfred krakelte in seinem Tagebuch. Sally machte Kaffee. Er holte sich eine Tasse, einige Sätze gewechselt, die erfreuliche Begegnung in der vergangenen Nacht. In einsilbiger Verschlafenheit. Sie sahen einander nicht mehr, bevor Sally mit Gustav das Haus verließ. Sonnenaufgang. Gustav rasselte auf seinem Skateboard davon. Allein trottete Sally zur Bushaltestelle, sie stand dort vor einem Plakat, das ein Madonna-Konzert bewarb. Madonna war jetzt auch schon fünfzig.

Die ließ sich angeblich scheiden. Zum zweiten Mal. *Like a Virgin.* Wofür stand das? Like a Virgin? Für das erste Mal. Wenn's noch weh tut.

Bei Sally wäre es das erste Mal.

Als Lehrerin führte man ein unauffälliges Leben. Die Schülerinnen und Schüler nahmen einen schon deshalb nicht ernst, weil man für jemand gehalten wurde, der es nicht geschafft hat. Diese leise und manchmal weniger leise Verächtlichkeit wurde den Schülern von der Gesellschaft vermittelt, allen voran den Eltern. Früher wurde man geachtet, wenn man den Kindern der Nachbarn etwas beibrachte, heute vernachlässigten die Eltern ihre Kinder und respektierten noch nicht einmal die Lehrer. Die Geringschätzung galt allen Lehrern, auch denen, die in ihrem Beruf Hervorragendes leisteten, Sally zum Beispiel, darüber waren sich ihre Kolleginnen und Kollegen einig. Wie es passieren konnte, dass ein so wichtiger Beruf zu dermaßen schlechtem Ansehen gelangt war, bereitete Sally Kopfschmerzen. Zumal für viele Kinder die Schule der einzige Ort war, an dem sie sich wohl fühlten. Zumal immer mehr Kinder in der Früh angestürmt kamen mit wild hinter sich her schleifenden Zügeln, die von den Lehrern nur unter halsbrecherischem Einsatz aufgegriffen werden konnten.

Wenn man Sally fragte, waren nicht die Lehrer schlechter geworden, die waren vermutlich wie seit eh und je, und auch nicht die Schülerinnen und Schüler, die waren nur der Kommentar zu einer schon bestehenden Schieflage, in der sie zu wenig Unterstützung und Verbindlichkeit erhielten. Schuld waren die Gesellschaft und die Eltern. Doch auch die Eltern bekamen in der Arbeit zu viel Druck, überall herrschte Druck, am Abend fehlte die Energie, und dann haperte es mit den Nerven für den Nachwuchs. Man schrie die Kinder an, statt mit ihnen zu reden. Auch mit den Lehrern wurde zu wenig geredet. Viele Eltern tauchten das ganze Jahr über nur ein einziges Mal auf, das machte ein Miteinander schwierig.

Oft war es allein Sache der Schule, auszubügeln, was anderswo verpfuscht wurde. Scheiterte die Schule, wurde mit den Fingern auf die Lehrer gezeigt, sie seien faul und unfähig. Da konnte Sally nur lachen. Obwohl sie keine volle Lehrverpflichtung hatte, spürte sie beinahe täglich jeden Knochen. Bei vielen älteren Kolleginnen und Kollegen, die es sich finanziell nicht leisten konnten, Teilzeit zu arbeiten, genügte ein Blick ins Gesicht: Das Zerstörungswerk von zwanzig Jahren Heroin oder Straßenstrich hätte keine schlimmeren Spuren hinterlassen können.

Dabei war das Gymnasium, an dem Sally unterrichtete, keine Problemschule. Sie gehörte zu den besten öffentlichen Schulen der Stadt. Und weil sich das Leistungsdenken überall durchsetzte, auch im Verhältnis der Schulen untereinander, profitierte Sally von einer gesellschaftlichen Tendenz, die sie eigentlich ablehnte. Ihre Schule konnte sich die Schülerinnen und Schüler aussuchen, nur solche mit lauter Einsern und deren Geschwisterkinder, am besten aus den katholischen Volksschulen, weil gut erzogen und angepasst. Das machte die Arbeit leichter. Schon eine komische Sache. Privat hatte Sally mit Angepasstheit nichts am Hut, trotzdem war sie froh um jedes Kind, das keine Überraschungen produzierte und stillsaß und zuhörte, wenn Erwachsene redeten. Je mehr Schüler imstande waren, ihren schwächeren Mitschülern zu helfen, desto besser funktionierte das System. Die akademischen Standards waren hoch, die Disziplin einigermaßen intakt, der Anteil an *verhaltenskreativen* Kindern überschaubar. Und anderswo entsprechend höher. Indirekt proportional. Gewisse Probleme wurden einfach ausgesperrt. Und in der Gesellschaft war es nicht anders. Alles, was Mühe machte, wurde nach Möglichkeit auf Distanz gehalten, die sollten besser unter sich bleiben und nicht anderswo die Abläufe stören. Eine Art Klassengesellschaft. Eine Art kollektiver Heuchelei. Ja. Gleiche Bildungschancen für alle? Ein schlechter Witz. Und Sally gehörte mit zum System, sie hatte ihre alten Werte einem natürlichen Überlebenstrieb geopfert, weil auch sie nur über begrenzte Kraft verfügte. Auch ohne schwierige Kinder war das Unterrichten anstrengend genug.

Der Vormittagsbetrieb tröpfelte dahin. Sally spürte, sie brachte die nötige physische Präsenz ins Klassenzimmer, die das Publikum in Schach hielt. Die Schülerinnen und Schüler hatten gute Laune, ohne lästig zu sein. Nur in der 3 C, Englischunterricht, kam es zu einer Auseinandersetzung mit einem Buben, der via Kopfhörer an ein technisches Gerät angeschlossen sein wollte, rund um die Uhr. Er hörte nicht auf mit seinem spitzfindigen Geschwafel eines Akademikersohnes, bis ihn Sally – wenn er schon reden wollte – zu einem Kurzreferat über seine Lieblingsband verdonnerte.

Nach der Stunde in der 7 A musste Sally ihre Pause opfern, weil eine Schülerin das Bedürfnis hatte, von Problemen zu Hause zu berichten. Das Mädchen musste verarztet werden. Sozialarbeit. Gleichzeitig war das natürlich eins vom Schönen an Sallys Beruf, sie mochte den Kontakt zu den Kindern, die so anders waren als sie selbst.

Die große Pause verbrachte sie im Lehrerzimmer. Sie versuchte, einen Fall zu klären, der sich vor zwei Tagen zugetragen hatte. Es ging um einen Buben aus ihrer Klasse, den eine Physiklehrerin während des Unterrichts in den Physiksaal geschickt hatte, dort stehe ein Alukoffer, den solle er bringen. Nach einer zu langen Zeit kam der Schüler unverrichteter Dinge zurück, der Koffer stehe nicht am angegebenen Platz. Die Physiklehrerin glaubte ihm nicht, musste den Versuch aber wegen Zeitmangels abbrechen. Später stellte sich heraus, dass der Schüler sich nicht getraut hatte zu klopfen, aus Angst, die Klasse, die im Physiksaal Unterricht hatte, würde ihn auslachen. Die Physiklehrerin hatte für diese Erklärung kein Verständnis, obwohl das Verhalten des Buben etwas war, was bei den Kleinen vorkommen konnte. Der Bub hatte sich für den Job ja nicht freiwillig gemeldet, er war bestimmt worden. Jetzt musste Sally im Gespräch einerseits der Kollegin recht geben, die nicht weniger Bestätigung brauchte als die Schüler, natürlich, der Bub hatte sich als unzuverlässig erwiesen und gelogen, andererseits in kleinen Schritten (sehr vorsichtig) um Verständnis für den Schüler werben.

So ging's dahin, zig Interaktionen, eine hinter der anderen, Schülerinnen und Schüler, die ständig Fragen und Probleme hatten, Kolleginnen und Kollegen, die ständig Fragen und Probleme hatten, eine Direktorin, die sich ihr an die Fersen heftete. Ständig stellte jemand Fragen, ständig hatte jemand Probleme. Ständig redete etwas.

Von der großen Pause blieben fünf Minuten. Sally ging zur Sekretärin, sie brauchte ein Buch aus dem Schreibtisch von Pomossel, er hatte es ihr zum Ende der Ferien versprochen, als er wieder Lebendfutter für die Schildkröten gebracht hatte. Das Buch beschrieb den Wandel des Heldenbegriffs im Lauf der Zeit.

In wenigen Tagen begann am Landesgericht die Verhandlung gegen Pomossel, vorerst war er weiterhin vom Unterricht suspendiert. Die Sorgen, die Sally hatte, waren genaugenommen nichts verglichen mit den Schwierigkeiten, in denen Pomossel steckte. Er konnte seinen Job und seinen Ruf verlieren, er konnte sich seine bescheidene Karriere versauen, und im widrigsten Fall landete er im Gefängnis. Sally kannte keine Details über den Stand der Ermittlungen, entweder es tat sich nichts oder man sagte ihr nichts. Aber sie wusste, wie hart es war, dass hier eine Umkehrung des üblichen Grundsatzes im Rechtssystem stattfand, dass für jeden die Unschuldsvermutung gilt, bis das Gegenteil erwiesen ist. Sie hatte mit Pomossel zwei kurze Gespräche geführt, seine Version klang einleuchtend und bei aller Ungeschicklichkeit nicht dramatisch. Sally hatte keinen Grund, ihm weniger zu glauben als der Schülerin, die die Beschuldigungen erhoben hatte. Sally kannte Pomossel seit Jahren, wenn auch bestimmt nicht gut genug, um sagen zu können, wie er tickte. Aber die Geschichte wollte nicht zu ihm passen, sein Fischblut und sein trockener Humor sprachen dagegen. Zumindest war das die Version, die sie sich wünschte, in Pomossels Interesse.

An einer Laugensemmel kauend, ging sie zu seinem Kabinett, mit den Schlüsseln von der Sekretärin sperrte sie auf und suchte nach dem Buch. Bevor es gefunden war, musste sie durch Unmengen an Papier hindurch, es war wie archäologisches Graben. Da gab es akribische Berichte über die Leistungen von Pomossels Schülern, alte Klassenfotos, jedes mit Pomossels traurigem Pokerface in der letzten Reihe, immer am extremen linken Rand des Bildes. Aber am eindrücklichsten war ein Buch über Träume. Damit hatte es eigentlich nichts Besonderes auf sich, außer dass jemand die reine ROLLE, die er bis dahin inne gehabt hatte, auf einen Schlag verlor. Das Buch offenbarte etwas, was Sally Pomossel ebenfalls nicht zugetraut hatte – vom Mathematiker, EDV-Spezialisten und Schildkrötenzüchter, der wie Stan Laurel aussah, zu einer Person mit einer feinen individuellen Note, mit eigenen Gedanken und eigenen Versuchen, die Zusammenhänge in der Welt zu verstehen. Rätsel über Rätsel, schon wieder. Hannah Arendt: Verstehen beginnt mit der Geburt und endet mit dem Tod.

Wenn sie ehrlich war, gelang es Sally oft nicht einmal bei sich selber, vorherzusehen, wie sie auf etwas reagierte. Entsprechend bog sie den Rest des Vormittags hin mit einem Gefühl des Staunens, dass auch die dampfende Ansammlung aus fünfundzwanzigmal Fleisch, Geist, Seele und Einmaligkeit, zu der sie mit eingestemmten Armen redete, allenfalls halb zu kennen war und deshalb gar nicht. Die Kinder umgekehrt konnten erst recht nicht wissen, wer Sally war, wer sie selber waren, wer ihre Banknachbarn waren. Und deshalb verdienten sie Sallys Nachsicht, wie jeder andere auch.

Die leichte Möglichkeit, jederzeit Kontakt aufnehmen zu können, bringt eine sehr viel schrecklichere Zerrüttung in die Welt, als die schlimmsten Pessimisten vermutet haben. Es entsteht eine selbstsüchtige und unersättliche Freiheit wie die von Kindern, die wissen, dass niemand je erfahren wird, was am Nachmittag hinter der Hecke passiert ist.

Sofort nach der letzten Stunde rief Sally Erik an, er sagte, er würde sie gerne zum Mittagessen treffen.

»Ich bin dabei«, sagte sie.

Er kam zum ersten Mal zu spät, er habe sich mit einem Ministerialbeamten festgeredet. Dann diskutierten sie die großen Fragezeichen: Die Zukunft. Wie es enden würde. Wie es enden musste. Wie viele Schmerzen jeder bereit war zu riskieren.

Sally suchte in Eriks Gesicht nach Antworten, fand jedoch nur die eigene Unsicherheit gespiegelt, sie dachte: Ohne Träume ist alles so zeitlich. Sie hatte nicht die Illusion, dass sie und Erik durchbrennen und ihre Familien verlassen oder ihre Familien zusammenlegen würden. Diese Optionen standen kühl wie aus Glas außerhalb jeglicher Reichweite.

Erik ging zurück ins Ministerium für ein Treffen mit EU-Beamten, die in der Stadt waren wegen eines Ost-West-Dings. Sally fuhr nach Hause, sie kam gerade rechtzeitig, um dort Nadja in Empfang zu nehmen, Fanni im Schlepptau. Die beiden schäumten vor Energie, sie fragten, ob Sally mit ihnen spazieren gehen wolle. Sally behauptete, sie habe bis jetzt unterrichtet und sei noch nicht wieder ansprechbar. Außerdem habe sie noch Papierkram zu erledigen. Eine Lüge.

»Zum Abendessen?« fragte Nadja.

Sally fielen keine guten Gründe ein, mit denen sie auch dieses Angebot ablehnen konnte.

»Warum nicht?« sagte sie halbherzig. »Ja, gerne. Kommt Erik auch?«

»Bestimmt«, sagte Nadja. Ihre Augen hellten sich auf, sie drehte sich zu Fanni. »Weißt du, dein Vater und Frau Fink haben eine Affäre.«

Nadja lachte schallend. Verrückt – huh! Was für eine treffsichere Bemerkung. Unter ihrer kontrollierten Oberfläche war Sally starr vor Entsetzen, sie spürte den Schweiß in den Achseln, gleichzeitig hatte sie keine Ahnung, was sich Nadja bei solchen Vorstößen dachte. Schlechter Laune schien Nadja jedenfalls nicht. Ihr Gesichtsausdruck, als das Lachen wieder verebbt war, wirkte normal bis behaglich.

»Ich freu mich auf heute Abend«, sagte sie und zog mit Fanni hinter sich wieder ab.

Ganz belämmert ging Sally nach oben. Sie starrte für eine Weile gegen das Aquarium, und je mehr sie darüber nachdachte, desto sicherer wurde sie, dass Nadja misstrauisch sein musste. Nadja hatte Erik und Sally oft aufgezogen, wenn sie vor ihrer Nase harmlos flirteten, Sally hatte immer gedacht, dahinter stecke reine Biesterei. Dann war da noch Nadjas Gewohnheit, Sally mit Berichten von den vielen Geschenken zu überhäufen, die sie von Erik bekam, und dass Erik kein Make-up möge (das Sally immer trug), und dass er nichts auf gelockte Haare gebe, und dass sie, Nadja, noch immer die gleiche Figur habe wie vor der Geburt der Kinder. Und ähnlicher Scheiß. Das richtete sich immer gegen Sally. Nadja war zweifellos seit längerer Zeit eifersüchtig, und sie hatte jede Menge Grund dazu. Was dabei schleierhaft blieb, war, warum Nadja ihren Mann so oft mit Sally zusammenbrachte, ihre faktische Komplizenschaft bei dem Ganzen war mysteriös. Sie fuhr Sally und Erik zu gemeinsamen Abendessen, sie fuhr die beiden in die Oper. Nadja machte den Chauffeur. Und Alfred mixte die Getränke.

Sally rief nochmals Erik an, zum Glück konnte er reden. Sie berichtete, was vorgefallen war. Er lachte und versicherte, Nadja habe keinen blassen Schimmer, sie provoziere nur, das sei ihre Art, anderen ihre Zuneigung zu zeigen. Sally konnte nicht aufhören, sie hatte dieses überwältigende Gefühl von Furcht: Furcht vor Nadja, vor den Folgen oder davor, dass alles falsch war. Sie hatte das Gefühl, sie mische sich zu sehr in Eriks Leben ein, und dass sie Erik nicht anbinden dürfe mit Ernsthaftigkeit und Verantwortung, dann würden sie nur beide noch mehr gefangen. Und es gab keinen Weg, herauszufinden, was jetzt das Richtige war, man konnte noch ein Weilchen zwischen den Möglichkeiten lavieren und dann das eine oder andere tun. Aber nicht beides. Man konnte nicht vergleichen. Man hatte nur die Gewissheit, dass etwas geschehen musste. Das sagte sie. Und Erik redete auf sie ein, er besänftigte ihre Nachmittagsverzweiflung, es war das erste Mal, dass Sally in seiner Gegenwart den Kopf verlor.

»Nadja mag dich«, sagte er freundlich. »Sie findet, du bist klüger als sie und sinnlicher, und deshalb setzt sie alles daran, wenigstens nicht langweilig zu sein.«

»In dem Spiel ist sie mir weit voraus.«

»Es ist ein Kinderspiel. Deins ist ein Erwachsenenspiel.«

»Ich fühle mich nicht sehr erwachsen«, gab Sally zur Antwort. »Egal, was mir an Kindern auf den Wecker fällt, ich habe es selber eimerweise.«

»Ist zu Hause alles in Ordnung?« fragte er.

»Das Familienschiff schwimmt noch, überraschenderweise. Aber Emma macht mir schon Vorwürfe, weil ich am Abend so oft weg bin.«

»Hättest du gern, dass wir uns weniger sehen?«

Sie versuchte die Situation zu durchdenken, doch ohne auf mehr zu stoßen als die Erkenntnis, dass eingetreten war, was nicht hätte eintreten dürfen. Abseits von Zuneigung und Freude: Bei der Verliebtheit kam so viel an Auszehrung dazu.

»Nein, auf keinen Fall«, sagte sie. »Nicht weniger!«

»Was also?«

»Dass wir uns nicht erwischen lassen«, sagte sie.

»Davon gehe ich aus.«

»Und wenn doch?« fragte sie.

Die Leitung blieb eine Weile stumm.

»Ein bisschen Ärger und saure Gesichter.«

»Nichts weiter?«

»Nichts weiter«, sagte er.

»Weiß Gott, ich wünschte, du hast recht.«

»Selbst wenn alles schieflaufen würde, was sollte passieren?« fragte er mit gleichbleibender Stimme. Sally sah ihrem Schildkrötenmännchen dabei zu, wie es unter die Wärmelampe krabbelte. Sie dachte nach, vermutlich hatte Erik recht.

»Das heißt, ich muss nicht Arsen nehmen oder mich vor den Zug werfen?«

»Du? Nein!«

»Bist du sicher?« fragte sie zärtlich.

»Das war in deinem früheren Leben.«

»So ganz ungeschoren?«

»Vermutlich würdest du eine Freundin verlieren.«

»Immerhin.«

Er lachte.

»Ich hoffe, du hast nicht nur die eine.«

Dann hörte er sie seufzen. Die Leitung machte etwas mit ihrer Stimme. Oder Sally redete jetzt leiser oder nicht ins Gerät.

»Ich hänge an dir selbstverständlich mehr als an ihr.«

»So soll es sein.«

Der Tonfall, mit dem er das gesagt hatte, weckte eine traurige Erregung in ihr, plötzlich erschien ihr wieder manches machbar, wenn auch unsicher, was die Einzelheiten anging.

»Ich vermisse dich jetzt sehr«, sagte sie leise. »Es kommt wohl immer in Wellen.«

Sie wartete, und da sie schon beim Mittagessen erwähnt hatte, dass Alfred am Abend an einer Sitzung im Museum teilnahm und deshalb seinem haushüterischen Hobby erst wieder in der Nacht nachgehen konnte, versprach Erik, er schaue, was sich machen lasse, er komme vor dem Abendessen vorbei. Das geschah gegen halb sieben. Keines der Kinder war in der Nähe und keines wurde erwartet, also schliefen sie miteinander, heftig und schnell, ohne Befangenheit, das half Sally wieder auf die Beine. Sie erneuerte ihr Make-up. Dann eilten sie zum Auto, Erik am Steuer, Sally ließ den Gurt einschnappen, sie versicherte sich, dass der Gurt saß, dann quietschten auch schon die Reifen. Die Zeit, die gemessen und eingeteilt werden muss, war knapp kalkuliert in diesem Segment.

»Du hast gerade ein Stoppschild überfahren«, sagte sie lakonisch.

»Die Stelle war übersichtlich«, sagte er.

Pünktlich um halb acht standen sie vor dem Gerngross. Weil nicht vorgesehen war, dass Sally und Erik einander schon getroffen hatten, ging Erik voraus auf die Dachterrasse, um einen Tisch zu besetzen. Sally platzierte sich im Eingangsbereich und wartete auf Nadja. Sie kam nach wenigen Minuten. Sie fuhren mit dem Lift nach oben und begrüßten Erik. Unmittelbar danach begriff Sally, dass sie bei der Begrüßung zu gelassen gewesen war, zu *cool*, wenn man bedachte, dass sie und Erik einander offiziell länger nicht gesehen hatten. Es war linkisch bis zum Extrem! Glücklicherweise schien Nadja mit ihren Gedanken woanders.

Während des Essens taute Nadja auf, plötzlich quasselte sie wie ein junges Mädchen, es war, als habe es die Bemerkung vom Nachmittag nicht gegeben. Erik, der nur ein laues Interesse für die Unterhaltung aufbrachte, starrte zum Fenster hinaus auf die Türme der Barnabitenkirche und dahinter auf den Flakturm im Esterházypark. Der Symbolgehalt der Szene war Sally durchaus bewusst. Ziemlich bizarr.

Wie es ihr gelingen konnte, mit Nadja völlig zwanglos

zu tratschen mit der Feuchte zwischen den Beinen, während Erik gelangweilt zum Fenster hinausstarrte, war unbegreiflich. Zu einer anderen Gelegenheit hatte sich Erik in bemerkenswerter Gefasstheit mit einem ahnungslosen Alfred unterhalten, Sally gleich daneben. Als sie Erik an einem anderen Tag darauf angesprochen hatte, hatte er geantwortet, dass Alfred sein Freund sei, aber das stehe definitiv auf einem anderen Blatt als seine Beziehung zu Sally. Abgesehen von der Erregung, die er in Sallys Gegenwart verspüre, fühle er sich Alfred gegenüber entspannt.

Vielleicht war es etwas Ähnliches, wenn Sally mit Nadja die Köpfe zusammensteckte. Die alte Freundschaft ließ manches Neue vergessen. Wenn auch bestimmt nicht alles.

Denn die Situation war in einem Maße ehebrecherisch, es ging nicht, dass sie mit blinder Sorglosigkeit darüber hinwegsahen, wie alles immer weiter hochkochte. Und gleichzeitig sank das moralische Niveau immer mehr. Zu viel von sich selbst setzte jeder ein, und wenn's für die Ehepartner kein Rücksichtnehmen mehr gab, gab es dasselbe bald auch für die Geliebten nicht mehr. Die Schuldgefühle mussten irgendwohin, man konnte sie nicht ewig vor die Tür kehren, sie türmten sich dort auf und waren als Hintergrund nicht mehr zu übersehen. Etwaige Unschuldsgefühle ließen sich weit weniger leicht horten. Sally hatte es an der Änderung ihrer Gefühle Alfred gegenüber festgestellt: Früher oder später brach der Kampf offen aus.

Während dies alles in ihren Gedanken vorbeiglitt, mal sanft, mal kantig, wie eine Gruppe Eisläufer in bodenlangen, offenen Mänteln, betrachtete sie Erik. Er stützte sein Kinn mit beiden Händen, Sally glaubte zu bemerken, dass sein Blick ruhig und gefasst draußen über der Stadt stand, sehr selbstbewusst, ganz so, als hielte er das Bild, das sich bot, mit seinem Blick fest, nicht umgekehrt. Und drunten in der Mariahilfer Straße all die brodelnden Begierden und die ungenutzten Möglichkeiten und das graue, laute Leben, das gelebt werden wollte mit einem Mindestmaß an Integrität. Ein Flugzeug blinkte am Himmel.

Nadja brachte das Gespräch auf Alfred. Sie erkundigte sich nach seinem Befinden und ob es ihn weiterhin wie an Stricken zu Hause halte.

»Da machen sich seine katholischen Wurzeln bemerkbar«, sagte Sally spöttisch.

Es war eine Anspielung auf Nadjas eigene Verwicklung in religiöse Emotionskomplexe.

Tatsächlich horchte Nadja auf. Einige Haarzungen leckten über ihr großflächiges Gesicht, als sie den Kopf herumwarf.

»Ein Gefühl der Sicherheit ist wichtig«, sagte sie ernst. »Sonst ist man verloren. Das muss Alfred zurückgewinnen.«

»Seit dem Besuch sind drei Monate vergangen«, antwortete Sally genervt. »Trotzdem würde er sich noch immer am liebsten unter Polizeischutz stellen lassen. Am Einbruch allein kann das nicht liegen. Es gibt da schon auch eine *Neigung.*« Kurzes Zögern. »Er bekommt noch den Nobelpreis für Stubenhockerei. Als wir uns kennengelernt haben, war das anders, ich meine, das exzessive Herumhängen hat es schon damals gegeben, aber ich habe es für ein politisches Statement gehalten, weißt du, wegen dem Kerzenlicht und der Wasserpfeife.«

»Und dem Sex«, warf Erik ein. »Der ist ebenfalls zu einem politischen Akt hochstilisiert worden. Ein paar Schlaumeier haben sich davon Vorteile bei der Partnersuche versprochen.«

Nach dieser nicht ganz von der Hand zu weisenden Bemerkung versank Erik wieder in sein Grübeln.

»Die Wasserpfeife verwenden jetzt die Kinder«, sagte Sally. »Alfred sitzt vor der Glotze.«

»Besser ein kleiner Italiener als ein fliegender Holländer«, sagte Nadja ohne besondere Betonung. »Erik ist praktisch nie zu Hause. Oder nur zu den seltsamsten Tageszeiten.«

Der Angesprochene schwieg und schaute drein, als zähle er mit den Händen die Pulsschläge an den Schläfen. Das sagte sein Gesicht. Und sein Gehirn? Kein Kommentar. Sally zwirbelte ihren rechten Ohrmuschelrand, sie sah unruhig von Erik zu Nadja. Sie dachte: Wenn schon, dann lieber ein Gespräch über Alfred.

»Wir können tauschen«, verkündete sie. »Willst du ihn? Mit Alfred bist du gestraft. Ständig zu Hause sitzen und über den Zustand der Welt jammern, das ist spießig. Und langweilig. Und es behindert meine Lust am Leben.«

Sie hörte ein kurzes Stöhnen. War ich das, die gestöhnt hat? Mit rechtsgeneigtem Kopf lächelte sie verlegen. Nadja lächelte komplizierter. Sie sagte:

»Ich glaube, Alfred ist nur nicht ultramännlich genug, um Tiefschläge wie den Einbruch wegzustecken, als wären sie natürliche Vorgänge.«

»Aber männlich genug«, sagte Sally entschlossen, »um

sich in Verhaltensweisen zu verrennen, die ihm und anderen nur Nachteile bringen.«

»Bestimmt kämpft er sich wieder heraus.«

»Alfred?«

Einen Augenblick lang waren Nadjas Augen größer, blauer. Ihre Haut schien kühl wie Porzellan. Sie nickte zur Bekräftigung.

»Aber das will er doch gar nicht!« rief Sally aus. »Er hat sich ein ganzes Museum von Symptomen zugelegt und sich darin häuslich eingerichtet. Den Thrombosestrumpf trägt er jetzt täglich, er sagt, der Strumpf sei angenehm. Das ist doch nicht normal!«

Diesem Argument gelang, was zuvor weder dem Hinweis auf Alfreds schlummernden Katholizismus noch der Erwähnung der ideologischen Mysterien von Sallys Jugend gelungen war. Es lenkte ab auf ein Thema von weniger Relevanz und Intimität. Gestik und Mimik von Nadja trugen jetzt den Stempel der Belustigung.

»Ich selber habe wegen der Gefahr von Krampfadern mit dem Ballett aufgehört«, sagte sie. »Ballett ist gut für die Figur, aber man muss es am eigenen Leib erleben, das ist der Nachteil. Die Aussicht auf ein Sportherz, das haben die Ballettleute alle, die werden meistens nicht alt. Ich verzichte drauf! Und Krampfadern! Nein danke. Ich habe zu mir gesagt: Herzchen, in deinem Alter kann man leicht welche heraufbeschwören, wenn man dazu neigt, man weiß es ja vorher nicht. Aber wenn man dazu neigt, kann man sich die Krampfadern praktisch über Nacht mit Ballett herausarbeiten. Also habe ich es aufgegeben, ich verderbe mir nicht mutwillig meine schönen Beine. Ich hab sie mir jeden Tag gut angeschaut – und bei den ersten Äderchen: Ich hab den Unterricht sofort gekündigt! Mit Spitze habe ich es nur ein- oder zweimal probiert, das hat mir Wadenkrämpfe eingebracht. Jetzt konzentriere ich mich auf rhythmische Übungen für Bauch und Hüften. Ich hüte mich vor vieler Beinarbeit.«

Es folgte ein helles, leichtes Lachen.

»Alfred tut gut daran, sich ebenfalls zu hüten, schließlich, ich meine, er hat die Krampfadern ja schon.«

Nach diesen Worten musterte Nadja Sally, um zu sehen, ob die Parteinahme für Alfreds Stützstrumpf übelgenommen wurde. Im Stillen verfluchte Sally das Gefasel, kommentierte es aber nicht, nur, dass es so wichtig auch wieder nicht sei. Dann machte sich Schweigen breit. Eine Zeitlang saßen sie so da, bis abermals das Thema gewechselt wurde. Jeder hatte seine eigenen Gedanken für den internen Gebrauch, und nur ein Bruchteil davon wurde preisgegeben in einer verdaulich gemachten Version.

Nach dem Essen spazierten sie durch das Museumsquartier, drei Menschen in einer herbstlichen Stadtnacht, und wann immer sich die Gelegenheit bot, legte Erik seine Hand an Sallys Arsch. Nadja war ähnlich blind wie Alfred, so unglaublich! Andererseits, sie hatte am Hinterkopf halt auch keine Augen.

Sally redete lockerer, als ihr zumute war, sie hatte Angst, dass etwas vom verwirrenden Eindruck der Situation an ihrer Stimme haftete. Ihre Gedanken verschwammen immer mehr und rannten am Ende nur mehr hysterisch rauf und runter, immer die bittere und öde Linie entlang: *Was mache ich da?!* Sie konnte schwer glauben, was gerade passierte. Sie musste sich extrem zusammenreißen, sie war auf nervöse Art dankbar für die Dunkelheit (wie eine beutebeladene Diebin), und gleichzeitig – wie traurig – sah sie voraus, dass es nicht lange so weitergehen konnte. In absehbarer Zeit würden alle glücklicher sein ohne dieses Durcheinander.

Da auch Erik immer stiller wurde, schlug Sally vor, nach Hause zu gehen, sie müsse früh raus, die Schule. Niemand machte einen Einwand. Erik und Nadja begleiteten Sally zur U-Bahn, da war es kurz vor halb elf. Nadja forderte Erik auf, Sally zu küssen. Er sagte, er küsse keine anderen Frauen in Gegenwart seiner eigenen. Aber Nadja bestand darauf, also praktizierten sie den Standard-Backenschmatz, mit einer gewissen Ironie, ein bisschen selbstironisch, Sally gefiel die Art, wie Erik das machte. Und gute Nacht.

Sally setzte sich auf eine Bank, sie atmete tief durch und ließ zwei U-Bahn-Züge vorbeifahren, ohne die geringsten Anstalten zu machen mitzufahren. Sie dachte, bestimmt hat Erik jetzt auch mit Nadja Sex. – Wer könnte es ihm verübeln? – Ich nicht – allenfalls Nadja!

Besänftigt von dieser Logik erhob sich Sally, sie trat zu dem jetzt einfahrenden Zug und fuhr dorthin, wo sie erwartet wurde.

8

Das Anbiedern bei den Kindern war mehr als auffällig. Alfred ging sogar Emmas Unterwäsche umtauschen, die sie zu klein gekauft hatte, er ließ sich wirklich schikanieren. Die kleinen Dienstleistungen, die er im Gegenzug empfing, waren teuer erkauft. Vorhin hatte ihm Emma die Milch warm gemacht und ihm im Kännchen hingestellt. Sie legte es auf neue Jeans an, früh übt sich. Und Alfred hatte Gefallen daran, warum selber aktiv werden, wenn man Macht besitzt und sich bedienen lassen kann.

Später lag Alfred allein im Wohnzimmer, Emma föhnte im Bad ihre Haare. Sally räumte in der Küche auf, dabei beobachtete sie, wie Alfred gut zehn Minuten lang mit seinem Schwanz spielte. Er hatte die Hand manchmal in der Hose, meistens draußen, und es war eindeutig, dass er an sich herumwurstelte. Sally hatte so etwas noch nie bei ihm gesehen, obwohl sie schon manchmal gemeint hatte, es sich einzubilden. Also vielleicht doch richtig gesehen. Aber nicht am frühen Abend im Wohnzimmer! Höchst sonderbar. Sie überlegte, ob sie etwas sagen sollte, ließ es dann aber bleiben. Letztlich tat sie es ja selber oft, und die Kinder zweifellos auch.

Alfred ließ von sich ab, als ein Anruf aus dem Museum kam. Er ging mit dem Telefon hinaus auf die Terrasse, gut zu wissen, dass es auch in seinem Leben wieder Dinge gab, die nicht für jedermanns Ohren bestimmt waren. Sally war froh um alles, was sie nicht zu hören bekam. Und weil es grad passte, probierte sie Erik zu erreichen. Seit einer Woche hatte sie ihn nicht mehr gesehen, telefonische Kontaktversuche schlugen seit Tagen fehl, auch diesmal landete sie in der Mailbox. Der hat neuerdings wohl Besseres zu tun.

Um herauszufinden, wo er umging, telefonierte sie mit Nadja. Neben den üblichen Alltagsdingen, die sie besprachen, skizzierte Sally die Situation in ihrer Ehe, sie hoffte, ihre Bekenntnisse würden ansteckend wirken, aber Nadja biss nicht an. Am Ende musste Sally den direkten Weg nehmen, sie berichtete, dass sie Erik vergeblich zu erreichen versucht habe, weil sie mit ihm über Alfred reden wolle; worin sogar ein Körnchen Wahrheit steckte.

»Sei so gut und richte Erik aus, er soll mich anrufen«, bat sie.

»Ich werde es ihm sagen.«

»Wo treibt er sich eigentlich herum?«

»Keine Ahnung«, antwortete Nadja gelangweilt. »Aber es wird sich bestimmt eine Gelegenheit finden, dass ich's ihm ausrichte.«

»Danke, du bist ein Schatz.«

»Ja dann, ciao«, sagte Nadja.

Alles, was Sally tun konnte, war schmoren – und das tat sie auch. Entsprechend schwer fiel es ihr, ihre Unruhe unter Kontrolle zu halten, als Alfred in die Küche kam. Er fragte höflich, ob er störe. Sally sagte, das tue er nicht. Sie redeten über Gustav und über Gustavs schulische Leistungen. Sally war friedlich und hielt den Smalltalk eine Weile in Gang. Es ergaben sich keinerlei neue Erkenntnisse. Nachdem auch das Thema Alice auf Jobsuche abgehandelt worden war, meinte Alfred in Anlehnung an sein gerade geführtes Telefonat, Trippolt aus der Afrika-Abteilung werde immer mehr wie sein Vater. Sally erwiderte, Alice und sie hätten unlängst dieselbe Feststellung gemacht, aber in Bezug auf ihn, Alfred, er werde seinem seligen Vater auch immer ähnlicher.

»Meinem Vater?« fragte Alfred überrascht.

»Ja, natürlich«, stichelte Sally, »deinem Vater, wem sonst?«

»Ja, ja«, brummte Alfred und verzog sich in sein Arbeitszimmer, frischer Stoff zum Tagebuchschreiben – während Rom brennt, dachte Sally. Aber keine fünf Minuten später hörte sie, dass die Haustür klangvoll zuging. Offenbar wagte sich Alfred in die Welt hinaus.

Die Welt, die war tatsächlich so eine Sache. Hinter der Wohnzimmertür betete eine sonore Männerstimme die Nachrichten herunter. Unter anderem wurde berichtet, dass ein siebzehnjähriges Mädchen von seinem Vater monatelang eingesperrt worden war, weil er in ihrer Handtasche Kondome gefunden hatte.

Vor dem Hintergrund ihrer eigenen sexuellen Freimaurerei ging Sally dieses Mädchen lange nicht aus dem Kopf. Noch am nächsten Vormittag war sie im Unterricht minutenlang wie in Trance, so dass die Antworten der Schülerinnen und Schüler als Phantasiegeplapper bei ihr ankamen. Was für eine Pest grassierte in manchen Köpfen! Und ihr eigenes Leben blieb davon unberührt. Es durfte chaotisch verlaufen, es war biegsam, in vielen Aspekten revidierbar, und niemandem stand es zu, darüber Gericht zu halten. Sich aufspielende Männer gab es überall, aber hierzulande waren sie in den vergangenen Jahrzehnten besser geworden, nicht alle, aber viele. Ein wenig jedenfalls. Eine Plage waren sie trotzdem. Das dachte Sally. Männer sind eine ziemliche Plage.

In der Schule verhielt es sich allerdings so, dass die Buben in Summe fast den besseren Eindruck machten: aufgestellter, moderner, stärker damit beschäftigt, darüber nachzudenken, wie sie es richtig machen konnten. Natürlich gab es auch unter den Mädchen solche, die überlegten, wohin es ging, aber diese Mädchen bildeten die Ausnahme. Die Mehrzahl von ihnen war sorglos und glaubte es schon richtig zu machen, gleichzeitig saßen sie in ihren Bänken wie die versammelten Weltwunder professioneller Weiblichkeit. Selbst zwischen der Generation von Sallys Töchtern und der ihrer jetzigen Schülerinnen schien es einen nochmaligen kulturellen Bruch zu geben. Was von der Wirtschaft vorgelebt wurde, ahmten sie unreflektiert nach – die komplette Sexualisierung der Oberfläche. Unterstützt von Chemie- und Textilindustrie, trieben sie mit ihren natürlichen Reizen ein Unwesen, das wahrhaft imposant war, mit nicht zu verachtenden Neben- und Sogwirkungen auf die Mädchen der unteren Jahrgänge. Dort kippten die nacheifernden Versuche endgültig ins Vulgäre, weil es dem Junggemüse an Augenmaß fehlte.

Die Buben waren Sally fremd, aber sie gefielen ihr. Egal, ob gut oder schlecht erzogen, sie konnten realistisch und charmant sein. Sally hatte keine Ahnung, wo sie das lernten. Die meisten von ihnen hatten eine gute Haltung, wenn man auch nie recht wusste, was sich hinter der elaborierten Fassade tat. Die allermeisten Buben gaben sich nicht preis – was wenig verwunderlich war, wenn man bedachte, dass es zunehmend schwierig wurde, in dieser Gesellschaft männlich zu sein.

Noch vor fünfzig Jahren waren die männlichen Tugenden die angesehenen Tugenden gewesen. Jetzt wurde den weiblichen Tugenden der Vorzug eingeräumt. *Wer reden kann, kommt übers Meer.* Die männlichen Tugenden hatten den Applaus nur im Erfolgsfall, im Falle des Misserfolgs blieb ihnen prinzipielles Ansehen verwehrt. Die weiblichen Tugenden hingegen besaßen einen Eigenwert unabhängig von Leistungsbilanzen – soziale Kompetenz und Kommunikationsfähigkeit, das waren Qualitäten, so oder so. Die Buben, die durch ihren Übermut oder ihre Eigenbrötlerei auffielen, hatten sich derweil damit abzufinden, dass sie Mängelexemplare waren, das Ergebnis von Gottes erstem Versuch, leider missglückt, beim zweiten Versuch gings besser.

Im Sommer hatte Alfred zu Alice gesagt, er finde es bemerkenswert, wie schnell die Frauen diesen Paradigmenwechsel hinbekommen hätten. Bei einer Interessengemeinschaft, die so klug und geschickt sei, ein derart kompliziertes Projekt in so kurzer Zeit durchzudrücken, wundere man sich, dass nicht schon früher Fakten geschaffen wurden.

Sallys Schülerinnen ruhten sich auf den Lorbeeren ihrer Mütter und Großmütter aus. Oder anders ausgedrückt: Sie fielen ihnen in den Rücken. Das dachte Sally. Denn von feministischen Dingen wollten die Schülerinnen nichts hören, Frauenfragen, igitt, das betraf sie nicht, das wollten sie nicht an sich heranlassen, das war ihnen total unangenehm.

Allein die Kategorie Frauenliteratur war *abtörnend*. Das hatte unter den Mädchen den gleichen schlechten Ruf wie Männerliteratur, irgendetwas Obszönes klebte daran. Die Mädchen wollten nicht wahrhaben, dass man an der Welt scheitern konnte, nur weil man eine Frau war. Sie vertraten die Meinung, jemand, der sich ausnutzen ließ, war selber schuld. Frauen wie in Jelineks *Liebhaberinnen* seien dumm oder allenfalls naiv, sie hätten halt etwas Gescheites lernen sollen, dann hätten sie ihr Leben besser im Griff. Sallys Schülerinnen verstanden nicht, dass es Zusammenhänge gab, in denen eine Entwicklung zum Besseren noch nicht gegriffen hatte. Sie sagten, früher mag das ein Problem gewesen sein, aber heute nicht mehr.

Für intelligente und entschlossene Frauen gab es in dem, was sie erreichen konnten, tatsächlich keine Grenzen mehr, im Einzelfall. Und dieser Einzelfall genügte den Schülerinnen für ihre Argumentation. Wenn ihre Mütter schlechter verdienten als ihre Väter, sollten sich die Mütter an der eigenen Nase nehmen. Sie selber würden sich das nicht gefallen lassen, sie gingen sofort zum Chef.

In einer achten Klasse behandelte Sally das Thema Heldentum. Ein Held unserer Zeit – was ist das? Die Schüler zeigten sich interessiert, im Ergebnis war der Subtext aber ähnlich wie bei der Frauen- und Männerfrage, erfolgsorientiert. Wenn du dich anstrengst, schaffst du es, dann bist du gut, andernfalls hast du dich zu wenig reingekniet, dann bist du selber schuld. Für Versagen hatten die Schüler kein Verständnis, Buben wie Mädchen, und es war immer persönliches Versagen, das angesprochen wurde, nie gesellschaftliches. Und auch Heldenhaftigkeit wurde individuell und nicht nach Kriterien des Gemeinwohls definiert.

Im Unterricht versuchte Sally selten, ihre eigenen Ansichten in den Mittelpunkt zu stellen. Meistens genügte es ihr, wenn unter den Schülerinnen und Schülern eine Diskussion entstand. Doch wenn sie einander nur gegenseitig bestätigten, griff Sally ein, dann redete sie streng, mit einer seltsam drängenden Leidenschaft, als wolle sie mit jeder Silbe sagen, seid nicht dumm, es gibt da etwas, das zu wissen sich lohnt.

»Ein Held meiner eigenen Jugend war jemand, der Ideale besessen und wenig materialistisch gedacht hat«, sagte sie. »Freiheit hat eine große Rolle gespielt. Aber immer verbunden mit sozialem Engagement. Hedonist ja, Libertin nein. Gerechtigkeit war heilig und weitgehend identisch mit Gleichberechtigung. Ein Held sollte das Leben genießen, aber beim Genießen die Möglichkeiten der anderen nicht beschneiden. Da war es im Zweifelsfall besser, wenn er selber das Nachsehen hatte.«

Die Jugendlichen spotteten, verstummten aber rasch, und Sally griff den Zwischenruf heraus, der ihr am gelegensten kam.

»Da steht man aber schnell als Trottel da«, sagte ein Schüler. »Die andern nutzen einen aus!«

Einige Mitschüler lachten. In die Wogen des Gelächters hinein erwiderte Sally:

»Früher nannte man so jemanden nicht Trottel, sondern Außenseiter.«

Sie räusperte sich, gegen Ende des Vormittags trocknete ihre Stimme immer aus.

»Und wo liegt der Unterschied?« fragte der Schüler. Er gehörte zu denen, die den Leistungs- und Anpassungsdruck besonders bereitwillig aufnahmen.

»Der Unterschied liegt in der Betrachtungsweise, würde ich mal sagen. Wenn jemand Überzeugungen hat und bereit ist, sich für diese Überzeugungen der Lächerlichkeit auszusetzen, ist das eine Haltung, die moralischen Wert besitzt. Hingegen besitzt es allenfalls ökonomischen Wert, wenn jemand immer der Mehrheit gefallen will, wie bei den Talentshows, die ihr euch anseht. Die Wirtschaft versucht, uns alle dorthin zu bringen, dass wir für Fernsehen, Telefonieren, Kalorien, Sex und Leistung leben. Und wenn genug Leute mitmachen, dürfen sie sich als normal empfinden. Alle anderen sind nicht normal, die stehen in den Augen der Mehrheit als Trottel da.«

Jetzt hatte Sally wieder einmal ihre Grund- und Glaubenssätze publik gemacht. Und wenn schon! Die Schülerinnen und Schüler wussten ohnehin, wo Sally weltanschaulich stand, sie fühlten sich dadurch nicht gestört. Sally hatte die Beobachtung gemacht, dass es seitens der Jugendlichen fast nie zu absichtlichen Provokationen kam, sie fanden, Sallys Zeit war vorbei, Geschichte, das hatte man gesehen. Als historische Epoche fanden sie Sallys Jugend sogar interessant, das hatte seinen Reiz, wie der Vietnamkrieg, aber überholt. In den Augen ihrer Schüler, das merkte Sally beim Unterrichten, gehörte sie einer Welt an, die historisch geworden war.

Ähnlich musste es einem Dragoner gegangen sein, der jahrelang für den Kaiser Schlachten geschlagen hatte und Anfang der zwanziger Jahre aus der Kriegsgefangenschaft zurück nach Wien gekommen war. Der musste sich auch gedacht haben: Schön blöd bin ich gewesen.

Sally blickte in die Runde. Sie sah lauter junge Menschen, keine Kinder mehr und noch keine Erwachsenen, unendlich vielfältig und doch eins in ihrem Bestreben, nicht als Verlierer dazustehen. Laura, eines der Mädchen in der Klasse, auf die Sally stand, hob die Hand. Sally ermunterte sie mit einem Kopfnicken.

»Frau Professor, das ist typisch für Sie. Gegen alles, was schön ist, sind Sie negativ eingestellt. Sie sind gegen den Muttertag, gegen Weihnachten, gegen Telefonieren und sogar gegen Essen. Sie machen alle schönen Sachen schlecht, das geht mir auf die Nerven.«

Wenn etwas schieflief, war es, als wäre ein Tropfen dunkler Tinte in ein Glas mit sauberem Wasser gefallen. Diesem Tropfen konnte Sally zusehen, wie er sich in Wolken ausbreitete und das Wasser trübte. So fühlte sie sich. Und sie wollte dieses Gefühl wieder loswerden, so schnell sie konnte, sie sah, dass auch Laura sich in ihrer Haut nicht wohl fühlte, bestimmt hatte es ihr große Mühe bereitet, zu sagen, was sie gesagt hatte, sie hatte richtig rote Backen bekommen.

»Laura, ich werde darüber nachdenken, danke für den Hinweis.«

Sally sagte es mit Nachdruck, aber auch mit einem versöhnlichen Unterton.

Lauras Augen glitzerten durch getuschte Wimpernzacken, dann senkte das Mädchen den Blick. Mit einer abrupten Wendung zur Tafel signalisierte auch Sally, dass das Thema beendet war.

Auf dem Weg nach Hause, als sie im Bus an ihren kreidigen Fingern rieb, weil sie vergessen hatte, sich nach der letzten Stunde die Hände zu waschen, dachte Sally daran, dass sie ihrem Großvater im Alter von vierzehn Jahren das erste Mal widersprochen hatte, ohne gleich wieder nachzugeben. Biographisch war das ein einschneidendes Ereignis gewesen, eine Art Epochenwende. Like a Virgin. Auch an die letzte Ohrfeige, die sie von ihrem Großvater bekommen hatte, erinnerte sie sich deutlich. Es musste gegen Ende des Vietnamkriegs gewesen sein, da führten sie einen Disput über Kriegsdienstverweigerung. Nach einiger Zeit wurde es Sally zu blöd, sie stand auf und ging. Da lief ihr der Großvater hinterher. Er war damals schon nicht mehr gut auf den Beinen, und weil Sally Mitleid mit ihm hatte, blieb sie stehen, drehte sich um, und er schmierte ihr eine. Damit war die heilige Ordnung ein letztes Mal verteidigt.

Sally dachte oft an diesen Moment, an den alten Mann und an das Bild von ihm, wie er mühsam versuchte, ihr hinterherzukommen. Es gehörte zu den schmerzlichsten Bildern, die sie von ihm hatte. Die sichtbare physische Erschöpfung nach dem Gespräch und das mühsame Stolpern, dieser Anblick hatte Sally trauriger gemacht als die Ohrfeige, die schon damals nicht mehr richtig angekommen war. Der Großvater hatte ihr Stehenbleiben zwar als Unterwerfungsgeste gedeutet, doch in Wahrheit war es das Gegenteil gewesen, das Ende der Angst. Sally hatte sich wortlos abgewandt und war mit einem heftigen Prickeln auf der Wange weggegangen.

Jetzt dachte sie wieder an das Mädchen, das von ihrem

Vater eingesperrt worden war. Sally spürte, es gab zwischen all diesen Dingen eine unterirdische Verwandtschaft.

Der entscheidende Satz dieses Tages jedoch lautete: Ich kann der Heldenfigur nicht gerecht werden, zu der ich mich selber gerne machen möchte.

Denn zu Hause fragte sie sich wieder, was wäre, wenn Alfred aus Schenkenfelden stürbe. Andererseits hatte sie Sex mit ihm, sowie er heimgekommen war, trotz des Stützstrumpfes, den er trug, ziemlich guten Sex, wie meistens in letzter Zeit. Hinterher stand sie sofort wieder auf, sie wollte vermeiden, dass er ihr Vorträge hielt, die besser auf den Friedhof oder in ein Buch von W. G. Sebald passten.

Zu allem Überfluss kreuzte wenig später Nadja auf. Sally saß in der Küche und aß eine Kleinigkeit. Nadja entschuldigte sich, dass sie so hereinplatze, sie habe schon am Vorabend kommen wollen, sie sei mit dem Wagen vor dem Haus gestanden, habe es aber nicht gewagt zu klingeln, wegen ihrer verweinten Augen. Wieder zu Hause, habe Sally angerufen. Danke, gut, habe Nadja auf Sallys Frage geantwortet. Wäre nicht Fanni mit am Tisch gesessen, hätte sie augenblicklich wieder losgeheult. Das habe sie fünf Minuten später in ihrem Zimmer getan.

»Erik will die Scheidung!«

»Was?« fragte Sally erschrocken.

»Du hast schon richtig gehört. Tut mir leid, dass ich dich so damit überfalle.«

Um die Knie herum bekam Sally ein weiches Gefühl. Sie fragte sich, was die Nachricht zu bedeuten hatte. Von Erik war nie auch nur eine Andeutung gekommen, dass er beabsichtigte, sich von Nadja zu trennen.

Und sollte sie sich freuen? Dieser Gedanke blitzte ihr durch den Kopf, sie fühlte sich unbehaglich in ihrer heuchlerischen Haut.

»Woher so plötzlich?« fragte sie verdattert.

»Weil er eine andere Frau hat«, seufzte Nadja.

»Eine andere Frau?!«

»Ja!«

»Du machst Scherze!«

»Ich wünschte, es wäre so. Er hat es selber gesagt.«

»O mein Gott!« stieß Sally hervor. Sie ging vor Schreck aufs Klo. Nachdem sie dort eine Weile gewartet und anschließend die Spülung betätigt hatte, kehrte sie in die Küche zurück und bot Nadja einen Schnaps an, damit sie selber einen trinken konnte. Anschließend fragte sie so lange nach, bis sie eine mehr oder minder vollständige Darstellung hatte.

Angeblich kannte Erik die Frau seit September, siebenunddreißig Jahre alt, Russin, ein Kind. Er wolle ausziehen, aber nicht zu ihr, weil ihre Wohnung zu klein sei und sie zunächst noch getrennt leben wollten, damit das Kind nicht überfordert werde. Zack, das war's! Ursache: Kein Pepp in der Ehe. Zu wenig Emotionen. Noch was erleben. Die Chance fünfzig zu fünfzig. Und so weiter.

Draufgekommen sei ihm Nadja, weil laute Musik sie um eins in der Nacht geweckt habe. Erik sei im Wohnzimmer gesessen und habe am Handy telefoniert. Er habe gar nicht gemerkt, dass Nadja eine Zeitlang in der Tür stand. Sie habe Liebesgeflüster gehört und die Worte:

Ich kann ohne dich nicht leben.

Erik sei betrunken ins Bett gekommen, Nadja habe ihn wach gerüttelt und zur Rede gestellt. Er habe gesagt, er habe eine Freundin und sei total glücklich, dass ihm in seinem Alter noch so etwas passiere. Nadja habe geheult, sei fertig gewesen und habe bis in der Früh kein Auge zugemacht. Sie fand, Erik hätte es ihr besser schonender beigebracht als durch das Telefonat mit der Braut. Wie taktvoll.

Laut Nadja habe es einen Exzess nach dem anderen gegeben. Sie sagte, eigentlich hätte man sich gegenseitig umbringen sollen, aber der letzte Mut und die Technik hätten gefehlt.

Vorerst sei Erik in die neue Wohnung in der Wilhelminenstraße ausgewichen, wo Sophie, die ältere Tochter, erst vor drei Monaten eingezogen war. Er komme regelmäßig nach Hause und nehme Dinge mit, unter anderem den kleinen Safe aus dem Schlafzimmer mitsamt den Wertpapieren und den Sparbüchern. Fanni habe ihm die Türen aufhalten müssen. Auch vier Kartons mit Wein habe er abtransportiert. Nadja habe sofort den Rechtsanwalt angerufen und für nächste Woche einen Termin vereinbart. Jetzt werde es ernst. Sie habe auch seine Mutter angerufen, aber man habe deutlich hören können, dass der erste Schock überwunden sei und die Mutter schon wieder voll hinter dem feinen Herrn Sohn stehe. Aber Nadja wisse jetzt den exakten Zeitpunkt seiner Geburt, zwei Uhr nachmittags, die

Daten gebe sie an eine Bekannte im Staatsopernchor weiter, die angeboten habe, Eriks Horoskop zu erstellen. Nadja glaube, er werde entsetzlich einfahren. Sie habe ihm am Vortag eine SMS geschrieben: *Bitte schicke mir bis Ende des Monats die von dir angedachten Scheidungsmodalitäten.* – Bis jetzt keine Antwort.

Nein, zurückholen wolle sie ihn nicht, wozu hinter etwas herjagen, was schon zu Ende ist.

Nadja klopfte gegen ihre Jackentasche, in der sie ihren iPod hatte. Sie sagte, sie höre jeden Tag mindestens dreimal Cher, *Strong enough to live without you.* Erik solle sich das Lied ebenfalls gut anhören, sie wisse, früher oder später wolle er wieder ins warme Nest. Der Dummkopf!

Ja, dieser Dummkopf! Dieser lausige Mistkerl, ich hätte mich mit diesem Trottel besser nicht eingelassen. Er ist ein Arschloch, und das in mehr als nur einer Hinsicht. Diesmal soll er endlich einmal bezahlen für einen seiner Fehler. Er soll das erste Mal in seinem Leben Farbe bekennen, und zwar auf eigene Kosten und nicht auf Kosten anderer. Er versteckt sich ja so gern unter dem Deckmäntelchen des missverstandenen, völlig unschuldig in die Situation geratenen Opfers. Aber ich habe ihm deutlich zu verstehen gegeben, dass er ein Versager ist, menschlich und sexuell, ein Arschloch hoch drei. Ich denke, so etwas müsste den Stolz ein wenig kränken, aber seine Selbstüberschätzung ist enorm, dagegen ist schwer anzugehen. Es ist auf alle Fälle gut, ihm die Wahrheit gesagt zu haben, von alleine kommt er ja nicht drauf.

Es stimmt, in seinem Beruf ist er wer, da gibt es nichts zu sagen. Aber als Mensch ist er ein kläglicher Versager. Das habe ich immer gewusst, und wenn nicht immer, dann ziemlich bald. Er hat mir eigentlich schon früh leid getan, in der ersten Zeit dachte ich noch, ich kann ihn anspornen, aber er hat seine Energien immer nur an seine kleinen Mädchen verpufft. Na, ich möchte die Sache nicht weiter vertiefen, ich erwähne es nur, weil man es wissen muss, um das Ganze zu verstehen.

Jetzt soll er seine neue Braut nehmen und sich mit ihr in die Taiga verziehen. Ich habe die Nase gestrichen voll von seinem Geschwätz, ich bin es satt. Was für ein geradliniger Mensch er doch ist! Er kann mir mit seiner ganzen Selbstzufriedenheit gestohlen bleiben. Sibirien sollte groß genug sein für sein Ego.

Die Russin? – Sie heißt Lena, Lena, wie der Fluss, Zitat Erik. Er behauptet, sie sei ebenso wie er im Umbruch, das verbindet die beiden. Davon abgesehen ist die Frau ein Phantom, ich weiß praktisch nichts über sie, es lässt sich auch nichts *recherchieren*. Niemand kennt sie.

Ich habe mir manches vorstellen können und mich zwischendurch auch gefragt, ob Erik ein Verhältnis mit dir hat. Aber dass er mit einer elf Jahre jüngeren Blondine aus Russland durchbrennt, dafür ist die Meinung, die ich von ihm hatte, noch nicht schlecht genug gewesen.

Allein die Tatsache, dass er mit den Sparbüchern das Haus verlassen hat, ist ein Scheidungsgrund, gleichzeitig behauptet er, er wolle, dass alles in Ruhe über die Bühne geht, man müsse über das Wie und Was sprechen.

Erik: Sag mir deine Positionen. Vorschläge? Wünsche?

Nadja: Besprich das mit einem Juristen. Ich habe keine Ahnung von der Rechtslage.

Erik: Ich will nicht, dass wir Anwälte füttern.

Nadja: Es ist dein Neuanfang, nicht meiner, ich habe keine Wünsche zu äußern.

Erik: Es geht jetzt nicht mehr um uns, es geht um die Kinder.

Nadja: Irrtum, es geht zumindest auch um mich.

Erik: Die Kinder stellen keine Streitfrage dar. Ich will kein Sorgerecht für Fanni, es soll keinen Streit über Besuchstage geben. Ich bin jederzeit für die Kinder da, sie können mich immer anrufen und kommen.

Nadja: Ist es dir Ernst und nicht nur eine Phase?

Erik: Es ist keine Phase.

Nadja: Sucht ihr eine gemeinsame Wohnung?

Erik: Nein.

Nadja: Aber das kann ja auch gelogen sein. (Kommentar für Sally: Lauter ungedeckte Aussagen. Der Mann ist mit Vorsicht zu genießen.)

Erik: Letztlich, was kümmert es dich? Hauptsache, ich verhalte mich dir gegenüber korrekt.

Nadja: Dass ich nicht lache!

Erik: Ich zahle alle Daueraufträge weiter und komme für die Kinder auf.

Nadja: Wie nett von dir!

Erik: Hast du einen anderen Vorschlag?

Nadja: Ich werde mich informieren, was zu tun ist. Es

gibt für alles Regeln, du wirst dich wundern. Ohne Anwalt geht gar nichts mehr. Ziegler macht mir hoffentlich einen guten Preis, und abgesehen davon, du trägst so oder so die Kosten. Ich rede nicht mehr mit dir, das ist vorbei.

Und wieder zu Sally: Der wird noch schauen, was der Rechtsanwalt und ich mit ihm machen. Er wird aus dem Grundbuch gestrichen und kann trotzdem blechen. Ich bin total zornig! Die ganzen Versicherungspolizzen hat er bestimmt deshalb weggeräumt, weil er die Begünstigten ändern will, dieser verdammte Mistkerl.

Sophie habe erzählt, wie sehr sie verletzt sei, weil ihr Erik vor zwei Jahren zum Vorwurf gemacht hat, wenn sie sich im Sommer etwas dazuverdienen wolle, werde sie wie ihre Mutter beim Psychiater landen. Sophie gehe jetzt sehr aus sich heraus, sie sei total heiß auf Erik, und sie sei demonstrativ von der Wilhelminenstraße wieder nach Hause gezogen. Sie habe Erik zwei Waschkörbe mit Kleidung hinunter in die Wohnung getragen, sie habe schon eine eigene Art, ihren Frust abzubauen, aber wenn es ihr guttut, könne es Nadja recht sein.

Wie gut Erik die Braut monatelang geheimgehalten hat. Wie ein Profi. Das habe Sophie am meisten erschüttert. Vor ein paar Tagen habe sie zu Erik gesagt: Du bist das feigste Schwein auf der Welt. Ich habe keinen Vater mehr.

Er habe sich den Tonfall verbeten. Aber nicht den Inhalt!

Fanni sei im Moment sehr unruhig, es arbeite viel in ihr, sie hänge sehr an Erik oder wenigstens an der Idee einer intakten Familie. Nachdem sie Erik die Türen habe aufhalten müssen, damit er den Safe raustragen konnte, habe er ihr Geld geben wollen, sie habe es mit den Worten abgelehnt: Glaubst du, ich nehme Geld dafür, dass ich dir beim Ausziehen helfe?

Kluges Kind.

Beim Abschied habe sie sich geweigert, ihm ein Bussi zu geben. Sophie gebe Erik nicht einmal die Hand. Das beutle ihn am meisten.

Wie kann er nur so naiv sein, zu glauben, dass die Kinder in dieser Situation nicht zur Mutter halten!

Ich selber, mein Gott, ich weiß eh, dass man es sich nicht aussuchen kann, aber es gibt halt einfach Menschen, die Glück haben, und solche wie mich.

Dass ich einen Mutterkomplex habe, ist mir völlig klar, ich habe den größeren als du, was aber nicht heißt, dass du keinen hast. Na ja, mach was dagegen. Erik und ich wollten beide heile Familie spielen und unsere Idee von intaktem Aufwachsen nachholen. Offenbar ist dieser Prozess jetzt abgeschlossen.

Aber dass ich Erik so haben wollte, dass er sich mir unterordnet, das stimmt nicht. Ich weiß, das bildet er sich ein, es ist eine fixe Idee, mit der er bei seinen Flammen operiert. Ich hoffe, er hat dich nicht ebenfalls vollgesudert. Die Frauen, die er bearbeitet, bedauern ihn jedenfalls immer sehr, das mag er.

Wenn mich die anderen Frauen so sehen würden, wie ich wirklich bin, hätte er sicher weniger Chancen bei ihnen.

Sogar meine Therapeutin fällt mir in den Rücken. Es ist alles so unfair! Vorgestern war sie total teilnahmslos. Für einen kurzen Moment habe ich einen Ausdruck der Langeweile in ihrem Gesicht aufblitzen sehen, ich bin fast durchgedreht. Daran zu denken, dass ich ihr all dieses Zeug anschleppe, Träume, Eheprobleme, Klatsch aus der Oper, meine Kindheit, eimerweise, und all meine Ängste und all mein Geld – und sie schaut entnervt.

Nein, Sally, das glaubst du wohl selber nicht, dass ich den Sex unterschätzt habe. Ich habe mich sehr wohl damit befasst, und zwar sehr intensiv und lange genug. Aber ich bin zu der Erkenntnis gelangt, dass auch diese Seite in Eriks Leben krankhaft und übertrieben ist. Sally, ich bitte dich, wenn ich an meinem Mann Gefallen habe, dann gehe ich mit ihm ins Bett, um Freude zu haben, und nicht um in übertriebenen Jubel oder gar in Tränen auszubrechen. Wenn man da näher hineinleuchtet, ganz ehrlich, diese Sache hat mir bei ihm nie gefallen, deshalb haben wir diesen Posten gekürzt. Aber ich müsste ja wirklich geistig beschränkt sein, wenn ich nun von ihm absolute Treue verlangt hätte, obwohl ich finde, dass er im Bett einen Vogel hat. Ich war alles andere als eine eifersüchtige Ehefrau.

Stell dir vor, als wir uns das letzte Mal gesehen haben, hat er versucht, mit mir zu schlafen, und als ich mich gewehrt habe, war er beleidigt.

Unter erwachsenen Menschen, gilt eine Ehe in der Regel als etwas, auf das man sich verlassen kann.

Warum hast du Erik eigentlich geheiratet? fragte Sally.

Es mag blöd klingen, aber es war nicht meine Idee, sagte Nadja.

Nachdenkpause.

Unterm Strich war es falsch, auf einen solchen Egoisten reinzufallen. Aber ich bin weder hässlich noch blöd, also werde ich auch wieder jemanden finden, der mir gefällt.

Sally, du bist meine beste Freundin. Ich habe immer Freunde gebraucht und brauche sie jetzt mehr denn je. Es ist schön zu wissen, dass ich einige Menschen habe, die hinter mir stehen. Ich gestehe, dass ich für einige Zeit auch dich im Verdacht hatte, Eriks Geliebte zu sein, ich habe es aber nie recht glauben können, obwohl ich es Erik zugetraut hätte. Nur dir nicht.

Ja, Erik, dieser Scheißkerl! Er trägt keinen Ehering mehr, und auf seinem Display am Handy ist eine Insel mit einer Palme. Die zweite Pubertät!

Sei bloß froh, dass du mit Alfred verheiratet bist. Alfred ist ein wahrer Prinz, eine Seele von einem Menschen. Sally, du weißt gar nicht, was du an ihm hast.

Und später, als sich Alfred zu ihnen in die Küche gesellt hatte, zu Sallys Erleichterung: Das ist ziemlich interessant, was du sagst, Alfred. An diese Möglichkeit habe ich noch gar nicht gedacht!

»Ich gratuliere«, spottete Sally. »Für solche Geschichten gibt es die vielen Häuser hinter diversen Vorortelinien.«

Alfred hatte zugehört, sein Gesicht war binnen weniger

Minuten komplett verfahlt, und nach einiger Zeit hatte er überraschend gesagt:

»Und wenn man mich totschlägt, ich glaube es nicht. Ich bin überzeugt, er hat die Russin erfunden.«

Nach den ersten spontanen Kommentaren hakte Sally nach, sie hatte Alfred eigentlich nur auslachen wollen, sich dann aber besonnen, weil sie froh war, dass ein neuer Schauplatz eröffnet wurde.

»Und warum sollte er das tun?« fragte sie.

»Weil er ein Feigling ist«, gab Alfred dickköpfig zur Antwort.

»Und das Telefonat, das Nadja belauscht hat.«

»Keine Ahnung. Telefonsex vielleicht. Er ist und bleibt ein Feigling.«

Zu Sallys völliger Überraschung stimmte Nadja dieser Auslegung zu, das seien genau die Tricks, die man der weniger verlässlichen Hälfte ihrer Ehe zutrauen müsse. Doch nachdem sich Nadja auch Sallys Argumente angehört hatte (dass die Geschichte zu elaboriert war, um von Erik erfunden zu sein), wechselte sie zurück ins Lager der Realisten, ja, höchstwahrscheinlich, es sehe so aus, als gebe es das sibirische Milchgesicht. Leider, dachte Sally. Aber der Hauptgrund, weshalb Sally nicht an eine Erfindung glauben wollte, war der, dass sie sich nicht vorstellen konnte, was es notwendig machte, eine solche Geschichte auszuspinnen.

»Himmelherrgott, weil er ein Feigling ist«, sagte Alfred nochmals.

»Das ist nur allzu wahr«, bestätigte Nadja.

Alfred versuchte in die Details zu gehen, aber noch während er redete, merkte er, dass er mit seiner Erklärung nicht nur Erik beleidigen musste, sondern auch Nadja, von der er glaubte, dass man sie nur mit faustdicken Lügen loswurde. Gleichzeitig erinnerte er sich daran, dass Nadja nach dem Einbruch die Unermüdlichste unter allen Freunden gewesen war, deshalb hielt er inne. Ohne seine Argumentationsreihe zu Ende zu führen, wiederholte er lediglich die Kernaussage, dass die Russin erfunden sei, er habe ein sicheres Gefühl.

»Aber gut, vielleicht bin ich keine allzu große Hilfe«, setzte er bescheiden hinzu.

»Damit könntest du recht haben.«

Doch im selben Moment, in dem Sally das sagte, überkam sie der Gedanke, dass es sehr wohl Gründe gab, die Alfreds Theorie plausibel machten. Mit einer erfundenen Frau konnte Erik eine dritte Frau schützen (aber dann hätte er Sally eingeweiht) oder er konnte eine dritte Frau mitsamt der Ehefrau loswerden, ohne sich weiter rechtfertigen zu müssen, das wäre ein besonders schlau eingefädeltes Manöver. Eine blonde Russin? Lena? Wie der Fluss? Ja? Ja, leider. Vermutlich gab es sie, bedauerlich genug. Aber wenn es sie nicht gab, war sie trotzdem etwas Konkretes, weil ja auch das Falsche auf verdrechselte Art Fakten schafft. Entweder es gab die Frau oder es gab die konkrete Absicht, sich mit Hilfe einer Erfindung von gewissen Zwängen zu befreien. Beides war nicht besonders erfreulich.

»Vielleicht hat Alfred recht, was weiß ich«, murmelte Sally deprimiert. Sie war immer froh gewesen über den Unterschied zwischen Nadja und sich, und es erfüllte sie mit Groll, dass dieser Unterschied an Bedeutung verlor. Vermutlich aßen Nadja und sie von ein und demselben Brot.

Sie schenkte Schnaps nach. Nadja und Alfred hielten ihre Gläser unter die Flaschenöffnung. Sie stießen an. Alfred schien sich für das Leben seiner Mitmenschen wieder zu erwärmen.

»Es wird schon alles ins Lot kommen«, verkündete er.

»Auf uns Frauen«, sagte Sally lasch.

»Ich bin euch so dankbar, dass ihr euch mit mir besauft.«

Nachdem Nadja sich gründlich ausgeschneuzt hatte, ging es ihr wieder besser, die verzweifelte Verbissenheit, die das Gespräch lange genug dominiert hatte, war erlösender Erschöpfung gewichen. Sally sah Nadja an, bläuliche Schatten lagen unter ihren Augen, die Augen waren vom Trinken glasig, das sonst immer asketisch wirkende Gesicht hatte etwas Verquollenes vom vielen Weinen. Das Unglück macht jeden Menschen schmuddelig. Morgen bist du dran, sagte Sally zu sich.

Jetzt hörte man leise eine S-Bahn die Vorortelinie entlang Richtung Hütteldorf fahren. Sally sah sich reumütig um in dem kühlen, metallenen Raum. Es gab hier nur das eine Fenster, durch das die Einbrecher eingedrungen waren, keine Pflanzen, keine Bilder, bloß einige Postkarten am Kühlschrank, darunter das Brustbild eines italienischen Fußballers, von dem Emma als Zwölfjährige behauptet hatte, dass es Alfred ähnlich sehe, halt dreißig Jahre jünger. Genau das, was Sally jetzt brauchte.

»Ich versteh das alles nicht«, entfuhr es ihr, nachdem sie den dritten Schnaps runtergekippt hatte. Sie spürte ein warmes Pochen im Magen. »Ehrlich, so habe ich Erik nie gesehen. Charmant und ein bisschen trivial, ja. Aber immer durchsichtig in seinen Argumenten, klar, wenig kompliziert.«

»Weil du von Männern noch weniger verstehst als ich«, erwiderte Nadja, ein wenig verärgert, weil Sally vergessen hatte, in ihre Charakteristik von Erik ein Schimpfwort einzubinden. »Du glaubst immer, Männer sind einfach, aber du solltest dich auf diese Behauptung besser nicht versteifen, so einfach sind sie nämlich gar nicht, das musst du mir glauben.«

Alfred nickte, ein langsames Kopfnicken, bestätigend, geschmeichelt, er goss nochmals Schnaps nach. Sally erinnerte sich an eine Fortbildung zum Thema *Geschlechtsspezifische Pädagogik*. Am Ende hatten sich alle Teilnehmer im Kreis aufstellen und sagen müssen, was ihnen zu bestimmten Stichwörtern einfällt. »Buben?«

Sallys Antwort:

»Ich mag Buben. Aber ich verstehe sie nicht.«

Schon als sie gesagt hatte, sie möge Buben, hatten einige Teilnehmer gelacht. Doch als der Nachsatz gekommen war, sie verstehe sie nicht, hatten sich alle zerkugelt.

Und jetzt? Was weiter? Nichts weiter. Nur dass Nadjas Vorwurf gegen Sally womöglich gerechtfertigt war, vielleicht lag ihre Einschätzung von Männern tatsächlich unterhalb der wahren Kompliziertheit des Phänomens. Sally hatte Männer immer für eher simpel gehalten, wenn auch deswegen noch lange nicht für durchschaubar. Wie gesagt, Gottes erster Versuch.

»Kann sein, ich verstehe tatsächlich zu wenig davon«,

sagte sie zerknirscht. »Über dich und Erik weiß ich ja auch bei weitem nicht so viel, wie ich vermutet habe.«

»Und über mich auch«, sagte Alfred zufrieden. Seine Worte hatten einen Nachklang, als lasse er sich von dem, was er grad gesagt hatte, tragen, als befinde er sich auf dem Heimweg, und zwei Engel fassten ihn unter den Armen.

Die Tage vergingen, Erik ließ nichts von sich hören. Sally kaute auf ihrer Ungewissheit herum, war am Ende aber genauso schlau wie vorher. Innerlich befand sie sich noch immer im Fallout des Gesprächs mit Nadja, und das vergebliche Warten auf einen Anruf von Erik versetzte sie täglich in tiefere Wut. Dieser elende Hund! Er hat eine Neue! Ich war ein simples Intermezzo! Er hat mich komplett verarscht! Und ich hab's nicht kapiert! Ich könnte mich in den Hintern beißen, dass ich so naiv war! Auf so jemanden reinfallen! Ich bin ein riesiger Trottel!

Drei Tage lang passierte nichts, nur nutzlose Ausbeutung von Gehirnkapazität. Sally selber machte keine Anstalten, die Dinge zu beschleunigen, sie fand, jetzt war Erik an der Reihe.

Samstagabend rief er an, Sally saß gerade mit ihren Männern beim Essen, sie rannte zum Reden nach oben. Alfred runzelte befremdet die Stirn, Sally kümmerte sich nicht darum.

Das Gespräch begann in einer Atmosphäre beiderseitiger Verlegenheit. Erik fragte, wie es ihr gehe, sie antwortete, das könne er sich denken. Weshalb er nicht angerufen habe, sie habe schon befürchtet, dass er sich wünsche, sie sei vom Planeten gefallen.

»Weißt du was? Du bist ein Dreckskerl«, sagte sie.

Sie gab ihm probehalber eins drauf. Da verblüffte er sie mit einer Entschuldigung, er sei nicht in Wien, werde am Montag zurück sein und habe geplant, sie am Dienstag zu sehen in der Hoffnung, bis dahin einige Dinge zwischen Nadja und sich in Ordnung gebracht oder wenigstens beruhigt zu haben. Wie Sally nur glauben könne, er schere sich nicht um sie, er träume von ihr, in seinem verhunzten Leben sei sie der große Lichtblick.

»Ich möchte dich unbedingt sehen«, sagte er. »Falls du mich ebenfalls sehen willst.«

Er schlug vor, gemeinsam Mittagessen zu gehen. Gleich darauf kam er mit Komplimenten, man unterschlägt es besser – das haute Sally um. Wie konnte er mit diesem Zeug kommen, während er sich von Nadja trennte und Pläne machte, sich mit einer Russin zusammenzutun? Wie war noch mal ihr Name? Lena. Lena, wie der Fluss. Ach ja. Über diese Frau sagte er wenig, nur dass er eine Eingabe bei der Dienststelle gemacht habe wegen seiner Absicht, mit einer Frau fremder Nationalität zu leben. Er habe den Bescheid bekommen, sie müsse ihren Job an der russischen Botschaft kündigen, andernfalls werde Erik auf eine andere Dienststelle versetzt. Er sagte, wenn es nicht anders gehe, nehme er den Wechsel des Postens in Kauf.

Frau, Familie, Status, das alles wollte er eintauschen gegen die andere Frau. Und Sally gleich mit. Sie war erschüttert.

»Das muss Liebe sein«, seufzte sie.

»Das ist es!« verkündete er.

»Du würdest für sie allen Ernstes deinen Job aufgeben?«

Er ließ sich nicht zweimal bitten.

»Ohne mit der Wimper zu zucken.«

Viel mehr war nicht aus ihm herauszuholen, obwohl das Gespräch gut eine Viertelstunde dauerte. Sally erwähnte Alfreds Theorie, dass die Frau erfunden sei, da lachte er nur, Alfred sei ein Phantast.

Sally sagte, sie rufe ihn nochmals an, wenn alle im Bett seien. Er versprach, noch wach zu sein, er wisse, er könne jetzt ohnehin nicht schlafen, nachdem er ihre Stimme gehört habe, auch das heimliche Zusammensein mit Lena in Wien sei hart – Erinnerungen an den Sommer mit Sally – überall. Was für ein Spinner!

Nach Mitternacht meldete sich Sally, wie versprochen, er hörte nicht auf, ihr schönzutun – also – man würde gedacht haben, es gibt keine andere Frau in seinem Leben. Sally schlug vor, am Dienstag vielleicht nicht Mittagessen zu gehen, sondern sich an einem weniger öffentlichen Ort zu treffen. Er willigte sofort ein und sagte, um sechzehn Uhr im Vienna Danube. Als Sally ihn fragte, warum er zunächst den anderen Vorschlag gemacht habe, sagte er, er habe vorgehabt, sie zu verführen.

»Unnötig«, versicherte sie ihm.

Der Dienstag war ein stürmischer und warmer Tag, der nicht unbedingt der Jahreszeit entsprach. Im heftigen Wind fiel das Laub sehr rasch, die Blätter, die noch an den Bäumen hingen, hatten rostige Farben, sie raschelten gegen einen tiefblauen Himmel. Schon in der Früh richtete sich Sally bewusst her, sie wollte sich selber gefallen, um nicht das Gefühl zu haben, auszusehen wie eine verbitterte Frau in den mittleren Jahren. So übel sehe ich nicht aus! Sie trug eine dunkelblaue Jeans, die den Hintern betonte, und ein Leibchen, damit man sehen konnte, wie schlank sie war. Pünktlich um vier fand sie sich beim Hotel ein, zu ihrem Ärger musste sie den Wagen im Halteverbot abstellen, sie fand auf die Schnelle nichts Besseres.

Als sie das Zimmer betrat, redeten sie kaum etwas. Sally erwähnte zwar das Auto, und Erik kündigte an, ihr eine Erlaubnis für den Hotelparkplatz zu besorgen, aber im gleichen Moment schien er die Sache schon wieder vergessen zu haben. Er fiel mit Küssen über sie her. Alles sehr direkt, wie er es am Telefon versprochen hatte. Sally erwiderte die Küsse in einem nochmaligen Aufflackern ihrer barbarischen Gier. Das nächste war, dass sie am Bett kniete, alle Kleider schon weg, und Eriks Schwanz in den Mund nahm. Sie war ganz begeistert von der offensichtlichen Intensität seiner Gefühle, sein Verhalten vis-à-vis der Russin wurde dadurch zwar nicht weniger rätselhaft, aber in diesem Augenblick war es ihr egal. Nur beim Orgasmus, als Erik kam – nach dem Gespräch mit Nadja, also wirklich – jetzt kam es ihr ebenfalls merkwürdig vor, dass Erik in eine Art Geheul ausbrach. Schon ein wenig durchgeknallt! Aber auch hier, nachdem sie einige Augenblicke überlegt hatte: egal. Es hatte ihr bisher immer gefallen, warum sollte sie sich jetzt daran stoßen, wo die Affäre zu Ende ging.

Sie schafften es zum Auto, ehe es einen Strafzettel hatte, und parkten es um. Erik war hungrig, sie aßen etwas, sie redeten, er erzählte, wie entschlossen er sei, mit Lena zu leben. Und dass er Lena bereits in drei Tagen wiedersehen werde, in Prag.

Als Sally darüber ihr Erstaunen zeigte, sagte er, er nehme vor Jahresende den ganzen Resturlaub und suche sich eine neue Bleibe. In der Wohnung in der Wilhelminenstraße fühle er sich nicht wohl.

Für Sally hatte er im Sommer nur einen einzigen Tag freigenommen. Daran dachte sie jetzt. Bei aller Trauer, die sie empfand, die vorherrschenden Gefühle waren gekränkter Stolz, Eifersucht und Neid, nicht enttäuschte Liebe. Ihre Verletztheit war eine Folge der Dummheiten, in die sie sich freiwillig begeben hatte, und was sie am meisten frustrierte, war der technische Misserfolg ihrer Pläne. Die Absicht war gewesen, sich auf Jahre hinaus sichere Verhältnisse zu schaffen, sie hatte gehofft, das Ende würde nicht so rasch kommen oder nicht auf diese Art. Sie war wütend auf Erik, weil er die Affäre nicht fortsetzen wollte bis in alle Ewigkeit.

Die Dauer gibt dem Abenteuer einen seriösen Anstrich. Wer hatte das gesagt? Jemand Berühmter. Sally fand, es war etwas dran. Eriks Verhalten war eindeutig nicht seriös.

»Du bist immer noch flott unterwegs«, sagte sie im Plauderton. »Kein bisschen verunsichert, was?«

»Um ehrlich zu sein, ich bin erleichtert, dass alles raus ist«, gab er zur Antwort.

»Auch wenn du mich ganz schön hart mit der Wirklichkeit konfrontierst.«

»Ja?«

»Etwa nicht?«

Er lachte schnaubend, an seinen Schläfen bewegten sich die Muskeln, als fänden dort die Denkprozesse statt. Nach einer Weile fasste er sich ein Herz und fragte:

»Bereust du es?«

»Weder bereue ich es noch bin ich stolz darauf. Und nicht stolz darauf bin ich nur, weil es das Gespräch mit Nadja gegeben hat, mit all den kleinen, heuchlerischen Lügen.«

»Für Nadja ist es hart, sie tut sich schwer mit dem, was passiert. Sogar die Kinder kommen besser damit zurecht.«

»Sie trauert dir mit der Wucht einer echten Tragödin nach. Wenn das, was sie über dich sagt, ihren tatsächlichen Ansichten entspricht, bist du bei ihr unten durch.«

»Ist es so schlimm?«

»Ihr Urteil ist vernichtend. Für das Porträt, das sie von dir zeichnet, verwendet sie ausschließlich tiefschwarze Farbe. Um ehrlich zu sein, ihr Spott hat mich schockiert. Angeblich hast du, als ihr euch zuletzt gesehen habt, mit ihr schlafen wollen und bist beleidigt gewesen, als sie dich abgewiesen hat.«

»Ich mit ihr schlafen?! Mit einer Frau, die im Lehnstuhl liegt und Eiswürfel auf ihren Tränensäcken hat?!«

»Warum nicht?« fragte Sally.

»Keine Ahnung, was ihr euch denkt!« Er lachte bitter, aber der Anflug von Amüsiertheit war aus seinem Blick verschwunden. »Und sonst? Was gibt es sonst noch für Vorwürfe?« fragte er.

»Jede Menge.«

»Üble Nachrede«, sagte er achselzuckend. Er erkannte die Lage völlig richtig. »Das bringt die Situation wohl automatisch mit sich.«

»Ja, kann sein«, sagte Sally. »Am Ende von Beziehungen sind wir alle denkfaul und konventionell.«

»Ich hoffe nur, du hast mich ein wenig in Schutz genommen.«

»Da muss ich dich enttäuschen. Ich war dort als Nadjas Freundin. Meine Aufgabe hat darin bestanden, sie in der schlechten Meinung, die sie von dir hat, zu bestärken.«

Sein Gesicht verfinsterte sich ein wenig. Er fragte:

»Und wenn ich jetzt schlecht über Nadja reden würde?«

»Dann wäre das selbstverständlich genau das, was ich hören will. Konventionell und denkfaul, wie gesagt. Sally Fink und ihre bourgeoisen Gefühle. Und vergiss bitte die Russin nicht.«

Ihre hellen Augen fixierten ihn, um zu sehen, wie er es aufnahm. In den winzigen Regungen seines Gesichts glaubte sie zu erkennen, dass er sich verspottet fühlte.

»Ich würde mich am liebsten auf einer Südseeinsel verstecken.« Er sagte es in ein verlegenes Abwenden des Kopfes hinein.

»Ich weiß, was du meinst«, pflichtete ihm Sally bei. »Ich wünschte, wir könnten gemeinsam gehen.«

Er schaute zu ihr hin.

»Vielleicht irgendwann.«

»Lieber heute als morgen. Es ist blöd, man wird leider ziemlich schnell älter.«

Er nickte. Es entstand eine Pause. Sally berührte über den Tisch hinweg seine Hand.

»Sind wir eigentlich noch in den sogenannten besten Jahren?« fragte sie. »Oder nur die Männer? Sag du's mir bitte! Ja, sag du's mir! Alfred weiß es nicht beziehungsweise erklärt mir, dass es ihn nicht interessiere. Kunststück, er ist ja schon bald sechzig.«

»Du ja, ich nein«, sagte Erik.

Diese Antwort kam überraschend, Sally hielt sie für ein verlogenes oder wenigstens banales Kompliment – damit wollte sie sich nicht zufriedengeben. Aber Erik beharrte darauf.

Es stellte sich heraus, dass seine Ehe mit Nadja von Anfang an unglücklich gewesen war, eine katastrophale Geschichte von Selbstüberforderung, Selbststilisierung und Wahnsinn. Das hätte Sally nicht gedacht. Erik fand, zwanzig Jahre seien ein ausreichender Preis dafür, dass er Nadja geschwängert habe. Sprüche wie ich springe aus dem Fenster, wolle er nie wieder hören, davon habe er genug. Vor allem aber sei er überzeugt, dass er jung sterben werde, wegen seines Vaters und dessen Geschichten mit Schlägen und Herzinfarkten. Er meinte, wenn ihm lediglich noch zehn Jahre blieben, wolle er diese Zeit genießen.

Sally beugte sich vor und küsste ihn auf den Mund. Wie vielfältig die Menschen sind, dachte sie, so viele Gesichter in einem jeden, wie scheue Hasen, die aus dem Kraut hervorlugen und dann zur Seite springen. Und die Angst, im nächsten Moment zur Strecke gebracht zu werden: eindeutig hasenhaft. Sally kannte niemanden, der diese Angst nicht hatte, selbst ihre Schülerinnen und Schüler hatten sie, nur dass es bei ihnen eine natürliche Angst war, keine panische, das war der Unterschied.

Sie gingen zurück aufs Zimmer. Die nächste Runde. Der Abend war noch absurder als die Treffen im Sommer. Sally fragte Erik, wie sie in seine Zukunftspläne passe. Er antwortete, sollte er Nadja verlassen und gemeinsam mit

Lena leben, dann wolle er Lena treu sein. Sollte hingegen Nadja seine Pläne durchkreuzen oder etwas anderes dazwischenkommen, dann würden sie sehen.

Nicht sehr berauschend. Sally musste sich mit einem *Wir werden sehen* abspeisen lassen und mit dem unwahrscheinlichen Fall, dass Erik bei Nadja blieb. Klar, wer weiß, dann würden sich alle Fragen anders stellen.

Sie erwähnte einen Besuch in London, den sie an Neujahr machen werde, sie beabsichtigte, ihre tattrige Mutter zu besuchen, ehe sie selber tattrig wurde. Ob sie einander in London treffen könnten. Wäre das was? Er sagte nicht nein, aber auch nicht ja, er ermunterte sie nicht.

Offenbar war er fest entschlossen, auf die russische Karte zu setzen, egal, wie, egal, wer verletzt wurde, Nadja und die Kinder. Das machte Sally ganz krank. Schließlich waren auch ihre eigenen Gefühle verwickelt. Und dass dies vermutlich das letzte Mal war, dass sie mit Erik Sex hatte – auch das. Sie fühlte sich gekränkt, sie sagte es, er meinte, er habe nichts anderes erwartet und wolle gar nicht versuchen, irgendetwas schönzureden. Es tue ihm leid, er sehe in Lena seine letzte Chance auf das große Glück. Mit diesen Worten stand er auf.

Die Donau führte jetzt deutlich mehr Wasser als im August. Der Anblick des Flusses im abendlichen Laternenschein überwältigte Sally, und sie dachte daran, dass sie sich beim letzten Mal, als sie hier gewesen waren, gefragt hatte, was man sehen würde, wenn man ihre Beziehung zu Erik von oben betrachten könnte. Bestimmt nichts so Geradliniges wie die regulierte Donau. Und jetzt? Jetzt dachte sie an den Niger, einen der längsten Flüsse Afrikas, der nach über viertausend Kilometern nicht weit von dort mündete, wo er entsprungen war.

»Wir hören ungefähr dort auf, wo wir begonnen haben«, sagte sie traurig.

Er ging nicht darauf ein. Sein Schweigen klang wie Zustimmung, ganz so, als würden damit die Ereignisse des Sommers ihrer Farben beraubt. Alle Rechnungen beglichen? Auf! Es ist Zeit! Zum Abschied!

Sie verließen das Hotel, Sally fuhr Erik zum Südbahnhof, wo er die Fahrkarte für Prag kaufte. Sally sagte, er müsse das Messer nicht auch noch umdrehen. Aber vermutlich war es für ihn ähnlich hart wie für sie. Haha! Jedenfalls tröstete sich Sally mit diesem Gedanken. Sie schmusten noch ein Weilchen in einer dunklen Ecke, ein letztes Mal. In sechzig Stunden saß er wieder im Zug, auf dem Weg zu der anderen Frau.

Bei der Schnellbahnstation trennten sie sich. Sie gaben einander keinen weiteren Kuss, standen nur stumm voreinander. Schließlich sagte Erik, wir reden noch. Sally sagte nein. Er stupfte sie ein paarmal mit dem Finger verlegen in den Bauch, Sally spürte, dass jetzt sie es war, die sich Mühe gab, nicht wie eine Verliererin dazustehen, eine abblühende Schönheit mit stolz erhobenem Kopf. Jetzt war sie an der Reihe.

Sie gaben einander die Hand.

9

Die dumme und langweilige Strumpfhosenanzieherei ging wieder los. Im Sommer war man mit drei Kleidungsstücken angezogen, im Winter reichten zehn nicht, immer war irgendwo etwas zu dünn oder zu kurz oder zu eng, dort verschaffte sich die Kälte Zutritt, über die Zehen, den Hals oder den hinteren Hosenbund.

Zum Begräbnis von Pomossel ging Sally in einem knielangen Parka mit einer gefütterten Kapuze, die aussah, als hätte man dafür mehrere Teddybären geschlachtet, dazu dunkelblaue Jeans und schwarze Bergschuhe, für ein Begräbnis ein seltsamer Aufzug, seltsame Kombination, aber warm. Sally war gut eingepackt. Sie dachte, ich könnte als Touristin durchgehen, als Fremde, als Besucherin vom Mars. Der Gedanke mit dem Mars kam ihr, weil zu Beginn der Zeremonie *Life on Mars* gespielt wurde. Is there life on Mars? Natürlich nicht. Aber obwohl man annehmen durfte, dass die Mehrzahl der Anwesenden nicht gläubig war – ganz sicher wollte sich niemand sein, und jedenfalls hätte es sich jeder gewünscht, ja, hoffentlich, hoffentlich geht das Leben woanders weiter.

Anfang Oktober hatte sich das Gericht in Sachen Pomossel vertagt, damit psychologische Gutachten eingeholt werden konnten, die helfen würden, die Aussagen der Beteiligten auf ihren Wahrheitsgehalt zu prüfen. Ein normaler Vorgang. Aber wie's so kommt, oft sind es Kleinigkeiten, die einem zum Verhängnis werden. Nach Allerheiligen rekonstruierten Schüler von Pomossel auf seinem Computer im EDV-Raum eine Datei mit verfänglichem Bildmaterial, es hieß, nichts für schwache Nerven. Jetzt steckte Pomossel schon wieder in Erklärungsnot – und erklärte nichts. Die Schulleitung zählte auch ohne sein Mittun zwei und zwei zusammen, man kam zu dem Schluss, dass für einen Mann wie ihn im Schuldienst kein Platz sei, dafür brauchte man kein Attest. Noch ehe die Gerichtsverhandlung fortgesetzt werden konnte, akzeptierte Pomossel die Auflösung seines Dienstvertrags.

Was dann folgte, war wenige Tage später auch in der Zeitung zu lesen. Pomossel verkaufte seine Schildkröten und hängte sich auf.

Wer raten will, kann sich vorstellen, was an der Schule los war. Die Neuigkeit schlug ein wie der Tritt eines Pferdes. Aber die Reaktionen waren empörter Fassungslosigkeit deutlich näher als menschlicher Bestürzung. Klar, die Meinung war gegen ihn, und zu nachgereichtem Interesse, auf das jeder Mensch Anrecht hat, wenn es vorbei ist, brachte kaum jemand den Willen auf, da bildete auch Sally keine große Ausnahme. Sie hatte diesen ungeselligen Waldschrat gemocht, desto abgestoßener war sie jetzt und verwünschte ihn mit Flüchen. Zu seinem Begräbnis ging sie nur widerwillig, den Ausschlag gab, dass sie das Bedürfnis hatte, sich wieder einmal auszuheulen.

Wenn eine Liebschaft schiefläuft, endet bedauerlicherweise nicht auch das Versteckspiel, es feiert weitere Triumphe. Normalerweise rennt man zu einer Freundin, weint sich aus und lässt sich trösten. Aber in so einem Fall? Beginnt die schwierige Heimlichkeit des Trauerns. Die Trauer lässt sich ebenso wenig hinausschreien wie davor das Glück, nur dass das Glück weniger Rechtfertigung und keinen Ansprechpartner verlangt, bei dem man es abladen kann. Da ist das Unglück anspruchsvoller. Doch wen behelligen, wenn man den ganzen Unsinn nicht mehr in der Flasche halten kann? Den Erstbesten vollquatschen, der fragt, was mit einem sei? Das Ausplaudern von Intimitäten – man hütet sich zu wenig vor dem Ausplaudern von Intimitäten. Na – na? Was ist mit Sally los? Wohin des Weges, Sally? He, Sally, was zum Teufel ist mit dir los? – Mit mir? – Wusste sie es selber? Nein. – Also wand sie sich mit weiteren Lügen heraus und wartete ab, was sie in vier Wochen dachte.

Bis es so weit war, eiterten Missmut und Zorn als schlechte Laune aus ihr heraus. Die Familienmitglieder bekamen es am heftigsten ab, die Kinder und Alfred. Sie gingen Sally aus dem Weg, verschon mich, lass deinen Grant an jemand anderem aus! Umso willkommener war das Begräbnis. So ein Begräbnis kann eine große Erleichterung sein, wenn man offiziell zum Weinen keine Veranlassung hat, aber dringend einmal müsste.

Ich muss mir ein Ventil schaffen, sagte Sally zu sich, als sie über den Kiesweg durch den Zentralfriedhof ging. Ich muss diesen Frust ein wenig abschütteln.

In Halle 3 machte sie auf der Suche nach dem richtigen Begräbnis zweimal die Runde, bis sie ein bekanntes Gesicht entdeckte. Als sie in die betreffende Koje schaute, erwiderte eine Lehrerkollegin ihren Blick. Sally lächelte, ihr Lächeln wurde aber nicht erwidert. Ein paar andere schauten ebenfalls und sprachen dann weiter. Sally ging zwischen den Leuten hindurch und suchte sich einen Platz. Vorne beim Sarg hakte derweil ein untersetzter Beamter eine Strichliste ab, mit argwöhnischer Genauigkeit musterte er Einzelheiten, ob alles seine Richtigkeit hatte. Zwischendurch rückte er eine Kranzschleife zurecht. Einige Kerzen brannten, sie kamen aber wenig zur Geltung, da die Fenster von einem weichen Tageslicht getroffen wurden. Der Geruch von verbrennendem Wachs war immerhin angenehm, er milderte die Ausdünstungen der Blumen, die in ihrer üppigen und fetten Süßlichkeit an ein Urinal erinnerten.

Die Trauergemeinde war überschaubar, Pomossels soziale Infrastruktur, drei kleine Gruppen, die streng gesondert blieben, so dass jeden, der kam, ein Gefühl der Ungebetenheit befiel. Zwei dieser Gruppen befanden sich in tuschelnder Halbtrauer, die Abgesandten der Schule und einige Männer unterschiedlicher Altersstufen, vermutlich Pomossels Schildkröten-Freunde. Nur die Angehörigen zeigten Anzeichen von Erschütterung, es schien, als schämten sie sich auch vor denen, die durch ihr Kommen eine gewisse Nachsicht ausdrückten. Ein solcher Todesfall, das war schlimm, schlimmer als weiß der Kuckuck. Die Eltern schienen inwendig ganz gebückt vor Scham, richtig gekrümmt vor lauter *Bitte nicht!* Pomossels Vater saß in bittergesichtiger Erstarrung, von plötzlichem Muskelreißen erschüttert. Die Mutter klammerte sich an den Henkel ihrer Handtasche, sie wirkte, als stünde sie unter dem Einfluss von Beruhigungsmitteln. Eine zweite Frau, deutlich jünger, saß lediglich auf der Stuhlkante, es war, als wolle sie signalisieren, dass sie nicht beabsichtige, länger zu bleiben als unbedingt nötig.

Die Zeremonie begann – jetzt also – mit *Life on Mars*. Ob Pomossel sich das Lied gewünscht hatte? Dieses Mondkalb! Warum nicht? Man traute ihm zu, dass er zu den Menschen gehörte, die ihre Angelegenheiten vor dem Abgang regelten.

Das Lied verklang, der Pfarrer begann seine Rede, er war ein großer und wuchtiger Mann, der sich schwerfällig bewegte mit riesigen, sehnigen Händen wie aus einer Bauernlegende. Er hatte eine auffallend stumpfe Nase und einen böhmischen Akzent, der allem Gesagten etwas Irdisches verlieh. Er erwähnte diejenigen, die mühselig und beladen sind, und sagte, dass es nicht an uns sei zu richten und so weiter. Er konnte nicht gut nichts sagen, stimmt, eins war so gut wie das andere. Sally hörte ohnehin nur ganz am Anfang hin, dann fielen ihr die Augen zu. Sie konnte wieder die Blumen riechen, und eine Zeitlang dachte sie an gar nichts. Doch schließlich schaffte sie den Übergang – den Übergang vom Erhabenen zum Lächerlichen, vom Tod zum Leben, ihrem eigenen nämlich.

Seit dem Tag im Vienna Danube hatte sie Erik nicht mehr gesehen, ein Telefonat war die einzige Ausbeute beim wiederholten Versuch, nochmals mit ihm in Kontakt zu kommen; die Nerven waren ihr einige Male durchgegangen. Das Gespräch selbst verlief einsilbig. Erik konnte nicht frei reden, im Hintergrund hörte Sally Kinderstimmen, ihr blieb fast das Herz stehen, ja, krank, sie wusste, das war krank, aber sie hatte sich verliebt, das hörte nicht von einem Tag auf den andern auf. Umso härter traf es sie, dass Erik nach der mageren Kost nicht zurückrief. Sally hatte jetzt schon selber den Eindruck, dass er feige war. Offenbar hatten Alfred und Nadja einen wunden Punkt berührt. Umso schlimmer für Erik! Ich hätte ihn nicht für ein solches Arschloch gehalten, dachte sie, mir wäre nicht wohl in seiner Haut. Sie suchte nach weiteren *objektiven* Schwachpunkten, die sie darin bestärken sollten, froh zu sein, dass sie ihn los war. Auf allerlei Umwegen ging sie seine *dunklen Seiten* ab, landete am Ende aber immer wieder bei der ernüchternden Erkenntnis, dass sie sich wünschte, die Frau zu sein, derentwegen er Nadja verließ.

Wollte sie das wirklich? Sie hätte kotzen können. Will ich ihn überhaupt? Auf welcher Grundlage? Auf der, die er gerade präsentiert? Wohl eher nicht. Steht Erik für eine Intimität, die mir gefallen würde, während die Person nicht grad der Knaller ist? Steht er für den totalen Liebesrausch, der so bald nicht wiederkommen wird? Steht er für die angenehme Möglichkeit, dass zwei Menschen sich herumwälzen, wann immer sich ihre Wege kreuzen? Vielleicht. – Wenn man jung ist, sind diese Räusche anders, dachte Sally. Wenn man jung ist, besitzt man das intuitive Wissen, dass es in Zukunft noch andere solche Räusche geben wird. Aber jetzt, in Sallys Alter? Da waren sie spärlicher gesät. Wie oft konnte man da noch erwarten, sich zu verlieben? Und wenn doch, wurde es immer komplizierter –.

Vor zwei Tagen hatte sie Nadja getroffen. Sie waren einander auf der Straße begegnet, abends vor der Parfümerie am Elterleinplatz. Nadja war plötzlich vor ihr gestanden, wie aus dem Boden gewachsen, lustlos und bleich. Nachdem Nadja bei dem Gespräch in der Küche völlig enthemmt gewesen war, gab sie sich diesmal nüchtern, wie jemand, der versucht, die Phantasievorstellung von sich selbst als kontrollierter Mensch zu verwirklichen. Sie leitete ihre Sätze mit Wendungen ein, die Sachlichkeit suggerieren sollten, *unter ernsthaften Menschen … wenn man seinen Kopf benutzt …* Doch alles in allem blieb es bei der Grundaussage, dass sie Erik absolut nichts Gutes wünschte. Seit dem letzten Treffen war es nicht sonderlich gut für sie gelaufen, das nahm sie Erik übel. Keine Überraschung. Sie sagte, niemand habe erwartet, dass sich die Russin auf die Seite rollen und tot stellen werde, man könne ihr keinen Vorwurf machen. Erik hingegen sehr wohl. Sonderlich anständig verhalte er sich nicht.

»Wie er sich dabei fühlt, würde mich interessieren«, sagte Nadja ruhig. »Ist er noch auf Wolke sieben oder beginnt er bereits nachzudenken?«

»Dann glaubst du nicht mehr, dass er die andere Frau erfunden hat?« fragte Sally. Sie selber hatte das zweifelhafte Vergnügen gehabt, den Glanz in seinen Augen zu sehen, wenn er von Lena redete. Ein so guter Schauspieler war er nicht.

»Es wäre eine zu schöne Geschichte, um ausgerechnet von Erik erfunden zu sein«, sagte Nadja. »Trotzdem, ich denke viel darüber nach. So wie man Wasser trinkt, um den Bauch zu füllen.«

»Ja, kann sein, es lenkt ab«, sagte Sally.

»Aber es ändert nichts an den Tatsachen, außer vielleicht daran, wie ich mich fühle«, sagte Nadja. »Nüchtern betrachtet, ist Erik wie die meisten Männer, faul und hilflos. Seine Hemden bügeln? Niemals! Es muss also jemanden geben, der es für ihn macht.«

»Eine Dumme findet sich immer.«

»Ich war auch so eine.«

»Vielleicht wird die Russin nach einiger Zeit feststellen, dass das Zusammenleben mit ihm nicht so idyllisch ist, wie sie es sich im Moment noch vorstellt.«

»Ja, es ist nicht leicht, mit Erik zusammenzuleben. Er ist schon ziemlich festgefahren in der Art, wie er lebt.« Nadja machte eine Pause. Sie bekam ein leeres Gesicht. »Aber natürlich bin ich auch schon ziemlich festgefahren in der Art, wie ich lebe.«

»Du hast doch sicher Pläne?« sagte Sally.

»Kann sein, ich nehme ein Engagement im Ausland an«, antwortete sie lapidar. »Ich habe ein Angebot aus Straßburg.«

»Straßburg!« wiederholte Sally.

»Besser als Wien«, erklärte Nadja und schüttelte sich, als würde sie frösteln. »Selbstmordversuche wegen der Liebe, Besäufnisse wegen der Liebe und Schreikrämpfe wegen der Liebe. Das ist hier an der Tagesordnung. Gestern musste fünf Minuten vor Beginn vor ausverkauftem Haus die Vorstellung abgesagt werden, weil sich eine Sängerin wegen dem Dirigenten in hysterischen Krämpfen gewälzt hat. Das nimmt sogar das Wiener Publikum übel.«

»Du wirst es vermissen.«

»Ich werde es ganz bestimmt nicht vermissen!«

»Straßburg stellt man sich jedenfalls ruhiger vor.«

»Dort könnte Fanni ein wenig Französisch lernen.«

»Das würde für Erik den Kontakt zu ihr erschweren«, stellte Sally fest. »Das träfe ihn hart.«

»Das hätte er sich früher überlegen müssen, bevor er einen solchen Blödsinn baut.«

»Ja, so gesehen geschieht es ihm recht.«

»Und wenn ihn die Russin sitzenlässt«, sagte Nadja in einem leiseren Tonfall. »Ich stelle mir vor, wie es für ihn ist, wenn er mutterseelenallein in der Wilhelminenstraße lebt. Heimkommen, und niemand ist da, kein Essen gekocht, keine Unterhaltung durch die Kinder. Den Einkauf muss er selber besorgen, und die schmutzigen Hemden bringt er in die Putzerei. Und die Abende sind lang, weißt du, Sally, da wird mehr Wein getrunken, als einem guttut. Und vielleicht wird auch so manche Zigarette geraucht. Ich glaube, das ist ziemlich realistisch. Mein Gefühl sagt mir, dass er grausam einfahren wird. Er hätte sein Gehirn früher einschalten sollen. Es gibt ein böses Erwachen. Na ja, nur meine bescheidene Meinung.«

»Ob ihn das zum Umdenken bringen wird?«

»Wen interessiert es?«

»Ja, wen interessiert es«, wiederholte Sally.

Mich vielleicht? Wo es so aussieht, als werde ich schwerlich eine Rolle spielen in diesem Ende? Das dachte sie. Es ist, als wäre ich ein Charakter in einer Seifenoper, der umgebracht worden ist und den Rest von einer Wolke aus beobachten muss, in fasziniertem Horror. Ich wünschte, es würde mich nicht kümmern, Erik, das Ende, Nadja, der ganze lächerliche Unsinn. Aber leider, es kümmert mich jede Menge. Ja, jede Menge!

Und sie hörte sich sagen – hab ich das jetzt wirklich laut gesagt?

»Er ist ein Arschloch.«

Nadja schaute erstaunt. Gleich darauf hatte ihr Blick einen amüsierten Zug, kein Zweifel, es belustigte sie, was Sally gesagt hatte, aber sie nahm das Stichwort nicht auf.

Kurz darauf trennten sie sich. Jede ging weiter, dorthin, wohin sie halt musste. Sally glaubte nicht, dass sie und Nadja nach diesen Ereignissen weiter befreundet sein würden. *Finis*, wie man eine Geschichte zu Ende erzählt, wie man es auf Grabsteine schreibt, der Auszählreim des Lebens, und raus bist du.

Seit einigen Minuten beschäftigte sich der Pfarrer mit der Person des Toten, er tat es mit einer Brüderlichkeit, als ob er Pomossel von Kindesbeinen an gekannt habe. Vermutlich war ihm kurz vor der Zeremonie ein Zettel übergeben worden, an dem er sich orientieren konnte. Inhaltlich machte er seine Sache gut, nur verhedderte er sich ständig im Text, es war, als stolperte er eine Leiter hoch mit lauter sich drehenden Sprossen. Großstädtische Schwerstarbeit. Alle sechzig Minuten ein anderer Fremder, der zur sogenannten Ruhe gebettet werden musste.

Endlich hatte es der Pfarrer geschafft, er zog sich zurück ins einschlägig Allgemeine, das ging wieder wie geschmiert, sotto voce, sein Wille geschehe, nur wie ein Hauch steht jeder Mensch da, dunkel ist die Nacht, erbarme dich unser, auf diesem Gestirn, dessen Gäste wir sind, ich bin die Auferstehung und das Leben. Eine zweite Musiknummer wurde eingespielt, eine schwermütige Nummer von Buena Vista Social Club. Jetzt spürte Sally erstmals, dass ihr die Tränen aufstiegen, sie quollen, wenn sie blinzelte, unter den Augenlidern hervor.

Der Sarg wurde mit den wenigen Kränzen und Bouquets zu einem Wagen mit offener Ladefläche gebracht, der Wagen fuhr im Schritttempo zum ausgehobenen Grab, vorneweg ein Mann mit hochgehaltenem Kreuz, hinter dem Wagen die Angehörigen und der ganze Schweif. Sally stolperte den Kiesweg entlang, in der dünnen Wattierung konnte sie mit offenen Augen in die Sonne schauen, sie spürte, wie erregt sie war. Ihr Herz klopfte wie ein Uhrwerk.

Die Arbeiter stellten den Sarg auf zwei Planken über die offene Grube, anschließend wurde neuerlich geredet und gebetet. Sally hatte das Gefühl, alles gehe wieder von vorne los. Das Vaterunser kam an die Reihe. Sally dachte an einen Satz aus einem Märchen von Hans Christian Andersen: *Er wollte das Vaterunser beten, aber es fiel ihm nur das große Einmaleins ein.* Pomossel hatte Mathematik unterrichtet, und unter diesem Gesichtspunkt war die Wirkung des Vaterunsers von einer so drängenden, so brutalen Schönheit, dass Sally in das Weinen derer, die schon begonnen hatten, einstimmte. Zuerst leise und unterdrückt, wie es sich gehört, nicht laut heraus, das kam erst später, als das Leise und Unterdrückte all die Gefühle, die nicht leise und unterdrückt sein wollten, freigesetzt hatte. Doch als es so weit war, schluchzte Sally heftig, und sie empfand dabei eine Erregung, wie sie normalerweise nur von verbotenen Dingen hervorgebracht wird. Sie hatte ein unangenehmes Gefühl dabei, es war, als wäre ein Damm gebrochen und sie würde auslaufen und müsste sich dafür entschuldigen.

Egal, sie ließ es geschehen, was soll's, das kann jedem passieren. Und der einzige männliche Kollege, der sich zum Begräbnis verirrt hatte, ein Religionslehrer, legte besänftigend den Arm um ihre Schultern, sie schluckte, grinste tapfer, besann sich und heulte weiter.

Die Arbeiter kurbelten den Sarg nach unten, hinunter in das Loch. Schon seltsam. Jetzt kam das Werfen von Erde auf den Sarg, Sally riss sich zusammen, für das Erdewerfen brauchte es Konzentration und Technik, das war ihr in der Kindheit von ihrem Großvater beigebracht worden, die Wiener Wissenschaft am Grabesrand. In der linken Hand das Trinkgeld für die Totengräber, und während man mit der anderen Hand die Schaufel mit Erde entgegennahm, übergab man dem Totengräber die Münze, warf die Erde auf den Sarg, während der Totengräber das Geld einsteckte, die leere Schaufel gab man zurück in die wieder leeren Hände. So schnell ging das, im Handumdrehen. Grube ausheben, Grube zuschaufeln, bescheidenes Trinkgeld, das war's, Ende, und weiter mit der Geschichte.

Die Trauergesellschaft zerstreute sich. Sally hatte ein Gefühl des Ungenügens, weil sie den Angehörigen kondoliert, es aber nicht fertiggebracht hatte, etwas Freundliches zu sagen. Bei der Lueger-Kirche blieb sie mit den Lehrerkollegen noch einige Minuten stehen, sie waren alle noch nicht wieder ausreichend bewegungsfähig für die irdische Weihnachtswelt jenseits der Friedhofsmauern, für das ganze abgeschmackte Geklingel.

Nur die eine Kollegin, die dafür bekannt war, dass sie kein Blatt vor den Mund nahm, hatte offenbar schon wieder ausreichend Boden unter den Füßen. Sie fragte, ob Sally mit Pomossel näher gewesen sei, das hieß, durch die Blume gesagt: Ob sie mit ihm ein Verhältnis gehabt habe.

»Wie kommst du drauf?!« fragte Sally schniefend.

»Weil du so geweint hast.«

Sally zog den Rotz hoch und wischte ihn sich von den Lippen. Ihr Ruf in diesem Punkt stand allem Anschein nach fest, sie ärgerte sich nicht besonders.

»Bei mir läuft in letzter Zeit alles schief«, sagte sie ratlos. »Da habe ich die Gelegenheit beim Schopf gepackt und mich ausgeheult. Das ist alles.«

Ihre Kehle schmerzte, und die Rippen fühlten sich nach dem Weinen weich an.

»Tut mir leid, dass du Kummer hast«, sagte die Kollegin.

»Danke. Es wird schon wieder«, sagte Sally mit einem matten Lächeln. »Wenn ich die Schnauze voll habe, schließe ich mich einem Zirkus an.«

Und sie dachte, ich habe überhaupt keine Kontrolle mehr. Nicht dass man je viel hätte, aber so wie jetzt, das ist arg. Und ich mag es nicht. Ich spüre, ich brauche ein kleines Element, das ich kontrollieren kann. Aber was? Ich weiß noch nicht einmal, was ich will. Ich bin komplett unentschlossen.

Während sie so dachte, tauschten die anderen die üblichen Reminiszenzen aus. Die Kollegin sagte, dass Pomossel ein tolles Gedächtnis gehabt habe und als Student Österreichischer Meister im Maschinschreiben gewesen sei, von der Weltöffentlichkeit ignoriert. Lauter solche Sachen.

»Das wusste ich nicht.«

Sally sah die Klassenfotos vor sich, die sie in Pomossels Schrank gefunden hatte, mit seiner sehr ausdrucksstarken jungen und langsam älter werdenden Gestalt, immer am linken Rand, vom Betrachter aus gesehen, einmal mit einer Schieberkappe, einmal mit einer Zigarette im Mund. Sehr eindrucksvoll. Und schlau. Gerissen.

Aber beim Wettbewerb während der vergangenen Matura, wer mehr Schreibpapier zustellt, hatte er gegen Sally beide Male verloren, dieser Unglücksmensch.

»Rätselhaft bleibt, wie er am Ende so um den Verstand kommen konnte«, sagte sie vorwurfsvoll. »Ein bisschen um den Verstand kommen, meinetwegen, aber nicht so.«

»Das hätte niemand erwartet.«

»Ja, dass man so wegtreiben kann.«

»Und sich dann aufhängen. Das war in etwa das Dümmste, was er tun konnte.«

Sally ließ einen verlorenen Blick über das riesige Friedhofsareal schweifen, die Rasenflächen mit den Grabsteinen lagen reglos da, die kahlen Bäume sahen aus, als wären sie aus Eisen.

Und wie leblos die vielen Krähen in den Ästen aussahen!

»Im Hinblick auf das betroffene Mädchen«, sagte sie. »Ein totales Versagen.«

Die Kollegin nickte ein wenig betreten.

»Aber wenn jemand eine solche Abkürzung nimmt«, sagte sie, »steckt vermutlich ein Maß an Verzweiflung dahinter, ich glaube, da bringt es nicht viel, wenn man an die Vernunft appelliert.«

»Ich fürchte, du hast recht.«

»Für das Mädchen ist es trotzdem bitter«, bestätigte der junge Religionslehrer, der Sally am offenen Grab getröstet hatte. »Für eine Siebzehnjährige ist das eine harte Nuss zum Knacken.«

»Ich weiß schon nicht mehr, ob ich Pomossel wirklich gemocht habe«, sagte Sally grimmig. »Vielleicht habe ich ihn nur interessant gefunden.«

»Jedenfalls nicht alltäglich.«

»Das kann man wohl sagen.«

»Ein ziemliches Unikum.«

Der Kollege zündete sich mit einem eidechsenhäutigen Zippo, das eine viel zu hohe Flamme warf, eine Zigarette an.

»Wenn stimmt«, sinnierte er, »was Katharine Hepburn in *African Queen* sagt, dass die Natur zu überwinden das ist, wozu wir auf der Welt sind, hat Pomossel das Ziel eindeutig verfehlt.«

Sie lachten alle, fidirallala! Für einen Moment war es befreiend. Dabei lachten sie vor allem deshalb, weil sie auch selbst gemeint waren und weil es gleichzeitig so vieles gab, was sie voneinander nicht wussten.

»Ich muss noch zum Einkaufen«, entschuldigte sich Sally plötzlich. Sie blickte zum Himmel hoch, der sich grau über den Bäumen spannte, dem Tag ging sichtlich die Kraft aus.

»Bis Montag!« rief sie.

Sie drehte sich abrupt um. Mit schnellen Schritten ging sie hinunter zur Straßenbahnhaltestelle, dort warteten drei der Männer, die an Pomossels Begräbnis teilgenommen hatten. Sie schauten Sally nicht an. Und schon wieder (oder immer noch) fühlte sie sich unbehaglich, und schon wieder (immer noch) hatte sie das Bedürfnis, jemanden um Verzeihung zu bitten, ja, Sally, Sally, du verrücktes Huhn, du bist ja auch schon ganz kaputt, es ist nicht zu fassen.

Der nächste Tag war ein Samstag. Sally wachte morgens auf, und die Dächer der Nachbarhäuser waren mit Schnee überzogen. Alfred wollte es zunächst nicht glauben, er behauptete, das sei einer von Sallys Tricks, um ihn aus dem Bett zu kriegen. Doch als sie die Vorhänge beiseitezog, fiel ein Licht herein, das sich so gleichmäßig und hell im Zimmer verteilte, dass auch Alfred die Veränderung zu den Vortagen anerkennen musste. Die Temperatur war weiter gefallen. Sally drehte die Heizung zum ersten Mal in diesem Winter ganz auf. Gott sei Dank hatte sie ihre Gartenpflanzen schon unter Dach und Fach. Alfred hingegen hatte noch welche draußen, um die er sich kümmern musste, sonst erfroren sie ihm.

Mitte des Vormittags wurden aus dem Westen die ersten tödlichen Unfälle und etliche Straßensperren gemeldet. Auch in Wien schneite es heftig. Trotzdem arbeitete Alfred auf der Terrasse. Vom Wohnzimmer aus, wo Sally Staub saugte, sah sie, dass er sich ziemlich plagte, als er den großen Topf mit dem Rhododendron zum Einwintern Richtung Kellerstiege schob. Die Sehnen traten ihm am Hals hervor. Dieser Anblick berührte Sally seltsam, ihr war klar, Alfred machte gerade eine harte Zeit durch, er atmete zu Hause ziemlich befremdliche Luft. Früher hätte sie ihm geholfen. Und doch, wenn man ihn so sah, in seiner alten Lieblingsjacke, deren Seitentaschen eingerissen waren, er bewegte sich nicht mehr wie ein zum Tode Verurteilter, er schien entschlossen, seine Arbeit zu einem raschen Ende zu bringen.

Sally fuhr mit dem Wagen zum Einkaufen, in den Geschäften herrschte ein Gedränge zum Verrücktwerden, Menschenmassen wie bei den Mongolenstürmen. Als sie zurückkam und die Taschen in die Küche schleppte, frühstückte dort eine in sich hineinglucksende Emma. Doch als Sally das Wort an sie richtete, verdrückte sie sich sofort nach oben. Grund: Sie müsse für eine musikwissenschaftliche Prüfung pauken.

Zu diesem Zeitpunkt erbrachte Gustav noch immer seine samstägliche Schlafleistung. Er tauchte erst kurz vor Mittag auf, geweckt von der Aufregung, die entstanden war, weil eine französische Spedition die Truhe lieferte, die Alfred nach langem Suchen im Internet ersteigert hatte. Ursprünglich aus Libyen, wurde sie von einem Auktionshaus in Paris überstellt, ein später Ersatz für das beim Einbruch zertrümmerte Zuhause von Alfreds Tagebüchern und Schallplatten.

Gustav half, die Truhe in Alfreds Arbeitszimmer zu tragen und in die Ecke hinter der Tür zu rücken. Er sagte, Alfred solle sie bloß nicht wieder absperren, niemand habe das geringste Interesse an dem, was er darin horte. Er sagte es sehr direkt, deutlich und klar, aber in einer sympathischen, wohltuenden Unbekümmertheit. Sally wunderte sich, woher er das hatte, sie dachte, dass sie sich freuen würde, wenn es von ihr käme. Aber war es wichtig? Machte es einen Unterschied? Allerhöchstens am Rande. Hauptsache, er besaß dieses Talent.

»Dir werden die Mädchen einmal scharenweise nachlaufen«, sagte sie. »Da bin ich mir sicher.«

»Das tun sie vermutlich jetzt schon«, sagte Alfred. »Drum ist er so vorlaut.«

Sally saß am Schreibtisch und schaute den Männern zu. Gustav ging wieder hinaus. Sally blieb sitzen, während Alfred seine Tagebücher von der Obstkiste in die Truhe räumte.

Seit dem Einbruch waren mehr als vier Monate vergangen, und das Haus hatte längst wieder angefangen, neue Dinge in sich aufzunehmen. Und all die alten, vertrauten Dinge, die unversehrt geblieben waren, vermittelten nicht mehr die Gefahr, dass sie ebenfalls gestohlen oder zerstört werden könnten. Die unbewegten Gegenstände hatten dorthin zurückgefunden, wohin sie gehörten, in ein unbewegtes Dasein. Selbst Alfred bewegte sich im Haus wieder mit einem Gefühl der Sicherheit, die Angst, dass im nächsten Moment Dinge aus den Schränken oder Regalen fallen oder einfach verschwinden könnten, hatte sich verzogen. Das Echo in der Luft, dieser Gebäude-Tinnitus, der an den Einbruch erinnerte, war verklungen. Die Hysterie im Haus hatte sich gelegt.

Ohne einen besonderen Tonfall sagte Sally:

»Ich kann meine vanillefarbene Unterhose nicht finden. Ich habe sie gewaschen und über den Heizkörper im Bad gelegt. Dort ist sie jetzt nicht mehr. Weißt du, wer sie weggenommen haben könnte?«

»Keine Ahnung«, sagte Alfred.

Nicht dass Sally etwas anderes erwartet hatte, ihr war klar, dass Alfred die Unterhose nicht weggenommen hatte, es geschah selten, dass er etwas wegräumte, was ihm nicht gehörte.

»Emma habe ich schon gefragt«, sagte Sally. »Sie weiß ebenfalls von nichts.«

»Die wird schon wieder auftauchen«, sagte Alfred.

Jetzt befanden sich alle Tagebücher bis auf das aktuelle in der Truhe, eins auf dem andern, diese fortgesetzte, langwierige Erzählung davon, wo Alfred rühmlich und wo er glücklich, wo er kläglich und wo er unsäglich gewesen war. Bevor Alfred mit den Schallplatten fortfuhr, stand er für einige Momente in stummer Betrachtung und beobachtete, wie sich die Tagebücher in ihrem neuen Zuhause machten. Sie lagen zusammengedrängt wie Rehe im Winter, vielleicht bauschten sie sich ein wenig im kalten Lufthauch, der noch im Holz hing – als würden sie atmen.

»Wer außer Emma fängt mit einem Damenslip etwas an?« fragte Sally kopfschüttelnd. »Kryptisch.«

Sie räumte am Schreibtisch den Brieföffner und einige Stifte beiseite, dann legte sie ihr bleiches Gesicht seitlich auf die am Tisch verschränkten Arme. Sie hatte Alfred weiterhin im Auge und rührte sich eine Weile nicht. Alfred schaute sie an, dann blickte er im Zimmer von einem Gegenstand zum andern, man konnte sehen, dass er zufrieden war. Alles stand an seinem Platz und stärkte ihn. Er hatte lange dafür gebraucht, Monate, Jahre, Jahrzehnte!

»Bist du glücklich?« fragte sie.

In Portionen zu fünf oder zehn füllte er den freigebliebenen Platz in der Truhe mit Schallplatten.

»Sehe ich so aus?« antwortete er erstaunt.

»Das nicht gerade. Aber ein Unterschied ist schon zu beobachten.«

»Ich glaube, ich habe es überstanden«, sagte er nachdenklich. Und er lächelte, aber nur ganz kurz, für sich.

»Das ist ja beruhigend«, sagte sie.

Das war alles, was sie fürs Erste redeten. Sally hatte den Kopf weiterhin auf den Armen liegen, sie dachte darüber nach, wie Alfred und sie sich verändert hatten, sich und einander, und wie verletzend es war, dass sie ein wenig einer des anderen Geschöpf waren und deshalb füreinander verantwortlich. Gleichzeitig war dieser Gedanke natürlich beruhigend. Genaugenommen behagte ihr die Idee eines Ehemannes und selbst die Idee, dass Alfred dieser Ehemann war – seit mehr als fünfundzwanzig Jahren. Sie mochte diese Idee. In der Praxis hielt sie sich Ehe und Ehemann oft vom Leib. Aber sie fand es gut, dass man sich im Gespräch auf einen Ehemann beziehen und im Alltag gelegentlich darauf zurückgreifen konnte.

Nach einiger Zeit nahm Alfred das Gespräch wieder auf.

»Du bist heute so zahm, Sally?«

Für ihn war das eine ungewöhnliche Frage, zumal er nichts Besonderes auf dem Herzen zu haben schien.

»Ich habe keine Kraft mehr zum Streiten«, sagte sie leise.

»Soll ich die Rettung rufen?« fragte er. Es war nicht böser gemeint als nötig, also ließ Sally es auf sich sitzen.

Alfred arbeitete weiter.

»Ich habe gestern eine SMS von Nadja bekommen«,

sagte er schließlich. »Sie will wissen, wie ich ihre Chancen einschätze.«

Mit einem Anflug von Verwunderung sah Sally auf, sie sah nur Alfreds Rücken, er unterbrach seine Arbeit nicht.

»Was hast du geantwortet?« fragte sie.

»Bis jetzt habe ich noch gar nichts geantwortet.«

»Das sieht dir ähnlich«, gab sie vorwurfsvoll zurück. »Du solltest sie nicht hängenlassen, es geht ihr nicht besonders gut.«

Versonnen schaute er auf eine Platte von Blood, Sweat & Tears, dann legte er sie beiseite, als beabsichtige er, sie wieder einmal anzuhören.

»Aber ich habe mit Erik telefoniert«, sagte er.

Wieder sah Sally ihn mit Verwunderung an, mit einem staunenden und zugleich unschuldigen Blick. Sie sagte nichts, sie wusste, dass sie Alfred nicht dazu auffordern musste, ihr vom Verlauf des Gesprächs zu berichten. Sie hatte keine Lust mehr auf dieses demütigende Entlangbalancieren am Rand von Lügen.

Offenbar legte es Erik auf die Scheidung an, sogar die Modalitäten hätten sich schon konkretisiert. Ihm selber, Alfred, sei es ein Rätsel, dass sich die Leute ständig scheiden ließen, man müsse doch mit seiner Frau reden. Und wenn der Karren ärger in den Dreck gefahren sei, müsse man eben eine höhere Macht anrufen. Was für eine höhere Macht? Die Vernunft! Aber davon sei bei Erik nicht viel zu spüren.

»Kurzum«, resümierte er, »so wie Erik im Moment denkt und agiert, kann ihn niemand mehr kalkulieren. Er behauptet zwar, dass ihm an Nadja nichts mehr liegt, aber das glaube ich ihm nicht.«

»Schreib ihr das«, sagte Sally müde. »Es wird ihr helfen.«

»Ich bin ebenfalls ein feiger Hund«, gab Alfred seufzend zurück. »Aber zum Glück anders feig als Erik.«

Er hielt eine LP von Jethro Tull ins Licht, dabei schüttelte er den Kopf, aber es war unmöglich zu erkennen, was die Ursache für das Kopfschütteln war, ein Gedanke über die Aulichs oder der am Cover abgebildete Ian Anderson. Oder Alfred selber?

Zwei- oder dreimal hatte auch Alfred eine Affäre gehabt. Sally wusste so làlà Bescheid. Aber was sie sehr gut wusste, war, dass er den Situationen kein einziges Mal gewachsen gewesen war. Die Welt des Seitensprungs gefiel Alfred nur in der Imagination. Dort war sie voller Poesie, ohne Uhren und Schlafdefizit, mit viel rotem Plüsch. Und Alkohol spielte dort auch keine Rolle. Wenn Alfred in der realen Welt des Seitensprungs landete, stellte sich heraus, dass sie den Gesetzen des Lebens unterstand wie alles. Mit allen Härten. Und dass er dort auf das traf, was er am wenigsten an sich mochte, erwies sich ebenfalls als hinderlich: seine Unentschlossenheit, Ängstlichkeit, seine mangelnde Rücksichtslosigkeit und sein Harmoniebedürfnis. Also nahm er immer rasch wieder Reißaus und rannte nach Hause zurück.

Einmal hatte Sally eine frühere Arbeitskollegin getroffen, die Kollegin hatte sich nach Alfred erkundigt, Sally hatte Auskunft gegeben und in diesem Zusammenhang gesagt, im Fall einer Trennung von Alfred würde sie unter anderem vermissen, dass sie bei ihm nie Angst haben musste, betrogen zu werden. Er sei weit davon entfernt, anderen Frauen hinterherzusteigen. Die frühere Kollegin hatte die Augen aufgerissen und gesagt: Vergiss es, Sally! Natürlich betrügt er dich! Er hat dich mit mir betrogen! – Dann hatte sie Sally die ganze Geschichte erzählt, keine sonderlich ruhmreiche Geschichte. Trotzdem war Sally im Nachhinein sehr verärgert gewesen, sehr eifersüchtig.

Im Arbeitszimmer herrschte wieder mustergültige Ordnung. Alfred bewunderte einige Sekunden lang den Inhalt der Truhe, dann klappte er den Deckel zu, schaute das neue Möbelstück an und setzte sich drauf.

»Erik hat kein Rückgrat bewiesen«, sagte er, indem er sich vorbeugte und die Arme auf die Knie stützte. »Und wenn das einmal passiert, wird es wieder passieren. Und das ist der Grund, warum er sich selbst disqualifiziert hat. Er ist dadurch in meiner Achtung gefallen. Ich an Nadjas Stelle würde ihn nicht zurücknehmen, obwohl sie ihn offenbar zurücknehmen würde.«

Ihre Blicke trafen sich, Sallys grüngraue und Alfreds braune Augen. Sally schien es, als habe Alfred Oberwasser bekommen, seit die Ehe der Aulichs in Schieflage geraten war. Seine eigene Ehe hielt noch immer, mehr oder weniger, das munterte ihn auf.

»Siehst du es nicht auch so?« fragte er.

Es war Sally nicht mehr unangenehm, Erik in diesem neuen Licht zu betrachten. Ja, ich glaube, er ist der Bösewicht in dem Stück, das fühlt sich gut an, wenn ich es denke, also wird es schon wahr sein.

»Ja, ich glaube, Erik ist der Bösewicht in dem Stück«, sagte sie.

»Neben Nadja ist das keine geringe Leistung«, sagte Alfred.

»Ich hätte es ihm nicht zugetraut.«

»Ich auch nicht.«

Aber wer wusste schon, was sich in Eriks Kopf abspielte. Sally hatte ihm nichts Ernsthaftes vorzuwerfen. Im Vienna Danube, als sie darüber geredet hatten, ob sie bedauern sollten, was geschehen war, und er mit einem vehementen *Natürlich nicht!* geantwortet hatte, war später der Nachsatz gekommen, er bedauere, dass er nicht netter zu ihr gewesen sei. Aber was hieß das schon? Netter? Ein wenig netter konnte man immer sein. Oder wusste Erik mehr als sie? Abmachungen hatte er nicht gebrochen, es gab keinen Grund, sich betrogen zu fühlen, keine Versprechen oder nur temporäre, alles jederzeit widerrufbar, keine Bänder geknüpft, nur zarte. Und Erik ließ auch jetzt alles offen und ungelöst, mit einem dick unterstrichenen Vielleicht. Sally – ein *Wir werden sehen-Projekt.* Aber vermutlich war auch das *Wir werden sehen-Projekt* von Eriks Feigheit inspiriert. Oder von seiner Gelassenheit? Seiner Ehrlichkeit? Seiner Voraussicht? Womöglich fand die Russin plötzlich einen anderen, und die ganze Geschichte zerschlug sich. Nichts war ausgeschlossen. Es waren schon seltsamere Dinge passiert.

Am wahrscheinlichsten war, dass Sally nur als kurzes Interregnum in die Annalen einging, als Brücke, als Übergangsfigur, ich, Sally Fink, die Übergangsfigur.

Das dachte sie. Dann schlich sie an diesem Gedanken vorbei und sagte zu Alfred:

»Er behandelt Nadja wirklich sehr schäbig.«

Um nicht auch sich selber zu erwähnen.

»Und jetzt lässt er einen Anwalt aufmarschieren«, sagte Alfred, »der den Auftrag hat, eine Trennungsvereinbarung aufzusetzen. Die soll Nadja möglichst schnell unterschreiben, bevor sie endgültig überschnappt.«

Sally richtete sich auf und tauschte mit Alfred ein Stirnrunzeln.

»Hat er das gesagt?« fragte sie.

»Ziemlich wortwörtlich.«

»Und sonst?«

»Sonst hat er nur Blödsinn geredet«, sagte Alfred.

Es klang, als wolle er trotzdem etwas hinzufügen, aber dazu kam es nicht, weil sie keine Ruhe mehr hatten. Emma nutzte eine Lernpause, um die Truhe zu bewundern.

»Dann werde ich mich auf mein Kreuzworträtsel stürzen«, sagte Sally. Sie verräumte die leere Obstkiste unter der Treppe, wo Alfred im Sommer ausgemistet hatte, weil dort die Steuerkonsole der Alarmanlage hingekommen war. Anschließend ging sie aufs Klo. Als sie wieder herauskam, hörte sie für einige Sekunden in Alfreds Arbeitszimmer über sich reden.

»Sie ist im Moment nicht auszuhalten.«

»Macht nichts, das wird schon wieder«, antwortete Alfred, entspannt und klar. Unmittelbar darauf machte er die Tür zu, und obwohl Sally noch eine Weile im Flur stehen blieb und lauschte, war nichts mehr zu verstehen.

Der Nachmittag verlief ruhig. Sally versuchte, ihren Gedanken mit einem Spaziergang nachzuhelfen, aber ihre

Geister blieben lahm. Es schneite noch immer, die Flocken wurden schwerer. Oder größer? Vermutlich größer. War das nicht ein Zeichen, dass es bald wieder aufhörte? Sie wusste es nicht mehr, es war ihr egal.

Als sie wieder nach Hause kam, war die Küche, die sie in schrecklicher Unordnung zurückgelassen hatte, aufgeräumt. Sie fragte sich, ob sie jetzt ein schlechtes Gewissen haben musste. Nein, bewahre! In den vergangenen Wochen war sie zwar keine Quelle der Zuverlässigkeit gewesen, trotzdem kam sie zu dem gerechtfertigten Schluss, dass es sich nicht nur um ihre Küche handelte, sondern um die der ganzen Familie. Es freute sie immerhin, dass die Ankunft des ersten Schnees und die Lieferung der Truhe Alfred zu Aktivitäten beflügelt hatte. Er rannte gerade die Stiegen rauf und runter auf der Suche nach seinem Schraubenzieherset.

»Mein Name ist Hase«, sagte Sally, als er sie darauf ansprach.

»Ich habe die Küche aufgeräumt«, stellte er beiläufig fest in der Hoffnung, Lob zu ergattern.

Sally überlegte, was sie darauf antworten sollte, und weil sie die kleine Reserve, die ihr bei Alfred geblieben war, nicht unnötig belasten wollte, sagte sie diplomatisch:

»Ich bedanke mich im Namen der ganzen Familie.«

Anschließend zog sie sich in ihr Zimmer zurück, sie fiel auf das ungemachte Bett und schlief ein, als hätte man ihr K.o.-Tropfen verabreicht. Als sie nach einer Stunde wieder aufwachte, fühlte sie sich besser. Sie blickte sich um. Das Dachfenster war schneebedeckt, man konnte nicht erkennen, ob weiterer Schnee dazukam, so dicht lag er schon auf dem Glas. Das kleine Zimmer war dadurch ganz abgeschlossen, eine kleine Insel im Universum: die weißgetünchte Wand mit dem Bild des Bettes von Ann Shakespeare, Dachschräge, Bücherregale, Ordner mit Unterrichtsbehelfen, die Schildkröten, die reglos unter der Wärmelampe lagen. Und mittendrin Sally, unendlich froh, dass sie dieses Zimmer hatte, so wie sie in der Schule als Zufluchtsort die Einzeltoilette neben dem Musiksaal hatte, die praktisch nur von ihr verwendet wurde. Auch dort empfand sie ein Gefühl von Privatheit. Und letztlich war es auch mit dem Wäscheraum in ihrer Kindheit so gewesen, an bestimmten Tagen hatte sie zuverlässig gewusst, dass sich außer ihr niemand dorthin verirren würde.

Von unten hörte sie weiterhin Alfred über die Stiegen poltern. In den Dachboden würde er nicht vordringen, zu sehr respektierte er diesen Bereich des Hauses als den Ort, an dem Sally ihren Wunsch nach Abgeschiedenheit befriedigte. Sie fühlte sich hier wohl, es erleichterte sie, dass sie sich hier nicht mit anderen Menschen auseinandersetzen oder, schlimmer, mit ihnen vergleichen musste. Hier gelang es ihr sogar, sich eine halbe Stunde lang auf nüchternes Nachdenken einzulassen.

Zunächst lief es darauf hinaus, dass es unmöglich war, von ihrem Standpunkt aus zu einer zentralen Wahrheit zu gelangen, dafür bewegte sie sich in allzu unübersichtlichem Gelände: Liebe, Neid, Eifersucht, Angst, Ungeduld, Lebensgier und die ganzen konventionellen Illusionen. Sie versank für einige Augenblicke in reumütige Gedanken, sie fühlte sich schuldig wegen der Art, wie sie mit Alfred umsprang. Er musste einem wirklich leidtun, sie war keine rücksichtsvolle Partnerin mehr für ihn, trotzdem versuchte er seit Wochen, die gespannte Lage zu entschärfen (ja? tat er das wirklich?). Und sie? Sie fand sein Verhalten abstoßend und wusste nicht, warum. Wie sich das anfühlte, wenn sie ein Gespräch führten, das nicht wie Armdrücken war, hatte sie bis zur Situation vorhin in Alfreds Arbeitszimmer fast schon vergessen gehabt. Sie dachte, hoffentlich trägt er mir die Spielchen, die ich mir in letzter Zeit erlaubt habe, nicht allzu sehr nach. Und natürlich hat er recht mit dem, was er vor einigen Tagen gesagt hat, dass ich mir nicht geben lasse, worum ich bitte. Ich hätte das Erbetene gerne woanders bekommen. Von Erik. Schon wieder der! Ja, es erinnert ein wenig an die Art, wie man nicht aufhören kann, an einer verkrusteten Wunde zu kratzen.

Wenn Erik sich von Nadja scheiden ließ und in einen anderen Bezirk zog und die Russin heiratete oder mit ihr lebte, bedeutete das auch das Ende aller Beziehungen zu Sally. Das dachte sie. Tja. Und dieses Szenario war ziemlich realistisch, warum sollte Erik eine alte Schachtel herumschleifen, wenn er auch eine Junge haben konnte.

Bin ich eine alte Schachtel? Wenn ich mich von außen betrachte? Sie fragte sich: Wie wirke ich dann? – Oft fühlte sie sich jünger, als sie war, und sie verspürte immer ein wenig die Angst, dass es dafür nur einen einzigen Grund gab, nämlich den, dass sie ihr wahres Alter nicht akzeptierte. Aber sie glaubte, sie akzeptierte ihr Alter sehr wohl, sie wusste genau, ich bin so und so alt, keinen Tag jünger, und meistens ist es eh später, als man denkt. Aber einc gewisse Mentalität akzeptierte sie nicht, und diese Mentalität fand sie oft bei Bekannten in ihrem Alter, die ihren Wein aus mundgeblasenen Gläsern tranken. Dort überkam Sally ein drückendes Unbehagen, deplatziert zu sein, weil diese Menschen lebten, wie Sally als junge Frau auf keinen Fall hatte leben wollen. Mit jüngeren Menschen fühlte sie sich wohler, die waren anders, die lagen ihr mehr. Hoffentlich war das keine Projektion. Hoffentlich bastelte sie sich nichts zurecht. Vermutlich gab es auch in ihrem Alter genug Menschen mit einer Mentalität, die ihr gefallen würde, nur zufällig nicht in ihrem Umfeld.

Früher einmal hatten die Leute sie angeschaut, weil sie ein hübsches Mädchen gewesen war. Warum sie es jetzt taten, wenn sie es überhaupt taten, war unklar. Sally wusste nicht mehr, was die anderen in ihr sahen. In der vergangenen Woche war sie mit Emma nach Hause gegangen. Emma wie immer ganz ihr selbstvergessenes, hübsches Selbst. Am Aumannplatz war ihnen ein Mann in Sallys Alter entgegengekommen, und er hatte ausschließlich auf Emma geschaut.

Sally und Emma sahen einander ähnlich, aber Sally war nur mehr eine etwas fade gewordene ältere Version der jungen. Sally erinnerte sich an das Konzert in Wiener Neustadt – in geliehenen Kleidern, wie so oft. Wie alt war sie damals? Achtzehn. Der Kartenabreißer beim Gatter hatte die Mädchen, mit denen Sally unterwegs war, mit einem »Hallo« begrüßt. Als Sally an die Reihe gekommen war, hatte er gesagt:

»Ah, hallo, Prinzessin!«

Der ganze Ton seiner Stimme hatte sich verändert. Nicht anders als mit Emma und Alice jetzt. Und obwohl man Sally dank gesundem Leben, Kosmetik, zahntechnischem

Fortschritt und Charakter weiterhin nicht als hässlich oder uninteressant bezeichnen konnte, war sie doch nicht mehr jung genug, um aufzufallen. Jugend war so kraftvoll und anziehend. Und es gab bei Sally eine Furcht, nicht mehr dazuzugehören, nicht mehr mithalten zu können. Das war eine Sache, die sie oft beschäftigte.

Irgendwann werde ich lernen müssen, nicht mehr sichtbar zu sein. Das dachte sie. Und sie dachte: Leider hat dieser Prozess schon begonnen. Manchmal wird mir unheimlich, wenn ich merke, dass ich keine herausgehobene Stellung mehr einnehme. Ich brauche freundliche Berührungen, einen kurz an mir hängenbleibenden Blick. Oder ein Lächeln, das mich davon überzeugt, dass ich einzigartig bin. Am deutlichsten wird das, wenn ich in der U-Bahn sitze, dort fühle ich mich besonders verwechselbar, dort bin ich eine dieser Frauen in mittlerem Alter, die sich nicht aufgeben wollen, aber doch schon deutliche Einbußen erlitten haben, verwechselbar eben, in den Augen der anderen.

Sie war jetzt zweiundfünfzig, nicht schön, aber auch nicht unattraktiv, ganz normal hübsch, eher sogar ziemlich hübsch. Sie hatte es ganz gut getroffen, sie war noch immer mit einem hohen Maß an erotischer Wahlfreiheit ausgestattet. Aber mit zunehmendem Alter und abnehmender Wahrscheinlichkeit? Wenn solche Ereignisse wie die Affäre mit Erik ihrer Reichweite entrückten? Wenn der Traum von all den Männern, die noch auf sie warteten, fadenscheinig wurde? Was dann? Gab es für das, was dann kam, eine Chance auf Heilung? Wuchs man aus dem Bedürfnis, seinen Wert auf diese Weise zu überprüfen, heraus? Schön wär's, dachte sie. Denn es war ja genaugenommen ein zwanghafter, reaktionärer Aspekt in ihrer Persönlichkeit, angetrieben von – – von – – von – – Perfektionismus?

Das Handy klingelte, Sally angelte danach, es war Alice, die aus London anrief. Sally rief zurück, damit Alice Gebühren sparen konnte. Sally freute sich, von Alice zu hören, sie brauchte jetzt Beziehungen, um all das zu übertünchen, was unangenehm war.

»Ich habe Oma besucht«, sagte Alice fröhlich.

»Und, wie war's?«

»Ich bin positiv überrascht«, verkündete Alice. »Das Saint Mary's ist schön, ich habe es mir trister vorgestellt. Die rosaroten Tapeten, die blauen Schmuckleisten – und die Leute – total freundlich. Ich habe Oma mit Umarmung und Küsschen begrüßen wollen, aber das hat sie total verwirrt. Sie hat sich mit einem Scherz aus der Affäre gezogen und dem Pfleger zu seiner hübschen Freundin gratuliert. Am Ende waren alle verlegen, und Oma hat ein kleines Liedchen angestimmt.«

»Also alles wie gehabt.«

Mama, wie heiße ich? – Liebe Freundin. – Mama, ich heiße doch nicht liebe Freundin, sondern Sally! Den Namen hast du mir gegeben, das vergisst du immer! – Du, das habe ich tatsächlich vergessen, ich glaube, das werde ich nicht mehr lernen.

Alice lachte auf.

»Mama, einmal hat sie *Fuck you* zu mir gesagt, als etwas nicht so war, wie sie es sich vorgestellt hat.«

»Das ist allerdings neu.«

»Ich habe dann auch gemeint, hör mal, Oma, das war

jetzt nicht gerade das, was man *ladylike* nennt. Sie hat dann zuerst so getan, als habe man die Falsche angesprochen. Aber als ich nachgehakt habe, hat sie gedroht, ich solle aufpassen, sie könne noch ganz anders.«

Alice lachte wieder.

»Das hat mir noch gefehlt, eine Mutter, die –«

»Ich fand es total cool. Sie war so entspannt.«

»Darin ist sie ihrer Tochter eindeutig voraus. Gar so entspannt bin ich nicht. Und wie läuft's bei dir?«

Alice biss nicht an, sie war hellwach, gut gelaunt und eloquent, aber leider nur dort, wo es sie nichts kostete.

»Mit Oma ist schwer zu konkurrieren. Sie verdreht die Wirklichkeit, wie es ihr passt. Als ich versucht habe ihr zu erklären, wer ich bin, hat sie behauptet, dich großgezogen zu haben.«

Gut, das wiederholte sich also. Bei Alfreds und Sallys Besuch im Sommer war ebenfalls die Geschichte von einer Tochter aufgekommen, die Risa großgezogen habe. Wie soll denn diese Tochter geheißen haben, Mama? Sally vielleicht? Ja, Sally. Moment, halt, also wirklich, Mama, vielleicht würdest du dir wünschen, mich großgezogen zu haben, aber Ende der fünfziger Jahre war dir das offenbar nicht möglich.

Risa hatte mit Empörung reagiert und sogleich jede Menge Details aufgebracht, lauter Dinge, die niemals gewesen sein konnten, allerhöchstens mit den Kindern ihrer Arbeitgeber.

»So kommt auch deine Großmutter mit ihrer Biographie ins Reine«, sagte Sally großzügig.

Im Sommer hatte Risa im Anschluss an das Gespräch

über das Großziehen von Sally signalisiert, dass Besucher jetzt nicht mehr erwünscht seien, sie wolle sich hinlegen und an Sally denken.

»Aber ich bin doch hier, Mama. Ich bin Sally!«

Risa hatte nur wiederholt, sie wolle sich hinlegen und an Sally denken.

»Ich bin hier, Mama! Ich bin Sally! Ich! Deine Tochter! SALLY!«

Aber da war nichts zu machen. Und eine halbe Stunde später im Taxi auf dem Weg zur Bahnstation von East Croydon war Sally in ihrer Wagenecke in Tränen ausgebrochen. Es war Sallys letztes Weinen gewesen bis zum Vortag, bis zu Pomossels Begräbnis.

»Auf mich macht Mamas Zustand zunehmend einen erschütternden Eindruck«, sagte Sally betroffen.

»Sie wirkt aber nicht, als finde sie ihr Leben besonders übel«, sagte Alice. »Sie hat während der Stunde, die ich bei ihr war, mehr gelacht als ich.«

Doch Sally spürte das ganze Gewicht von Risas altersbedingten Unzulänglichkeiten.

»Das Altern ist nichts für Feiglinge«, sagte sie. »Ein englisches Sprichwort. Kann sein, die Russen sagen dasselbe.«

»Ich sehe weit und breit keine Feiglinge«, sagte Alice.

»Da täusch dich mal nicht«, antwortete Sally. »Und jetzt frage ich noch einmal, und bitte, aus Interesse, wirklich nur aus Interesse, nicht aus eingebildeter Vormundspflicht: Geht bei dir etwas vorwärts?«

»Ich habe einen neuen Freund.«

»Schön zu hören. Ich wollte aber eher die strittige Angelegenheit deiner näheren Zukunft klären.«

Auf diesem Ohr war Alice taub.

»Er ist Schotte und sehr interessant«, sagte sie.

»Was meinst du mit *interessant*?« fragte Sally.

»Er hat was. Oder wie immer man das nennen will.«

»Da hätte ich jetzt auch alleine draufkommen können. Vielleicht willst du mir erläutern, inwiefern dein Interesse auf Qualitäten beruht.«

Alice erwiderte nichts. Entweder sie konnte oder sie wollte es nicht näher begründen. Also kam Sally nochmals auf das ursprüngliche Thema zurück, die berufliche Zukunft. Jetzt formulierte Alice immerhin einige vage Erwartungen, für die zwar nicht die geringste Basis zu erkennen war, aber egal, es waren Pläne. Und etwas an diesen Plänen hielt Sally zurück, mehr zu erwidern als allgemein gehaltene Empfehlungen, von wegen Theorie und Praxis, Grundbedingung sei die Anerkennung der Fakten und so weiter, und so weiter.

»Und du bist mein leuchtendes Vorbild«, sagte Alice süffisant.

»Ich möchte dir zumindest nahelegen, nichts zu tun, was ich nicht auch tun würde.«

»Das lässt mir ausreichend Spielraum.«

In diesem Moment vermisste Sally ihre Tochter, das mochte mehr mit der aktuellen Stimmung zu tun haben als mit etwas anderem. Sie erinnerte sich, als Alice klein war, hatte sie den Gedanken, dass Alice eines Tages weggehen würde, als sehr schmerzhaft empfunden, wiewohl in der Realität, als Alice gegangen war, der Schmerz sich in Grenzen gehalten hatte. Sally sah Alice als Kleinkind neben sich im Bett, ihren kleinen, warmen Körper, angeschmiegt, hell und unabhängig, beim Versuch, Sally aus dem Bett zu stoßen. Damals hatte Sally gedacht, dieses Kind ist das Beste, was mir passieren konnte, selbst dann, wenn wir später Probleme miteinander haben sollten.

Nach einer Pause sagte Sally versöhnlich:

»Du wirst das schon schaukeln, Alice. Ja, ich denke, du wirst das schon schaukeln. Weißt du, ich bin stolz auf dich.«

Funkstille.

»Das ist nett von dir, Mama, auch wenn ich es dir nicht glaube.«

Abermals Funkstille. Die Art, wie sich Sally wegen Alice fühlte, war tatsächlich meistens vergleichbar mit einem Stein im Schuh.

»Solltest du aber«, sagte Sally nach reiflicher Überlegung.

»Ich werde es versuchen.«

So beendeten sie das Gespräch, und Sally ging nach unten, um in alle Zimmer hineinzurufen, Alice lasse liebe Grüße ausrichten. Emma bedankte sich, von Alfred keine Antwort. Sally setzte ihren Weg nach unten fort, sie steuerte die Küche an, Alfred folgte von oben, vermutlich aus dem ehelichen Schlafzimmer heraus. Er trug in beiden Händen Bildbände, die arabisches Holzhandwerk beschrieben. In seinen Hausschlapfen stakste er schwerfällig und doch geschwind die Treppe hinunter.

»Warte einen Moment!« rief er. Sally öffnete bereits die Küchentür. Und etwas in Alfred – der unversehrte Kern seiner Liebe zu ihr – löste sich unvermittelt, eilte die Treppe hinunter ihm voraus, durch drei Jahrzehnte hindurch, hinter Sally her. Es war nur ein kleiner Kern, der aus ihm heraustrat, aber von großer Masse und schwer genug, dass Alfred aus dem Gleichgewicht geriet. Er setzte den nächsten Schritt ohne die gebotene Sorgfalt, sein linker Pantoffel blieb an der Stufenkante hängen, Alfred balancierte noch einen Moment, dann schleuderte er die Bildbände von sich, zu spät, jetzt ging es holterdiepolter das letzte Stück hinunter mit einem entsetzten Ruf zwischen *Ah* und *Oh*, Landung auf dem Fliesenboden. Dann für eine Weile nichts mehr, bis ein gepresstes »Scheiße!« ertönte.

Sally schaute fragend aus der Küche heraus, sie hob die Rundbögen ihrer Augenbrauen.

»Ich habe nichts getan!« sagte sie.

»Ich aber auch nicht«, sagte Alfred.

»Ich glaube, du schon«, sagte sie.

Bleich und schwitzend wälzte sich Alfred auf den Rücken, er streckte sich aus, als wolle er zunächst sein Herz zur Ruhe kommen lassen. Sally trat zu ihm hin und schaute auf ihn hinab.

»Ich kapituliere«, sagte er.

Nach einem kurzen Zögern setzte sich Sally neben ihn auf den Fußboden, die Mühe, weich zu werden und sich zu erbarmen, fiel ihr jetzt überraschend leicht, Alfred spürte das natürlich, obwohl sie sagte:

»Es ist wirklich ein Elend mit dir.«

Sein einer Pantoffel lag oben auf der Stiege, der andere auf halbem Weg in Richtung Wohnzimmertür.

»Geht's?« fragte sie.

»Ich glaube, da ist etwas Ärgeres passiert«, sagte er enttäuscht. »Ich habe es krachen gehört. Der Knöchel.«

Sally schaute hin, trotz des Stützstrumpfes konnte man sehen, dass der rechte Knöchel bereits anschwoll.

»Ich kann es mir vorstellen«, sagte sie und streckte ihre Hand danach aus.

»Nicht angreifen!« rief Alfred entsetzt.

»Ich wollte ja nur.«

»Nicht angreifen«, sagte er nochmals, aber leise und in seinem Mühlviertler Bauerndialekt.

Sally hielt kurz inne und erschauerte. Dann wich die Spannung aus ihr, und sie sank ein wenig in sich zusammen. Da stemmte sich Alfred auf den Ellbogen ein Stück näher zu ihr hin, Schmerzenslinien auf der Stirn, und seufzend legte er den Kopf in Sallys Schoß.

»Deinen Strumpf werden sie dir herunterschneiden«, sagte Sally nach einer Weile. »Den kannst du abschreiben.«

Alfred horchte in ihren Schoß hinein.

»Kaufst du mir einen neuen?« fragte er dann vorsichtig.

»Ich?«

Er drängte sich ein wenig enger an sie, als wolle er bei ihr Schutz suchen, er drückte seinen Mund auf die Innenseite ihrer rechten Hand.

»Nein, ich bestimmt nicht!« sagte sie.

10

Ja, ein rätselhafter Mensch, aber es wird besser, es wird täglich besser, wenn man es besser nennen will, denn natürlich ist es kein reiner Segen, dass man sich täglich besser kennenlernt, wie Erich Kästner in *Fabian* den Fabian über seinen Freund Labude sagen lässt, du warst der einzige Mensch, den ich liebte, obwohl ich ihn kannte, etwas Treffenderes fällt mir dazu auch nicht ein, ich habe es gestern zitiert, ich bin bestimmt nicht der erste, der es zitiert, macht nichts, es passt immer, diesmal im Zusammenhang mit Robert Frank, wir haben über einige Fotos von ihm geredet, die Nacktfotos von seiner zweiten Frau June, schon in die Jahre gekommen, am Strand, wo genau am Strand? auf einer Insel vor der Ostküste Kanadas, und Sally wollte wissen, Alfred, was ist es, was diese Fotos so besonders und anziehend macht? ich glaube, habe ich geantwortet, es ist die Vertrautheit zwischen Fotograf und Frau, aber Sally hat sich mit der Antwort nicht zufriedengegeben, kann es sein, wollte sie wissen, dass es die Fragen sind, die der Fotograf weiterhin hat? wer ist diese Frau? ich weiß, sie heißt June, sie ist mit mir verheiratet, aber viel weiß ich nicht über sie, ich würde gerne mehr über sie wissen, schließlich ist sie meine Frau, es wäre kein Schaden, wenn ich mehr über sie wüsste, das hat Sally gesagt, und ich habe aufgehorcht, ich habe mir gedacht, zum Teufel, führen wir ein Gespräch oder sind das verschlüsselte Botschaften, die wir wechseln? ich habe gesagt, keine Ahnung, ich kenne weder Robert Frank noch seine Frau, aber Neugier auf jeden Fall, Vertrautheit und Neugier, das macht die Fotos so besonders, so anziehend, weil der Betrachter sich die Frage stellt, wer ist diese Frau? warum ist sie so entspannt? warum darf ich die Fotos sehen, obwohl ich mit dieser Frau nicht vertraut bin, schön wäre es natürlich, mit ihr vertraut zu sein, also Neid auf den Fotografen, und Empörung, weil einerseits diese Vertrautheit, man kann die Frau betrachten, June am Strand, schon in die Jahre gekommen, das verlangt Vertrauen, andererseits eine fremde, unbekannte Person, das ist ungerecht, das habe ich zu Sally gesagt, ja, das ist ungerecht, und Sally hat nachgehakt, was ärgert dich daran, Alfred? aber ich habe nicht darüber reden wollen, wie vertraut oder fremd mir die eigene Frau ist, und Sally hat einen Seitenpfad eingeschlagen, sie hat gesagt, Alfred, ich würde gerne *Cocksucker-Blues* sehen, den Film von Robert Frank über eine Tournee der Rolling Stones, ich erinnere mich, hat Sally gesagt, Robert Frank hat hinterher gemeint, er wünschte, niemals mit diesem Lebenshunger konfrontiert worden zu sein, mit dieser Kraft, und wir haben uns angeschaut, ich habe Sally angeschaut, über den Tisch hinweg, meine Frau, ich bin mit ihr schon ziemlich lange verheiratet, ich habe einen Schluck vom Wein genommen, Sally, habe ich gesagt, raus mit der Sprache, willst du den Film sofort sehen, am liebsten gleich, oder nur so allgemein? da hat sie einen Rückzieher gemacht, nur so allgemein, nicht jetzt, hat sie gesagt, vielleicht in einem halben Jahr, oder einem Jahr, irgendwann, im Moment fehlt mir die Kraft, und das hat mich erleichtert, obwohl ich nicht überrascht war, sie ist ja seit Wochen, seit ungefähr zwei Wochen, ziemlich zahm, schon seit längerer Zeit, ich kann mich fast nicht mehr erinnern, wann sie zuletzt aus der Rolle gefallen ist, sie gibt sich dermaßen mild, so habe ich sie schon seit langem nicht mehr erlebt, ich habe meinen Ohren nicht getraut, als sie vorige Woche gesagt hat, Alfred, die neue Frisur passt dir gut! oh, danke, das ist nett, solche Dinge kann man im Moment von ihr haben, ich würde zu gerne wissen, was mir die Ehre verschafft, oder besser, wem ich sie verdanke, weil Sally ist zu Hause, um ihre Wunden zu lecken, ich könnte wetten, sie kuriert sich aus, und hopp, auf ein Neues, wie ein umgestülpter Handschuh, aber gut, ich will nicht der Spielverderber sein, wenn meine Frau sich bemüht, eine gute Partnerin zu sein, kaum zu glauben, was ein wenig guter Wille bewerkstelligen kann, so schnell dreht sich der Wind, gestern Nacht die nächste erfreuliche Begegnung, keine verschlafene Fummelei, und hinterher war Sally ganz erledigt, sie hat sich in meinen Arm geschmiegt und ist dort eingeschlafen mit einem Busen an meiner Brust, so sehe ich mich gern, wie Spiderman mit seiner Freundin im Spinnennetz zwischen den Wolkenkratzern, wenn sie sich ausruhen, Arm in Arm, das ist mein Traum, den ich vom Leben habe, mit Sally als Freundin, für ein paar Tage, für ein paar Wochen, mir gefällt's, Alfredo, Alfred aus Schenkenfelden, ich weiß, ich bin grad der Nutznießer von was auch immer, Sally macht dort draußen bestimmt nicht nur angenehme Erfahrungen, es ist unmöglich, so herumzuvagabundieren, ohne an die üblichen Idioten zu geraten, interessiert es mich, mit wem sie sich einlässt? es hat da einen gegeben, den habe ich kennengelernt, der war intelligent und nett, aber er hat beim Reden die Lippen fast nicht geöffnet, und sonst? keine Ahnung, wer sie diesmal nach Hause getrieben hat, andererseits, komisch sich vorzustellen, dass sie mir die komplette Liste vorlegt, es stünde bestimmt nicht nur einer drauf, der nicht draufstehen dürfte, mein Vater, mein Bruder, mein Chef, der Nachbar, den ich nicht ausstehen kann, leider ist sie wahnsinnig geschickt im Vertuschen, Beweise sind Mangelware, es gibt nur Indizienbeweise, die ich ihr an der Nase ablese, weil sie schneller redet, wenn sie lügt, sie redet einen Tick schneller, wenn sie lügt, ich habe ein Sensorium dafür entwickelt, manchmal ist es nicht zu fassen, was für Bären sie mir aufbindet, darauf angesprochen, behauptet sie einfach, menschliche Beziehungen würden nicht funktionieren ohne ein bisschen Unaufrichtigkeit, na ja, kann sein, das Zählen der Präservative jedenfalls habe ich vor vielen Jahren eingestellt, ich bin nicht systematisch genug, oder meine Töchter bedienen sich heimlich oder mein sexueller Sohn, ganz so, wie ich mich an den Zigaretten meines Vaters bedient habe, man erbt nicht nur Grundstücke, und einmal habe ich Sally vorgeworfen, sie sei so unglaublich lebensgierig, zu unkontrolliert, zu unordentlich in ihrer Lebensgestaltung, und sie hat mit den Achseln gezuckt und gesagt, Alfred, alle Frauen, die du jemals für längere Zeit in deinem Leben geduldet hast, waren so, unkontrolliert, unordentlich und gierig, du fühlst dich zu solchen Menschen hingezogen, du hast nicht eine einzige Freundin, die so ist wie du, du magst die chaotischen Menschen, die meisten Menschen, die vor Leben strotzen und klug und interessant sind, sind gleichzeitig chaotisch und fordernd, das hat Sally gesagt, und ich habe klein beigegeben, es stimmt, natürlich, ich habe Sally nicht wegen des Geldes geheiratet oder wegen ihrer Kochkünste, meine Mutter hat mich zur Seite genommen, Alfred, es ist nicht schwerer, sich in eine reiche Frau zu verlieben als in eine arme, also verliebe dich besser in eine reiche, ich konnte es nicht fassen, ich habe meine Mutter gefragt, Mama, wo sind die glücklichen Momente in deinem Leben, die mit Geld zu tun haben? Mama, denk über die hundert glücklichsten Momente in deinem Leben nach und dann sag mir, welche Rolle hat dabei das Geld gespielt, Mama, ich weiß nicht, was das soll, ich werde die Frau heiraten, die mich glücklich macht, und meine Mutter hat gesagt, das will ich sehen! und sie hat es zu sehen bekommen, ich lege keinen Wert darauf, recht zu behalten, nur in diesem Punkt, weil ich glaube, mich in diesem Punkt nicht geirrt zu haben, ich habe sehr gut gewusst, worauf ich mich einlasse, ich wollte Sally und sonst keine, es war klar, ich will sie heiraten, daran hat nicht der geringste Zweifel bestanden, und wenn das Gespräch darauf gekommen ist, habe ich zu ihr gesagt, keine Angst, ich mache dir keinen Antrag, ich mache dir erst einen Antrag, wenn ich sicher bin, dass du ja sagst, im Moment sagst du nein, aber eines Tages werde ich dich fragen, und ich habe sie gefragt, ja, und sie hat meine Erwartungen weniger enttäuscht als ich die ihren, weil ihre Einschätzung von sich und von mir weniger realistisch war, sie hat nicht alles bekommen, was sie bekommen wollte, deshalb beklage ich mich nicht, also, da hat es eine Frau in Kairo gegeben, die Sallys Beine gewachst hat, Linda, eine Ägypterin, die ein Faible für Schmuck hatte, und als Sally ihr einen Siwa-Ring aus Silber gezeigt hat, ein Geschenk von mir, hat Linda einen Blick darauf geworfen und Sallys Hand regelrecht weggeschmissen mit den Worten, Sally, was Sie brauchen, sind Diamanten! und die Direktorin am Kulturinstitut, die selten ein Blatt vor den Mund genommen hat, mit der Zeit ist sie mir sympathisch geworden mit ihren Verrücktheiten, schließlich, als heraußen war, dass Sally und ich ein Paar sind, hat sie mich *Herr Urlaub* genannt oder *Sallys Ferien*, Sally gegenüber, nie zu mir, aber zu Sally fast immer, das war sozusagen halboffiziell, sie hat gesagt, Sally, ich glaube, Alfred ist dein Urlaub, Sally, du verbringst bei Alfred deine Ferien, und zwischendurch hat sie sich erkundigt, na, Sally? wie steht's? wie geht es deinem Urlaub, wann kommst du aus den Ferien zurück? wann beginnt für dich wieder das normale Leben? und Jahre später in Wien hat mich Sally daran erinnert, Alfred, ich glaube, die Direktorin am Kulturinstitut hat recht gehabt, am Anfang war meine Beziehung zu dir ein Genesungsaufenthalt, er ging über in einen Erholungsaufenthalt und bis zur Geburt von Alice dauerte der Unterhaltungsurlaub, dann war die Urlaubsphase vorbei, und die Ehe hat begonnen mit den ersten Verschleißerscheinungen, Ehen beginnen ja immer erst mit den Verschleißerscheinungen, hat Sally gesagt, wo sie recht hat, hat sie recht, und auch der alte Tolstoi hat genickt, ich mag Tolstoi, er war ein hervorragender Schriftsteller, in seinen Tagebüchern steht für alle Zeiten, dass Romane nicht damit enden sollen, dass Held und Heldin heiraten, mit diesem Ende muss man anfangen, weil mit der Schilderung der Hochzeit aufhören, das sei, schreibt Tolstoi, als erzähle man von der Reise eines Mannes und bräche den Bericht an der Stelle ab, wo der Mann in die Hände von Räubern fällt, das stimmt natürlich, anfangs, was gibt es groß über einen Anfang zu sagen? anfangs hatten wir viel Glück, wir hatten so viel Glück, dass ich es gar nicht glauben konnte, dann kam nochmals Glück, und ich habe fassungslos die Hände vor dem Gesicht zusammengeschlagen, weil ich nicht glauben konnte, dass es so viel Glück überhaupt gibt, jeden Tag, ich habe mir gedacht, wenn ich heute sterben müsste, ich würde als glücklicher Mensch sterben, und am nächsten Tag kam nochmals Glück, ich konnte es nicht glauben, es wurde immer besser, eins hinter dem andern, ein Glück hinter dem andern, als wäre das Glück unerschöpflich, als käme ich, wenn man mich in den Nil werfen würde, mit einem großen Fisch im Maul wieder heraus, und meine Mutter hat gesagt, Alfred, man muss für alles Glück bezahlen, und ich habe gesagt, wo ist das Risiko, Mama? was habe ich zu verlieren? ich bin glücklich, vielleicht bin ich später nicht mehr glücklich, vielleicht bricht sie mir das Herz, vielleicht werde ich nicht alles bekommen, was ich mir wünsche, aber wo ist das Risiko, Mama? es ist Leben, mit Sally kommt so viel Leben in mein Leben, und dann hat sich das Glück gewendet, und es ist in eine andere Richtung gegangen, das war Pech, was will man machen, und dann wieder Glück und dann wieder Pech, wie die Ägypter sagen, yom asal, yom basal, ein Tag Honig, ein Tag Zwiebel, das hat mir nichts ausgemacht, wegen der Liebe, dagegen kann man nichts machen, so ist die Liebe, ganz einfach, in meinem ersten Jahr an der Uni hat es einen

Kommilitonen gegeben, der ist in der Mensa mit mir am Tisch gesessen, sein Unglück war, dass er sich für Museologie nicht interessiert hat, er hat Seitenhiebe auf die Qualität des Essens gemacht, sonst kannte er nur einen Gesprächsstoff, Dampflokomotiven, nichts anderes, und alles unglaublich dringend, weil der Dampfära gerade der endgültige Garaus gemacht wurde, auch auf den Nebenstrecken, und jedes Wochenende ist der Bekannte dorthin gefahren, wo er sich einen letzten Blick auf die verschwindenden Schönheiten erhofft hat, jeden Freitag ist er nervös gewesen, voller Hoffnungen für seine Jagd am Wochenende, nicht anders als die anderen Studenten, deren Jagdobjekte weniger wuchtig und nicht ganz so gesundheitsschädlich waren, am Montag ist er zurückgekehrt, hat einen Überblick über die Höhepunkte der Reise gegeben, seine Befürchtungen und Enttäuschungen, bis zu einem sonnigen Montag im Mai, da ist er völlig apathisch über seinem Essen gesessen, darauf angesprochen, hat er abwehrend reagiert, es war nichts Schreckliches passiert, er hatte den erfolgreichsten Fund seiner Dampflokomotiven-Karriere gemacht, und die Freude darüber hatte sich über Nacht in die Erkenntnis verwandelt, dass er nie wieder eine solche Trophäe ergattern würde, die alten Lokomotiven würden schneller verschwinden als die Kommunisten im Osten, er hatte die Verkörperung dessen gesehen, was für ihn Schönheit bedeutet, nichts würde jemals damit vergleichbar sein, und als er Wochen später eine Prüfung ablegen musste, ist er angetreten, ohne sich vorbereitet zu haben, er war außerstande, auch nur zu versuchen, die Fragen zu beantworten, er hat die Zeit damit vertrödelt, dass er über Eisenbahnsignale, Bogenweichen und Bremssysteme geschrieben hat, sehr sauber, sehr gewissenhaft, nicht dass er sich dadurch Renommee bei den anderen Studenten und bei den Studentinnen erhofft hätte, er ist zur Prüfung angetreten als tragisch Verliebter und hat die Prüfung als solcher absolviert, seiner Ansicht nach wurde gerade die Liebe seines Lebens geschlachtet, kein anderer Gegenstand war in der Lage, seine Aufmerksamkeit zu erregen, das ist Liebe, es wäre einfach lächerlich, so jemandem zu unterstellen, er habe das Leben schlecht erfasst, und Jakob, mein jüngerer Bruder, der viele Probleme hat, er hat mir mehrmals erzählt, dass er in Karlsruhe zwei Mädchen getroffen hat, als er Anfang zwanzig war, sie haben ihn im Auto mitgenommen, eins davon – natürlich das hübschere – hat ihn geküsst, als sie im Auto den Kopf nach hinten gebeugt hat, und ihre Hand in seinem Nacken, die ihn ein wenig zu sich herangezogen hat, um den Kuss intensiver gestalten zu können, er sagt, er ist unbeschreiblich glücklich gewesen, dass ihm einmal jemand entgegenkommt, sonst hat immer er aktiv werden müssen mit dem Risiko der Ablehnung, und dasselbe Mädchen hat er im Winter im Park getroffen, sie haben wie Kinder mit Schneebällen geworfen, sich gegenseitig eingerieben, und er ist wieder glücklich gewesen wie vorher und nachher nie, an dieses Mädchen denkt er seither wie an einen unaufhörlichen Traum, und dieses Mädchen meint er, wenn er sagt, irgendwo auf der Welt, und sei es am Nordpol, ist eine Frau für mich, und ich werde auf sie warten, und auch wenn das Warten sinnlos ist, ohne Chance auf Erfüllung, so hat es doch entscheidenden Sinn für mich, ist das dumm? nein, dumm ist das nicht, das ist Liebe, etwas sehr Einfaches, man liebt und basta, man kann es nicht ändern, es kommt und geht oder bleibt, bei manchen bleibt es, es gibt nicht nur mich, der diesen Vogel hat, und es ist einfach lächerlich, mir zu unterstellen, ich hätte das Leben schlecht erfasst, oder liege ich falsch? ist es vielleicht eine Art geistiger Defekt? oder wenigstens nicht schlau? oder bin ich ein sentimentaler Irrer oder armer Sentimentaler, um ehrlich zu sein, es ist mir egal, weil es Dinge gibt, von denen kommt man nicht los, solange man lebt, man macht eine grandiose Erfahrung, die einen nachts schweißgebadet auffahren lässt mit der Frage, was kommt jetzt noch für den Rest meines Lebens? 1990 gibt es so ein Beispiel, dabei habe ich eher ein verbales Gedächtnis als ein visuelles, letzteres ist nicht das allerbeste, aber in diesem Fall funktioniert es perfekt, wir haben einen Ausflug in die steirischen Kalkalpen gemacht, beim Aufstieg haben wir mit den Mädchen eine halbe Schirmkappe voller Walderdbeeren gepflückt, eine Stunde später haben wir die Baumgrenze erreicht und von weitem das gleichmäßige Tuten eines Hochseedampfers gehört, beim Näherkommen hat es sich als unzufriedene Äußerung des komplizierten Seelenlebens einer Kuh entpuppt, die Kuh hat an einem kleinen Bergsee gegrast, Sally hat sich aufs Baden versteift, sie ist mit Gustav im vierten Monat schwanger gewesen, sie hat sich ausgezogen und ist ins Wasser gegangen, splitternackt, ich weiß noch, wie sie zur Mitte geschwommen ist und sich umgewandt hat, Emma ist mit dem Kopf in meinem Schoß gelegen, Alice hat mit einem Stecken gespielt, den ich ihr geschnitten hatte, sie hat gegen einen unsichtbaren Geist gefochten, und Sally ist wieder aus dem Wasser gestiegen, sie hat sich in die Sonne gestellt, weil wir kein Handtuch hatten, und die Kuh hat Sallys weißen Hintern mit einem Salzstein verwechselt, sie ist wie hypnotisiert herangekommen, und Sally ist davongelaufen, die Kuh hinterher mit langgestrecktem Hals, die Kinder haben sich gekugelt, die Kuh hinterher, ohne jeden Kunstverstand, gierig nach dem Weiß, und ich, Alfred Fink, Alfred aus Schenkenfelden, habe die Schönheit des Hinterns bewundert, mit glühendem Gesicht, und das Bild steht mir vor Augen, die nackte Sally, der vollkommene Hintern mit den runden Bakken, die nie schöner waren und die weder Alice noch Emma geerbt haben, hier hat mein Einfluss nicht mäßigend gewirkt, und dazu das Licht auf dem hellgrün leuchtenden Wasser, und Alices wildes, unangefochtenes Fechten, und am Heimweg ist Emma müde gewesen, so dass ich sie tragen musste, sie ist auf meinen Schultern eingeschlafen trotz des Regens, der sich nicht hat aufhalten lassen von Alice, die dem Himmel mit dem Stecken gedroht hat, an den Flanken der Berge die Wolkenfetzen, weiß wie Milch, die Wolken sind in die Felsrinnen geronnen, haben die Geröllfelder talwärts übergossen, sich an den Spitzen ausgedünnt, dass es war, als würden sie zerfließen, doch weiter oben ist Nachschub gewachsen, nicht weiß, sondern hellgrau, und dann nicht hellgrau, sondern dunkelgrau, und dann ist es losgegangen, wir haben dem Wolkenbruch einen Namen gegeben, Vater aller Wolkenbrüche, in Anspielung an die damals verbreiteten Propagandisten ihrer selbst, das Genie der Karpaten, unsere Morgenröte der Republik, und der Regen hat die Alpwiesen grüner gemacht, hat die Luft kühler gemacht und die Kinder nass und Sally und mich auch, aber Sally war umsichtig genug gewesen, wenigstens für die Kinder Kleider zum Wechseln in den Kofferraum zu werfen, sie selber ist in T-Shirt und Unterhose am Beifahrersitz gesessen, das ist es, was ich sehe, und was ich jetzt bräuchte, hier auf der Couch, auf der ich wohne mit meinem Gipsfuß, Herr Doktor Freud, das ist Sally, nie habe ich sie schöner gesehen als an diesem Tag, wie wenn es gestern gewesen wäre, und alles, der ganze Ausflug, ist eingeschlossen in dieses Bild, wie man eine Blume nach der Wiese befragen kann, auf der sie gewachsen ist, oder einen Tropfen Wasser nach dem See, aus dem er geschöpft worden ist, das ist Liebe, und alles andere ist leeres Gerede, einmal hat Alice einen Jungen mit nach Hause gebracht, die beiden haben einander sehr gemocht, und ich habe sie im Garten reden gehört, der Junge hat gesagt, Alice, du bist das Beste und Tollste auf der Welt, und Alice hat geantwortet, nein, du bist das Beste und Tollste auf der Welt, so ist es hin und her gegangen, eine ganze Weile lang, ich habe es Sally erzählt, wir haben darüber gelacht, in Wahrheit haben wir über mich gelacht, denn Sally ist das Beste und Tollste, was mir in meinem Leben zugestoßen ist, und wenn mich jemand fragt, Alfred, warum bist du trotz all ihrer Liebschaften immer bei ihr geblieben und hast selber nie Liebhaberinnen gehabt? Christina war nur kurz und für mich nicht wichtig, und die Kollegin von Sally, Magistra der Leibesübungen, wie passend, ein Fehler, dann kann ich nur antworten, das versteht vielleicht keiner, aber ich würde mich auch heute noch für Sally entscheiden, sie ist das Beste und Tollste, was mir je passiert ist, daran ändert nichts, dass ich zwischendurch genug von ihr habe, wenn es einmal länger nicht läuft oder wenn ich einen schwachen Moment habe, so dass ich den ganzen Krempel hinschmeißen will, dann analysiere ich meine Gefühle und besinne mich eines Besseren, denn sich scheiden lassen? das kann ich nicht, das überlasse ich lieber anderen, Erik und Nadja zum Beispiel, von denen man gar nichts mehr hört, dabei wissen sie beide, dass mein Knöchel gebrochen ist, nur ein kurzes Telefonat mit Nadja, das ist alles, über dieses und jenes, dass Erik alle paar Tage kommt und Fanni sehen will, während Nadja sich weigert, mit ihm zu reden, er erzähle von seinen Problemen, die er mit der Russin habe, der ist doch verrückt, hat Nadja gesagt, aber er muss halt auch seinen Krempel loswerden bei jemandem, den er kennt, bei unserem letzten Gespräch hat er verkündet, nein, niemals gehe ich zu Nadja zurück, bin ich *deppert*? weiß man es? habe ich geantwortet, mal sehen, ob du in einem halben Jahr heulend auf dem Schuhabstreifer vor der Tür liegst, aber gut, mir ist klar, für Prognosen ist es zu früh, jetzt lebt er das Hochgefühl seiner neugewonnenen Jugend aus, und alles, was Nadja im Sinn hat, ist Rache, am besten, man redet wieder darüber, wenn der Frühling vorbei ist, das Sexualleben ist so unerschöpflich, so interessant, ein so mächtiger Anreiz, wenn es darum geht, den Beruf aufs Spiel zu setzen, die Familie aufs Spiel zu setzen, das Leben aufs Spiel zu setzen, alles aufs Spiel zu setzen, ausnahmslos alles, als ob es ein Klacks wäre, das muss vor urgrauen Zeiten ein Pluspunkt gewesen sein, und Erik ist das Ergebnis davon, vielleicht geht ihm irgendwann auf, was ihn da reitet, wenn es nach mir ginge, müsste man jeden Menschen dazu verpflichten, in regelmäßigen Abständen nachzudenken, Erik macht ziemlich lange Pausen, ich ärgere mich schrecklich, am meisten ärgert mich natürlich, dass er mir immer erzählt hat, wie großartig Nadja im Bett sei, es hat sich immer wieder zufällig ergeben, dass ich mit Nadja allein war, wenn sie einen unangekündigten Besuch gemacht hat, nur ich zu Hause, wir sind in der Küche gesessen, sie hat mich angelächelt, ich habe mir gedacht, verdammt, Erik behauptet, sie ist eine Rakete im Bett, schade, dass sie die Frau eines Freundes ist, und dann vor drei Wochen, als ich versucht habe, Erik die Leviten zu lesen, hat er mich gefragt, ob ich je mit Nadja im Bett war, ich habe geantwortet, du Trottel, nein! natürlich nicht! ich wäre gern, weil du vom Sex mit ihr immer so geschwärmt hast, aber nicht mit der Frau eines Freundes! daraufhin er, vergiss es, Alfred, es war gelogen, der Sex mit Nadja war nie besonders gut, eigentlich war er ziemlich schwach, du hast nicht viel versäumt, das wagt er mir zu sagen, jetzt, wo Nadja so gut wie nicht mehr seine Frau ist, weil er sich etwas Besseres gefunden hat, und ich habe ihn gefragt, he, du Eierkopf, warum hast du mich belogen? warum lügst du einen Freund in einer so wichtigen Sache an? das ist doch nicht normal, nur Wahnsinnige tun so etwas, du kannst doch einen Freund in einer solchen Sache nicht anlügen, das will mir nicht in den Kopf, aber Antwort ist keine gekommen, ich wundere mich bis heute, ich habe es Sally erzählt und gefragt, was sie davon hält, sie ist ein richtig schweres Schlachtross, sie mit ihrer harten Menschenkenntnis für Dinge des Unterleibs, und siehe da, sogar Sally ist für eine Zeitlang die Spucke weggeblieben, dann hat sie gesagt, bei Erik gibt es nicht nur eine Ungereimtheit, vielleicht muss er den Sex mit Nadja nachträglich schlechtmachen, damit es ihm leichter fällt, die Trennung durchzuziehen, gleichzeitig behauptet er vermutlich, der Sex mit Lena sei grandios, und Hauptsache, er kann es mit seinen Freunden teilen, es gibt diesen komischen Drang, sexuelle Dinge mit anderen zu teilen, und anschließend hat sie mir eine Geschichte in Erinnerung gebracht, die ich schon gekannt habe, von einer Freundin im Studentenheim, die in Sally verliebt gewesen ist, die Freundin hat versucht, wenigstens ein Arrangement zu dritt zustande zu bringen, einmal ist es ihr gelungen mit einem langweiligen Jungen, das ging so, der Junge und die Freundin haben sich die Schamhaare abrasiert und Sally gerufen, sie ist ins Zimmer gekommen, und die beiden haben die Bettdecke hochgehoben, damit Sally die rasierten Schamteile sehen kann, sie haben die Freude an der Rasur mit Sally teilen wollen, dann haben sie Sally eine Rasur angeboten, sie hat abgelehnt, aber sie hat sich vom Freund der Freundin bumsen lassen, und anschließend hat sie sich in einen Sessel geworfen und den beiden zugeschaut, die Freundin über dem Jungen, ein sehr langweiliger Junge, aber er hat so unendlich glücklich ausgesehen, einerseits weil er grad geritten wurde, andererseits weil Sally dabei zugeschaut hat, laut Sally ist er am ganzen Körper glücklich gewesen, ich weiß nicht, wie ich es ausdrücken soll, hat sie gesagt, glücklich wie ein Ferkel, und ich habe Partei für den Glückspilz ergriffen, ich glaube, habe ich gesagt, dem Jungen muss es vorgekommen sein, als werde es immer so weitergehen, ein ganzes Leben lang, als werde es nie ein Ende nehmen, gar kein Ende nehmen können, jetzt nicht mehr, weil die Sache mit dem Sex ist ja wirklich mysteriös unter den vielen mysteriösen Dingen, noch während man Sex hat, wünscht man sich mehr davon, kannst du mir erklären, Sally, warum das so ist? warum wünscht man sich mehr Sex in dem Moment, in dem man Sex hat? warum will man mehr und mehr? es gibt doch auch andere Dinge im Leben, die schön sind, aber man denkt nicht augenblicklich, ich will mehr! man genießt es und ist glücklich, aber der Sex weckt das Bedürfnis nach weiterem Sex, und deshalb war der langweilige Junge so glücklich, weil er geglaubt hat, er wird immer Sex haben ein ganzes Leben lang, Sally, ist das nicht mysteriös? ich finde, ja, woran liegt das? habe ich sie gefragt, aber sie hat es mir nicht sagen können, nicht einmal sie, das schwere Schlachtross, sie hat gesagt, ich weiß nicht, Alfred, vielleicht hat es damit zu tun, dass man den Sex als etwas empfindet, das nicht von dieser Welt ist, und deshalb ist es das einzige Schöne, bei dem man sich wünscht, das Leben möge nicht weitergehen, ja? glaubst du das, Sally? habe ich gefragt, es ist nur so ein Gedanke, hat sie geantwortet, aber es spricht natürlich gegen das Leben, dass man sich wünscht, dass es nicht weitergeht, während man Sex hat, so etwas Lächerliches wie Sex, habe ich gesagt, und Sally hat protestiert, nein, keinesfalls! und mein Blut hat gekocht, ich war schon ziemlich in Fahrt, und während ich etwas gesucht habe in der Küchenlade mit den Scheren, Haushaltsgummis und Hosenknöpfen, habe ich zu Sally gesagt, am besten, du trittst den Gegenbeweis an, ich Mann! du Frau! sie ist mir voraus, ich hinterher, humpelnd mit meinem Gipsbein, ich kann nicht so schnell! habe ich gerufen, und schon halb ausgezogen hat sie mich im Schlafzimmer mit einem faulen Witz empfangen, bestimmt wird uns dein Gipsbein zum Verhängnis, Alfred, wenn wir aus der Erdatmosphäre austreten wollen, das hat mich verletzt, und sie hat mich gefragt, bist du jetzt beleidigt? ein bisschen, habe ich geantwortet, auch ein kleiner Stein kann eine Beule machen, ich weiß halt sehr gut, was Sally von mir denkt, dass ich ein Fossil geworden bin und auch früher nie leichtfüßig oder leichthändig war, sie behauptet, es sei typisch, kaum erwachen meine Geister wieder zum Leben, breche ich mir das Bein, sie sagt, Alfred, wenn du dich modisch anziehst, Maßanzüge und spezielle Krawatten, wenn man dich so sieht, dann machst du was her, aber nimm's mir nicht übel, wenn du nackt bist, dann schaust du aus wie ein, na ja, sehr bullig oder unförmig, um ehrlich zu sein, und natürlich weiß ich, dass ich nicht der Athlet des Jahres bin, Sally hingegen, sie erscheint so schlank, ich wundere mich immer, wie schwer sie ist, wiegen Muskeln wirklich so viel mehr als Fett? ich erinnere mich, dass sie es früher gemocht hat, wenn ich sie im Bett hochgestemmt habe, sie hat gequiekt und gelacht, wie ein Ferkel, genau, und einmal hat sie gesagt, Alfred, wenn du mich hochstemmst, das ist der Mühlviertler Bauer in dir, du zeigst dein kleines Weiblein den anderen Mühlviertler Bauern, solche Scherze, angeblich remple ich ständig irgendwo dagegen oder werfe Dinge um oder mache was kaputt, im Bett, wenn wir in eine andere Position wechseln, Vorsicht! alle Mann in Deckung! weil Sally gelegentlich aus Versehen den Ellbogen in die Seite oder einen Nasenstüber oder eine Kopfnuss bekommen hat, sie sagt, Alfred, man muss höllisch aufpassen, es ist eine Katastrophe, wenn wir die Position wechseln, das sind die gefährlichsten Momente in meinem Leben, aber wenn du in Stellung bist, merkt man davon nichts mehr, erstaunlich, nicht? vorwärts, Soldaten! und wenn wir schon dabei sind, auch über meine Finger macht sie sich lustig, ich soll dicke Finger haben? ja, wer sonst? und ich weiß, es stimmt, wenn diffizile Knöpfe an ihrem Kleid geschlossen werden müssen, bin ich zu nichts zu gebrauchen, ganz am Anfang im Museum, da habe ich mich in der Werkstatt des Restaurators herumgedrückt, er hat mich davongejagt, he, Alfred, schau, dass du hinauskommst, verschwinde, was willst du hier? schau, dass du rauskommst, du Tölpel! jetzt mit dem Gipsbein ist es im Grunde weniger gefährlich, ich lege mich auf den Rücken, das ist sehr praktisch, als wir ins Schlafzimmer sind, um den Gegenbeweis anzutreten, hat Sally gesagt, das gefällt dir! was? Alfred? Alfredo, mein Fossil, und wie sie lacht! was für eine Spinnerin! also wirklich, man braucht eine dicke Haut neben ihr, aber sagen wir's mal so, Übung macht den Meister, ich selber sehe mich lieber, wie mich Sally am Anfang in Kairo gesehen hat, rückblickend, beim ersten Treffen auf einer Vernissage am Kulturinstitut, ich bin dort allein an der Wand gestanden, an die Wand gelehnt, die Rippen und Brustwarzen unter dem knapp sitzenden T-Shirt, wie ein Bub in der Schule, mit dem niemand reden will, hat Sally gesagt, sie behauptet, ich hätte ihr leidgetan, aber ich hätte ihr auch gefallen, und das ist es, wie ich mich sehe, ein junger Mann an einem tiefen Punkt, ein verdrossener Mann Mitte zwanzig in Schuhen, die nicht zur Hose passen, der an einer weißen Wand lehnt mit hässlichen Bildern einer Lehrerin, die in Kairo an der deutschen Schule unterrichtet, und dann der große Moment, als Sally kommt und fragt, ob sie mir nachschenken darf, und drei Minuten später ein neuer glücklicher Mensch, willkommen im Klub, Alfred Fink, das ist Sallys Stärke, sie macht Menschen glücklich, alle möglichen Menschen, in London haben wir uns mit einer Kellnerin unterhalten, ich habe mich zu dem Kunden umgedreht, der hinter uns gewartet hat, ich habe mich entschuldigt, wir sind in einer Minute fertig, nur eine Minute, wir haben anderthalb Minuten geredet, dann habe ich mich nochmals zu dem Typen umgedreht und gesagt, zur Hölle, Sie sind Tom Cruise! ja, der bin ich, hat der Typ gesagt, und Sally hat sich eingemischt, wer zum Teufel ist Tom Cruise? und Tom Cruise ist glücklich gewesen, er hat vor Glück gelacht, weil er nicht gedacht hätte, dass es in dieser Welt noch jemanden gibt, der ihn nicht kennt, und als Sally in Kairo das erste Mal zu mir nach Hause gekommen ist und wir das dunkle Treppenhaus hoch zur Wohnung gestiegen sind, war ich erschöpft und habe langsam einen Fuß vor den anderen gesetzt, und Sally hat mich von hinten angeschoben, diese kleinen Momente sind es, die sich dreißig Jahre lang halten, ich habe gedacht, Himmel, ich mag dieses Mädchen, sie macht mich glücklich, ich würde mit ihr bis zum Mond gehen, kein Vergleich zu ihren Vorgängerinnen, ein schwieriges Volk, Valerie zum Beispiel, mit der ich einmal ein Gespräch geführt habe, ganz zwanglos, ich habe das Wort *Selbstmord* verwendet, und sie, oh, der beste Freund der Frau! auf Englisch, damit es besser klingt, oh, the girl's best friend! solche Dinge, reihenweise und im Vorbeigehen, das schüchtert einen empfindsamen Menschen ein, ich habe gesagt, der beste Freund von dir bin hoffentlich

ich! ich pfeif auf solche Konkurrenz! und aus der Beziehung ist nichts geworden, so oder so, die Frau lebt immer noch, und zwar in Schwanenstadt, das ist bezeichnend, vor einiger Zeit habe ich sie getroffen, fünfunddreißig Jahre nach unserer letzten Verabredung, an einem Freitagnachmittag, ich müde und schwitzend im Kunsthistorischen Museum in einer Unterhaltung mit Kollegen, das Museum überheizt, und trotzdem, hoppla! ist da was? am entfernten Ende des Saals, etwa zwanzig Meter entfernt, eine vertraute Erscheinung, das ist eins der Dinge, die am menschlichen Gehirn faszinierend sind, die Person ziemlich weit weg, wir hatten uns seit Jahrzehnten nicht gesehen, meine Aufmerksamkeit war auf die scharfsinnigen Bemerkungen einer jüngeren Kollegin gerichtet, trotzdem gab es selbst an den Rändern meines Wahrnehmungsapparates genug Kapazitäten für eine Analyse der unscharfen Situation, sanft wurde die bewusste Aufmerksamkeit hinübergelenkt, ein kurzer Blick, ich habe Valerie auf Anhieb erkannt, und sowie die Kollegin ihre Überlegungen ausgeführt hatte, habe ich mich auf die Suche gemacht, im benachbarten Saal habe ich Valerie gefunden, was für eine Überraschung, lange nicht gesehen, wir haben einige Details ausgetauscht, über früher, über uns, die geringsten Formulierungen von Valerie verbunden mit der offensichtlichen Gutartigkeit ihres Weltüberdrusses haben eine ganze Ära wachgerufen, den Menschenfresser Breschnew, Studentendemonstrationen, Steinewerfer, Flaggenverbrenner, Vergeudung persönlicher Energie, diese Dinge sind mir sofort in den Sinn gekommen, obwohl sich Valerie nicht das geringste daraus gemacht hat, weder damals noch heute, der Film, zu dem ich sie bei unserer ersten Verabredung ausgeführt habe, Peter Bogdanovichs *Last Picture Show*, keine Ahnung, bist du dir sicher, dass das mit mir war? ihre Erinnerung funktionierte ausgesprochen selektiv, sie hat sich nicht an Jakob, meinen Bruder, erinnert, mit dem sie ebenfalls mehrfach ausgegangen ist, aber an Benjamin Deutsch, über den wir länger geredet haben, ein Freund von mir am Gymnasium in Freistadt, bis er vorzeitig vom Gymnasium abgegangen ist, ich habe gewusst, dass er mit Valerie eine kleine Liaison hatte während der kurzen Zeit, in der er in Wien das Studentenleben ausprobiert hat, damals hat die Freundschaft zwischen Benjamin und mir schon nicht mehr bestanden, sie hat sich auf drei Jahre Mitte der sechziger Jahre beschränkt, als wir in Popmusik eine Gemeinsamkeit hatten, ich habe mich in die Materie im Herbst 1964 verrannt, und Benjamin war der einzige in der Klasse, der dieses vehemente Interesse geteilt hat, jede Woche haben wir den Inhalt von *Bravo* und die neuesten Platten diskutiert, es haut einen um, wie produktiv die Erinnerung ist, wenn lange vergessene Dinge plötzlich an die Oberfläche kommen und die dazugehörigen Knöpfe gedrückt werden, die erste Erwähnung von Sascha, so haben wir Benjamin Deutsch genannt, hat das alles stimuliert, was wir so getrieben haben, um der Eintönigkeit der Unterrichtsstunden zu entkommen, und das Geschick von Buben im absichtlichen Verdrehen von Inhalten dorthin, wo gerade ihr größtes Interesse liegt, wir hatten einen Lehrer, den unangefochtenen Meister der stereotypen Erklärung langweiliger Dinge, er hat die Silben eines Wortes immer in einer ganz besonders gestelzten Weise geliefert, und wenn er das Wort *Pal-li-sa-de* ausgestoßen hat, irgendwie abfallend ausgesprochen, als befinde er sich auf einer Rutschbahn, ist uns ein eher dummer Popsong von Freddy Cannon mit einem guten Beat und Rummelplatzgeräuschen eingefallen, wir haben uns einander entgegengelehnt, haben Augenkontakt hergestellt und über die Bänke hinweg geflüstert, *Palisades Park*, oder ein anderer Aspekt, ein Beispiel für die verrückte, übergeschnappte, surreale Welt, in der pubertierende Buben leben, mir fällt ein Nachmittag vor dem Raum des gefürchteten Lehrers Johann Heimrad ein, Sascha, ein ziemlich kleiner Junge, geübt in der Rolle des passiven Opfers, hat uns mit der lächerlichen Ankündigung überrascht, ich bin schwanger! ich werde ein Kind bekommen! wir haben mit diesem lahmen Witz hausiert, es beweist weniger unsere Infantilität als eine fast universale Bereitschaft, alle Konventionen zu verhöhnen, die unsere sich entwickelnden Körper und Geister entdeckten, es mag etwas besonders Verletzliches an Sascha gewesen sein, dass man ihm dieses Mätzchen angehängt hat, es ist eine regelmäßige Gewohnheit von mir geworden, ihn nach seiner Schwangerschaft zu fragen, jeden Monat hat er in einem ausführlichen Bericht die Fortschritte phantasiert, die sein Bauch macht, aber nach einem Jahr haben wir das Interesse daran verloren, unsere ergiebigen Köpfe haben immer darauf gedrängt, eine unwahrscheinliche Phantasie zu ihrer absurdesten Schlussfolgerung zu treiben, Saschas Schwangerschaft hatte keinen weiteren Nutzen mehr in diesem Szenario der Übertreibung, sie ist aus dem Umlauf unserer schärfer werdenden Gespräche genommen worden, aber irgendetwas muss an diesem Nonsens dran gewesen sein, etwas ausreichend

Spannendes für mein Unterbewusstes, dass ich auch nach dem letzten Treffen mit Sascha, 1972, noch an ihn gedacht und die Länge seiner Schwangerschaft errechnet habe, ich habe oft innerlich gegrinst, egal, wie vollgestopft mein Gehirn gerade war, wie viel ich gerade zu tun hatte, ich habe mir die Länge von Benjamin Deutschs Schwangerschaft ausgerechnet, mein Unterbewusstes denkt immer noch jedes Jahr zurück und zählt die vergangenen Jahre, sie sind mehr als nur ein Maß für die Strecke, die wir zurückgelegt haben, sondern auch ein Weg, die Absurdität in der realen Welt in ein Verhältnis mit dieser Schwangerschaft zu setzen, ja, und warum ist mir das alles mit solcher Wucht hochgekommen? welche mögliche Bedeutung für irgendetwas Aktuelles könnte diese unbedeutende Erinnerung haben, auf die mich Valerie gebracht hat? die traurige Antwort ist, keine, lediglich dass Valerie mir erzählt hat, dass Sascha tot ist, gestorben an einem Gehirntumor im Alter von fünfundzwanzig Jahren, er hat nicht einmal das Ende der siebziger Jahre erlebt, wie schmerzhaft das die bruchstückhafte Erinnerung macht, wo ich so viele Jahre an seine Schwangerschaft gedacht habe, ohne zu wissen, dass er schon unter der Erde ist, nicht dass ich erwartet hätte, ihn je wiederzusehen, die Welt ist zu mobil geworden, als dass das wahrscheinlich gewesen wäre, aber ich habe mir noch immer im Sinne von Jacques Brel denken können, *Benjamin Deutsch lebt, ist wohlauf und wohnt in Paris*, wie traurig, vielmehr, wie schrecklich, der Gedanke, dass auch er, dieser verrückte, kindische Kerl, einfach hat sterben können, ich werde Sally von ihm erzählen, wenn sie nach Hause kommt, sie ist zur Änderungsschneiderei, bei mir gibt es leider nicht viel zu ändern, in den Tagen nachdem ich Valerie getroffen hatte, war Sally nicht ansprechbar, dabei müsste Saschas Schwangerschaft sie interessieren, Buben? ich mag sie, aber ich verstehe sie nicht, das hat sie gesagt, ich selber verstehe sie nämlich schon, ich weiß noch, wie mich Sally in Kairo zum Friseur begleitet hat in der Hoffnung, dass bei Männern, wenn sie beim Friseur sitzen, der Bub hervorkommt, der Sechs- oder Siebenjährige, sie hat es mir erst hinterher gesagt, damit ich nicht vorgewarnt bin, Alfred, hat sie hinterher gesagt, ich möchte wissen, wer du bist, ich will sehen, wie es ist, wenn der Bub hervorkommt, ich habe gefragt, und? ist er hervorgekommen? ja, hat sie geantwortet, ich habe ihn gesehen, nur kurz, aber immerhin, es hat sich gelohnt, ganz am Anfang beim Hinsetzen, als dir der alte Mann das Tuch über die Schultern gelegt hat, da habe ich ihn gesehen, und ich kann dir mitteilen, es ist ein netter Bub, der sich freut und sich selber mag und auch seine Eltern mag, er ist gut erzogen, ich glaube, er ist der Freund, den ich nicht hatte, als ich fünf war, das hat Sally gesagt, ich gebe nur ihre Worte wieder, und seither, sagt sie, habe sie den Buben oft gesehen, und wenn ich meinen Töchtern sagen würde, dieser Bub, den Sally manchmal sieht und der ich war, dass ich ihm stärker verpflichtet bin als dem Vater, der ich als Erwachsener geworden bin, dann wären meine Töchter beleidigt, ich muss das wieder einmal nachlesen, wenn ich es in den Tagebüchern finde, wo ich schreibe, sinngemäß, dass der Bub, der in der Werkstatt im Sägemehl spielt, stärker ist als der Erwachsene und sein Wunsch nach Freiheit, und dass auch das Museum ein abgeschiedener Ort ist, muffig, ohne viel

Tageslicht, mit dunklen Gängen und schattigen Büros, dort zu sitzen und nachzudenken oder mit Kollegen zu reden, und sowie wir aus dem Gebäude treten, hören die Gespräche auf, der Käfer in seinem Loch ist ein Sultan, sagen die Ägypter, aber wenn das Sonnenlicht kommt, ist dieses Gefühl weg, im Urlaub brauche ich eine halbe Woche, bis ich an einem Wegrand sitzen, zwischen Blumen und Gräsern, ein Acker, und frei reden kann, am letzten Wochenende vor Schulanfang sind Sally und ich im Weinviertel spazieren gegangen, bei Haugsdorf ist Sally in einen verwilderten Apfelbaum geklettert und hat Äpfel heruntergeworfen, es war ein so unglaublich gutes Gefühl, unter dem Baum zu stehen und Äpfel zu fangen, wenn ein Apfel in die Hand fällt und die Finger sich um ihn schließen, ein kalter Apfel, hinterher haben wir geredet, es war eines der besten Gespräche in diesem Jahr, wir sind über eine kleine Wiese gegangen, die wenige Tage zuvor abgemäht worden war, bei jedem Schritt sind unter unseren Füßen Heuschrecken in alle Richtungen gesprungen, es hat ausgesehen wie nicht von dieser Welt, als würde etwas unter dem Schritt platzen und seinen Inhalt gleichmäßig nach allen Seiten werfen, und ich habe gesagt, Sally, es stimmt, ich bin ein Mühlviertler Bauer, schade, dass ich nicht geschickter bin, ich wäre ein guter Handwerker geworden, im Kopf, im Herzen, und ich habe an zu Hause denken müssen, an das weinumrankte Haus, über dem die Bussarde kreisten, ich habe meinem Vater so gerne bei der Arbeit zugeschaut, er hat alles sehr langsam gemacht und mit Freude, ich habe mit dem warmen Sägemehl gespielt, der Geruch, nur Sally riecht besser, meistens hat mich mein Vater hinausgejagt, raus mit dir! raus an die frische Luft! ich will dich hier nicht haben! mit einer Handvoll Sägemehl bin ich in den Garten und habe mir die Hände eingerieben, noch Stunden später haben sie nach frisch gesägtem Holz gerochen, und leider ist die Tischlerei den Bach hinuntergegangen, und dass die Schwestern von Papa den Mann der Spiritistin als Geschäftsführer einsetzen wollten, ist nur ein Witz am Rande, es hätte keinen Wandel gebracht und wäre nur eine weitere Variante gewesen, wie man in diesem tragikomischen Familienbetrieb dem Bankrott entgegenlächelt, selbst ein *starker Mann*, wenn man ihn angeschleppt hätte, ich bezweifle, dass er Chancen gehabt hätte, etwas zu bewirken, die Menschen sind seltsam, der Entschlussschwäche von Papa ist eine so eigenartige Entschlossenheit gegenübergestanden, mit der er seine Entschlussschwäche verteidigt hat, und dass er dann plötzlich zum Trinker geworden ist, sonderbar, ich habe ihn darauf angesprochen, Papa, du solltest weniger trinken, Alfred, hat er gesagt, es ist deshalb, weil ich einen Span verschluckt habe, der muss schwimmen, sonst zwickt er mich, kann sein, ich werde ihn bald wieder los, du kannst doch auch Wasser trinken, Papa, habe ich geantwortet, nein, Alfred, es ist ein Phänomen, im Wasser schwimmt er nicht, und Mama hat ihn jahrelang dafür gehasst, sie ist ihm jahrelang aus dem Weg gegangen, sie hat aus religiösen Gründen an allem gespart, sogar an der Unterwäsche, um den Bedürftigen geben zu können, aber für Papa hat sie kein gutes Wort mehr gehabt, und als Papa auf dem Sterbebett gelegen ist und sich von allen verabschieden wollte, hat ihn Mama geküsst, sie hat ihm kleine spitze Küsse gegeben über das ganze Gesicht, du hast es immer gemocht, Emil, wenn ich dich so geküsst habe, das hat sie zu ihm gesagt, und dann hat sie ihn auf den Mund geküsst, und der alte Mann, an dem nichts mehr dran war, nur Haut und Knochen, dessen Hals nur noch aus Sehnen bestanden hat, er hat sich ihrem Mund entgegengestreckt, und plötzlich ist es ein erotischer Kuss gewesen, den sich die beiden gegeben haben, ein richtig langer erotischer Kuss, und Sally und ich haben nur so geschaut, Sally hat einen Scherz gemacht, vielleicht sollten wir besser rausgehen, sie hat gelacht, und Mama hat sich umgedreht und gesagt, ja, ja, raus mit euch, das ist genau das, was jetzt angebracht ist, ich will euch hier für die nächste halbe Stunde nicht sehen, und ich habe gewusst, das ist Liebe, weil Mama hat Papa jahrelang gehasst, aber in Wahrheit hat sie ihn geliebt, und plötzlich ist eine alte Tür wieder aufgegangen, Gott schließt niemals eine Tür, ohne eine andere zu öffnen, das war eine der ländlichen Weisheiten, nach denen Mama ihr Leben zu führen versucht hat, stattdessen ist eine alte Tür immer noch offengestanden, ohne dass sie es gewusst hatte, da sieht man es wieder, wie unbrauchbar ihre Grundsätze waren, ich kann die Ansicht von der Gutwilligkeit Gottes ja sowieso nicht teilen, Mama hat nie einen Zweifel daran gehabt, sie ist großzügig zu anderen gewesen, immer spenden, Gott wird senden, hat sie gesagt, das hat ein ziemlich großes Vertrauen in das Gegenüber vorausgesetzt, aber meine Meinung ist, sie hat's getan, Er nicht, besser als umgekehrt, als ich im Herbst 1986 durch glückliche Umstände sechs Wochen frei hatte, bin ich zurück nach Kairo, zu diesem Zeitpunkt hatte ich schon manches angehäuft, eine Frau, zwei Kinder und eine Hypothek, ich habe gedacht, ich brauche das Geld, aber ich habe es bereut, Alice war vier, Emma ein Baby, einige Wochen alt, ich hätte Tag und Nacht mit den Kindern verbringen können, ich habe für lumpiges Geld darauf verzichtet, seither denke ich, ich bin um nichts besser als der Weiße Mann, den die nordamerikanischen Flachland-Indianer verachtet haben, weil er geglaubt hat, Land sei etwas, das man für einige Münzen handeln kann, die Indianer haben gesagt, ein Mann, der die Knochen seiner Väter verkauft, ist nicht besser als ein wildes Tier, das empfinde ich heute sehr stark, wo die Kinder selbständig werden und frei, auch Emma rüstet zum Auszug, wie dumm, dass ich unschätzbare Zeit, die ich mit ihnen hätte verbringen können, verkauft habe, die Knochen meiner Kinder, nur weil ich ein zusätzliches Einkommen heranschaffen wollte für das Auto, für Möbel, einen Rasenmäher, Spiele für die Kinder und was nicht noch alles, und wofür? wofür? raus mit der Sprache, Alfredo! was fehlt dir am meisten von den Dingen, die seit dem Besuch im Juli abgängig sind? die lausige Postkarte, die ich Sally noch vor der Hochzeit aus Argentinien geschickt habe, die fehlt mir am meisten, ich hatte sie später wieder an mich genommen, weil sie mir besonders gut gefallen hat und weil nur ich gewusst habe, mit welch gutem Gefühl sie geschrieben worden war, darum geht es nämlich, um solche Dinge, um den Moment, in dem ich die Postkarte geschrieben habe, um die Liebe, die in der Postkarte immer sichtbar geblieben ist, am Kühlschrank, hinter dem Glasfenster der Vitrine im Wohnzimmer, im Bücherregal des Schlafzimmers, so kleine fröhliche Dinge, für die ich mich vielleicht schämen sollte, mich aber nicht schämen will, weil sie einen Effekt erzeugen wie erstes Sonnenlicht auf der Haut, das Betrachten der Postkarte oder das dieswöchige Cover der Fernsehzeitung, auf dem die teilweise Wiederholung von *Raumschiff Enterprise* angekündigt wird, Sally hat mich daran erinnert, dass ich hinten auf der Postkarte die Anziehungskraft einer *Raumschiff Enterprise*-Episode gerühmt habe, sie war am Vorabend im Hotelfernsehen gelaufen, auf Spanisch, der Optimismus der Erschaffer in Bezug auf den Kontakt zu anderen Zivilisationen und die Ehrfurcht vor dem Universum, das war in jeder Folge greifbar, sehr schlichte schauspielerische Leistungen, die Handlung vorhersehbar und halbstark, die Spezialeffekte, als wäre ihr Preis in Cent berechnet worden, nicht in Dollar, ja und? was macht das aus? nichts! der Kern des Ganzen war hervorragend, das vergisst man oft, wie ist der Kern? man lobt die Oberfläche, aber der Kern ist nichts wert, richtig? da ist was dran, und deshalb trauere ich der Postkarte nach, mit der sich dumme Einbrecher eine Zigarette angezündet haben, denn eigentlich gehöre auch ich zu den Optimisten im Kontakt mit anderen Zivilisationen, und dann kommen sie mit einem Brecheisen als Vereinsabzeichen und stehlen eine Postkarte, die für niemanden den geringsten Wert besitzt, nur für mich, sie kommen wie in den Videospielen von Gustav, die ebenfalls gestohlen worden sind, die Sterne drehen sich, und die feindlichen Raumschiffe fliegen aus dem Sternennebel heraus, mehr und mehr, und feuern blind drauflos, ich versuche sie abzuwehren, aber je mehr Raumschiffe ich abwehre, desto mehr kommen angeflogen, das fühlt sich schrecklich an, deshalb brauche ich freundliche Raumschiffe, Jakob, mein Bruder, er hat nicht viel Geld, er trinkt mehr, als ihm guttut, vor einigen Jahren, als ich in seiner Gegend war, habe ich ihn besucht, er hat mit einer jüngeren Frau zusammengelebt, sie war ein wenig zurückgeblieben, aber nett, sie ist in seiner Küche gesessen, ich habe sie gefragt, und? was machen Sie hier? sie hat mich angelächelt und gesagt, ich warte auf mein Raumschiff, der Ausdruck hat mir gefallen, er ist zwischen Sally und mir zu einem geflügelten Wort geworden, ich warte auf mein Raumschiff, Sally kommt herein und fragt, Alfred, was treibst du? ich warte auf mein Raumschiff, auf der Couch, wo ich mit dem Gipsbein Streckübungen mache, ich liege auf der Couch und warte auf mein Raumschiff, wir sind hier vor dreiundzwanzig Jahren eingezogen, es ist die dritte Couch seither, verrückt, nicht? die vierte wird bald fällig, die erste war beige, aus einem harten Cord, dort hatten Sally und ich viel Sex, als Alice ein Baby war und als Emma ein Baby war, die beiden haben lieber im Ehebett geschlafen, vielleicht die Gerüche, der Schweiß ihrer Eltern, das ist durchaus im Bereich des Möglichen, im Gitterbett hat Alice gebrüllt, im Ehebett ist sie augenblicklich eingeschlafen, also sind wir hinunter ins Wohnzimmer, Sally und ich, auf die Couch, ich bin noch Jahre später mit der Hand über die Flecken gefahren, nicht nur Blut und Sperma, Sallys Schleimhäute waren nach der Schwangerschaft mit Emma immer so trocken, sie ist rüber in die Küche und hat Butter geholt oder Olivenöl, was grad greifbar war, anderen Frauen wäre das unangenehm gewesen, Sally nicht, und als wir in diesem langweiligen Hotel in Hamburg das Laken komplett versaut hatten, habe ich das Gesicht verzogen, aber Sally hat gesagt, ich bin sicher, die Zimmermädchen sind froh, dass in diesem Haus jemand wilden Sex hat, Geschichten, das würde so leicht keiner glauben, ich könnte meinen Unterhalt damit verdienen und mir einen Namen machen, bei diesem Urlaub in Irland, als wir einer Freundin geholfen haben, das Ferienhaus herzurichten, wir haben einen jungen Iren kennengelernt, John, er wollte heiraten, in der Nähe hat ein Hochzeitsmarkt stattgefunden, wir sind hingefahren und haben einen Matchmaker getroffen, einen Kuppler, der war ein richtiger Gauner, wir sind mit zehn Leuten in der Runde gestanden, John hat Fragen gestellt, und Sally hat ebenfalls Fragen gestellt, als würde sie heiraten wollen, und der Matchmaker hat ihr lauter dummes Zeug erzählt, und während er gefaselt hat, hat er nach ihrer Brust gegriffen und eine Brustwarze zwischen die Finger genommen, Sally hat hinuntergeschaut, was das soll, er hat seine Hand weggenommen und sie in Sallys Ausschnitt geschoben, er hat ihre rechte Brust umfasst und die Hand dort liegen lassen, solange er seinen Vortrag gehalten hat, lauter so Zeug, dass die jungen Leute, die heiraten wollen, mit Pferden ausreiten, damit es romantisch ist und so weiter, und als der Spuk vorbei war und wir wieder im Auto gesessen sind, hat der Ire, mit dem wir gekommen waren, so getan, als sei nichts gewesen, und ich habe gesagt, he, John, komm schon, was war das? hat das dazugehört? und John hat herumgedruckst, na ja, diese Matchmaker sind Typen für sich und so weiter, er ist nicht in der Lage gewesen, offen zu sagen, du, Alfred, bei aller Liebe zu Irland, zu meiner grünen Heimat, ich weiß wirklich nicht, was der Alte da gemacht hat, das war wirklich seltsam, und die beiden Frauen vorne,

Sally und ihre Freundin, die Freundin am Steuer, haben gelacht, sie haben das Aussehen des Matchmakers kommentiert, hehe, das war wirklich ein hässlicher, verwahrloster Typ, und Sally, ja, ein hässlicher, verwahrloster Typ, mit seinen fettigen grauen Haaren, und trotzdem hatte es etwas Erotisches, hat Sally gesagt, seine Hand auf meinem Busen, ohne sich zu bewegen, äh, was? habe ich gedacht, da hört sich alles auf! ich hätte Sally am liebsten aus dem Auto geworfen und an der Straße stehenlassen, erotisch?! Sally, du solltest für einige Zeit in eine Anstalt! du bist völlig plemplem! und wie sie in Kairo ihren Pfirsich gegessen hat, während ich sie gebumst habe, sie auf dem Rücken, die Beine sehr weit gespreizt, komplett offen, sie hat seelenruhig den Pfirsich gegessen, während ich gemacht habe, was man halt so macht, ist das normal? oder völlig plemplem? sie findet nichts dabei, im Privaten ist das Schulmäßige bestimmt nicht ihre Sache, wahrhaftig, einen solchen Menschen gibt es nur einmal auf der ganzen weiten Welt, und in der Nacht nach der Rückkehr vom Hochzeitsmarkt, als wir wieder allein waren, habe ich ihr eine Szene gemacht, Sally, habe ich gesagt, wie um alles in der Welt kannst du behaupten, dass dir der alte, besoffene Bock, ich glaube, du hast sie nicht mehr alle! ach, komm, Alfred! hat sie gesagt, sie hat versucht, mich um den Finger zu wickeln, weißt du, hat sie gesagt, ich hab es ja auch befremdlich gefunden, aber die ganze Atmosphäre, die Pferde und John, der unbedingt heiraten will, verstehst du das nicht? ich? verstehen? du hast wirklich einen Hieb, Sally, das habe ich gesagt, aber dann, wie ein Blitz, wie ein Blitz ist es in mich gefahren, Himmelherrgott, sie will heiraten, es ist eine Einladung, sie zu fragen, ob sie mich heiraten will, ja, das habe ich in dem Moment begriffen, dass sie mich einlädt, sie zu fragen, besser jetzt als irgendwann, und ich habe nicht direkt, ich habe ein wenig ausgeholt, Sally, du hast einen Dachschaden, habe ich gesagt, daran besteht kein Zweifel, ich mache mir nichts vor, aber heiraten will ich dich trotzdem, habe ich gesagt, und du? habe ich gefragt, willst du mich auch trotzdem? und sie hat ja gesagt, ja, Alfred, ich nehme dich trotzdem, und hat gelacht, und dann ist Glück gekommen, und dann ist Glück zum bestehenden Glück dazugekommen, und dann nochmals Glück, und dann ist Pech gekommen, und dann ist zum bestehenden Pech Pech dazugekommen, und plötzlich hat es Situationen gegeben, da ist herumgebrüllt worden, wenn sich eines der Kinder beim Spielen einen Zahn ausgebrochen hat oder wenn Alice ihrer kleinen Schwester die Haare grässlich verschnitten hat, dann war das wilde Brüllen bis hinunter zur Bushaltestelle zu hören, die Nachbarn müssen uns für geistesgestört gehalten haben, dabei hat Emma nach dem außertourlichen Frisörtermin ganz lustig ausgesehen, es ist sich auch schnell wieder ausgewachsen, aber Sally hat sich am selben Abend zu einem ihrer Freunde vertschüsst und mich mit den Kindern allein gelassen, wenn sie's auch anders ausgedrückt hat, nur kleine Vorfälle, ja, nur einer von vielen, Sally hat leider vergessen, was sie mir zur Antwort gegeben hat, sie hat das Trotzdem vergessen, das ist das einzige, was ich ihr vorwerfe, dass sie das Trotzdem vergessen hat, alles andere fällt unter *normal*, weil jeder Mensch verändert sich im Laufe seines Lebens, die Gefühle ändern sich im Laufe eines Lebens, mal so, mal so, was früher gut war, das heißt noch lange nicht, dass es heute immer noch gut sein muss, die Bedürfnisse sind plötzlich andere, auf jeden Fall bei Sally, bei mir weniger, Beziehungen gehen in die Brüche, andere werden aufgebaut, jedenfalls bei Sally, bei mir weniger, aber ich verlange gar nicht, dass sie mich jeden einzelnen Tag bis über beide Ohren liebt, nur ein bisschen, ein wenig, ein wenig sollte schon sein, das ist mich zwischendurch teuer zu stehen gekommen, ich habe mich aber immer wieder entschädigen können, ich habe gewartet und habe mich schadlos gehalten und wieder Geschmack am Leben gefunden, für zwei Wochen oder zwei Monate oder für ein halbes Jahr, da ist viel Schatten, aber da ist auch viel Licht, und wenn ich mich beklagen würde, könnte mir Sally mit Recht den Vorwurf machen, du hast es jahrelang akzeptiert und jetzt plötzlich kommst du und sagst, Schluss, aus, ich akzeptiere es nicht mehr, das hätte ich mir weiß Gott früher einfallen lassen müssen, also verzichte ich darauf, obwohl ich zwischendurch Grund dazu hätte, ich versuche den Teil meines Gehirns, in dem diese Dinge abgelegt sind, in tiefen Schlaf fallen zu lassen, ich habe sowieso nicht genug in der Hand, um Sally unter Druck zu setzen, das Problem ist, ich würde sie wieder nehmen, ich würde alles wieder so machen und alles so akzeptieren, wie ich es gemacht und akzeptiert habe, meine Lektüre besteht ja momentan aus täglich einem Schundroman, den ich in einem Saus auslese und über den ich mich dann ärgere, Science-Fiction-Geschichten, die ich als junger Mann gemocht habe, sie handeln ausschließlich von Weltraumflügen und bestehen zu fünfzig Prozent aus unverständlichen technischen Ausdrücken und zu fünfzig Prozent aus Blödsinn, 's ist alles Chimäre, aber mich unterhält's, die nächste Stufe wäre der Suff, das gebe ich zu, eins der wenigen anderen Bücher, die ich gelesen habe, keine Science-Fiction, aber so etwas Ähnliches, hat mir gefallen, *Replay* von einem Kerl namens Grimwood, den kennt keine Sau, das Buch handelt von einem Mann, der 1988 im Alter von dreiundvierzig Jahren stirbt, Herzinfarkt, bums! tot! aber unmittelbar darauf wacht er auf und liegt in seinem Bett am College, es ist Frühling 1963, er ist achtzehn Jahre alt und muss sein Leben wiederholen, er findet, wahrhaftig! er findet, das ist nicht sehr witzig, aber er hat keine Wahl, was bleibt ihm übrig, er will das Beste draus machen und sucht seinen Vorteil, wo er kann, weil er weiß, was als Nächstes kommen wird, er gewinnt Geld bei Pferdewetten, investiert es an der Börse, trifft einen alten Freund, dem Scheidung, Konkurs und Selbstmord bevorstehen, bis der Held dazwischenfährt, er versucht, die Ermordung von John F. Kennedy zu verhindern, dieses und jenes, dann stellt er sich ungeschickt an, als er das Mädchen trifft, das beim letzten Mal seine Frau war, er vertut seine Chancen, indem er allzu naseweis vorgeht, und mit dreiundvierzig stirbt er erneut, Herzinfarkt! bums! tot! und alles wieder von vorn, diesmal mit mehr Bedacht, wieder das Leben zwischen 1963 und 1988, einiges gelingt, und Dinge, die beim letzten Mal gutgegangen sind, gehen diesmal schief, immer mit anderen Wendungen, ziemlich faszinierend, wer hat sich nicht schon Gedanken gemacht, wie das scheinbar so lineare Leben ablaufen würde, wenn man eine zweite Chance bekäme, mein Gott! wenn ich nochmals am Gardasee sein könnte im Sommer 1969, dann würde ich das Zelt besser festhalten, von dem ich seither nichts mehr gehört habe, verflucht, sind wir nass geworden! schlimmer als in den Kalkalpen, dort würde ich Sally auffordern, schwimmen zu gehen, und sie würde sich weigern im Glauben, ich führte etwas im Schilde, und das Leben wäre ein anderes, wer kann das wollen? also bleibe ich lieber bei dem, was ich habe, wie ich's habe, mit allem Drum und Dran, das Leben ist ja auch deshalb so besonders, weil es keine Löschtaste gibt, eine Löschtaste würde es sehr langweilig machen, ein Idiotenspiel, ich lese sehr selten in meinen Tagebüchern, es sei denn, es gibt einen bestimmten Anlass, den ich überprüfen will, nachdem ich eine bestimmte Reise gemacht oder ein bestimmtes Buch gelesen habe oder mit Sally auf etwas Vergangenes zu sprechen gekommen bin, das gewaltige Arsenal an Vergangenheitsbeweisen, über das ich regiere, ich blättere über die betreffenden Seiten, mehr ist nicht nötig, um wieder zu wissen, wie etwas beim letzten Mal war, Tagebücher werden ja erst nach vielen Jahren richtig interessant, weil man irgendwann feststellt, dass man gewisse Zyklen durchläuft, bei mir sind es Vierjahreszyklen, das hat den Vorteil, dass man mit der Zeit ein Gefühl dafür bekommt, an welchem Punkt des Zyklus man steht, dann kann man im Tagebuch nachschauen, wie man sich bei anderer Gelegenheit verhalten hat, das ist meine Art, Lehren aus dem ersten und zweiten und dritten Mal zu ziehen, und wenn's beim nächsten Mal auch schlechter läuft, überraschenderweise, weil man ein Detail nicht ausreichend bedacht hat, bekommt man trotzdem ein Gefühl für Regelmäßigkeit und Kontinuität und verwechselt Krisen nicht mehr mit Katastrophen, Alfred, wie stehen die

Aktien? sie sind unterwegs, diese Erkenntnis ist sehr nützlich in einer Ehe mit Sally, und langsam wird auch bei ihr ein geheimer Rhythmus sichtbar, nur schneller mit höheren Amplituden, Ereignisse kommen in Zyklen und gehen in Zyklen und kehren schließlich zu sich selber zurück, nach einem festen Muster, ich habe Jahre gebraucht, bis ich es verstanden habe, ich kann nachblättern und den Rhythmus herausarbeiten, ich kann, ja, es ist, als würde ich es in den Taschenrechner eintippen, ich kann sagen, diesmal bleibt Sally für ein Jahr zu Hause, wurde auch Zeit, das weiß ich, ich weiß es still bei mir und bin klug genug, es zu verbergen, tief drinnen, viel tiefer drinnen, als ich an irgendeiner Stelle bereit bin, dort liegt das Wissen, dass Sally eine ganze Weile zu Hause bleibt, und auch das Wissen, dass sie nie ganz gehen wird, man muss es nicht glauben, aber es ist *sichtbar*, ich sehe es ziemlich gut, das ist mir wieder einmal bewusst geworden, als Sally vor einigen Tagen gefragt hat, ob sie in eines der Tagebücher reinblättern dürfe, AD 1990, ich staple gerade alles Mögliche neben der Couch, damit ich es in Reichweite habe, ich habe gedacht, sie ist also ernsthaft gewillt, wieder in meine Richtung zu schauen, normalerweise zeigt sie für meine Tagebücher keine Neugier, nur zu, habe ich gesagt, 1990 war ein gutes Jahr, Gustav ist auf die Welt gekommen, also hat Sally das Tagebuch an einer beliebigen Stelle aufgeschlagen und halblaut gelesen, ich habe mich sofort zu schämen begonnen, nur Trivialitäten, so ist es mir vorgekommen, schrecklich, ein überladener, unorganisierter, unordentlicher Geist, der ein überladenes, unorganisiertes, unordentliches Leben aufschreibt, und selbst das Haus, in dem er diese sinnlose Tätigkeit verrichtet, überladen, unorganisiert, unordentlich, und Sally hat weitergelesen, ich habe noch nie ein Geheimnis daraus gemacht, dass ich mich unbehaglich fühle, wenn ein durchdringender Intellekt wie ihrer Dinge betrachtet, die ich ausgewählt habe, um sie festzuhalten, der Teil von mir, der bedingungslos ehrlich sein will bezüglich meiner Fehler und Schwächen, gerät zuweilen in Konflikt mit einer unreifen, egoistischen Seite an mir, die noch im Alter von siebenundfünfzig Jahren Bestätigung, Beschwichtigung und Lob verlangt, die Tagebuchseiten, die Sally aufgeschlagen hatte, waren ein Kampfplatz dieser rivalisierenden Bedürfnisse mit einem Überhang meiner schwächlichen Seite, Pech, Sally hätte genauso gut eine Seite erwischen können, auf der ich Proust zusammenfasse oder meine Ansichten über Descartes zum Besten gebe oder die Beschreibung der Situation in den Kalkalpen, stattdessen kam gleich oben das Wort *Scheißdreck*, gefolgt von einer sentimentalen Elegie auf einen verstorbenen Komiker, und dann, dass ich mich durch die wundersame Merlin-Trilogie von Mary Stewart gelesen habe, und wie viel Trost und Behaglichkeit mir das Verständnis für den Rhythmus des Lebens verschafft, mit dem die Autorin ans Werk geht, und ich habe zu Sally gesagt, echte und wahre Ehrlichkeit würde nie so blöd klingen oder so langatmig, wenn ich höre, was du liest, kann ich mich selber nicht mehr ernst nehmen, sie hat sich neben mich auf die Couch gesetzt und es geduldet, dass ich mit der Hand in ihren Hosenbund fahre, über den Flaum am Ansatz ihres Rückens, auf den ich so stehe, sie hat gesagt, Alfred, du hast genug Talent, um in einer verständlichen, ungeschraubten Sprache zu schreiben, das ist nicht so leicht, wie es sich anhört, nur die wenigsten bringen es zustande, ich mag es, dass an deinen Sätzen Alltagsdreck klebt, deine Tagebücher sind etwas, das ich auch gerne besitzen würde, ich habe nur leider keine Zeit zum Schreiben, ich bräuchte einen Sekretär oder Chronisten, wie ihn früher Könige hatten, ich bin froh, dass wenigstens du die Stellung hältst, damit ein paar Geschichten von uns überleben, ja, das hat sie gesagt, mir ist ein Stein vom Herzen gefallen, nicht wegen der Nachwelt, i woher, nur wegen Sally, denn ich habe keine Träume von einer Nachkommenschaft, die mich und meine Tagebücher genauestens studiert und sich ein Charakterbild von mir macht, als wäre ich der Samuel Pepys meiner Zeit, ich möchte nicht wissen, was dabei herauskäme, vielleicht würde sich die Einschätzung, zu der andere kommen, mit der von Sally decken, dass ich ein harmloses Fossil bin, ich tauge nicht einmal zum halben Pepys, aber was ich bin oder besser habe, das ist Pepys' totaler Unwille zur Veränderung, obwohl ich weiß, dass auch Veränderung Glück bringen kann, es einmal linksherum zu probieren oder rechtsherum, das ist nicht mein Metier, das verbindet das ganze internationale Tagebuchwesen, denke ich mal, plus ein gewisses Interesse am *fleischlichen Leben* oder *verfluchten Geschlechtstrieb*, wie meine Mutter es genannt hat, natürlich gibt es Gemeinsamkeiten, Sally hat mir eine Hardcoverausgabe des *Complete Pepys* geschenkt, zu meinem zweiunddreißigsten Geburtstag, the publishing event of the year, wie die Werbeblasen von 1983 verkündet haben, und wenn sich auch nicht die Motten drüber hergemacht haben, die sind mit einem Paar wollener Socken zufrieden, die ich eigentlich für die Zukunft hamstern wollte, der *Complete Pepys* ist noch immer ungelesen, das alte Reclamheft hingegen ganz zerfleddert, ich glaube, die Erklärung dafür ist die, dass ich im Reclamheft weiß, wo ich bestimmte Stellen finde, das demonstriert aber wohl, dass es obsessives Verhalten ist, ähnlich dem inneren Zwang, der mich manchmal nötigt, stundenlang nicht auf die Fugen zwischen Steinplatten zu treten, stundenlang, endlos, wie ein Kind, mit dem Gipsbein ist das natürlich nicht möglich, aber sonst bin ich immer dafür zu haben, das ist ein großes Thema, so groß, dass ich an diesem Punkt noch gar nicht eingedrungen bin, ich bringe so oft einen Gedanken nicht zu Ende, weil es so viele Möglichkeiten in meinem Kopf gibt, was als nächstes kommen kann, eins reiht sich ans andere, die Welt ist so vielfältig und krude, man kann nie genau wissen, welchen Effekt eine Variante hervorbringt, Sally sagt, Alfred, du schreibst und schreibst und redest und redest, eins stolpert über das andere, ich glaube, es ist, weil du ein Idealist bist, und das stimmt, ein wahres Wort, weil ich ein Idealist bin, und Sally ist ebenfalls eine Idealistin, auf ihre Weise, sie ist ihren Idealen treu, mit Sicherheit ist es schrecklich anstrengend, Sally Fink zu sein, ich würde keinesfalls tauschen wollen, selbst wenn ich über ihre Kraft verfügte, was die Sache natürlich leichter machen würde, ich frage mich, woher sie ihre Kraft nimmt, das ist des armen Hamlets Frage, ob seine Kräfte langen, ich frage mich das auch, aber Sally fragt sich das nie, wenn sie sich ärgert, sagt sie, Alfred, jetzt bin ich in der Stimmung zum Schlammcatchen, die tollsten Überraschungen, sie sagt, Alfred, im nächsten Urlaub fliegen wir nach Texas, dort finden wir bestimmt eine Bar, in der Schlammcatchen angeboten wird für jeden, der will, wenn es sein muss nackt, dann stemmt sie ihre Fäuste in die Seiten, als sei sie jetzt bereit, ihr eigenes Blut zu trinken, und stößt wüste Zurufe aus, als würden sie aus dem Publikum kommen, mach sie fertig, die Schlampe! hau sie in den Dreck, die hässliche Kuh! mit ihrer großen Klappe, und gleichzeitig so klug wie kaum jemand, andere Frauen, die ich kenne, haben vergleichsweise weniger zu sagen, und manchmal so anschmiegsam wie Spiderwoman im Netz über den Straßen New Yorks, wenn sie in meinem Arm liegt, eine Brust an meiner Brust, und mein Arm um ihre Taille, wenn sie ihre Nase in meine Schulter stupst, das ist meine Vorstellung von Glück, ja, das ist meine Sally, die jetzt nach Hause kommt, ich höre, der Wagen biegt in die Einfahrt, früher als angekündigt, sie scheint mich wirklich wieder zu mögen, allen Ernstes, sie scheint etwas gutmachen zu wollen, die hat vielleicht ein Glück, dass ich noch immer da bin, und ich ein Glück, dass sie immer zurückkommt, wirklich und wahrhaftig! wie schon mein Vater gesagt hat, Rufen ist leichter als Kommen, und ja, das Leben ist rätselhaft, stimmt doch? obwohl es täglich besser wird, ein klein wenig, wenn man es *besser* nennen will, und ich muss das alles aufschreiben, was nicht schon aufgeschrieben ist, trotz aller Nachteile mit den Schmerzen, unterm Strich ist die Freizeit, die mir der Knöchelbruch beschert, eine flotte Sache, ich führe mein Tagebuch schon, seit ich achtzehn bin, ein frühberufener Chronist, ein wankelmütiger Ministrant, der den Glauben an das göttliche Buch des Lebens verloren hat, aber den damit verbundenen Dokumentationsverlust nicht einfach geschehen lassen will, ich gebe zu, in diesem Punkt bin auch ich ein Feigling, denn ich denke mir, es wäre schade drum, jemand sollte es festhalten, am verlässlichsten, ich mache es selber, und sollte entgegen meiner Erwartung auch Er sein Register führen und sollte entgegen meiner Erwartung irgendwann zum Jüngsten Gericht geblasen werden, dann werde ich mein eigenes Kontobuch mitbringen, hundert Bände, mit hundert Bänden ist bis zu meiner Todesstunde zu rechnen, ich werde alles mitbringen, das ganze Verzeichnis der guten und schlechten Taten, ja, wenn Er sagt, Stehet auf! dann werde ich meine eigene Version der Geschichte mitbringen in einer großen Schubkarre, und wenn Er mich fragt, wie das ist, mit Sally und mir, ob ich glaube, dass wir Aussichten haben auf das Himmelreich, wo es keine Tränen mehr gibt und die letzte Träne von einem Engel getrocknet wird, dann werde ich schweigen und Ihm schweigend die hundert Bände zu Füßen legen, damit Er lesen kann, ich werde warten, und die, die hinter mir stehen, werden ebenfalls warten, und wenn Er zu Ende gelesen hat, dann werde ich sagen, jetzt, jetzt kannst du dein Urteil fällen –

11

Die Tage zwischen Weihnachten und Neujahr sind eine seltsame Zeit, ein Niemandsland, von dem nicht klar ist, ob es noch zu den stillen oder schon zu den lauten Feiertagen gehört. Weder das eine noch das andere trifft zu, es sind einfach nur Tage, die man nach Belieben füllen kann wie eine weiße Leinwand, nein, wie ein Schmierblatt, ein kleines, beschnittenes Schmierblatt, das auf der weihnachtlichen Seite fettfleckig ist und auf der Seite zum Jahreswechsel angekohlt. Und zu mehr wird es in hundert Jahren nicht reichen, zu stark wird das Wachstum dieses Zwischenreichs durch die einschnürenden Kräfte der feiertäglichen Flanken und die draußen wie mit Nadeln stechende Kälte behindert. Auch der Winter braucht seine Chance. Wann, wenn nicht jetzt?

Vor einigen Tagen war strenger Frost eingezogen. In Jakutsk fielen die Elstern gefroren vom Himmel. Und auch in Wien häuften sich die Minusgrade an. Das meiste Leben hatte sich ins Innere der Häuser zurückgezogen, zum Glück waren Ferien.

Kurz rührte sich etwas, Sally stellte den Christbaum vor die Tür, er fing schon an, seine Nadeln zu verlieren, Sally hatte mit ihm kein glückliches Händchen bewiesen. Außerdem flog sie am nächsten Tag nach London.

Sie ging wieder nach drinnen, im Wohnzimmer nahm sie die Schachteln mit den Christbaumkugeln und trug sie in den Dachboden hinauf. Alfred, der auf der Couch lag, schaute ihr hinterher. Dann warf er einen Blick zum Fernseher, in dem die Ereignisse des scheidenden Jahres zusammengefasst wurden. Die schnell wechselnden Bilder schienen vorwiegend ihrer emotionalen Kraft wegen ausgewählt, sie passten auf eine harte Weise zu den Tönen des Cellos, die jetzt hereindrangen, weil hinter Sally die Tür zum Stiegenhaus offen geblieben war. Im oberen Stockwerk übte Emma eine Passage aus einem Werk von Schostakowitsch. Die durchs Haus geisternden Töne klangen wie wütendes Knochenklappern.

Als Sally vom Dachboden zurückkam, schloss sie die Tür. Die Musik war wieder ausgesperrt. Sally blickte ebenfalls zum Fernseher. Es war jedes Jahr dasselbe, dieselben Geschichten von Gewinnern, Verlierern und Toten. Man konnte nur die eine Lehre daraus ziehen, dass ungeachtet allen großartigen Fortschritts in der Welt die Leute sich weiter quälen und schinden mussten in unnütz toller Wut.

Sally rülpste leise.

»Ich will dir was verraten«, sagte sie herausfordernd. »Der Gips schaut ziemlich gut aus.«

»Ja?« fragte Alfred vorsichtig.

»So ein Gips deutet auf ein ereignisreiches Leben, selbst wenn man den ganzen Tag auf der Couch liegt oder sonst wo am Rücken. Sogar das Innenleben macht neugierig, wenn einer einen Gips trägt. Es ist ungerecht, Alfred, aber mit so einem Gips ist eindeutig mehr Staat zu machen als mit einem Stützstrumpf.«

Um seine Erregung zu verbergen, blieb Alfred für zwei Sekunden über sein Tagebuch gebeugt, als müsse er jede

Bewegung seiner Hände genau beobachten. Schließlich schaute er auf und wackelte mit den Zehen, die aus dem Gips ragten. Für einen Augenblick kam ihm sein Bein wie etwas Übermütiges vor, das man vorsichtshalber eingesperrt hat.

»Wenn du ihn in der kommenden Woche herunterbekommst, ich glaube, du wirst ihn vermissen«, sagte Sally.

Alfred schaute ihr dabei zu, wie sie mit dem Besen ungestüm die Ecke ausfegte, wo der Christbaum gestanden war. Sally hielt inne und blickte zur Bestätigung ihrer Worte zu ihm hin.

»Ich werde ihn nur wegen deiner Zeichnungen vermissen«, rechtfertigte er sich. »Und wegen dem, was die Kinder draufgeschrieben haben.«

»Du kannst ihn ja mit nach Hause nehmen. Das Haus hat eine robuste Verdauung.«

Sally kehrte die Nadeln auf, Alfred wusste, die Nadeln waren nicht das einzige, was auf die Schippe genommen wurde, aber er wollte nicht vorwurfsvoll sein, er konnte den Ansatz ihrer Brüste sehen, als Sally sich vorbeugte. Er tat so, als schaute er nicht hin, er machte seine Beinübungen, aber ohne Sally aus den Augen zu lassen. Die Beinübungen waren gut für die Muskulatur und gut für die Zirkulation, drinnen floss genauso echtes Menschenblut wie in Sallys Dekolleté.

Alfred zog kurz die Unterlippe ein, als erinnerte er sich an etwas.

»Es wäre in diesem Haus nicht das erste Stück aus Gips«, sagte er beiläufig. »Es gibt auch die Handabdrücke der Kinder, als sie klein waren.«

Mit der Kehrschaufel voller Nadeln ging Sally Richtung Küche. Jetzt konnte Alfred wieder die harschen und drängenden Töne des Cellos hören, dazu das Klopfen von Emmas Ferse, es klang, als wäre ihr Bein aus Holz, ein schlagendes Geräusch, bumm! bumm! Oder wie fernes Teppichklopfen, große, schwere Teppiche, die unter den Schlägen fast nicht nachgeben, bumm! bumm! Das ging so lange, bis die Tür wieder geschlossen war.

Die Hände flach in ihre hinteren Weichen gestützt, stellte sich Sally vor die Glastür zur Terrasse. Sie blickte hinaus. Ein Böllerkrachen hallte durch das Grau der Vorstadt, es klang langweilig.

»Lässt du deine Varizen operieren?« fragte sie.

Die üppigen Blumenranken, die Sally auf den Gips gemalt hatte, begannen sich zu winden. Sallys Frage verwirrte Alfred, er spürte wieder, dass er ein Mensch mit vielen verwundbaren Stellen war.

Vielleicht sind die Krampfadern ja einfach verschwunden, dachte er. Aber das sagte er natürlich nicht.

»Was denkst du?« fragte Sally.

»Dass die Krampfadern vielleicht einfach verschwunden sind.«

»Das wäre eine Lösung ohne Aufwand«, sagte Sally mit ruhigem Spötteln. »Ich würde mich darüber freuen.«

»Wahrscheinlich sind sie halt leider noch da.«

»Das glaube ich auch«, gab sie zur Antwort. »Sehr wahrscheinlich sind sie noch da.«

Sie schaute hinaus in den Garten. Die regengrauen Nachbarhäuser hinter den kahlgefegten Bäumen traten vor und zurück, je nach Dichte der Atmosphäre, die ebenfalls regengrau war, aber ohne Regen, für Regen war es zu kalt.

»Du bist doch am Land aufgewachsen, Alfred«, sagte Sally in einem um Sachlichkeit bemühten Ton. »Du bist ein in die Wegwerfgesellschaft verirrter Bauernbub. Selbst wenn du dir ein neues Bein kaufen könntest, würdest du es nicht tun. Aber du kannst das alte reparieren lassen. Das müsste dir liegen.«

Wie nach dem Besuch im Juli das Haus repariert und die Zimmer frisch ausgemalt worden waren. Und auch die Beziehung seit drei Jahrzehnten – immer wieder geflickt.

»Durch geglückte Reparaturen bekommen Dinge einen emotionalen Mehrwert«, sagte Sally. »Schau deine Hosen an. Schau deine Ehe an.«

»Meine Ehe!« sagte Alfred anerkennend. »Die hält etwas aus, interessanterweise.«

Aber natürlich garantierte ihm niemand, dass es in fünf Jahren immer noch so war.

»Du kannst ruhig auch mit deinem Bein ein Einsehen haben«, sagte Sally.

Alfred ließ erneut die Zehen wackeln. Er überlegte, ob seinem Bein durch eine Operation nur zu oberflächlichem Ansehen verholfen würde oder auch die Funktionstüchtigkeit betroffen wäre. Noch sein Vater, da hatte Sally recht, hatte die Verwendungstauglichkeit eines Alltagsgegenstandes höher eingeschätzt als das Aussehen. Heute stellte der Verlust einer intakten Oberfläche zunehmend die Nutzbarkeit der Dinge in Frage. Eine Hose musste schön sein, damit sie gut war.

Und Sally? Die schminkte sich, damit ihr Selbstvertrauen und ihre Anziehungskraft auf Männer intakt blieben. Was gab es auf der Welt überhaupt noch Intaktes? Und was bedeutete es, dass alles Ramponierte in schlechtem Ruf stand? Manchmal, wenn Sally in den Spiegel schaute, sagte sie, Alfred, den Körper kann man nicht betrügen, nur die Männer.

Und auch die Männer nicht für ewig, früher oder später geht das Spiel verloren.

Alfred sagte:

»Vielleicht ist so eine Operation keine große Sache. Ich werde mich erkundigen.«

»Sie ist mit Sicherheit keine große Sache«, beteuerte Sally.

»Ich werde mich erkundigen«, sagte er nochmals.

Sally nickte. Sie drehte sich wieder dem Zimmer zu. Der Jahresrückblick im Fernsehen rief in Erinnerung, dass der neu gewählte Präsident der USA auch zum Mann des Jahres gekürt worden war. Auf der Liste mit den Frauen des Jahres fand sich neben gelifteten Schauspielerinnen und langweiligen Sportlerinnen ein zehnjähriges Mädchen. In seiner Heimat hatte das Mädchen nach einer Zwangsheirat die Scheidung von seinem zwanzig Jahre älteren Mann beantragt und vor Gericht Unterstützung erhalten. Der Fernsehschirm zeigte Bilder eines traditionell gekleideten Mädchens mit im Haar einem breiten, dottergelben Band.

Um nicht länger über Alfreds Bein zu reden, berichtete Sally von einem Mädchen aus Bosnien bei ihr an der Schule. Vier Stunden in der Woche war Sally Bibliothekarin, kurz vor Weihnachten war das Mädchen an einem der Lesetische gesessen und hatte bedauert, dass sie ihre Matheaufgabe nicht verstand. Sally hatte die Textaufgabe durchgelesen und erst nach dem dritten Mal begriffen, was der Mathematiker überhaupt wollte. Nachdem Sally mit eigenen Worten erklärt hatte, wie die Frage gemeint sei, löste das Mädchen die Aufgabe mit links. Bei der Schularbeit hätte sie keinen Punkt bekommen, aber nicht wegen einer Rechenschwäche, sondern wegen der Schwäche des Mathematikers in Deutsch, so relativ war alles.

»Der Mathematiker hat sogar das Alter des Gärtners angegeben, obwohl es letztlich darum ging, wie viele Blumen in seinem Garten wachsen. Ein zweiundvierzigjähriger Gärtner.«

»Ein einjähriges Kind schläft sechzehn Stunden am Tag«, sagte Alfred. »Wie viele Stunden schläft ein vierjähriges Kind?«

»Und wie viele Stunden schläft man mit zweiundfünfzig?

»Und mit siebenundfünfzig?« fragte Alfred.

»Viel.«

»Und wie viele Stunden dauert ein Tag maximal?«

»Gibt es Zeitreisen?«

»Ja«, sagte Alfred.

Er lachte. Die Couch, das alte, abgenutzte Möbelstück, wurde bis in die Knochen hinein erschüttert.

Der Himmel in den Fenstern ergraute jetzt vollends, ein Licht wie Zementwasser, grau und immer grauer. In einer halben Stunde muss man die Lampe einschalten, dachte Alfred. Und Sally dachte ganz etwas anderes, einer wusste es nicht vom anderen.

Nach einigen Minuten hörte Sally, dass Alfred in seinem Tagebuch umblätterte. Weil sie es ebenfalls satthatte, zum Fernseher hinzublicken, schaltete sie ihn aus. Ohne klare Absicht, einfach nur in einem Zustand nachmittäglicher Unentschlossenheit setzte sie sich in einen der Polstersessel und schaute Alfred beim Schreiben zu. Ihr gefiel die hartnäckige Art, mit der er sich Notizen machte, wenn sie in seiner Nähe war.

»Ich bin froh«, sagte er plötzlich, »dass ich in meinem Leben nur mit einer Frau verheiratet war und nicht mit zweien oder dreien.«

»Ein bisschen eine einseitige Kost ist es schon«, antwortete Sally bedächtig.

»Das finde ich nicht«, sagte Alfred enttäuscht, er hatte eine andere Antwort erhofft. »Monotonie ist bei weitem nicht das erste, was mir im Zusammenhang mit meiner Ehe einfällt.«

Er schob einen Finger zwischen die Seiten des Tagebuchs und horchte. Er dachte an das geheime Leben, das Sally nicht mit den Kindern teilte, und an das geheime Leben, das sie nicht mit ihm teilte.

»Du hast mehr zu bieten, als ich bekomme«, sagte er mit leisem Vorwurf. »Trotzdem ist mir nicht langweilig neben dir.«

Zu seiner Überraschung war ein »Mhm« alles, was Sally sagte. Er schrieb weiter, völlig ahnungslos, was Sally dachte.

Was sah er in ihr? Was dachte er sich jetzt?

Versonnen stieß er ein leises Knurren aus. Sally lachte erschrocken, als sie sich plötzlich mit seinen Augen sah.

»Es tut mir leid, dass ich oft so eine Wirtschaft mache und oft so mühsam bin«, sagte sie.

Er betrachtete sie aufmerksam und zog die Luft ein.

»Mühsam, kann sein, wie Hyperion auf Delos den Kynthos ersteigt.«

»Das ist ja beruhigend«, sagte sie.

»So war es auch wieder nicht gemeint«, sagte er.

Sally gab nochmals ein »Mhm« von sich.

Dann schwiegen sie wieder beide.

Alfred kritzelte in sein Tagebuch. Sally schaute zum Fenster hinaus. Fern und dumpf drang Emmas Klopfen durch die Decke, und auch das Geräusch der Vorortebahn war zu vernehmen, mitsamt dem Nachzittern, von dem unklar war, ob man es hörte oder nur im Fußboden spürte wie ein leichtes Erdbeben. Die Katzen stellten die Ohren auf, und auch die Nilpferde stellten die Ohren auf und die Pferde auf der Kohlezeichnung, die im Sommer zum Trocknen an der Wäscheleine gehangen war. Die Pferde hoben ihre Köpfe, dann testeten sie ihre Hufe, bumm! bumm!

Vom Licht war nicht mehr viel übrig. Das Grau machte Alfred schläfrig, nicht schläfrig, sondern dämmrig. Er fühlte sich wach und konzentriert, gleichzeitig drangen die Geräusche des Hauses und die Bilder seiner Imagination mit ungewöhnlicher Intensität auf ihn ein. Er ließ sich vom Strom seiner Phantasien und Ängste davontragen, es störte ihn nicht, dass Sally die Stehlampe neben der Couch anknipste, damit er genug Licht hatte. Auch die Stereoanlage setzte sie in Betrieb, eine CD von Emma im Laufwerk, etwas Klassisches, das Sally nicht kannte. Die Musik ähnelte unverkennbar dem, was Emma die ganze Zeit übte, sehr eindringlich, drängend, bittend und intensiv, als hoffte hier jemand, gerettet zu werden.

Aber klar, Rettung war nicht möglich, allenfalls Aufschub.

Doch in diesem Moment lehnte Sally unbekümmert im Sessel, entspannt wie eine Schiffsreisende bei gutem Wetter. Wenn sie die Augen öffnete, dann nur, um das zu tun, was auch Alfred tat, die Zehen betrachten. Kurz schaute sie zu Alfred hin.

»Diese Jahresrückblicke sind schrecklich«, sagte er. »Ich weiß dann immer nicht, wie ich auf meine umfassende Unwichtigkeit in dem Ganzen reagieren soll.«

Er legte die Beine bequemer hin.

Sally ließ sich mit einer Antwort Zeit.

»Ich bin froh, weil meine Unbedeutendheit auch meine Fehler relativiert«, murmelte sie. »Ein Fehler mehr oder weniger? Welchen Unterschied macht es in hundert Jahren? Keinen sonderlich großen.«

Wir sind nur aufbereiteter Sternenstaub, dachte sie, Atome von Gehalt, die für eine begrenzte Zeit eine Einheit bilden und sogar einen Namen bekommen, Alfred, Sally, für siebzig oder achtzig Jahre, wenn man Glück hat. Dann fallen die Einheiten wieder auseinander.

»Bei mir ist es umgekehrt«, bekannte Alfred. »Es erzeugt ein Gefühl von Unzulänglichkeit. Ich glaube, es gibt da einen Rest Utopie, der nicht aufgebraucht ist, ich meine, dass es möglich sein sollte, Spuren zu hinterlassen.«

Ihn ansehend, dachte Sally daran, wie sehr sie ihn

geliebt hatte und dass sie ihn weiterhin liebte, und wenn nicht in diesem Augenblick, dann gemessen am Jahresmittel, das sie übermorgen nehmen konnte. Ihre Zuneigung nahm zu und wieder ab, das war wohl nichts wirklich Besonderes.

»Dein Einfluss auf mich ist beträchtlich«, sagte sie. Sie blickte weiterhin zu ihm hin, als wollte sie sichergehen, dass er sie nicht missverstand. Sein Gesicht aber sagte, dass ihn ihre Bemerkung freute. Jeder Mensch braucht Anerkennung, das wusste Sally von der Schule, man tippte einen Schüler ein wenig an, schon blühte er für ein oder zwei Tage auf.

»Nur schade, dass unser Angriff auf das bürgerliche Leben kaum zehn Jahre gedauert hat«, sagte sie.

Es war erstaunlich, wie man mit einem einzigen Satz über so lange Zeiträume hinwegschweifen konnte. All die vielen Kleinigkeiten, die mit langen, festen Fäden verbunden waren, regten sich leise.

»Ich glaube, das liegt daran, dass sich neue Ansätze, wenn sie brauchbar sind, immer verbürgerlichen. Wie sich auch, was weiß ich, der Surrealismus verbürgerlicht hat. Oder Mick Jagger.«

Alfred sagte es gelassen, ohne besondere Betonung.

Und vielleicht war was dran. Vielleicht stimmte es, dass alles Friedliche eine unruhige Vergangenheit besitzt. Vielleicht wussten sie es nur nicht, weil sie so dumm waren wie das Leben selbst.

Gustav ist jetzt neun Zentimeter größer als ich, dachte Sally, Alice fünf Zentimeter, und wenn sie den Job bekommt, der ihr angeblich versprochen worden ist, verdient sie auf ihrer ersten Stelle mehr als ich jetzt. Und Emma ist Emma, tatsächlich, manche Dinge ändern sich nie.

Sie sagte:

»Bei unserem Einzug war dieses Zimmer umbrafarben gestrichen. Und alles hat viel größer ausgesehen, solange das Zimmer leer war.«

Alfred wusste noch, wie es sich angefühlt hatte, die Luftmatratze aufzublasen. Es war ihm, als spüre er noch den Gummigeschmack im Mund.

»In unserer ersten Nacht hier im Haus hast du nackt getanzt«, sagte er ein wenig nervös.

»Weil ich so glücklich war«, sagte sie.

Sie zögerte einen Moment, als denke sie nach. Dann stand sie auf, ging zur Stereoanlage und legte eine andere CD ein. Sie stellte sich in die Mitte des Zimmers und schaute Alfred an, das nahm ihm endgültig den Atem, das Blut schoss ihm in den Kopf, weil alle Schönheit verwirrt.

Einige Akkorde ertönten, dann sang die Stimme eines Mannes, es war ein alter englischer Schlager, den Risa gemocht hatte, als sie schwanger gewesen war. Alfred sang mit, mit seiner altersrauen Stimme, es klang, als komme die Stimme von jenseits einer Mauer.

Sally, pride of our alley
Sally, Sally, pride of our alley
Sally, Sally …
Don't ever wander
Away from the alley and me.

Zwei Dutzendherzen in einem kleinen, überladenen Haus. Und ohne dass die beiden es merkten, begann draußen Schnee zu fallen, harmlos und naiv suchten sich die Flocken ihren Weg durch den beständig schwankenden Raum.

Arno Geiger im dtv

»Arno Geiger schreibt große Literatur, mit jonglierender und doch so bodennaher Kunst wie man sie kaum findet im neuen Österreich oder sonst wo.«
Franz Haas in ›Der Standard‹

Schöne Freunde
Roman
ISBN 978-3-423-**13504**-7
Die phantasiereiche Geschichte eines Kindes, das auszieht, erwachsen zu werden. Ein Roman, der die Untiefen der menschlichen Seele berührt und doch durch und durch komisch ist.

Kleine Schule des Karussellfahrens
Roman
ISBN 978-3-423-**13505**-4
Philipp ist ein moderner Taugenichts. Als er der unorthodoxen Lila begegnet, die eine Vorliebe für Pflastersteine und klirrende Fensterscheiben hegt, wird er aus dieser Lethargie jedoch aufgerüttelt. Denn Lila erweist sich als Virtuosin in der Kunst, mit diesem ordentlichen, allzu vorgezeichneten Leben einmal gründlich Karussell zu fahren …

Es geht uns gut
Roman
ISBN 978-3-423-**13562**-7
Philipp Erlach hat das Haus seiner Großmutter in der Wiener Vorstadt geerbt, und die Familiengeschichte, von der er definitiv nichts wissen will, sitzt ihm nun im Nacken. Deutscher Buchpreis 2005.

Irrlichterloh
Roman
ISBN 978-3-423-**13697**-6
Fünf Menschen auf der Suche nach der Liebe und sich selbst – ein wunderbar abgedrehter Liebesroman voll Witz, Drive und lodernder Phantasie.

Anna nicht vergessen
ISBN 978-3-423-**13785**-0
Über Liebesdesaster und Lebensträume, über Menschen, die nicht vergessen werden wollen: Arno Geigers brillante Erzählungen.

Alles über Sally
Roman
ISBN 978-3-423-**14018**-8
Alfred und Sally sind schon lange verheiratet. Das Leben geht seinen Gang, allzu ruhig, findet Sally. In einem Anfall von Lebenshunger beginnt sie ein Verhältnis mit Alfreds bestem Freund …

Julien Green im dtv

»Julien Green ist Weltliteratur. Seine Bücher ... gehören zu den bedeutendsten Werken des 20. Jahrhunderts.«
Iris Radisch in der ›Zeit‹

Von fernen Ländern
Roman
Übers. v. Helmut Kossodo
ISBN 978-3-423-**11198**-0

Die Sterne des Südens
Roman
Übers. v. Helmut Kossodo
ISBN 978-3-423-**11723**-4

Jeder Mensch in seiner Nacht
Roman
Übers. v. Ernst Sander
ISBN 978-3-423-**12045**-6

Der Geisterseher
Roman
Übers. v. Franz Hessel
ISBN 978-3-423-**12137**-8

Leviathan
Roman
Übers. v. E. Rechel-Mertens
ISBN 978-3-423-**12384**-6

Der verruchte Ort
Roman
Übers. v. Gerhard Heller
ISBN 978-3-423-**12640**-3

Varuna
Roman
Übers. v. Elisabeth Edl
ISBN 978-3-423-**12741**-7

Dixie
Roman
Übers. v. Elisabeth Edl
ISBN 978-3-423-**12808**-7

Adrienne Mesurat
Roman
Übers. v. Elisabeth Edl
ISBN 978-3-423-**19111**-1

Der Andere
Roman
Übers. v. Gerhard Heller
ISBN 978-3-423-**13183**-4

Moira
Roman
Übers. v. Georg Goyert
ISBN 978-3-423-**13494**-1

Der andere Schlaf
Roman
Übers. v. Peter Handke
ISBN 978-3-423-**13671**-6